TARA HEAVEY
Ein Garten voller Liebe

Buch

Seit ihr Mann und ihre kleine Tochter bei einem Autounfall ums Leben kamen, versucht Aoife irgendwie mit ihrem Leben zurechtzukommen. Mit ihrem vierjährigen Sohn Liam hat sie London verlassen und ist nach Dublin gezogen, die Stadt ihrer Kindheit. Doch auch dort fühlt sich die Dreißigjährige fremd und verloren.
Bis sie an einem kühlen Herbsttag durch einen Zufall Mrs Prendergast kennenlernt, eine Dame um die Siebzig, ebenso distinguiert wie distanziert. Über sie erzählt man sich in der Nachbarschaft die absurde Geschichte, sie habe vor langer Zeit ihren Mann ermordet und im Garten vergraben. Aoife schenkt dem Klatsch keinerlei Glauben, und doch gelingt es auch ihr nicht, der abweisenden Dame näherzukommen. Bis sie durch Zufall einen Blick in den mysteriösen, von hohen Mauern umgebenen Garten werfen kann – und von einem Augenblick auf den anderen völlig verzaubert ist. Denn vor ihr liegt ein zwar völlig verwildertes, aber dennoch wunderschönes, verwunschenes Kleinod.
Obwohl die junge Frau keine Ahnung vom Gärtnern hat, fasst sie einen Entschluss: Aoife will diesen Garten, ein seltenes Überbleibsel aus einer anderen Zeit, wieder zu dem machen, was er einmal gewesen ist, eine grüne Oase der Stille inmitten der Stadt. Und tatsächlich gelingt es ihr nicht nur, Mrs Prendergast die Erlaubnis dazu abzuringen, sie findet auch einen kleinen, aber bunten Trupp von Helfern für ihr Vorhaben.
Und so beginnt ein turbulentes Jahr mit viel harter Arbeit, in dem aus einer grünen Wildnis ein kleines Paradies wird und in dem aus fünf völlig Fremden fünf gute Freunde werden, die Sorgen und Nöte, Freude und Leid teilen. Ein Jahr, in dem Aoife ins Leben zurückfindet. Und zur Liebe ...

Autorin

Tara Heavey, geboren und aufgewachsen in London, zog mit zwölf Jahren nach Dublin und besuchte dort die Greendale Community School, wo sie unter anderem von Roddy Doyle unterrichtet wurde. Fünf Jahre arbeitete sie als Rechtsanwältin, bevor sie sich der Schriftstellerei zuwandte und gleich mit ihrem ersten Roman, »A Brush with Love«, einen nationalen Bestseller landete. »Ein Garten voller Liebe« ist Tara Heaveys vierter Roman.

Tara Heavey
Ein Garten voller Liebe

Roman

Aus dem Englischen
von Andrea Brandl

GOLDMANN

Die Originalausgabe erschien 2009
unter dem Titel »Sowing the Seeds of Love«
bei Penguin Ireland, a division of Penguin Books Ltd.

Der Abdruck der Übersetzung aus Oscar Wildes Kunstmärchen
»Der selbstsüchtige Riese« auf Seite 7 erfolgt mit freundlicher
Genehmigung von © Ingeborg Mayer (www.salvani.de).

Die Übersetzung des Gedichts von Percy Bysshe Shelley auf S. 159
stammt aus: Percy Bysshe Shelley. Poetische Werke in einem Bande.
Aus dem Englischen übertragen von Julius Seybt. Leipzig, 1844,
S. 298.

FSC
Mix
Produktgruppe aus vorbildlich
bewirtschafteten Wäldern und
anderen kontrollierten Herkünften

Zert.-Nr. SGS-COC-001940
www.fsc.org
© 1996 Forest Stewardship Council

Verlagsgruppe Random House FSC-DEU-0100
Das FSC-zertifizierte Papier *München Super* für dieses Buch
liefert Arctic Paper Mochenwangen GmbH.

1. Auflage
Deutsche Erstveröffentlichung August 2010
Copyright © der Originalausgabe 2009 by Tara Heavey
Copyright © der deutschsprachigen Ausgabe 2010
by Wilhelm Goldmann Verlag, München,
in der Verlagsgruppe Random House GmbH
Umschlaggestaltung: UNO Werbeagentur, München
Umschlagmotiv: Getty Images/Grimm
Redaktion: Barbara Müller
Th · Herstellung: Str.
Satz: omnisatz GmbH, Berlin
Druck und Bindung: GGP Media GmbH, Pößneck
Made in Germany
ISBN 978-3-442-47271-0

www.goldmann-verlag.de

Für meine Eltern

Der Wintergarten

Und die Bäume waren so froh, die Kinder endlich wieder bei sich zu haben, dass sie sich mit Blüten schmückten und ihre Zweige schützenden Händen gleich über den Köpfen der Kinder auf und ab bewegten. Die Vögel flogen umher und zwitscherten vor Vergnügen, und die Blumen schauten lachend aus dem frischen grünen Gras heraus.

Oscar Wilde, Der selbstsüchtige Riese

Ich war schon einmal hier. Früher, in meinen Träumen. An diesem magischen Ort, wo die mit Rosen bewachsenen Arkaden endlos scheinen. Rosen in jeder erdenklichen Farbe und Schattierung, mit jedem vorstellbaren Duft, den eine menschliche Nase wahrzunehmen vermag.

Die Roten. Tief und satt. So vertraut wie der Anblick meines eigenen Blutes. Ich beuge mich vor und atme den Duft in meine Lungen, vergrabe meine Nase in den samtigen Falten. Die Vergangenheit umhüllt mich, während der Duft meine Sinne betört – das Aroma der Süßigkeiten, die Cola-Fläschchen meiner Jugend, die mir auf der Zunge zergehen, der Geschmack von Zucker und Nostalgie in meinem Mund.

Ich gehe weiter zu den Gelben, lege die Hände um eine davon. Farben, die sich entfalten, mich umgarnen, mir schmeicheln und mich verzücken. Ich pflücke die Blütenblätter und stecke sie mir in den Mund, eines nach dem anderen, genieße den Nektar der Götter.

Als Nächstes trete ich zu den Rosafarbenen mit ihren seidig glatten, weichen Blättern. Ihr Duft ist weniger intensiv, dafür umso süßer, unschuldiger, nicht ganz so flüchtig. Behutsam streiche ich mit den Fingerspitzen darüber; es ist, als berühre man die zarten Wangen eines Neugeborenen. Ein Gefühl bittersüßen Glücks durchströmt mich, und ich kann die Finger nicht von ihnen lösen, muss sie immer weiter berühren.

Dann die köstlichen, bezaubernden Weißen, feiner im Duft, doch nicht minder betörend. Meine wunderschönen blumigen Mädchen, die ich nicht zu berühren vermag, weil die Bilder vor meinen Augen zu verblassen beginnen, allmählich zerbröckeln, als sich die Realität in mein Bewusstsein schiebt. Das wahre Leben löscht alles aus. Ich wache auf, ein weiteres Mal leer, verlassen und beraubt.

1

Es war ein sonniger Samstagmorgen. Freiheit. Über ihnen spannte sich ein eisig blauer Himmel. Liam hüpfte neben Aoife her, vor Lebensfreude förmlich vibrierend, als er, übers ganze Gesicht strahlend, zu ihr aufsah. Sie musterte ihren Sohn, den leuchtend roten Schal, den er mehrmals um seinen mageren Kinderhals geschlungen hatte, und konnte sich ein Lächeln nicht verkneifen. Es war ein ganz besonderer Tag, und Liam war ein ganz besonderer Junge. Instinktiv schien seine kindliche Wahrnehmung die Schwingungen ihres neu gewonnenen Optimismus aufzufangen. Ein gutes Gefühl. Sie wusste nicht mehr, wann sie es zuletzt empfunden hatte, aber ganz bestimmt erst nach ihrem Umzug nach Dublin.

Die Loslösung hatte sich als schwierig entpuppt, schwieriger, als sie vermutet hatte und als sie jemals zugeben würde. Wann immer sie mit ihrer Mutter telefonierte, setzte sie ein strahlendes Lächeln auf und legte den »Ich bin glücklich«-Schmelz in ihre Stimme. Doch es gab Zeiten, in denen sie die Einsamkeit zu überwältigen drohte. In diesen Momenten war es, als betrachte sie die Welt durch eine meterdicke Glasscheibe.

Die Nachbarn kennenzulernen schien ein Ding der Unmöglichkeit zu sein. Sie begegnete ihnen so gut wie nie; es war fast, als verschanzten sie sich hinter ihren Eingangstüren. Vielleicht lag es auch an der Jahreszeit – es war Ende

Oktober, früh wurde es dunkel, und über der Stadt hing die trübe Trostlosigkeit des Herbstes.

Aber heute fühlte es sich irgendwie anders an.

Heute lag Hoffnung in der Luft.

»Da wären wir.« Sie bedeutete Liam stehen zu bleiben.

»Aber das ist ja gar nicht der Süßigkeitenladen.«

»Doch, nur eben eine andere Art. Ein ganz besonderer.«

Offenbar beruhigt, ließ er sich in den schwach beleuchteten Laden führen. Die Frau begrüßte Aoife mit einem Nicken, das deren Zuversicht weiter wachsen ließ.

Einen Laden wie diesen würde man eher im Zentrum Barcelonas erwarten. Einer, auf den man rein zufällig stößt, weil man sich im Gewirr der engen, verwinkelten Gassen verlaufen hat. Möglicherweise hätte man ihn sogar übersehen, hätte man nicht einen Sprung zur Seite gemacht, um einem ungestümen Mopedfahrer auszuweichen. Was hätte man verpasst! Am Rand des Stadtzentrums hätte Aoife so ein Juwel jedenfalls nicht erwartet. Doch mit jedem Tag stellte sie aufs Neue fest, wie sehr sich Dublin seit ihren Besuchen als Kind verändert hatte. Und wie viel dieser Stadt von ihrem Herzen herausgerissen worden war. Prächtige georgianische Häuser waren Fastfood-Lokalen und Coffeeshop-Filialen gewichen, gesichtslose Glasfronten hatten anmutig geschwungene Torbogen und Hauseingänge vertrieben.

Fortschritt.

Doch dieser Laden hier bildete eine angenehme Ausnahme.

Er war ein Schatzkästchen für Köstlichkeiten aller Art. Hier gab es Gourmetwürstchen, knusprige Bauernbrötchen, Bio-Lachs, heimischen Käse, handgefertigte Schokolade, Konfitüren aus eigener Herstellung und Shortbread. Ihre Mutter wäre begeistert von dem Porterkuchen. Mit einem

Päckchen irischen Breakfast Tea im Präsentkorb. Und sie selbst träumte von den Erdbeeren in belgischer Schokolade. Schon jetzt lief ihr das Wasser im Mund zusammen.

Und dann all die Süßigkeiten. Glas an Glas, Reihe um Reihe pure Nostalgie: alle möglichen Bonbonsorten, saure Apfelringe, Lakritzschlangen, Schokomäuse, Eiskonfekt, gefüllte Süßwaffeln, Zuckerkugeln mit Anissamen, Seidenkracher, Minzkugeln, Goldnüsse, Fouree-Bonbons, saure Drops. Nur die Schokoladenzigaretten fehlten. Wahrscheinlich durften sie heutzutage nicht mehr verkauft werden.

Liam stand mit offenem Mund da. »Und ich darf mir etwas aussuchen, egal was?«

»Du bekommst fünf Sachen. Was willst du als Erstes?«

»Nur fünf! Aber ich will –«

»Willst du nun etwas haben oder nicht?«

»Ja, klar.« Liam klammerte sich an Aoifes Oberschenkel und trat von einem Fuß auf den anderen. »Die da.« Ohne zu zögern zeigte er auf die Schokomäuse.

»Nur die? Sonst nichts?«

Er nickte heftig und hob eine Hand mit gespreizten Fingern. »Fünf.«

»Fünf Mäuse.«

»Fünf Mäuse und was?«

»Bitte.«

Eine andere Kundin war zwischen sie und den Tresen getreten, eine ältere Frau von vielleicht siebzig. Aoife fiel auf, wie gepflegt sie wirkte. So elegant. Und gediegen. Beschämt sah sie an sich hinunter, an ihrem marineblauen Fleecepulli und ihren Jeans. Die Frau kaufte Earl Grey Tee und teure Kekse. Wie passend. Sie betrachtete das Profil der Frau. Ihre Haut sah aus wie Reispapier, doch ihre Kinnlinie war noch immer straff. »Gut in Schuss«, hätte Aoifes Vater gesagt.

Die Frau bezahlte und ging, woraufhin sich die Verkäuferin an Aoife wandte. Auf ihrem Gesicht lag ein verschmitzter Ausdruck, wie bei einem Kind, das ein Geheimnis hatte. Sie beugte sich leicht vor. »Man würde nie im Leben draufkommen, dass sie ihren Ehemann ermordet hat.«

»Wie bitte?« Vielleicht hatte sie sich verhört.

Die Frau nickte in Richtung Tür. »Mrs Prendergast. Darauf würde man nie im Leben kommen.«

»Sie meinen die alte Dame, die gerade hier war?«

»Genau die.«

»Sie meinen, mit Verurteilung und allem Drum und Dran?«

»Na ja, nein, das nicht.« Hier hatte die Geschichte offenbar einen Haken. »Die Leiche wurde nie gefunden. Und ohne Leiche kann man keine Anklage erheben. Aber alle hier wissen, dass sie es war.«

»Woher denn?«

»Tja, erstens ist da mal ihr Garten. Seit dem Tag vor vierzig Jahren, als er verschwunden ist, hat dort keiner mehr einen Finger gerührt.«

Aoife lachte. »Das würde ich kaum als Beweis bezeichnen.«

Die Miene der anderen Frau verschloss sich, und Aoife bereute ihre Worte. Sie hatte Gefallen an dem spontanen Schwätzchen gefunden.

»Was darf's sein?«, fragte die Frau, plötzlich geschäftsmäßig.

»Fünf Schokomäuse, bitte. Und zwei gefüllte Waffeln, um der alten Zeiten willen.«

An diesem Abend konnte Liam nicht einschlafen, also erlaubte sie ihm, zu ihr ins Bett zu kommen. Sie wusste, dass sie es eigentlich nicht tun sollte, weil er es sonst immer wieder versuchen würde, aber einem Teil von ihr war das egal – jenem Teil, der sich einsam, leer und entwurzelt fühlte. Sie brauchte seine Nähe ebenso wie er ihre.

Obwohl sie ein Doppelbett besaß, in dem sie sich ausbreiten könnten, suchte er im Schlaf unweigerlich ihre Nähe. Sie lag auf dem Rücken, starrte in die Dunkelheit, als –

»Mummy.«

Sie hatte gedacht, er schlafe. »Ja, Liam?«

»Wenn Daddy noch hier wäre, dürfte ich dann auch bei dir schlafen?«

»Natürlich. Erinnerst du dich nicht mehr, wie du zu mir und Daddy gekrochen bist, wenn du schlecht geträumt hast oder krank warst?«

»Nein.«

»Tja, genau das hast du aber getan. Die ganze Zeit.«

»Oh.«

Eine Zeit lang schwiegen sie.

»Nacht, Mummy.«

»Nacht, Liam.«

Wenige Atemzüge später war er eingeschlafen, und seine Knie drückten gegen ihr Hinterteil. Als versuche er, in ihren Bauch zurückzukriechen.

2

Montagmorgen und um neun Uhr Vorlesung. Keine gute Kombination. Als Aoife ihre Studenten um zehn nach neun gähnend hereinschlurfen sah, hätte sie sie am liebsten angeschrien. Sie brauchte sie, schließlich konnte sie ihre Vorlesung nicht vor leeren Bankreihen halten. Genau das sagte sie ihnen auch. Danach saßen sie schweigend auf ihren Plätzen. Wie Zombies.

Iren kamen grundsätzlich zu spät, zu allem, das wusste sie. Trotzdem brachte es sie immer noch auf die Palme. Vielleicht war sie einfach zu englisch.

Na endlich. Wenigstens hatte inzwischen eine halbwegs vernünftige Zahl Studenten den Weg gefunden, so dass sie anfangen konnte. Sie räusperte sich, in der Hoffnung, dass sie dann zu schwatzen aufhörten. »Also. Heute werden wir unsere Erörterungen über die Dichter der Romantik fortsetzen.« Sie spürte, wie sich einige schon jetzt geistig verabschiedeten. »John Keats. Ich bin sicher, viele von Ihnen sind mit seinen Oden vertraut.«

Falls dem so war, behielten sie es für sich.

»*Ode an eine Nachtigall* und *Ode auf eine griechische Urne* sind natürlich seine berühmtesten Werke, aber jetzt wollen wir uns erst einmal der *Ode an Psyche* zuwenden.«

Die Aussicht löste kollektive Begeisterung aus.

»Kann mir jemand etwas über die Legende von Amor und Psyche erzählen?« Sie ließ den Blick über das Meer junger Gesichter schweifen. Manche starrten konzentriert auf die leeren Seiten vor ihnen, aus Angst, sie könnte sie aufrufen. Andere starrten blicklos ins Leere, die Gesichter grau von zu viel Alkohol und zu wenig Schlaf. »Irgendjemand?«

Niemand. Sie stieß einen Seufzer aus.

»Venus, die Göttin der Liebe, wird rasend eifersüchtig auf diese irdische Frau namens Psyche, die Gerüchten zufolge schöner ist als sie. Also befiehlt sie ihrem Sohn, Amor, einen seiner goldenen Pfeile auf Psyche abzuschießen, damit diese sich in die widerwärtigste Kreatur des gesamten Planeten verliebt. Das Problem ist nur, dass Amor sich selber Hals über Kopf in Psyche verliebt, als er sie das erste

Mal sieht. Also entführt er sie und hält sie in seinem von einer Mauer umgebenen Garten gefangen. Was sie allerdings nicht sonderlich schlimm findet, immerhin ist er der attraktivste geflügelte Mann in der Mythologie.«

Diese Bemerkung brachte ihr immerhin das eine oder andere Lächeln unter den Mädchen ein.

»Das Bild des von einer Mauer eingefriedeten Gartens ist sehr interessant, weil er während der gesamten viktorianischen Ära – eine Ära, in der die Legende von Amor und Psyche auf vielerlei Weise verarbeitet wurde – als Sinnbild für die weibliche Sexualität stand.«

Einige der Jungs schienen amüsiert zu sein – oder eher verlegen? Als wäre sie zu alt, um sich mit derartigen Dingen zu befassen. Vermutlich könnte sie theoretisch ihre Mutter sein – wenn auch eine sehr junge. Eine ziemlich erschreckende Vorstellung, wenn man bedachte, dass Liam praktisch noch ein Baby war.

Ein neues Geräusch drang von den Rängen des Hörsaals – unmissverständlich in seinem Rhythmus.

Jemand hatte zu schnarchen begonnen.

3

Bei einer ihrer Wochenenderkundungstouren durch ihr neues Wohnviertel wurde Aoife Zeuge von etwas, das ihr in ihrer gesamten Zeit in London nie passiert war.

»Mummy, was macht der Mann da mit der Frau?«

»Oh, lieber Gott! Hey!«, schrie sie aus Leibeskräften und setzte sich in Bewegung.

Eine Frau wurde von einem jungen Mann über den Bürgersteig gezerrt – besser gesagt, versuchte er ihr die Handtasche zu entreißen, doch sie klammerte sich daran, als hinge ihr Leben davon ab. Der Mann, unübersehbar erschrocken über Aoifes Einmischung, ließ los und sprintete davon. Aoife ging neben der Frau in die Hocke. »Geht es Ihnen gut?«

»Sehe ich so aus?« Die Frau hievte sich mühsam hoch.

Die Antwort verblüffte Aoife ebenso sehr wie der vornehme Akzent der Frau. Und noch verblüffter war sie, als sie feststellte, dass es sich um die Frau handelte, die sie in der Woche zuvor im *Good Food Store* gesehen hatte. Mrs Prendergast, oder? Sie streckte ihr die Hand hin, doch die ältere Frau ignorierte sie und stand auf. Sie war unverletzt, trotzdem hatte der Vorfall sie sichtlich mitgenommen.

»Kommen Sie, ich begleite Sie nach Hause. Wo wohnen Sie denn?«

»Das ist definitiv nicht nötig.«

»Aber ich bestehe darauf.« Aoife nahm Mrs Prendergast beim Ellbogen, doch in die Augen der Frau trat ein Ausdruck von so ungezügelter Wildheit, dass sie sie abrupt losließ. Kein Wunder, dass ihr die Nachbarn einen Mord zutrauten.

»Ich bin durchaus in der Lage, allein zu gehen, vielen Dank.«

»In Ordnung. Aber dann rufe ich wenigstens die Polizei.« Aoife zog ihr Handy heraus.

»Das werden Sie nicht tun. Ich habe keinerlei Bedürfnis danach, dass eine Horde Polizisten durch mein Wohnzimmer trampelt. Ich habe meine Handtasche wieder, es fehlt nichts, und ich will diesen leidigen Vorfall so schnell wie möglich vergessen, mehr nicht. Wenn Sie also nichts dagegen haben ...«

»Doch, habe ich. Ich werde Sie nach Hause begleiten. Ende der Diskussion.«

Diesmal ließ Aoife sich nicht beirren, als Mrs Prendergast ihre ungewöhnlich hellen Augen auf sie richtete und sie eindringlich anstarrte. Schließlich stieß die ältere Frau ein Schnauben aus und machte Anstalten, die Straße zu überqueren. Aoife folgte ihr, den erschrocken dreinblickenden Liam an der Hand.

»Wohin gehen wir, Mummy?«

»Wir begleiten diese Dame nach Hause.«

»Wieso?«

»Um sicher zu sein, dass ihr nichts passiert.«

»Wo wohnt sie?«

»Das weiß ich nicht.«

»Gibt es da auch kleine Jungen?«

»Das kann ich dir nicht sagen, Liam, aber wohl eher nicht.«

»Aber wieso …«

»Hier, iss ein Bonbon.«

Inzwischen war Mrs Prendergast in die Einfahrt eines eleganten alten Ziegelbaus an der Straßenecke gebogen.

Aoife zog Liam hinter sich her zu der pflaumenfarbenen Eingangstür und blieb hinter der schlanken Gestalt stehen, die mit durchgedrücktem Rücken dastand. Sie malte sich aus, wie sie in sich zusammensinken würde, sobald sie allein war und sich die Tür hinter ihr schloss.

Mrs Prendergast trat in die Diele und wandte sich um. »Wie Sie sehen, bin ich heil zu Hause angekommen.« Sie schluckte. »Danke.«

»Gern geschehen. Möchten Sie, dass ich einen Arzt rufe?«

»Nein, das möchte ich nicht. Auf Wiedersehen.«

Die Tür schloss sich bereits, als Liam anfing, von einem Fuß auf den anderen zu springen. »Pipi, Mummy, ich muss Pipi.«

Mist. Sie sah Mrs Prendergast an. »Er könnte wohl nicht ...«

Mrs Prendergast verdrehte theatralisch die Augen und öffnete die Tür gerade weit genug, dass Liam hineinschlüpfen konnte.

Sie würde Aoife doch nicht allen Ernstes hier stehen lassen? Diese unhöfliche alte Kuh.

»Ich möchte Sie eindringlich bitten, mich auch hereinzulassen, wenn Sie nicht wollen, dass ich auf Ihre Türschwelle pinkle.«

Mrs Prendergast warf ihr einen finsteren Blick zu und öffnete die Tür.

»Danke. Wo ...?«

»Die Treppe hinauf und dann links.« Ihre Stimme war dünn wie hauchzartes Porzellan.

Als Aoife mit Liam im Schlepptau, immer zwei Stufen auf einmal nehmend, nach oben lief, spürte sie den Anflug von Gewissensbissen. Diese arme alte Dame war gerade überfallen worden, und sie war so gemein zu ihr. Aber, du meine Güte, warum war sie dermaßen feindselig?

Das Haus war wunderschön – vom anmutigen Schwung des Mahagonigeländers bis zu den Mustern, die das durch die Buntglasfenster einfallende Licht auf den auf Hochglanz polierten Holzboden warf. Aoife stand im Badezimmer und starrte geistesabwesend auf das weiße Rollo, während Liam pinkelte. Sie schob es ein Stück beiseite und blickte zu ihrem Erstaunen auf die Überreste eines von einer Mauer umfriedeten Gartens. Längst überwucherte Pfade verliefen am Rand und unterteilten ihn in der Mitte, dazwischen standen uralte Apfelbäume, die unter dichtem Efeugestrüpp zu ersticken drohten, und ein halb zerfallener Torbogen. Aoife malte sich aus, wie er in seiner Blütezeit ausgesehen haben mochte – voller duftender Rosen. Blassrosa, dachte sie. Und die Leiche von Mr Prendergast, die in ihrem Grab dicht unter der Erde verrottete.

»Mummy, ich komme nicht ans Klopapier ran.«

Sie reichte es ihm und versuchte es danach genau an dieselbe Stelle zurückzulegen, was sich als unmöglich erwies.

Mrs Prendergast erwartete sie bereits neben der Haustür. Ihr Wunsch, sie loszuwerden, war unübersehbar. Aoife hätte sich nur zu gern im Haus umgesehen. Eine Tür in der Diele war angelehnt und bot einen verlockenden Blick in ein mit Antiquitäten vollgestopftes Zimmer. Doch Mrs Prendergast machte keinerlei Anstalten sie herumzuführen, sondern hielt ihnen die Tür auf – einladend und weit.

»Vielen Dank, Mrs Prendergast. Bitte entschuldigen Sie die Umstände. Was sagt man, Liam?«

»Sie haben sich das Knie aufgeschürft«, erklärte Liam und blickte zu Mrs Prendergast auf. »Sie sollten sich von Ihrer Mummy ein Pflaster draufkleben lassen.«

»Danke, das werde ich. Wenn es Sie nicht stört …«

»Ja, natürlich. Auf Wiedersehen.«

Die Tür schloss sich hinter ihnen, noch bevor sie auf der obersten Stufe standen.

Sie schlugen den Weg nach Hause ein, trotzdem konnte Aoife sich nicht verkneifen, einen Blick auf den Garten zu werfen. Ohne auf Liams Maulen zu achten, ging sie an der Mauer entlang, die den rund viertausend Quadratmeter großen Garten umgab, bis zu einem schmiedeeisernen Tor, dessen schwarze Farbe bereits abblätterte. Natürlich war es verschlossen; mit einem Schloss, das aussah, als könne es auch notfalls eine Armee aufhalten, und einer schweren, mehrmals darumgeschlungenen Eisenkette.

Ohne auf die Passanten zu achten, presste Aoife ihre

rechte Wange gegen das kalte Eisen und spähte hinein. Bestimmt bot sie von der anderen Seite einen urkomischen Anblick, doch es war niemand da. Der Garten bestand aus kaum mehr als dichtem Gestrüpp. Und natürlich der Mauer aus hübschem bräunlichen Ziegel, die von dichtem Efeu bedeckt war – zwei Farben, die einander perfekt ergänzten und einen wunderschönen Anblick boten. Auf den zweiten Blick konnte sie eine Anordnung der Bepflanzung erkennen, wenn auch nur, weil Winter und der Garten nahezu kahl war.

Es gab zwei Reihen überwucherter Büsche, die zur Mitte hin verliefen und sich an einem Teich trafen. Zumindest nahm sie an, dass es sich um einen Teich handelte; die Oberfläche war nämlich von so dichtem Wasserlinsengestrüpp bedeckt, dass es wie eine undurchlässige grüne Fläche wirkte.

Umfriedete Gärten hatten etwas Magisches, etwas Romantisches. Aoife hatte sie schon immer geliebt. Doch sie hätte nicht erwartet, so nahe bei ihrem neuen Dubliner Zuhause einen zu finden. Noch dazu einen intakten, wenn er auch leicht mitgenommen aussah. Ein verborgener Schatz. Es kam ihr vor, als sei sie der erste Mensch, der diesen Garten je zu Gesicht bekommen hatte. Ihn wirklich sah. Oder zumindest der erste Mensch seit langer, langer Zeit.

Sie ging nach Hause. Doch der Garten ließ sie nicht mehr los.

Myrtle drehte den Schlüssel im Schloss um, worauf es ihr in die Hände fiel. Das Tor, gerade erst eingebaut, schwang in einer flüssigen Bewegung auf. Entzücken durchströmte sie. Überall wuchs etwas, willkürlich und ungezähmt. Wo andere Frauen Unordnung und Chaos gesehen hätten, sah sie nur Möglichkeiten. Sie lächelte und drehte sich im Kreis. Zu Hause.

Es war exakt eine Woche später, fast auf die Stunde genau.

Mrs Prendergasts Vorgarten bestand vorwiegend aus Kies, gesäumt von unkomplizierten, aber sehr sorgfältig platzierten und gestutzten Büschen. Die gepflegte Hausfront ließ nicht einmal ansatzweise ahnen, welche Wildheit sich dahinter verbarg. Breite dunkle Steinstufen führten hinauf zu der eindrucksvollen Haustür mit Buntglasfenstern.

Aoife blieb vor der Tür stehen. Es fühlte sich an, als hätten ihre Füße sie ohne ihr Zutun hierhergeführt. Sie betrachtete den angelaufenen Messingklopfer. Keine Klingel. Wie kam sie hierher? Das war doch sonst nicht ihre Art. Vielleicht lag es daran, dass sie gerade ein neues Leben anfing. Dass ganz neue Möglichkeiten in ihr zum Leben erwachten.

»Darf ich klopfen, Mummy?«

Sie hob Liam hoch, so dass er den Messingklopfer gegen das Holz fallen lassen konnte. Nichts geschah. Nach einer angemessenen Wartezeit forderte sie ihn auf, noch einmal zu klopfen.

Wieder nichts.

»Darf ich nochmal versuchen, Mummy?«

»Nein. Sie ist nicht zu Hause. Gehen wir.«

Sie kam sich wie eine Idiotin vor, als sie die Treppe hinabstieg und entschlossen die gekieste Einfahrt durchquerte, getrieben von dem Wunsch, so schnell wie möglich wegzukommen, nur fort von dieser schwachsinnigen Idee, und in der Gewissheit, dass Mrs Prendergast ihr oben am Fenster mit höhnischer Miene hinterherblickte.

Doch genau in diesem Moment öffnete sich hinter ihr die

Tür. Liam hörte es ebenfalls. »Sieh nur, Mummy, sie ist ja doch da.«

Die Feindseligkeit auf Mrs Prendergasts Zügen war deutlicher denn je zuvor. Schon jetzt bereute Aoife, überhaupt hergekommen zu sein. Trotzdem machte sie kehrt und ging die Stufen hinauf, bis sie, ein weiteres Mal, vor der Haustür stand. Mrs Prendergast hob fragend eine Braue. »Besteht wieder einmal Bedarf an meiner Toilette?«

Aoife lächelte nervös. »Wir sind hergekommen, um zu sehen, wie es Ihnen geht.«

»Es könnte mir nicht besser gehen.«

Verlegene Stille breitete sich aus.

»War's das?«

»Sieh mal, Mummy, ein Hündchen.«

Eine feuchte Schnauze drängte sich an Mrs Prendergasts Bein vorbei, gefolgt von einem Hundegesicht, dessen Freundlichkeit in krassem Gegensatz zu der Miene seiner Besitzerin stand. Schließlich erschienen ein rundlicher Hundeleib und ein wild wedelnder Schwanz. Das Gesicht einer nicht mehr ganz jungen Hündin. Ein Golden Retriever. Hechelnd blickte sie Liam an und hieß ihn wie einen lange vermissten Freund willkommen, während ihr Atem in heißen, stinkenden Wolken ihrem Maul entströmte.

»Wie heißt er?«, fragte Liam.

»Harriet.«

»Und ist er ein Junge oder ein Mädchen?«

»Natürlich eine Hündin. Harriet ist ein weiblicher Name.«

Aoife warf Mrs Prendergast einen strengen Blick zu. Woher um alles in der Welt sollte ein vierjähriger Junge das wissen? Doch sie riss sich zusammen. Jetzt war nicht der richtige Zeitpunkt für Maßregelungen. »Was für ein schöner Tag, nicht?«, sagte sie stattdessen.

»Hmmpf«, machte Mrs Prendergast – zumindest hörte es sich so an.

»Okay, Mrs Prendergast, da Sie offenbar nicht in der Stimmung für eine Unterhaltung sind, komme ich direkt zur Sache.«

»Sie wollen also etwas.«

»Es geht um Ihren Garten.«

»Was ist damit?« Ihre Haltung war unnachgiebig, ihre Miene verriet Argwohn und Wachsamkeit.

»Es muss doch schwer für Sie sein, sich allein um ein so großes Grundstück zu kümmern.«

Mrs Prendergast musterte Aoife mit halb geschlossenen Lidern, als wäre sie ein Käfer, den sie am liebsten zertreten würde.

»Ich will damit nur sagen, dass er wunderschön sein könnte.«

»Worauf wollen Sie hinaus, meine Liebe?«

Aoife vermutete, dass diese Anrede ironisch gemeint war.

Die beiden Frauen waren so beschäftigt, dass sie nicht mitbekamen, wie Liam und Harriet immer weiter in der Diele verschwanden.

»Ich könnte Ihnen dabei helfen.«

»Nein, danke. Harriet!« Mrs Prendergast sah sich um.

»Ich meine damit nicht, dass Sie und ich ein bisschen Unkraut jäten. Sondern wir könnten ein paar Leute engagieren, die sich darum kümmern.«

»Was für Leute?«

»Das weiß ich noch nicht. Ich habe mir überlegt, eine Annonce aufzugeben.«

»Kommt überhaupt nicht in Frage. Harriet!« Mrs Prendergast spähte an Aoife vorbei.

»Ich glaube, sie sind dort hineingegangen«, bemerkte

Aoife und zeigte auf den Hausflur. Mrs Prendergast wandte sich um und verschwand durch eine Tür, die von der Diele abging. Liams hohes Kichern drang an Aoifes Ohren. Sollte sie ... Eigentlich war sie ja nicht hereingebeten worden ... sie war zu überhaupt nichts gebeten worden ... Aber wenn Mrs Prendergast Liam aus dem Haus haben wollte, nun ja, dann würde Aoife das wohl übernehmen müssen.

Sie trat über die Schwelle und schaute hinter Mrs Prendergast in das Zimmer. Liam hockte neben Harriet auf dem Boden, die sich auf den Rücken geworfen hatte und die Nase in die Luft reckte. Er kraulte ihren Bauch, während sie sich wälzte und mit den Beinen strampelte, als sitze sie auf einem unsichtbaren Fahrrad. Aoife sah Mrs Prendergast an, die nicht mehr ganz so streng dreinblickte. Und da hieß es immer, man solle nie mit Kindern oder Tieren arbeiten.

»Was stinkt da so?« Liam hob den Kopf und schnüffelte.

»Liam!«

»Oh, das war bestimmt Harriet. Sie furzt recht oft.«

Liam warf sich neben dem Hund auf den Boden und wurde von einem heftigen, ansteckenden Lachanfall geschüttelt. Mrs Prendergasts Mundwinkel zuckten. Aoife erkannte eine Gelegenheit, wenn sie eine vor sich hatte. »Ich wünschte, Sie würden sich meinen Vorschlag noch einmal durch den Kopf gehen lassen. Es könnte ganz wunderbar werden. Stellen Sie sich nur vor – der Garten, wie er in seinem alten Glanz erstrahlt. Wir könnten Obstbäume anpflanzen, Gemüse, Kräuter.«

»Wie heißen Sie?«

»Wie bitte? O Gott, bitte entschuldigen Sie. Ich bin Aoife. Aoife Madigan. Und das ist Liam.«

»Sie sind Engländerin.« Und ausnahmsweise war es kein Vorwurf.

»Ja, das stimmt.«

»Woher stammen Sie?«

»Aus London. Wie ich schon –«

»Sind Sie verheiratet?«

»Ich war es. Aber ich nehme an, das wissen Sie bereits.« Aoife spürte, wie sie rot wurde, doch Mrs Prendergast schien es nicht mitzubekommen.

»Gehören Sie der Anglikanischen Kirche an?«

»Nein, ich bin katholisch.«

»Oh. Wie schade. Die anglikanische Frauenorganisation, die *Mothers' Union*, sucht immer frisches Blut. Die sind wie eine Horde Vampire.«

»Nein, tut mir leid.«

Leid? Wieso entschuldigte sie sich für ihre Konfession?

»Und ich gehe recht in der Annahme, dass Sie viel Erfahrung mit Gartenarbeit haben.«

»Oh ja, sehr viel.« Sie beschränkte sich darauf, dass sie mit neun Jahren Sonnenblumen in ihrem Garten in Upper Norwood angepflanzt hatte.

»Ich habe vor, ihn zu verkaufen.«

»Was?«

»Den Garten. Ich verkaufe ihn als Bauland.«

»Das können Sie nicht machen.«

»Wie bitte?«

»Ich meine … ich meine …«

»Ich denke doch, es steht mir zu, mit meinem eigenen Grund und Boden zu tun, was ich gern tun möchte.«

»Ich weiß, ich weiß. Natürlich. Ich habe nur das Gefühl, dass es eine solche Schande ist. Der Garten könnte so wunderschön sein. Ich bin sicher, früher war er das.« Sie blickte fragend in Mrs Prendergasts Gesicht, konnte jedoch nichts erkennen. Nicht einmal mit der Wimper zuckte die alte Dame.

Aoife seufzte. »Komm, Liam.«

Liam richtete sich auf. »Bitte, könnten ich und meine Mummy den Garten nicht haben?«, fragte er Mrs Prendergast. »Ich möchte, dass sie Blumen pflanzt.«

Das Schweigen war ebenso betreten wie ohrenbetäubend.

»Gehen wir.« Aoife hob ihren Sohn hoch, bevor er Gelegenheit hatte, noch etwas zu sagen, und ging zur Tür hinaus. Auf der Treppe drehte sie sich noch einmal um, doch die Tür war bereits geschlossen. Sie fühlte sich am Boden zerstört, ohne sagen zu können, weshalb.

5

Sie versuchte, den Vorfall aus ihren Gedanken zu verbannen, denn ... na ja, was sollte das Ganze eigentlich?

Eines Tages, nicht allzu lange danach, stand sie wieder einmal im *Good Food Store* auf der Suche nach etwas, was wie hausgemacht schmeckte, ohne es zu sein, als ihr jemand auf die Schulter tippte. Vor Schreck fuhr sie zusammen. Sie kannte nicht genug Leute hier, um mit so etwas zu rechnen.

»Oh, hallo, Mrs Prendergast.«

»Sie können den Garten haben.«

»Wie bitte?«

»Ich sagte, Sie können den Garten haben. Machen Sie damit, was Sie wollen, es ist mir egal. Natürlich gehört er immer noch mir.«

»Natürlich.«

»Sagen Sie einfach Bescheid, wenn Sie anfangen wollen.«

»Das werde ich. Danke.«

Die ältere Frau nickte kurz. Augenblicke später war sie verschwunden.

Wie auf Wolken schwebte Aoife nach Hause. Erst als sie in ihrer Küche stand, merkte sie, dass sie ihre Einkäufe im Laden stehen gelassen hatte.

Sie hatte keine Ahnung, weshalb ihr der Garten so viel bedeutete. Vielleicht weil er das perfekte Spiegelbild ihrer selbst war – desolat, brachliegend nach einem langen kalten Winter und jahrelanger Vernachlässigung, ausgezehrt von strengen Frösten, eisigen Winden und Monaten der Dunkelheit, wo einst alles grün und üppig gewesen war, und dennoch überquellend vor verheißungsvollem Wachstum und Optimismus. Trotz allem.

Trotz allem.

Unmittelbar unter der Oberfläche wartete neues Leben darauf, aus der Dunkelheit ans Licht zu drängen. Sie hatte es schon immer gewusst, tief in ihrem Innern, einem Teil ihres Selbst, den sie längst vergessen hatte. Könnte sie doch nur helfen, es wieder gedeihen zu lassen – wenn ihr das gelänge, würde es sich anfühlen, als wäre alles möglich.

Genau in dieser Stimmung machte sie sich an einem stürmischen Morgen Mitte Dezember auf den Weg zum *Good Food Store*. In der Tasche hatte sie ein auf die Hälfte gefaltetes dickes weißes Blatt Papier. Erleichtert bemerkte sie, dass an diesem Tag eine andere Verkäuferin hinterm Tresen stand, genauer gesagt, ein Mädchen, das nicht älter als zwanzig sein konnte. Schlank und mit schulterlangem dunklen Haar – eines jener Geschöpfe, die das Licht eher absorbierten, statt zu leuchten. Für einen Menschen, der den ganzen Tag von all den wunderbaren Köstlichkeiten umgeben war, wirkte sie reichlich unglücklich, doch Aoife war wohl die Letzte, die sich ein Urteil darüber erlauben sollte.

»Darf ich hier eine Anzeige aufhängen?«, fragte Aoife und deutete auf die Anschlagtafel.

Das Mädchen, das gedankenverloren in die Ferne geblickt hatte, kehrte ins Hier und Jetzt zurück. »Machen Sie ruhig.« Sie starrte weiter.

Aoife hätte zu gern gewusst, was sie sah. Sie nahm eine Reißzwecke von einem Pilates-Poster und hängte ihre Annonce an die Stelle, von der sie glaubte, dass sie am meisten Beachtung finden würde. Dann trat sie einen Schritt zurück, um die Worte zum wohl fünfzigsten Mal zu lesen.

Garten braucht dringend Pflege und Aufmerksamkeit.
Gemeinschaftsarbeit erwünscht.
Interessenten mit grünem Daumen treffen sich
Montagabend, 16. Dezember, um 20.30 Uhr bei …

Sie notierte ihre Anschrift und betrachtete das Blatt noch einmal. In die obere rechte Ecke hatte sie sogar ein paar Blumen gemalt. Was für ein Unsinn. Hatte sie ernsthaft vor, das durchzuziehen? Ja. Genau das würde sie tun. Sie wandte sich ab, ehe sie es sich noch einmal anders überlegen konnte. Und richtete ihre Gedanken auf alltäglichere Dinge – das Abendessen. Sie ließ den Blick über die übersichtliche Gemüseabteilung schweifen. »Haben Sie grüne Bohnen?« Sie hatte beinahe Gewissensbisse, das Mädchen in die Realität zurückzureißen, wo es unübersehbar nicht gern sein wollte.

»Grüne Bohnen aus Irland kriegen wir nicht. Die stammen alle aus Kenia, deshalb nehmen wir sie überhaupt nicht mehr.«

Aoife nickte und verließ den Laden. Sie zog sich die Wollmütze ein Stück tiefer über die Ohren, als wolle sie all die Gedanken festhalten, die in ihrem Kopf umherwirbelten. Man bekam hier also keine grünen Bohnen aus Irland. Interessant. Sie schlüpfte in ihre Handschuhe und lächelte. Wüsste sie es nicht besser, hätte sie glatt geglaubt, sie sei glücklich.

6

Es war der 16. Dezember, 20.31 Uhr. So. Wo waren sie, die Heerscharen an Interessenten? Hatte all das Kissenaufschütteln, Krümelwegwischen, Kaffeekochen, Kekskaufen und Zettelaufhängen am Ende nichts genützt? Sie hatte sogar ein paar Topfpflanzen besorgt, um den Anschein zu erwecken, als sei sie vom Fach.

Es läutete. Ihr Herz machte einen Satz. Sie eilte aus der Küche, drosselte jedoch ihre Schritte, als sie sich der Eingangstür näherte. Nur die Ruhe. Sie öffnete die Tür. Ein Mann stand davor.

»Hallo.«

»Hallo.« Er zog den Hut, eine Geste, die sie verblüffte und zugleich freute.

»Sind Sie wegen des Gartens hier?«

»Ja.«

»Kommen Sie doch bitte herein.«

Jemand war hier. Jemand war gekommen.

Sie trat beiseite. Er war kleiner als sie, adrett und sauber gekleidet mit einem sorgsam gestutzten Bart – dunkel, obwohl er bereits über siebzig sein musste.

Mit knappen, entschlossenen Bewegungen zog er seinen Mantel aus, unter dem ein makelloser grauer Nadelstreifenanzug zum Vorschein kam. Sie kam sich unordentlich und schmuddelig neben ihm vor. Sie hatte viel zu viel Augenmerk auf das Haus gelegt und vergessen, sich um ihr Haar zu kümmern, das sie am Morgen zu einem Pferdeschwanz zusammengebunden hatte. Zu ihrer eigenen Beruhigung hatte sie sich eingeredet, die losen Strähnen seien hübsche Locken, die ihre Züge weicher machten. In Wahrheit waren sie nichts als zerzauste Flusen. Sie nahm ihm den Mantel ab und bedeutete ihm, zum Wohnzimmer durchzugehen.

»Sie sind der Erste.« Sie kam sich dumm vor, war nervös, wie immer wenn Smalltalk gefragt war. »Kaffee?«

»Das wäre reizend.«

Sie glaubte den Hauch eines Akzents in seiner Stimme zu hören. Eilig ging sie in die Küche, setzte den Kessel auf, arrangierte Kekse auf einem Teller und stellte Milchkännchen und Zuckerdose auf ein Tablett – etwas Solides, etwas zum Festhalten an einem Abend, dessen Verlauf sie nicht in der Hand hatte.

Sie trug die Sachen auf einem großen Tablett ins Wohnzimmer. Der Mann erhob sich, als sie eintrat, nahm es ihr aus der Hand und stellte es auf dem Kaffeetisch ab.

»Danke.«

»Uri.«

»Danke, Uri. Ich bin Aoife. Entschuldigen Sie, natürlich hätte ich mich vorhin schon vorstellen müssen.«

Wieder ging die Türglocke. Noch jemand! Sie lief hinaus, um aufzumachen.

Ihre Augen weiteten sich vor Erstaunen. Es war das traurige Mädchen aus dem Laden.

»Hallo.«

»Hallo.«

»Kommen Sie rein. Soll ich Ihnen die Jacke abnehmen?« Sie führte sie ins Wohnzimmer. »Ich bin Aoife.«

»Emily.« Ein angedeutetes Lächeln trat auf ihre Züge.

»Kaffee?«

»Ja. Bitte.«

»Mummy.«

O verdammt. Liam war noch wach. Und nicht nur das – er stand am oberen Treppenabsatz.

»Geh wieder ins Bett.«

»Wer ist da?«

»Nur jemand, der Mummy besuchen möchte.«

»Wer?«

»Niemand, den du kennst. Leg dich wieder schlafen.«

»Aber ich habe noch gar nicht geschlafen.«

»Dann tu es eben jetzt.«

»Ich hab Hunger.«

In ihrer Verzweiflung schloss sie die Wohnzimmertür. Immer dieselbe Masche. Uri goss gerade Milch in Emilys Tasse. Die beiden sahen sie erwartungsvoll an. Sie lächelte knapp und sah auf die Uhr. Viertel vor neun. »Ich denke, wir sollten anfangen.« Sie setzte sich in einen Sessel. »Notfalls erkläre ich eben alles noch einmal, falls noch jemand kommt.«

Aber es kam niemand mehr. Abgesehen von Liam, den Aoife die Treppe herunterkommen hörte. Sekunden später ging die Tür auf, und da stand er, in der vollen Pracht seines Spiderman-Schlafanzugs. Sein Selbstvertrauen verflog schlagartig beim Anblick der beiden Fremden. Er rannte zu seiner Mutter, kletterte ihr auf den Schoß, schlang die Beinchen um sie und vergrub das Gesicht in der weichen, warmen Kuhle zwischen ihrer Schulter und ihrem Hals. Statt der Verärgerung, die sie erwartet hatte, spürte Aoife, wie die Anspannung von ihr abfiel.

»Also. Wir haben die Chance, einen Garten auf Vordermann zu bringen.«

»Tatsächlich?« Uri beugte sich gespannt vor.

»Ja. Die Besitzerin ist so freundlich, uns alles machen zu lassen, was wir wollen.«

»Wo ist dieser Garten denn?«

»Ganz in der Nähe. Nur etwa fünf Minuten zu Fuß.«

»Haben Sie schon einen Plan gezeichnet?«

»Äh. Nein. Noch nicht. Ich wollte zuerst sehen, ob ich überhaupt Interesse wecken kann.«

»Haben Sie Fotos?«

»Nein.«

»Wie groß ist er denn?«

»Etwa viertausend Quadratmeter.«

»Viertausend Quadratmeter in diesem Teil der Stadt! Ein Wunder, dass noch keiner einen Apartmentkomplex hingestellt hat.«

»Stimmt. Die Besitzerin hat überlegt, ihn an einen Grundstücksmakler zu verkaufen, aber offenbar hat sie ihre Meinung geändert.«

»Was schwebt Ihnen vor?« Wieder ergriff Uri das Wort, wohingegen Emily noch gar nichts gesagt hatte.

»Ich sehe das Ganze als Gemeinschaftsprojekt. Jeder, der Interesse hat, kann kommen und helfen. Wir versuchen, den Garten in seinem alten Glanz wiederaufleben zu lassen. Blumen, Gemüse, Kräuter, Obstbäume.«

»Wir könnten Feigen anbauen – ja sogar Weinreben.« Uri lächelte breit.

»Und vielleicht ein Gewächshaus bauen.«

Er wählte seine Worte mit Bedacht. »Na ja, wie Sie ja selbst wissen, ist die Temperatur in einem umfriedeten Garten immer ein wenig höher als in einem offenen, deshalb sollte es möglich sein, an den Mauern Obst anzubauen, wo sich die Hitze speichert.«

Aoife nickte und blickte auf den Teppich vor ihr, während sie spürte, dass ihr die Röte ins Gesicht stieg.

Wie Sie ja selbst wissen.

Einen kurzen Moment lang begegnete sie Uris Blick. Am liebsten hätte sie sich geohrfeigt, weil sie nicht im Vorfeld recherchiert hatte. Und das passierte ausgerechnet ihr!

»Können wir ihn uns ansehen?« Es war das erste Mal, dass Emily das Wort ergriff.

»Den Garten?«

»Ja.«

»Jetzt?« Darauf war sie nicht gefasst gewesen.

Emily nickte.

»Aber es ist schon dunkel.«

»Ich habe eine Taschenlampe dabei«, warf Uri ein.

Das wundert mich nicht, dachte Aoife mit einem Anflug von Bitterkeit, ehe sie sich rasch zur Ordnung rief. Sie konnte von Glück sagen, jemanden gefunden zu haben, der etwas von alldem verstand. Denn sie tat es nicht, wie man unschwer erkennen konnte.

»Aber was ist, wenn noch jemand kommt …« Ihre Stimme verklang. Ihre beiden Besucher sahen zur Uhr, dann zu ihr herüber. Es war neun Uhr. Keiner brauchte etwas zu sagen.

»Was ist mit Liam?«

»Ich kann mitkommen, Mummy.« Liams Worte fühlten sich feucht an ihrer Halsgrube an.

Wieso nicht?, dachte sie. Er war sowieso hellwach. »Okay.«

»Juhu!«, rief er, sprang von ihrem Schoß und lief hinaus; wahrscheinlich um seine Stiefel zu holen.

Dann fiel ihr etwas ein. »Aber ich habe die Schlüssel noch gar nicht.«

»Könnten wir nicht die Besitzerin fragen?«, meinte Uri.

»Das könnten wir wohl. Aber ich möchte sie nur ungern stören, es ist schon ziemlich spät.«

»Natürlich. Sie haben völlig recht. Kann man hineinsehen?«

»Es gibt ein Eisentor.«

»Na, dann.« Er stand auf.

Sie zogen ihre Mäntel an und gingen nach draußen.

Es fühlte sich merkwürdig an, mit Liam an der Hand neben zwei Wildfremden durch die dunklen Straßen zu gehen. Dichte weiße Atemwölkchen entströmten ihren Mündern. Die meiste Zeit schwiegen sie, nur Liams ununterbrochene Fragerei durchbrach die Stille und löste die Anspannung.

Als sie den Garten fast erreicht hatten, trat Uri neben sie.

»Sind Sie Gärtnerin?«

Genau vor dieser Frage hatte sie sich gefürchtet. »Nein, ich bin Dozentin.«

»In Agrarwissenschaft?«

»Nein. Englisch.« Sie sah ihn an. Er hatte den Blick gesenkt. »Und Sie?«

»Ob ich Gärtner bin?«

»Genau.«

»Nein, nur interessierter Laie. Von Beruf bin ich Schneidermeister.«

»Oh.«

Das erklärte sein makelloses Erscheinungsbild. Ob er sah, dass sie ihre Sachen bei *Dunnes* von der Stange kaufte?

»Hier ist es.«

»Oh, den kenne ich«, sagte Emily.

Sie traten vor das Tor und spähten in die Dunkelheit. Die nächste Straßenlaterne stand ein gutes Stück entfernt.

Uri knipste seine Taschenlampe an und richtete den hellen Strahl in den Garten. Sie pressten die Gesichter gegen die Eisenstäbe und folgten mit ihren Blicken dem Lichtkegel, als er die einzelnen Ecken erhellte. Sie betrachteten alles. Waren wie verzaubert. Gut.

»Darf ich auch mal leuchten?«

Uri reichte Liam die Taschenlampe, der ihren Strahl ziellos umherschweifen ließ.

»Tja«, sagte Aoife schließlich, »was denkt ihr?«

»Ich bin dabei«, erklärte Uri.

»Ich auch«, meinte Emily.

Gut.

Gut.

7

Es geschah tatsächlich. Sie würde es tatsächlich tun. Sie und ihre Armee aus zwei Freiwilligen. Aus diesem Grund stand sie an einem regnerischen Dezembermorgen zum dritten Mal auf Mrs Prendergasts Schwelle. Ihre Finger hatten kaum den Messingklopfer berührt, als die Tür bereits aufging.

»Ich habe mich schon gefragt, wann Sie wieder auftauchen.«

Wie reizend.

»Guten Morgen, Mrs Prendergast. Ich bin hergekommen, um Ihnen zu sagen, dass ich Ihr Angebot annehme. Wir fangen gleich nach Weihnachten an.«

»Wir?«

»Ich und meine freiwilligen Helfer.«

»Viele?«

»Anfangs nur ein paar.«
»Also gut.« Sie machte Anstalten, die Tür zu schließen.
»Mrs Prendergast?«
»Was?«
»Ich brauche einen Schlüssel.«

Sie nickte und verschwand im Haus. Aoife hörte, wie sie eine Schublade aufzog und darin kramte. Wenig später kehrte sie mit einem großen, rostigen Schlüssel zurück. »Hier. Ich hatte ihn herausgesucht, für den Fall, dass Sie noch einmal kommen. Er ist für das Vorhängeschloss. Ich weiß aber nicht einmal, ob es sich überhaupt noch öffnen lässt.«

Sie reichte ihn Aoife mit einem eigentümlichen Blick, als wisse sie nicht recht, was sie von ihr halten sollte. Dann schloss sie die Tür.

Auf dem Weg die Treppe hinunter spürte Aoife, wie Freude in ihr aufstieg. Am liebsten hätte sie laut gesungen. Mit federnden Schritten bog sie um die Ecke und schlug den Weg zum Tor ein. Der Schlüssel passte. Aber das war es auch schon. Sie zerrte und zog, fummelte und probierte. Nichts. Sie verfluchte ihre schwachen Frauenhände. Michael hätte das Schloss aufbekommen.

Verärgert über diesen Gedanken versuchte sie es noch einmal, diesmal mit mehr Entschlossenheit, wobei sie stöhnte wie ein Wimbledon-Spieler. Gerade als sie aufgeben wollte, spürte sie, wie das Metall nachgab. Wie etwas ineinandergriff. Ein leises Hochgefühl erfasste sie, als sich das Vorhängeschloss öffnete und ihr in die Hände fiel. Sie löste die Kette – einmal, zweimal, dreimal. Das Tor ging mit einem Quietschen auf, das eines Hitchcock-Films würdig gewesen wäre. Wann hatte es wohl jemand das letzte Mal geöffnet? Eilig trat sie hindurch und zog das Tor hinter sich zu.

Wie still es war. Beinahe unheimlich. Mit einem Mal fühlte sie sich völlig vom Rest der Welt abgeschnitten. Fern vom vorbeirauschenden Verkehr, von Passanten. Hier herrschte vollkommene Stille. Die Zeit schien stillzustehen. Seit vierzig Jahren unberührt. Vorsichtig trat sie in die Mitte des Gartens und fühlte sich, als würde sie jeden Moment unsichtbar. Sie beugte sich vor und berührte die Wasserlinsen auf dem Teich, unter denen eine trübe, dunkelgrüne Brühe zum Vorschein kam. Man konnte den Grund nicht erkennen. Aoife schätzte, dass er etwa dreißig Zentimeter tief sein musste, doch er hätte ebenso gut endlos sein können. Die Erde war aufgeweicht vom Regen, und es herrschte Windstille. Der Garten schien zu atmen, rings um sie, die Pflanzen schienen leise und unbemerkt zu wachsen.

Sie sank auf die Knie und begann zu weinen.

Myrtle senkte den Kopf und verriegelte das Schloss. Das war es. Sie würde den Schlüssel irgendwo aufbewahren, wo niemand ihn fand. Durch die Gitterstäbe warf sie einen letzten Blick hinein. Ein Blick hinein oder hinaus? Sie konnte es nicht sagen, sondern wusste nur eins: Sie würde nicht hierher zurückkehren.

8

Weihnachten lag hinter ihnen. Und je weniger dazu gesagt wurde, umso besser. Es war höchste Zeit für einen Neubeginn. Und im Garten würde er seinen Anfang nehmen.

Aoife hatte ihre Familie gebeten, ihr in diesem Jahr Gartenutensilien zu Weihnachten zu schenken, ohne auf ihre Bemerkungen und schiefen Blicke zu achten – die sich lediglich deshalb im Rahmen hielten, weil sie keine Ahnung hatten, dass Aoife nur einen handtuchgroßen Vorgarten mit ein paar Kübelpflanzen hatte. Also hatte sie einen Spaten, eine große und eine kleine Grabegabel, eine Schaufel, eine Schere zum Stutzen kleinerer Äste sowie eine zweite bekommen, mit der die größeren beschnitten wurden. Sie hatte sich auch mit Fachliteratur eingedeckt, da ihr bewusst geworden war, dass sie allein mit ihren Kenntnissen über die Legende von Amor und Psyche beim Anlegen eines echten Gartens nicht allzu weit kommen würde. Nicht dass sie sich Hoffnung machte, bei Uri damit Eindruck zu schinden. Dieser Zug war wohl abgefahren.

Am ersten Morgen erwarteten sie beide vor dem Tor. Sie sah sie, bevor sie sie bemerkten. Uri hatte die Hände tief in den Manteltaschen vergraben und spähte durch die Gitterstäbe, die bestimmt von einer Reifschicht überzogen waren. Emily hingegen stand in ihrer offenbar typischen Körperhaltung da und starrte ins Leere.

»Tut mir leid, dass ich zu spät komme. Ich habe Liam in den Kindergarten gebracht, er wollte mich aber nicht gehen lassen. Bestimmt spürt er, dass etwas in der Luft ist.« Atemlos und mit rosigen Wangen trat sie vor die beiden. Ihre Nase lief von der kalten Luft, so dass sie sie ununterbrochen mit einem aufgeweichten Zipfel Toilettenpapier abwischen musste. Uri lächelte sie breit an, während Emily knapp nickte. Ihr fiel auf, dass auch sie Gartengerätschaften mitgebracht hatten. Umso besser.

Diesmal musste sie nicht mehr ganz so erbittert kämpfen, um das Schloss aufzubekommen. Schließlich traten sie ein. Emily blieb nach wenigen Schritten stehen und sah sich um. Uri ging bis ans hintere Ende, beugte sich vor und begutachtete alles, während er unablässig vor sich hin murmelte. Aoife ließ ihnen ein paar Minuten Zeit, um sich mit dem

Garten vertraut zu machen, ehe sie zu ihr zurückkehrten. Uri schien voller Tatendrang zu sein, während Emily sie erwartungsvoll musterte.

»Wo fangen wir an?«

Dies war ein heikler Moment für Aoife. Uri wusste eindeutig wesentlich mehr über das Gärtnern als sie, trotzdem ordnete er sich ihr unter. Sie war nicht ganz sicher, wie sie reagiert hätte, wenn er versucht hätte, das Ruder zu übernehmen. Vielleicht hätte sie ihn sogar gewähren lassen. Aber er hatte es nicht getan. Also …

»Tja, hier herrscht ja ein ziemliches Chaos, deshalb müsste wohl als Erstes aufgeräumt werden.«

»Allerdings«, stimmte Uri zu und lächelte, als hätte sie etwas wirklich Intelligentes von sich gegeben und nicht etwas, das unübersehbar auf der Hand lag. »Natürlich wäre es besser gewesen, wenn wir damit schon im Herbst angefangen hätten, aber das soll uns jetzt nicht weiter kümmern.«

»Klar«, erwiderte Aoife und spürte, wie sie eine Woge der Aufregung erfasste. Diese Erkenntnis hatte sie bereits im Zuge ihrer Recherchen gewonnen. »Gut. Könnte sein, dass wir ein paar erhaltenswerte Pflanzen finden, deshalb sollten wir vorsichtig vorgehen, was wir herausreißen.« Sie richtete die Worte an Emily, die ebenso ahnungslos zu sein schien wie sie selbst. »Also«, sagte sie, »legen wir los.«

Drei Tage brachten sie damit zu, Unkraut zu jäten, zu stutzen und zu hacken. Am zweiten Tag setzte leichter Schneefall ein. Uri brachte einen Besen mit, um die oberen Äste der winterharten Sträucher und Bäume davon zu befreien.

»Aber es sieht so hübsch aus«, meinte Aoife.

»Wenn wir den Schnee drauflassen, könnten sie Schaden nehmen.«

»Oh.«

»Ich habe mir Gedanken gemacht«, meinte er. »Möglicherweise bekommen wir ja einen Zuschuss aus der öffentlichen Hand bewilligt.«

»Meinen Sie?«

»Wenn wir das Ganze als Gemeindeprojekt laufen lassen. Das könnte helfen, die Kosten für die Pflanzen zu decken. Soll ich mich darum kümmern?«

»Ja, bitte.«

»In der Zwischenzeit könnte ich jede Menge Stecklinge vorbeibringen.«

»Das wäre toll, Uri.«

Und das war es auch. *Er* war toll – mit seiner albernen und doch bezaubernden Art, sich ihrer Autorität zu unterwerfen. Dabei wäre sie ohne seine Hilfe geliefert, und zwar auf der ganzen Linie. Das war die Wahrheit. Es war, als sei er ihr geschickt worden – geradewegs aus einem Zauber-Versandhauskatalog.

Der Schnee lockte auch Liam nach draußen, wo er auf seinem gelben Spielzeugtraktor auf den halb geräumten Gehsteigen herumfuhr. Aoife hoffte, dass seine Gegenwart die beiden nicht störte. Aber es hatte nicht den Anschein. Ihr war aufgefallen, dass Emily ihn eindringlich musterte, doch sie schien nicht verärgert zu sein, sondern eher neugierig. Uri hingegen erzählte ihm Geschichten. Lange, verworrene Märchen, meistens mit Drachen und Liam als dem unbezwingbaren Helden. Sie redeten nicht viel, die drei Erwachsenen. Abgesehen vom knappen »Könnte ich mal die Gartenschere haben?« und derlei Dingen schien es auch nicht nötig zu sein. Zwischen ihnen herrschte ein Schweigen, das Aoife als eigentümlich behaglich empfand, wenn man bedachte, dass sie einander praktisch nicht kannten. Es musste etwas mit ihrem gemeinsamen Vorhaben zu tun haben.

Am dritten Tag, einem Sonntag, beschlossen sie, bis zum Nachmittag zu bleiben. Ihr Mittagessen bestand aus Ziegenkäse und einem Chutney aus grünen Tomaten, dazu Bio-Äpfel und Mineralwasser mit einem erfrischenden Schuss Holundersaft. Für die Verpflegung hatte Emily gesorgt, deren Tante zufällig der *Good Food Store* gehörte. Aoife brachte eine Thermoskanne Tee mit, Uri die Becher. Liam bekam die erste Gobstopper-Zuckerkugel seines Lebens, die er unter den strengen Blicken seiner Mutter lutschte. In regelmäßigen Abständen streckte er die Zunge heraus. »Welche Farbe hat sie jetzt?«

»Rot«, antwortete Aoife.

»Grün«, meinte Uri.

»Blau«, sagte Emily.

Es war später Sonntagnachmittag, und das Licht schwand bereits.

»Sollen wir für heute Schluss machen?«, fragte Aoife.

»Ich denke schon«, erwiderte Uri.

Sie traten zurück, um ihr Tagwerk in Augenschein zu nehmen. Allmählich wurde die ursprüngliche Aufteilung des Gartens erkennbar.

»Natürlich«, fuhr Uri fort, »werden wir im Frühling, wenn das Wachstum einsetzt, tüchtig jäten müssen. Wir müssen dafür sorgen, dass das Unkraut rauskommt.«

Aoife nickte mit ernster Miene, während sie innerlich beinahe jubilierte. Was kümmerte sie schon ein bisschen Unkraut? Man musste sich nur mal ansehen, was sie in drei Tagen geschafft hatten!

»Kommt her! Schnell.« Emily. Laut rufend. Emily, über deren Lippen normalerweise kaum mehr als ein Flüstern kam. Die beiden liefen zu ihr hinüber, in der Erwartung, sie mindestens mit ausgestrecktem Finger auf etwas zeigen zu sehen. Stattdessen kauerte sie auf dem Boden und strahlte, als sei sie Zeuge einer Erscheinung. »Seht nur.«

Aoife und Uri richteten den Blick auf die Stelle, die Emily freigelegt hatte.

Und da, im schwindenden Licht des Tages, so klein und weiß, blühte ein Schneeglöckchen.

9

Emilys Zukunft erstreckte sich vor ihr wie die Graslandschaft Montanas. Endlos. Grenzenlos in ihren Möglichkeiten. Sie war noch nie in Montana gewesen, hatte aber *Der Pferdeflüsterer* im Kino gesehen. Trotzdem trug sie genau dieses Bild von sich in ihrem Herzen, seit sie von zu Hause fortgegangen war, um das College zu besuchen.

Vielleicht lag es daran, dass ihre Familie so groß war, so dominant und ihr Zuhause im Vergleich dazu so klein. Sie hatte nie ein eigenes Zimmer gehabt, nie allein sein können. Genau aus diesem Grund hatte sie irgendwann angefangen, sich in die großzügigen, herrlich eingerichteten Räume ihrer Fantasie zurückzuziehen. Und genau aus diesem Grund empfand sie ihr winziges Apartment mit einem einzigen Fenster wie den Palast von Versailles, großzügig, strahlend und voller Pracht. Beim Aufwachen lag sie im Bett und spürte die Sonne auf ihren geschlossenen Lidern, die alles blutrot färbte. Sie krümmte ihre Zehen und legte die Arme hinter den Kopf. Sie malte sich aus, wie ihr dunkles Haar sich wie ein Fächer auf dem weißen Kopfkissen ausbreitete, und genoss das Gefühl des Alleinseins, genoss es, jung und frei zu sein und endlich Raum zu haben, um diejenige zu werden, die sie war.

Emily wusste, dass sie sich selbst belog, wenn sie behauptete, sie hätte sich vom ersten Tag an auf dem College so gefühlt. Ganz im Gegenteil – sie hatte mächtige Angst gehabt. Diese Mädchen aus der Stadt kamen ihr so unglaublich selbstsicher vor und gaben ihr das Gefühl, eine völlige Loserin zu sein. Es ging weniger darum, was sie taten und sagten; vielmehr lag das Problem darin, wie sie *waren*. Deshalb hatte Emily sich eine Art Strategie zurechtgelegt. Über Wochen hinweg hatte sie die anderen genau beobachtet – wie sie sich bewegten und sich gaben, allem voran aber, wie sie ihre Klamotten trugen. Am Montag der dritten Woche war sie bereit – knabenhafte Frisur, schlicht und ganz glatt. Dazu hellbraune Ugg-Boots, schwarze Strumpfhosen, einen Jeansrock und eine kurze schwarze taillierte Lederjacke. Um den Hals hatte sie einen Schal drapiert, den sie in Temple Bar erstanden hatte. Ihre Tasche und ihr Schmuck waren secondhand; besonders gern mochte sie die langen Ohrringe, die ihr das Gefühl gaben, als wäre sie Nofretete, die ägyptische Königin. Nichts erinnerte mehr an die Bauerntochter, die sie war, und sie war endlich bereit, sich unter ihre Kommilitoninnen zu mischen. Sie beschloss, sich während der Vorlesung neben eines der Mädchen zu setzen, die ähnlich aussahen wie sie, und darauf zu vertrauen, dass sich irgendwann von allein ein Gespräch ergeben würde.

Und die Strategie ging auf. Ehe sie sich's versah, war sie Teil eines magischen Zirkels von Mädchen, die ihrem Bestreben nach Individualität gerecht wurden, indem sie identische Sachen trugen und identische Ansichten vertraten. Ein Teil von ihr wusste, dass diese Fassade jederzeit in sich zusammenfallen könnte, aber bislang hatte noch niemand gemerkt, dass sie eigentlich überhaupt nicht cool war. Mission geglückt.

Die Jungs waren etwas anderes. Sie waren überall, in jeder nur erdenklichen Form und Gestalt, ihr Lachen laut vor übersteigertem Selbstwertgefühl. Voller Ehrfurcht beobachtete sie sie. Sie fühlte sich wie damals als kleines Mädchen, als sie davon geträumt hatte, über Nacht in einem Bonbongeschäft eingeschlossen zu sein, obwohl es bislang noch nicht einmal zu einem Kuss gekommen war. Sie wollte keinen Fehler machen und sich für den Falschen entscheiden. Es war viel zu wichtig, die richtige Wahl zu treffen.

Eines Abends, irgendwann zu Beginn des zweiten Semesters, saß sie in der College-Bar. Draußen war es kalt, wohingegen sich die Bar einladend und gemütlich anfühlte. Sie saß inmitten fünf oder sechs rauchender, lachender, plaudernder Kommilitoninnen. Auf der anderen Seite des Raums hatte sich ein Grüppchen Jungs niedergelassen, die Bier tranken und die Coolen spielten.

Einer der Jungs, Joe, hatte Emily bemerkt, noch bevor er ihr aufgefallen war. Sein Freund Niall hatte ihn auf sie aufmerksam gemacht. Er stieß Joe an. »Wie findest du die da?«

»Welche?«

»Die auf zwölf Uhr. Dunkle Haare, Beine übereinandergeschlagen.«

Joe warf einen verstohlenen Blick hinüber, dann wandte er sich wieder seinem Bier zu. »Sieht wie eine Bibliothekarin aus.«

»Ja, aber wie eine echt heiße Bibliothekarin. Als wollte sie sich jeden Moment die Brille runterreißen und es dir auf dem Tisch besorgen.«

»Sie trägt überhaupt keine Brille.«

»Du weißt schon, wie ich es meine.«

»Du siehst dir eindeutig zu viele Pornos an.«

»Zu viele Pornos? Kann gar nicht sein.«

Joe sah erneut hinüber. Sie sah nett aus. Klein und dunkelhaarig und adrett. Auf eine unauffällige Art hübsch. Und so, als wäre sie nicht so ohne weiteres zu knacken. Was das Ganze noch spannender machte.

»Lust sie kennenzulernen?«

»Was? Einfach so?«

»Ich kenne eine ihrer Freundinnen. Sie ging in dieselbe Klasse wie meine Schwester. Die müssen im ersten Jahr sein. Los, komm.«

Und so kam es, dass die beiden Jungen den Raum durchquerten und sich den Mädchen vorstellten. Joe setzte sich so dicht neben Emily, wie er nur konnte. »Hi, ich bin Joe.«

»Emily.«

»Hübscher Name.«

»Danke.«

»Bist du im ersten Jahr, Emily?«

Sie nickte.

»Was studierst du denn?«

»Englisch. Schlicht und einfach.«

Englisch – ein schnörkelloses Fach, das perfekt zu ihr passte, fand Joe. Es unterstrich ihre Klarheit.

»Ich studiere Maschinenbau. Drittes Jahr«, erklärte er, da er, völlig korrekt, vermutete, dass sie ihn höchstwahrscheinlich nicht danach gefragt hätte. Und wie vermutet nickte sie nur knapp. Andere Jungen hätten angesichts ihrer Zurückhaltung zum Rückzug geblasen, Joe hingegen war zutiefst beeindruckt von dieser Eigenschaft, vor allem bei Frauen.

»Tja. Kommst du häufiger hierher?«

»Manchmal.«

»Wieso treffen wir uns nicht am Donnerstagabend?«,

schlug er vor. »Nur du und ich«, fügte er hinzu, um eventuelle Missverständnisse auszuräumen.

Emily senkte den Blick und schwieg, was Joes Entschlossenheit noch mehr schürte.

»Um acht?«

»Okay.«

»Sicher?«

»Ja.«

Joe strahlte, und kurz darauf waren er und Niall zu ihren Plätzen zurückgeschlendert.

Emilys Freundin Rebecca – die ehemalige Klassenkameradin von Nialls Schwester – setzte sich auf den Stuhl, von dem Joe gerade aufgestanden war. »Das sah ja recht vertraut aus.«

Emily konnte sich ein Grinsen nicht verkneifen. »Er hat mich gefragt, ob ich mit ihm ausgehe.«

»Was?«

»Nicht so laut – sie sitzen da drüben.«

Die beiden Mädchen sahen zu Joe und Niall hinüber, die sich wieder im Kreis ihrer Rugby-Kumpane befanden.

»Wahrscheinlich reden sie gerade über dich«, vermutete Rebecca.

»Hör auf!«

»Ich ziehe dich doch nur auf! Wohin führt er dich denn aus?«

Emilys Begeisterung schwand sichtlich, als ihr aufging, dass er sie nicht in ein schickes Restaurant eingeladen hatte. »Wir treffen uns hier auf einen Drink.« Sie sah Rebecca an, dass diese genau dasselbe dachte.

»Na ja, immerhin ein Anfang«, meinte sie.

10

Donnerstagabend. Emily war einem hysterischen Anfall nahe. Nur noch zwanzig Minuten, dachte sie und sah in den Badezimmerspiegel, der unter ihren Atemzügen beschlug. Wenn er sie nun versetzte? Ihr Magen zog sich zusammen. O Gott, was sollte sie dann machen? Ausgerechnet in der College-Bar, vor all ihren Freunden und Kommilitonen. Und selbst wenn nur Wildfremde dort wären, würde sie es ihren Freundinnen beichten müssen. Rebecca hatte Gott und der Welt von ihrem »Date« erzählt – falls es überhaupt eines war. O Gott, sie glaubte nicht, dass sie die Demütigung ertragen würde, wenn er sie versetzte.

Sie musste sich eine Strategie überlegen. Sie würde einfach etwas zu lesen mitnehmen. Jemand hatte ihr gerade *Die unerträgliche Leichtigkeit des Seins* geliehen. Oder, noch besser, sie kam zehn Minuten zu spät. Sollte er noch nicht dort sein, konnte sie einfach weitergehen, und keiner würde etwas merken. Natürlich bedeutete dies weitere zehn Minuten, in denen sie den Verstand zu verlieren drohte. Wie um alles in der Welt sollte sie sich so lange beschäftigen? Sie versuchte zu lesen, doch die Seiten hätten ebenso gut leer sein können. Sie sprang aufs Bett und hüpfte eine geschlagene Minute darauf herum, um ihren rebellierenden Magen unter Kontrolle zu bekommen. Dann stieg sie herunter und machte einen Handstand an der Wand, wobei ihr Kichern vom kastanienbraunen Stoff ihres Zigeunerrocks gedämpft wurde, der ihr übers Gesicht hing und das Gefühl gab, wieder zwölf Jahre alt zu sein. Die Welt verkehrt herum betrachten. Eine völlig andere Perspektive. Und das letzte Mal an diesem Abend, dass ihre Unterhose zu sehen sein würde, so viel stand fest. Sie löste die Beine von der Wand und kam zurück in den Stand, atemlos und mit gerötetem Gesicht. Sie sah auf die Uhr. Die Zeiger schienen beschlossen zu haben, ihre Tätigkeit einzustellen.

Doch die Zeit war nicht stehen geblieben, obwohl es den Anschein hatte. Denn mittlerweile war es zehn Minuten nach acht. Sie machte sich auf den Weg zur College-Bar, hoch erhobenen Hauptes, die Schultern gestrafft, das Herz in der Hose. Da war er! Zumindest sah es so aus. Der Junge saß mit dem Rücken zu ihr, die Hände locker auf dem Tisch verschränkt, breitschultrig und stämmig. Sein kurz geschnittenes schwarzes Haar lockte sich. Als sie näher kam, sah sie seine dunklen Koteletten. Er sah auf die Uhr.

»Joe?«

»Emily.« Er stand auf, ganz der wohlerzogene junge Mann, und sein Lächeln verriet seine grenzenlose Erleichterung. Er deutete auf den Platz ihm gegenüber, worauf Emily sich setzte und die Beine übereinanderschlug.

»Du bist gekommen«, sagte Joe.

»Ja. Bin ich.«

»Darf ich dir etwas zu trinken holen?«

»Ja, ein Corona, bitte.«

Joe holte zwei Flaschen, stellte sie auf den Tisch und setzte sich wieder. »Tja. Du studierst also Englisch. Bestimmt liest du gern«, meinte er.

»Ich liebe Bücher.«

»Etwas Bestimmtes?«

»Nein, wie es gerade kommt.«

Sie lieferte ihm nicht allzu viel, wo er einhaken konnte, doch er ließ sich nicht beirren. »Ich mag Bücher auch sehr. Am liebsten lese ich Thriller. Dan Brown, John Grisham. Solche Sachen.«

Keine Antwort.

»Liest du auch Thriller?«

»Eigentlich nicht.«

»Was, überhaupt keine? Aber *Sakrileg* musst du doch kennen. Jeder hat das gelesen.«

»Ja, das habe ich gelesen.«

»Und?«

»Ich fand, dass es ziemlich schlecht geschrieben war.«

»Mir hat es jedenfalls gefallen«, erwiderte Joe lahm und wechselte das Thema. »Und wie schmeckt dir das Collegeleben so?«

»Ach ja, ganz gut. Es ist nett.«

»Wohnst du auf dem Campus?«

»Nein, ich habe ein Apartment.«

Emily las förmlich seine Gedanken – Mädchen vom Land, eigene Wohnung. Ein Punkt für sie. Vielleicht.

»Woher kommst du nochmal?«, erkundigte er sich.

»Aus Kilkenny.«

»Ach ja.« Wieder eine Sackgasse. Joe wusste unübersehbar rein gar nichts über ihre Heimat.

Emily saß da und beobachtete besorgt, wie er kämpfte. Sie wollte nicht so zugeknöpft wirken. Was andere Menschen als Arroganz auslegten, war in Wahrheit lediglich Schüchternheit. Und obwohl dieser Eindruck manchmal durchaus praktisch sein konnte, war er in anderen Momenten – wie zum Beispiel jetzt – lästig und unangenehm. Sie musste ihm einen Rettungsring zuwerfen, bevor er vor Verlegenheit vor ihren Augen unterging.

»Wie ist dein zweiter Name, Joe?«

Er hieß Joseph Francis, nach seinen beiden Großvätern. Und Luke hatte er sich selbst zugelegt. Wegen Luke Skywalker.

Einen Augenblick lang fragte sie sich, ob er dämlich war, verwarf den Gedanken jedoch sofort wieder. Er konnte nicht dämlich sein, wenn er Maschinenbau studierte. Wahrscheinlich war er ein absolutes Ass in Mathematik und Physik und so. Emily hingegen war in Mathematik eine Niete gewesen und hatte folglich größten Respekt vor allen, bei denen es nicht so war.

»Ich meine deinen Nachnamen. Joe und wie weiter?«

»Joe Devine.«

Joe zwang sich, nicht darüber nachzudenken, wie sie ihrer beider Nachnamen im Geiste bereits zu einem Doppelnamen vereinte. Er wusste, dass Mädchen so etwas taten. »Und du?«

»Emily Harte.«

Joe streckte ihr grinsend die Hand hin. »Freut mich, dich kennenzulernen, Emily Harte.«

Emily ergriff seine Hand und schüttelte sie. Ihre Blicke begegneten einander und verharrten, ebenso wie ihre Finger, länger, als es nötig gewesen wäre. Schließlich lösten sie sich voneinander, und sie wandten sich ihrem Corona zu. Doch das Eis war gebrochen. Sie lächelten einander an.

Emily warf sich aufs Bett und schwelgte in der Erinnerung an den Abend.

Emily Harte-Devine. Emily Devine-Harte. Oh, es war zu schön, um wahr zu sein. Sie würde sich noch nicht einmal einen Künstlernamen zulegen müssen, wenn sie Autorin von Liebesromanen wurde. Obwohl ihr niemand abkaufen würde, dass es ihr echter Name war. Und ebenso wenig konnte sie glauben, dass Joe echt war. Realität. Joe Devine. Der wunderbare Mr Joe Devine. Sie unternahm einen halbherzigen Versuch, ihre Fantasie zu zügeln, wohl wissend, dass sie die Angewohnheit hatte, den Jungs ihrer Träume Eigenschaften anzudichten, die sie in Wahrheit gar nicht besaßen. An den Pickeln vorbei auf den Byron zu blicken, der in ihnen schlummerte. Doch sie war sicher, dass es diesmal anders war. So hatte sie nicht empfunden, seit … nun ja, noch nie.

Emily fragte sich, ob Joe ein Kandidat für den Mann fürs Leben sein mochte.

In einem kleinen Apartment ganz in der Nähe lag Joe im Bett und fragte sich, welche Farbe Emilys Brustwarzen haben mochten …

11

Inzwischen waren sie bereits ganze zwei Wochen zusammen. Und wie verliebt zumindest ein Teil von ihnen doch war! Obwohl sie es nur im alleräußersten Notfall zugeben würde, war Emily auch ein ganz klein wenig in den Anblick verliebt, den sie und Joe der Welt – oder zumindest den Leuten auf dem College – boten. Sie waren ein so tolles Paar. Er war genau einen Kopf größer als sie, so dass ihr eigener exakt an die Kuhle seiner Schulter passte, sollte sie den Wunsch haben, ihn dorthin zu legen, was recht häufig der Fall war. Und falls er irgendwelche Einwände haben sollte, äußerte er sie zumindest nie. Sie wiederum besaß genau die richtige Größe für ihn, damit er ihr den Arm lässig, aber trotzdem besitzergreifend um die Schultern legen konnte – eine Haltung, in der sie wunderbar umherschlendern konnte; er voran und sie die Frau, die ihm folgte. Für ihre Begriffe ergänzten sie einander perfekt, bis hin zur Haarfarbe und ihrer Kleidung. Emily gefiel Joes Stil, auch wenn er für ihren Geschmack eine Spur zu derb war. Und Joe gefiel Emilys Künstlerlook, der ihnen als Paar Eleganz und ihm einen Schuss Extravaganz verlieh, wie er fand.

Mit anderen Worten – sie waren das perfekte Paar.

Deshalb war es eine reine Frage der Zeit, bis sie bereit waren, ihre Beziehung einen Schritt weiterzuführen. Wobei ein bestimmter Teil eher dazu bereit war als der andere.

Joe hatte es schon viele Male gemacht, was er Emily allerdings nicht gesagt hatte. Das brauchte er auch gar nicht – sie spürte den Druck auch ohne weitere Erklärung. Sie hatte es noch nie getan. Natürlich hatte sie es ihm nicht gesagt, ahnte jedoch, dass er es trotzdem wusste. Und wie froh sie war, dass sie gewartet hatte, bis sie in einem Alter war, in dem viele sie als alte Jungfer abgestempelt hätten. Sie hätte sich durchringen können, es schon vor Jahren hinter sich zu bringen – im Zuge irgendwelcher schwitziger, unbeholfener Fummeleien. Stattdessen hatte sie nun dieses kostbare Geschenk, das sie gemeinsam mit Joe auspacken konnte. Allein bei der Vorstellung wurde ihr schwindlig vor Aufregung. Sie spürte all ihre Sinne förmlich vibrieren und konnte an kaum etwas anderes denken. Die Vorlesungen zogen wie im Nebel an ihr vorüber – selbst diejenigen bei den spannenden Professoren, denen sie sonst atemlos lauschte. Sie war unfähig, sich auch nur eine Minute zu konzentrieren. Es sei denn, wenn es um die Frage ging, welches Kleid sie am alles entscheidenden Abend tragen würde. Der alles entscheidende Abend fiel auf einen Freitag. Die designierte Nacht ihrer Entjungferung. Auch wenn es unausgesprochen war, wussten sie es beide.

Ihr Kleid war schillernd bunt und federleicht. Und es gab ihr das Gefühl, als trüge sie Schmetterlingsflügel.

Sie hatten sich auf ihr Apartment geeinigt, weil es dort sauberer war, besser roch und Emily eine größere Anzahl stimmungsvoller Kerzen besaß. Als es endlich so weit war, stellte Emily fest, dass sie kaum in der Lage war, Joe anzusehen; ganz zu schweigen davon, sich auszuziehen. Also überließ sie es ihm. Langsam machte er sich ans Werk. Ehrfurchtsvoll. Emily streckte die Arme aus, spürte, wie sie sich öffnete. Wie sie sich ihm zeigte. *Sieh her, dies ist der Körper, den ich dir schenke.*

Später, als es vorbei war, lag sie da, das Laken bis zum Kinn hochgezogen – kaum beeindruckt vom rein körperlichen Erlebnis, dafür aber überwältigt von ihren Gefühlen für Joe.

Joe stand auf und ging ins Badezimmer. Erst dort stellte er fest, dass das Kondom gerissen war. Er überlegte kurz, ob er es ihr sagen sollte, verwarf den Gedanken jedoch. Wieso den Abend verderben? Die Wahrscheinlichkeit, dass etwas passiert war, ging gegen null. Er spülte den Beweis die Toilette hinunter und wünschte, er könnte zu den Jungs ins *Doyles* gehen. Aber wahrscheinlich sollte er lieber zurück ins Bett und noch eine Weile mit ihr kuscheln. Genau das wollten die Mädels doch, oder?

Emily fühlte sich ein bisschen seltsam. Sie führte es auf den Stress zurück. Joe-Stress. Seit ihrer gemeinsamen Nacht war es nicht mehr dasselbe. Sie konnte nicht genau sagen, was sich verändert hatte, spürte jedoch, wie sein Interesse erlahmte, was sie mit Panik erfüllte. Sie durfte nicht zulassen, dass er sie jetzt verließ. Nicht nachdem sie sich ihm geschenkt hatte, ihren Körper und ihre Seele. Einigen ihrer Freundinnen war es ebenfalls aufgefallen, so dass sie sich den einen oder anderen bissigen Kommentar gefallen lassen musste. Früher hätte er sie doch nie warten lassen. Zwanzig Minuten blanke Qual unter den unwilligen Zeigern der blauen Wanduhr. Manchmal fiel ihr auf, wie seine Gedanken auf Wanderschaft gingen, wenn sie mit ihm redete, wie sein Blick über ihre Schulter und im Raum umherschweifte. Mittlerweile war meist sie diejenige, die redete – stets darauf bedacht, seine flüchtige Aufmerksamkeit zu gewinnen. Sie verstand es einfach nicht. Sie hatte ihm doch schließlich alles gegeben, was er hatte haben wollen.

Der Stress forderte seinen Tribut. Ihr war übel. Allein beim Anblick von Fleisch oder Fisch begann sie zu würgen, vom Geruch ganz zu schweigen. Besonders morgens.

Besonders morgens.

Moment mal.

Sie ging in die nächste Apotheke.

Unglaublich, wie allein das Pinkeln auf ein Stück weißes Plastik das Leben und die Zukunft eines Menschen von Grund auf verändern konnte. Die dünne blaue Linie, die das alte Leben vom neuen trennt. Eine Linie, die ebenso gut eine gähnende Kluft sein könnte. Als sie auf den unumstößlichen Beweis ihres Zustands starrte, fühlte sie sich, als stürze sie in einen tiefen Abgrund. Vielleicht öffnete die Toilette ja gleich ihren gigantischen Schlund und verschlang sie.

Das Ausmaß der Katastrophe war zu gewaltig, als dass ihr Verstand sie erfassen könnte. O mein Gott. Das kann nicht sein. O mein Gott. Das *kann* doch nicht sein. Er hat doch ein Kondom benutzt. Das kann nicht sein. O mein Gott.

Sie schnappte den zweiten Test, der dieselbe unumstößliche Wahrheit ans Tageslicht brachte. Dann ging sie zurück in die Apotheke und investierte ihr restliches Geld für diese

Woche in eine weitere Doppelpackung. Auch Test Nummer vier brachte kein Wunder, ebenso wenig Test Nummer fünf. Wie ein gefangenes Tier tigerte sie in ihrem Apartment auf und ab, ließ sich aufs Bett fallen, vergrub das Gesicht im Kissen, schlang sich die Decke um die Schultern, nur um gleich darauf aufzustehen und ihre Wanderung wieder aufzunehmen.

Schließlich durchbrach sie den Teufelskreis und floh aus dem Apartment. Es gab nur einen Menschen, der ihr in dieser Lage helfen konnte, und dieser Jemand saß gerade mit seinen Kumpels in der College-Bar. Sie lief die Straße entlang. Viel zu spät merkte sie, dass sie keine Jacke trug, und schlang sich die Arme um den Oberkörper. Abrupt blieb sie stehen. Schadete es dem Baby, wenn sie rannte? Eine düstere Vorahnung beschlich sie, wie ihr Leben von nun an aussehen würde. Sie wäre gezwungen, tagtäglich die Bedürfnisse eines anderen Menschen über ihre eigenen zu stellen. Aber sie war nicht bereit dazu. Schließlich war sie erst neunzehn und konnte noch nicht einmal anständig für sich selbst sorgen.

Wieder verfiel sie in Laufschritt und blieb erst stehen, als sie die Bar erreichte. Sie ging hinein. Die laute Musik übertönte das Hämmern in ihrem Schädel. Hektisch sah sie sich nach Joe um, ohne die schiefen Blicke zu registrieren, die die Gäste ihr zuwarfen. Schließlich entdeckte sie ihn; nicht inmitten seiner Freunde, sondern in einer Nische. Mit Rebecca. Emilys Freundin. Sie wirkten sehr vertraut, saßen dicht beisammen, sein Arm ruhte auf der Rückenlehne ihres Stuhls. Emily trat vor sie und starrte Rebecca mit versteinerter Miene an.

Rebecca warf ihr einen provozierenden Blick zu. »Ich gehe dann mal an die Bar«, sagte sie und schlenderte davon.

Emily setzte sich auf den noch warmen Stuhl. Joes Körper sprach Bände. Er versuchte nicht einmal sie zu berühren.

»Ich muss mit dir reden«, sagte sie.

»Was ist los?« Seine Miene, sein Tonfall, sein Gebaren verrieten Argwohn.

Sie drückte ihm unter dem Tisch den letzten der Schwangerschaftstests in die Hand.

Verblüfft starrte er ihn an. »Was ist das?«

Sie schwieg.

»Ist es das, was ich glaube?«

Sie nickte.

»Großer Gott.« Er schlug sich die Hand vor die Augen. Erst in diesem Moment begann Emily zu weinen. Sie vergrub das Gesicht an seinem Hals und schluchzte leise, wartete darauf, dass er die Arme um sie legte. Doch er tat es nicht. Stattdessen tätschelte er ihre Schulter. »Mach dir keine Sorgen. Das kommt schon wieder in Ordnung.«

12

Joes und Emilys Vorstellungen von »wieder in Ordnung kommen« entpuppten sich als völlig unterschiedlich. Emily beging den Fehler zu glauben, Joe eile zu ihrer Rettung herbei.

Am nächsten Tag saßen sie auf einer Bank in St. Stephen's Green und sahen teilnahmslos den Enten zu. Es war ein herrlicher Tag. Über ihren Köpfen rauschten leise die Blätter, die Oberfläche des Teichs kräuselte sich sanft, in der Ferne konnte Emily goldgelbe Narzissen und dazwischen einzelne scharlachrote Tulpen ausmachen – ein Anblick, der ihr aufgewühltes Inneres zumindest ein klein wenig besänftigte.

Anlass ihrer Verabredung war, ihre aktuelle Situation zu besprechen. Zumindest hatte Joe es so ausgedrückt. Als handle es sich um die Organisation eines Kleinbetriebs. Emily wusste nicht recht, was sie empfinden sollte. Joe war noch da. Das war gut. Sehr gut sogar. Aber wo war die Freude, die Aufregung, die einen normalerweise erfasst, wenn ein neuer Lebensabschnitt beginnt? Sie konnte sie nicht spüren. Rein vom Verstand konnte sie es ja nachvollziehen, aber ihr Herz ...

Nicht dass sie nie darüber nachgedacht hätte, ein Kind zu bekommen. Sie konnte sich nur zu gut an die Mitteilungen ihrer Mutter erinnern, als sie mit Emilys jüngeren Geschwistern schwanger gewesen war. Wie glücklich sie damals alle gewesen waren; diese gespannte Erregung, die die ganze Familie erfasst hatte.

Ganz anders als dieses grauenhafte Gefühl der Taubheit, das sie nun empfand.

»Hast du dir schon Gedanken darüber gemacht, wie du es machen willst?«, fragte Joe und starrte auf seine Schuhspitzen.

»Was meinst du mit ›machen‹?«

Es war doch bereits alles getan.

»Ich meine, hast du alle Alternativen durchdacht?« Seine Stimme war tonlos, doch sie spürte die Gereiztheit, die unmittelbar unter der Oberfläche brodelte.

»Welche denn?« Sie würde ihm nicht die Befriedigung verschaffen, das Wort an seiner Stelle auszusprechen.

»Komm schon, Emily. Du weißt genau, was ich meine. In England gibt es doch Kliniken, wo man hingehen kann.«

Sie schwieg. Ihre Miene war ausdruckslos, doch ihr Inneres fühlte sich an, als würde es in Stücke gerissen.

»Niall ist vor ein paar Jahren dasselbe mit einem Mädchen aus seiner Heimat passiert. Sie ist einfach hingeflogen. Am nächsten Tag war sie wieder zu Hause. Und damit war die Geschichte vorbei und vergessen.«

Die Stille zwischen ihnen war ohrenbetäubend.

»Willst du uns denn nicht?« Wie kleinlaut und weinerlich sich ihre Stimme anhörte. Sie hasste sich dafür, wusste, dass es das Schlimmste war, was sie sagen konnte, doch sie konnte sich die Frage nicht verkneifen.

Joe stieß einen entnervten Seufzer aus und schloss die Augen. »Es geht doch nicht darum, dass ich euch nicht haben will. Es ist nur ... Dir muss klar sein, was für eine Katastrophe das ist, Emily. Für uns beide. Keiner von uns hat einen Abschluss. Ich habe noch anderthalb Jahre vor mir und du sogar dreieinhalb, Herrgott noch mal. Es wird noch Jahre dauern, bevor einer von uns auch nur halbwegs anständig verdient. Und was ist mit dem Studium, das dir so viel bedeutet? Wie willst du das schaffen, wenn du dich um ein Baby kümmern musst?«

»Auf dem Campus gibt es sogar eine eigene Kindertagesstätte.«

Er strich sich mit der Hand über die Stirn. »Aber was ist mit dem Rest der Zeit?«

»Wir könnten es bestimmt schaffen. Zusammen.«

Bedeutungsschwanger hingen die Worte in der Luft.

Er versuchte es mit einer anderen Taktik. Mit Vernunft. »Die Schwangerschaft ist noch nicht weit fortgeschritten. Wie weit bist du? Sechste Woche? Es ist ja noch gar kein Baby, sondern gerade mal so groß wie ein Stecknadelkopf.«

»Es hat schon einen Herzschlag.«

Zum ersten Mal sah er ihr direkt ins Gesicht. »Du willst das doch nicht ernsthaft durchziehen, oder?«

»Ich werde nicht abtreiben, nein.«

»Nenn mir einen guten Grund, weshalb du es nicht tun willst.«

»Du weißt nicht viel über meine Familie, oder?«

»Ich weiß, dass ihr sechs Geschwister seid.«

»Genau. Sechs Kinder. Wie es sich für eine anständige katholische Familie gehört. Mein Vater ist Küster, und meine Mutter redet ununterbrochen von der Bedeutung der Familie und dem Recht des Ungeborenen auf Leben und all solchen Dingen.«

»Deine Familie hat doch nicht die leiseste Ahnung. Und du gehst nicht mal in die Kirche.«

»Hier nicht, das stimmt. Aber darum geht es nicht, Joe. Selbst wenn sie es nicht wüssten – *ich* wüsste es. Und ich könnte mit diesem Wissen nicht leben.«

»Großer Gott, als Nächstes verlangst du noch von mir, dass wir heiraten.« Er sah sie entsetzt an. »Du willst doch nicht …«

»Natürlich nicht.«

»Schönen Dank auch.«

Ihr Herz zerbarst. Damit wusste sie endgültig, wo sie stand. Auf Sumpfland.

Er beugte sich vor, stützte die Ellbogen auf die Knie und vergrub das Gesicht in den Händen.

»Willst du nicht wenigstens vorher in Ruhe darüber nachdenken?«

Vergeblich versuchte sie, ihre Stimme ruhig klingen zu lassen. »Joe. Das ist unser Baby. Ein Teil von dir und von mir. Ich werde es nicht töten.« Sie starrte geradeaus. Ihr Blick blieb an einer Trauerweide hängen – eine Ironie, die ihr nicht entging, während ihr Tränen in die Augen stiegen. »Willst du mit mir Schluss machen?«

Joe sah sie verzweifelt an. Würde sie doch nur endlich

aufhören, ihn mit diesen großen, tränenerfüllten Augen anzusehen. Er legte die Arme um sie. »Aber nein, natürlich mache ich nicht mit dir Schluss.«

Emily begann zu weinen. Heiße Tränen der Dankbarkeit benetzten seinen Pullover.

Eine Zeit lang lief es gar nicht so übel. Sie konnte nicht behaupten, Joe sei so engagiert bei der Sache wie zu Beginn, aber immerhin erschien er von Zeit zu Zeit auf der Bildfläche. Und er zeigte sich mitfühlend, wenn es ihr nicht gut ging – einmal brachte er ihr sogar eine Schachtel kandierten Ingwer, weil er gehört hatte, er helfe gegen Übelkeit. Doch wann immer sie über das Baby sprechen wollte, verfiel er in Schweigen. Sie hatten vereinbart, ihren Freunden und Kommilitonen gegenüber vorläufig Stillschweigen zu wahren. Weshalb noch größeren Druck aufbauen? Doch als Emily auf die sechzehnte Woche zusteuerte und ihre Taille immer mehr schwand, spürte sie, dass es an der Zeit war, das heikle Thema mit ihren Eltern zu besprechen. Schon zweimal hätte sie es fast ihrer Mutter gesagt, doch im letzten Augenblick hatte sie jedes Mal der Mut verlassen. Ihre Eltern standen dem Thema Sex vor der Ehe ähnlich positiv gegenüber wie einer Abtreibung. Offen gestanden fürchtete sie sich vor ihrer Reaktion. Doch sie konnte nicht ewig mit ihrem Zustand hinter dem Berg halten.

Sie bekam ein Baby. Allein beim Gedanken daran drohte ihr Herz vor Glück zu zerspringen. Sie erkannte sich selbst kaum wieder. Anfangs war ihr die Schwangerschaft wie eine entsetzliche Tragödie erschienen, die ihren beruflichen Plänen ein jähes Ende bereitete und ihre Beziehung mit Joe gefährdete. Doch nun sah sie es anders. Bald waren sie eine Familie.

Sie weihte Joe beim Kaffee in ihre Pläne ein. Am Freitagabend könnten sie zu Joes Eltern gehen und am Samstagmorgen in den Bus steigen und nach Kilkenny fahren.

»Okay«, sagte er schließlich.

Sie lächelte und drückte seine Hand. Damit wäre das Ganze endlich »offiziell«.

An besagtem Freitag zog sie sich ihre schönsten Sachen an, wobei sie weniger Wert darauf legte als sonst, ihr Bäuchlein zu kaschieren. Wie lange hatte sie sich darauf gefreut, Joes Eltern kennenzulernen – als seine Freundin vorgestellt zu werden.

Sie hatten vereinbart, sich vor der Bibliothek zu treffen. Da sie fünf Minuten zu früh kam, machte sie sich keine Gedanken, dass er noch nicht dort war. Sie beobachtete das bunte Treiben der College-Studenten, die gut gelaunt ins Wochenende starteten. Sie beneidete sie nicht. Was sie hatte, war noch viel besser.

Nach einigen weiteren Minuten begann sie sich Sorgen zu machen. Sie schrieb eine SMS. »Wo bleibst du denn?«

Die Antwort kam fünf Minuten später. »Tut mir leid. Ich kann das einfach nicht.«

Panisch versuchte sie ihn anzurufen, doch es sprang nur seine Voicemail an. Was meinte er damit? Dass er sich doch nicht überwinden konnte, es seinen Eltern zu sagen, oder dass er ihre Beziehung beenden wollte? Eine Weile saß sie reglos da, dann stand sie auf und ging zum öffentlichen Münztelefon. Sie schob sich an der Warteschlange vorbei und nahm das Telefonbuch. D. Devine. Da waren sie, Joseph und Patricia. Eine Adresse in Ranelagh. Eilig verließ sie den Campus und winkte ein Taxi heran, obwohl sie es sich eigentlich nicht leisten konnte. Wenn Joe zu feige war, es seinen Eltern zu sagen, würde sie es eben für ihn tun müssen. Sie hatten das Recht zu erfahren, dass sie bald Großeltern wurden.

Sie waren zu Hause. Emily zahlte das Taxi und stieg aus. Es war sinnlos, es warten zu lassen. Sie setzte sich auf eine Mauer gegenüber. Einige Passanten warfen ihr neugierige Blicke zu. Möglicherweise sah sie ziemlich aufgelöst aus. Im Erdgeschoss ging das Licht an. Eine große schlanke Frau in den Fünfzigern mit aschblondem, glattem Haar erschien. Emily sah zu, wie sie nach der Zeitung griff und sich in einen Sessel neben dem Fenster setzte. Ihre zukünftige Schwiegermutter. Nach einer Weile stand die Frau auf und zog die Vorhänge zu. Emily beobachtete die schemenhafte Gestalt, die sich setzte. Hübscher Garten, dachte sie leidenschaftslos. Sie fragte sich, ob Joes Vater wohl gern gärtnerte. Nannte seine Frau ihn Joseph oder Joe? Sie würde es nie erfahren.

Nach etwa einer Stunde kam die Besitzerin des Hauses, auf dessen Mauer sie saß, heraus und baute sich vor ihr auf.
»Kann ich Ihnen helfen?«, fragte sie kühl.
»Ich wollte gerade gehen.« Emily stand auf. Ihr Hintern war ohnehin eiskalt.

Der Frühlingsgarten

*Willst du aber ein Leben lang glücklich sein,
so schaffe dir einen Garten.*

Chinesisches Sprichwort

13

Aoife war erstaunt, welche Befriedigung ihr das Buddeln in der Erde verschaffte. Wie herrlich es war, die Spatenklinge im Erdreich zu versenken. Als steche man mit einer Gabel in ein butterweiches Stück Schokoladenkuchen. Es war herrlich, den Boden umzugraben, die schwarze, krümelige Erde mit all den Regenwürmern, die sich darin tummelten. Würmer, die seit vierzig Jahren nicht mehr gestört worden waren. Sie und ihre Urgroßwürmer. Ein Anflug von schlechtem Gewissen keimte in ihr auf, aber schließlich diente das Ganze einem höheren Ziel.

Ebenso wie all die anderen Tätigkeiten, die man automatisch erledigen konnte, wie Gehen, Auto fahren und Duschen, half Umgraben auf unnachahmliche Art, der Lösung ihrer Probleme näher zu kommen, ohne es bewusst versuchen zu müssen. Sie verlieh ihrem Leben eine neue Ordnung, während sie ebendieses mit dem Garten tat.

Uri trat hinter sie. »Es wird allmählich.«

Sie unterbrach ihre Arbeit und stützte sich leicht außer Atem auf ihren Spaten. »Ja, nicht? Ich dachte, wir fangen mit einem Beet Brunnenkresse an, dann eine Reihe Kartoffeln hier drüben, und als Nächstes Karotten, Mangold, Steckrüben, und am Ende die Kornblumen.«

Uri nickte, dann ging er in die Hocke, hob eine Handvoll schwarze Erde auf und ließ sie durch die Finger rieseln. »Das ist gute Erde. Sehr gute sogar.«

»Ich weiß.« Früher hätte Aoife es gewiss eigenartig gefunden, wenn jemand mit Begeisterung in der Erde wühlte, doch heute konnte sie es nachvollziehen. Ihr Blick blieb an etwas hängen. »Da ist sie wieder.«

Uri folgte ihrem Blick zu einem der Fenster im oberen Stockwerk; gerade noch rechtzeitig, um eine leichte Bewegung des Vorhangs zu sehen. »Ich habe sie wieder verpasst. Wie schade, dass sie nicht herunterkommt und Hallo sagt.«

»Ja. Sehr schade.« Insgeheim war Aoife froh, dass sie sich nicht mit Mrs Prendergast herumschlagen musste.

Sie schaute Uri hinterher, als dieser auf dem Weg zu seinen Apfelbäumen immer wieder stehen blieb, um hier und da Unkraut herauszuzupfen wie ein zum Leben erwachter Gartenzwerg. Das Unkraut war ein Problem, dessen Ausmaß sich erst mit Einsetzen des Frühlings gezeigt hatte – ganz besonders ein Kraut, das Aoife in Gedanken als »Fieskraut« bezeichnete, in Wahrheit aber Geißfuß hieß, wie Uri ihr erklärt hatte. Während der jahrelangen Vernachlässigung hatte es beinahe die Hälfte des Gartens überwuchert. Die Diskussion über den Einsatz chemischer Vernichtungswaffen war sehr kurz gewesen.

Aoife: »Wir können doch immer noch Unkrautvernichter verwenden. Nur dieses eine Mal.«

Emily: »Nein.«

Uri: »Definitiv nicht.«

Aoife: »Also gut. Dann lasst uns jäten.«

Sie hatte das Gefühl, die Schlacht allmählich zu gewinnen. Langsam, aber sicher.

Aoife nahm ihre Tätigkeit wieder auf. Und dann geschah etwas, womit sie nie im Leben gerechnet hätte. Am hinteren Ende des Gartens befand sich eine Holztür, die keiner von ihnen bisher benutzt hatte, weil sie in Mrs Prendergasts Privatgarten führte. Doch an diesem Morgen öffnete sie sich. Und heraus trat Mrs Prendergast mit einem Teetablett und einem Teller zarten Gebäcks. Sie unterbrachen ihre Tätigkeit und starrten sie an. Ehe jemand reagieren konnte, hatte Mrs Prendergast das Tablett abgestellt und war wieder verschwunden. Die Tür schloss sich hinter ihr.

Die drei blickten einander an, dann gingen sie vorsichtig auf das Tablett zu, als wäre es von Feen abgestellt worden. Es sah aus, als käme die Queen höchstpersönlich zu Besuch – hauchzarte Porzellantassen samt Untertassen und sogar ein Papierdeckchen auf dem Teller. Lachend biss Uri in einen Keks und deutete auf die Teekanne. »Würdest du einschenken?«, fragte er Emily.

Als sie an diesem Tag nach Hause gingen, öffnete Aoife die Holztür, ging ums Haus herum und klopfte dreimal an. Als niemand reagierte, stellte sie das Tablett auf die Schwelle und machte kehrt. Nach einigen Schritten hielt sie inne und wandte sich um. »Danke«, rief sie in die Stille hinein.

Dieses Ritual wiederholte sich Tag für Tag, wann immer sie im Garten arbeiteten. Anfangs versuchten Uri oder Aoife, sich bei Mrs Prendergast zu bedanken und sie in ein Gespräch zu verwickeln, doch sie war zu schnell. Manchmal hörten sie sie nicht einmal kommen, sondern entdeckten nur irgendwann das Tablett, wobei ihnen allein die Temperatur des Tees einen Hinweis darauf gab, wie lange er schon dort stand. Eines Tages wurde die Routine durchbrochen. Mrs Prendergast erschien in der Tür. Früher als gewohnt, dafür ohne Tablett. Sie trug einen Strohhut mit einem rosafarbenen Band und abgenutzte braune Lederhandschuhe. In der rechten Hand hatte sie eine Gartenschere, in der linken einen Weidenkorb, wie man ihn zum Sammeln von abgeschnittenen Blüten benutzt. Sie ging an Aoife vorbei. »Ich übernehme die Rosen«, erklärte sie. »Sie richten sie noch zugrunde.«

Später an diesem Morgen ging Aoife zu ihr. »Hallo, Mrs Prendergast. Wie geht es Ihnen?«

»Ich habe beschlossen, den Garten auf den Markt zu geben.«

»Was?«

»Ich werde den Garten verkaufen.«

»Aber das können Sie nicht!«

Mrs Prendergast fuhr herum und bedachte sie mit einem ehrfurchtgebietenden Blick.

»Ich … ich wollte nicht … Aber was ist mit den Rosen? Wieso?«

»Mein Sohn braucht das Geld für ein geschäftliches Projekt.«

»Aber –«

»Mein Entschluss steht fest, fürchte ich.«

Aoife nickte schwach und wandte sich zum Gehen. Was jetzt?

Drei geschlagene Wochen rang sie mit ihrem Gewissen. Sollte sie es den anderen sagen? Nachts wachte sie schweißgebadet auf, wenn die Last des Verschweigens sie zu erdrücken drohte. Aber noch hatte sie Hoffnung. Sie *musste* Hoffnung haben. Es war doch ein gutes Zeichen, dass Mrs Prendergast ihnen im Garten half, oder nicht? Das sollte ein Garant dafür sein, dass sie nicht ganz so bereitwillig etwas zerstörte, was sie mit aufgebaut hatte. Und vielleicht wollte ja auch gar niemand ein erschlossenes Grundstück in erstklassiger Lage so nahe beim Stadtzentrum kaufen.

Ihre Sorge wuchs so erbarmungslos wie das Fieskraut und erwies sich als mindestens ebenso hartnäckig und schwer auszurotten. Als sie beobachtete, wie Uri und Mrs Prendergast sich unterhielten, kaute sie an den Nägeln, bis sie bluteten. Worüber sprachen sie? Unauffällig trat sie näher zu den beiden Gestalten, die die Köpfe zusammengesteckt hatten. Gesprächsfetzen wehten herüber.

»David Austin Rosen … die besten … prächtigste Farben … betörendste Düfte … Katalog.« Und bildete sie es sich nur ein, oder unterhielten sie sich allen Ernstes über Maßschneiderei? Aber weshalb um alles in der Welt auch nicht? Die beiden waren die gepflegtesten Personen, denen sie je begegnet war. *Zickzackschere*. Oder war das ein Gartenutensil? Sie war sich nicht sicher. So weit so gut. Kein Wort über Apartmentkomplexe oder Grundstücksmakler. Aber heute Abend musste sie es tun, sie musste mit Uri reden. Das war sie ihm schuldig. Außerdem verlor sie den Verstand, wenn sie es weiterhin für sich behielt.

Der Abend kam. Emily war bereits zu ihrer Schicht im *Good Food Store* aufgebrochen, und Liam spielte mit seinem Spielzeugbagger in den frisch umgegrabenen Kräuterbeeten. Die perfekte Gelegenheit. Nur dass sie sich keineswegs so anfühlte. Sie trat zu Uri, der sorgsam seine Gerätschaften in den provisorischen Schuppen räumte. »Ich muss Ihnen etwas sagen.«

»Ich weiß es schon. Und, ja, Sie hätten schon früher mit mir reden müssen.«

Seine Worte brachten sie aus dem Konzept. Sprachen sie über dasselbe? Sie wollte nicht ins Fettnäpfchen treten. »Sie meinen …?«

»Mrs Prendergast hat vor, das Grundstück zu verkaufen, ja.«

Aoife sank in sich zusammen. »Es tut mir leid. Sie haben vollkommen recht. Ich hätte es Ihnen schon früher sagen müssen. Die ganze Arbeit, die Sie in den letzten Wochen geleistet haben ...«

Uri starrte sie einige Momente lang an. »Ist schon in Ordnung.«

Sie hielt seinem Blick stand. »Aber ich habe Sie angelogen, mehr oder weniger. Was, wenn das Ganze hier in einem Jahr zubetoniert ist? Dann war alles umsonst.«

Uri musterte sie eindringlich und mit gefasster Miene. »Das muss aber nicht passieren.« Er nahm seine Tasche und ging zum Tor, drehte sich jedoch noch einmal um. »Sie hätten es mir trotzdem sagen müssen.«

Sie vereinbarten, es Emily gemeinsam beizubringen.

Sie hockte vor ihrem Beet und bearbeitete leise summend die Erde mit ihrer Schaufel. Als Aoife sie ansprach, fuhr sie zusammen, als wäre sie bei etwas Verbotenem ertappt worden.

»Emily, können wir uns kurz unterhalten?«

»Natürlich.« Wie gewohnt lag ein leiser Argwohn auf ihren Zügen.

»Ich ... wir müssen dir etwas sagen. Es geht um den Garten. Ich hätte es dir schon vor einer Weile erzählen müssen.«

Emily sah erschrocken aus.

»Ich hatte ja gesagt, Mrs P. sei einverstanden, dass wir den Garten bekommen und damit machen, was wir wollen.«

Emily nickte.

»Und du weißt, dass er ihr immer noch gehört.«

»Ja.«

»Na ja, jetzt hat sie beschlossen, ihn zu verkaufen.«

»Verkaufen?«

»Sie will ihn verkaufen, damit er in Bauland umgewandelt wird.«

»Wann?«

»Sobald sie einen Käufer findet.«

»Was? Aber das könnte schon morgen sein. Oder heute!«

»Hoffentlich geht es nicht ganz so schnell. Vielleicht dauert es sogar ein Jahr oder noch länger.«

Bestürzt beobachtete Aoife, wie sich die Züge des Mädchens verzerrten. Emily schlug sich die zarten kleinen Hände vor ihr elfengleiches Gesicht und begann zu schluchzen.

Erschrocken wechselten Aoife und Uri einen Blick.

Aoife streckte die Hand aus und versuchte, Emilys Handgelenk zu berühren, doch Emily wandte sich ab und murmelte etwas Unverständliches.

»Was?«

»Wie konnten Sie das nur tun?«

Aoife konnte sich nicht erinnern, jemals einen solchen Blick gesehen zu haben, so voller Schmerz und Kränkung. Okay, vielleicht ein einziges Mal. Ihr Gesicht brannte vor Scham. »Es tut mir leid«, flüsterte sie. »Aufrichtig leid.«

Uri trat zu Emily, legte einen Arm um ihre zuckenden Schultern – zu Aoifes Bestürzung machte sie keine Anstalten, ihn abzuschütteln – und gab fremdartig klingende beschwichtigende Laute von sich, was Aoife daran erinnerte, dass er ebenso wenig von hier stammte wie sie selbst. Emily wiederholte ihre Worte. Wieder und wieder. Aoife lauschte angestrengt. Etwas in dem Sinne, sie könnten ihr doch nicht das auch noch wegnehmen. Schließlich verebbten die Schluchzer, und die Tränen versiegten. Doch mit Aoife war Emily noch nicht fertig.

»Seit wann wissen Sie es schon?«

»Seit drei Wochen.«

»Drei Wochen! Und Sie haben kein Wort gesagt!«

»Es tut mir leid.«

»Und Sie, seit wann wissen Sie es schon?« Mit weit aufgerissenen Augen sah sie Uri flehend an, als wünschte sie sich sehnlichst, dass er sie nicht hintergangen habe.

»Ich habe es gestern erfahren.«

Emilys Erleichterung, ihm nichts verzeihen zu müssen, war unübersehbar. Sie wischte sich mit den Fingerknöcheln die Tränen ab. »Was machen wir jetzt?«

»Wir machen einfach weiter wie bisher«, erwiderte Uri.

»Aber Mrs Prendergast ...«

»Mach dir ihretwegen keine Sorgen.«

»Wieso nicht?« Aoifes Interesse war mit einem Mal erwacht. »Was wollen Sie tun?«

»Ich werde überhaupt nichts tun. Das muss ich gar nicht. Überlassen wir es dem Garten.«

»Was?«

»Dass er seine Magie entfaltet.«

Die Frauen starrten ihn ungläubig an. Er lachte. »Wusstet ihr etwa nicht, dass Gärten Magie besitzen?« Er drückte Emilys Schulter. »Besonders dieser hier.«

Die Szene mit Emily war Aoife sehr zu Herzen gegangen. Ihr war durchaus bewusst gewesen, wie viel dieser Garten ihr selbst bedeutete, aber nicht, welchen Stellenwert er für Emily besaß. Wie er ihr Innerstes zu berühren schien. Aoife hatte sich noch nie länger mit ihr über persönliche Dinge unterhalten, sondern hatte stets ihr Bedürfnis gespürt, in Ruhe gelassen zu werden. Oder hatte sie lediglich ihre eigene Angst abgehalten – nach dem Motto: Wenn sie mir von sich erzählt, muss ich ihr auch von mir erzählen? Denn wenn sie genauer darüber nachdachte, war das Ganze alles andere als normal. Ein hübsches, zwanzigjähriges Mädchen, das praktisch ihr gesamtes Privatleben einem Garten widmete. Weshalb zog sie nicht um die Häuser, amüsierte sich, schlief mit irgendwelchen Jungs? Nicht dass Aoife ein Problem damit gehabt hätte. Sie hatte all das längst hinter sich – von ihrem Dasein als alleinerziehende Mutter ganz zu schweigen. Keiner konnte erwarten, dass sie so etwas wie ein Privatleben hatte. Aber Emily? Aoife schwor sich insgeheim, in Zukunft mehr auf sie zu achten. Sie konnte kaum glauben, dass zwei andere Menschen den Garten mit derselben Leidenschaft liebten wie sie selbst – diesen hoffnungslosen Fall von einem Garten. Vielleicht hatten sie ja alle drei den Verstand verloren.

Einige Tage lang fühlte sie sich federleicht, befreit von der schweren Last ihrer geheimen Schuld. Doch dieses Gefühl entpuppte sich als recht kurzlebig.

14

An dem Wochenende, an dem Joe sie verließ, fuhr Emily zu ihren Eltern, doch sie erzählte ihnen nicht von dem Baby. Wie konnte sie auch? Der Stolz war ihnen ins Gesicht geschrieben: auf sie, die älteste Tochter und die Erste in der Familie, die den Sprung aufs College geschafft hatte. Sie trug weite Hosen und konnte sich nur fragen, wie lange sie ihren Zustand noch verbergen konnte. Sie ließ sich bekochen, die Wäsche waschen und genoss die Liebe ihrer Mutter, die sie wie eine behagliche alte Patchworkdecke einhüllte, wohl wissend, dass sie sie brauchen würde, um die nächsten Wochen zu überstehen.

Sie begann, vor den Vorlesungssälen auf Joe zu warten. Aber er tauchte nie auf. Irgendwann merkte sie, dass Niall sie gesehen hatte. Am Ende des dritten Tages kam er zu ihr herüber. »Wenn du auf Joe wartest, kannst du dir die Mühe schenken.«

»Ich habe jedes Recht der Welt, auf ihn zu warten, wenn ich Lust dazu habe.«

»Du kapierst nicht. Er ist nicht hier.«

»Wo ist er dann?«

»In London.«

»Was?«

»Er hat das College verlassen. Er kommt nicht zurück.«

»Wie bitte? Aber was ist mit seinen Prüfungen?«

»Kann sein, dass er das dritte Jahr wiederholen muss. In nächster Zeit kommt er jedenfalls nicht zurück.«

Nialls Stimme klang aggressiv und vorwurfsvoll, als er mit der kleinen Schlampe redete, die Joes Leben versaut hatte. Ohne ein weiteres Wort machte er kehrt und ging zu seinen Kumpels zurück. Joes Kumpels. Wussten sie alle Bescheid?

Mittlerweile hatte sie die Hälfte der Schwangerschaft hinter sich, und ihr anfängliches Entsetzen war verzagter Niedergeschlagenheit gewichen. Sie besuchte die Vorlesungen, gab ihre Aufsätze ab, fuhr an den Wochenenden nach Hause. Passend zu ihrer Statur war ihr Bauch klein und rund und noch immer kaum zu sehen, so dass sie ihn ohne weiteres unter leger sitzender Kleidung verbergen konnte. Manchmal fühlte sie sich, als ziehe sie ihn regelrecht ein. Irgendwann machte ihre Mutter eine Bemerkung, sie sei so still, aber Emily wiegelte ab, und damit war das Thema erledigt. Aber ihre Mutter hatte recht. Sie *war* still. Was völlig normal war, wo es doch so vieles gab, worüber man nachdenken musste. Aber nun glaubte sie zu einem Entschluss gelangt zu sein. Eine Lösung gefunden zu haben, die allen Beteiligten gerecht wurde. Sie hatte Recherchen angestellt. Und war sich sicher, die richtige Agentur gefunden zu haben.

»Sie müssen Emily sein.« Die Frau streckte ihr die Hand entgegen. Sie war in den Dreißigern, mit Brille und lockigem Haar. Sie lächelte. Emily folgte ihr in ein kleines Büro. Es war warm und feminin eingerichtet, unübersehbar darauf ausgelegt, eine Atmosphäre der Vertrauenswürdigkeit und Sicherheit zu verströmen.

Nun, da sie ihren Entschluss gefasst hatte, war es mit einem Mal nicht mehr so schlimm. Auf eine gewisse Art und Weise konnte sie sogar so tun, als passiere all das überhaupt nicht. Allmählich ging sie wieder häufiger unter Menschen. Sie lernte für ihre Prüfungen und brachte sie hinter sich. Die meisten davon mit Erfolg. Sie hatte beschlossen, den Sommer über in Dublin zu bleiben und sich einen Job zu suchen – natürlich nicht im Laden ihrer Tante. Ihre Eltern würden enttäuscht sein, dass sie die Ferien nicht zu Hause verbrachte, aber nicht halb so enttäuscht, wie sie wären, wenn sie die Wahrheit erführen. Das Baby sollte Ende September kommen, damit konnte sie ins neue Studienjahr starten, als wäre nie etwas passiert. Und im nächsten Sommer konnte sie in die Staaten fliegen, wie sie es ursprünglich für dieses Jahr geplant hatte. Sie würde nach Montana fahren, zurückkommen und endlich ihren Abschluss machen. Ihren Magister. Vielleicht sogar promovieren. Dr. phil. Emily Harte! Ja. Und ihr Leben würde wieder nach Plan laufen.

Die erste Wehe setzte im Supermarkt ein, als sie gerade einen Einkaufswagen voller Eiscreme durch den Gang schob. Senkwehen? Die nächste Wehe kam. Vielleicht ja doch nicht. Sie ließ den Wagen neben dem Müsliregal stehen und steuerte eilig auf den Ausgang zu. Viel später erst, als sie mitten in den Wehen lag, fiel ihr der Wagen wieder ein, und sie fragte sich, ob das Eis wohl geschmolzen sein mochte. Mit tiefen Atemzügen sog sie die Dubliner Stadtluft in ihre Lungen. War es so weit? Der errechnete Geburtstermin war erst in einer Woche. Woher sollte sie wissen, ob dies tatsächlich die Wehen waren? Hätte sie doch nur jemanden, den sie fragen könnte. Dabei kannte sie durchaus Menschen, die sie fragen könnte. Sogar jede Menge. Sie hatte nur entschieden, sich ihnen nicht anzuvertrauen.

Ihre Freundinnen zu Hause. Seit Emily herausgefunden hatte, dass sie schwanger war, hielt sie sie auf Abstand. Sie glaubten alle, sie sei eingebildet geworden, weil sie in Dublin aufs College ging. Und ihre Kommilitoninnen – sie war nicht einmal sicher, ob sie sie als Freundinnen bezeichnen konnte. Was höchstwahrscheinlich auch der Grund war, weshalb sie ihnen nichts erzählt hatte. Stattdessen hatte sie sich gegen Ende des Semesters aus dem College-Leben zurückgezogen und nur die wichtigsten Seminare und Vorlesungen besucht, sorgsam darauf bedacht, ihren wachsenden Bauch unter weiten Kleiderschichten zu verstecken. Falls es jemandem aufgefallen war, hatte derjenige jedenfalls nichts gesagt. Ihre Mutter. Gott, nein. Ihre Tanten und Kusinen – sie würden es ihrer Mutter sofort erzählen. Ihre Schwestern waren noch zu klein und zu dumm. Nein. Die Einzigen, mit denen sie über ihre Schwangerschaft und die zunehmend abstrakte Vorstellung, ein Kind zu haben, sprach, waren ihr Arzt und die Dame von der Adoptionsagentur. Emily war schon immer zurückhaltend gewesen, aber nun hob sie diese Zurückhaltung auf eine völlig neue Stufe.

Die Wahrheit war folgende: Sie wollte nicht, dass jemand ihr dieses Vorhaben auszureden versuchte.

Mehrere Kontraktionen später rief sie im Krankenhaus an. Die diensthabende Hebamme meinte, ja, sie hätte höchstwahrscheinlich Wehen, doch da es ihr erstes Baby sei, könne man davon ausgehen, dass es wohl noch mehrere Stunden, wenn nicht sogar Tage dauerte, bis es so weit wäre. Sie solle doch einfach nach Hause fahren, sich ein schönes Bad einlassen und eine leckere Tasse Tee kochen. Genau das tat sie auch, aber nur für eine halbe Stunde, dann fuhr sie ins Krankenhaus. Höchste Zeit, das Ganze hinter sich zu bringen.

Sie mochte die Hebamme, die die Aufnahmeuntersuchung durchführte. Oder vielleicht wollte sie sie auch nur mögen – aus dem verzweifelten Wunsch heraus, sich an jemandem festhalten zu können. Und diese Frau ging so behutsam mit ihr um. Weiche, warme Hände, ruhige, kontrollierte Bewegungen.

»Der Muttermund ist erst einen Zentimeter weit geöffnet«, erklärte sie. »Sie können ruhig noch mal nach Hause gehen. Es ist noch lange nicht so weit.«

Bitte schick mich nicht nach Hause.

Die sanfte Hebamme verließ den Raum.

»Bitte schicken Sie mich nicht nach Hause.«

Die Hebamme kam zurück, beugte sich über Emily und berührte ihren Unterarm. »Sind Sie ganz allein?«

Emily nickte, unfähig, etwas zu sagen.

»Soll ich jemanden für Sie anrufen?«

Emily schüttelte den Kopf und biss sich auf die Lippe.

»Ihre Mutter? Eine Schwester? Oder eine Freundin?«

»Ich gebe das Baby zur Adoption frei. Niemand weiß davon.«

Die Hebamme drückte Emilys Arm. »Sie können so lange hierbleiben, wie Sie wollen. Es kann nur sein, dass wir Sie ein wenig hin und her schieben müssen. Versuchen Sie, sich ein bisschen auszuruhen. Ich sehe später noch einmal nach Ihnen.«

Emily sank aufs Bett zurück. Danke, Gott.

Doch dies war während der nächsten vierundzwanzig Stunden das Einzige, wofür sie dem lieben Gott dankbar war.

Die Schmerzen waren schon schlimm.

Die Angst vor dem Unbekannten noch schlimmer.

Am schlimmsten aber war das Gefühl des Verlassenseins. Das war es, was sie völlig aus der Bahn warf.

Die sanfte Hebamme blieb während der ersten Hälfte der Geburt bei ihr, hielt ihr die Hand und massierte ihr Schultern und Füße. Das Gefühl von Verrat, das Emily spürte, als ihr Dienst endete, war gewaltig. Aber die Frau musste ihre Kinder abholen und versprach, am nächsten Tag nach ihr zu sehen.

»Wieso rufen Sie nicht Ihre Mum an?«, war das Letzte, was sie sagte, ehe sie ging.

Emily schüttelte den Kopf, während sich die Tränen in ihren Augenwinkeln sammelten. Sie konnte nicht. Nicht jetzt. Nicht in dieser Situation.

Und Joe …

In ihren schwachen Momenten, jenen qualvollsten Momenten gegen Ende, war das Verlangen, ihn bei sich zu haben, beinahe übermächtig. Es war, als hätte er sie nicht schmählich im Stich gelassen, als wären die letzten Monate, in denen sie ihr Herz vor ihm verschlossen hatte, niemals vergangen.

Die neue Hebamme war kurz angebunden, effizient und hatte nichts von der mitfühlenden Art ihrer Kollegin an sich. Was merkwürdigerweise unerwartet wohltuend war. Statt zu lamentieren, konzentrierte sich Emily auf die vor ihr liegende Aufgabe. Also gut, bringen wir die Sache hinter uns, dachte sie. Und im entscheidenden Augenblick war die Frau an ihrer Seite. Pressen. Hecheln. Ausruhen. Noch einmal pressen. Um halb vier Uhr in dieser Nacht wurde Emilys Baby geboren. Dreitausenddreiunddreißig Gramm. Sie legten Emily das Baby auf den Bauch, unter ihrem Nachthemd, so dass sie die glitschige, klebrige Schicht spürte, von der es bedeckt war. Erst als sie es wegnahmen, um es zu baden, begann es zu weinen.

Später, als sie beide gewaschen und auf die Wöchnerinnenstation gebracht worden waren, setzte Emily sich im Bett auf und zog ihr Handy heraus. Sie wählte die letzte – und einzige – Nummer, die sie von Joe Devine hatte. Genau jene Nummer, die eine geschlagene Woche lang nicht erreichbar gewesen war, nachdem er sie verlassen hatte, bis sie es aufgegeben hatte. Die Voicemail sprang an. Beim Klang seiner Stimme spürte sie einen Kloß im Hals. Sie wartete auf den Pfeifton. »Ich finde, du solltest es wissen. Du hast eine Tochter.«

Dann schaltete sie das Telefon aus, legte sich auf die Seite und betrachtete ihr Baby.

Sie sah aus wie ihr Vater.

Später an diesem Morgen lag Emilys Tochter in ihren Armen und bekam ihr Fläschchen. Sie war in eine rosa Decke gehüllt, die ihr eine der Schwestern gegeben hatte, und trug einen geliehenen Strampelanzug und Windeln. An all diese Dinge hatte Emily nicht gedacht, als sie sich auf den Weg ins Krankenhaus gemacht hatte. Sie hatte keine Tasche gepackt. Wie auch, wo sie doch überhaupt nicht wusste, was sie erwartete? Seit dem Anruf bei der Adoptionsagentur war bereits über eine Stunde vergangen. Die Pflegefamilie sollte jeden Moment hier sein.

Sie hörte, wie sich jemand näherte, und sah einen Schatten hinter dem Vorhang um ihr Bett – sie hatte kein Verlangen danach gehabt, mit den anderen Wöchnerinnen zu reden.

Die sanfte Hebamme war wieder da und trat leise an Emilys Bett. »Sie sind da.«

Emily nickte.

»Wollen Sie sie kennenlernen?«

Emily schüttelte den Kopf.

»Ich lasse Ihnen eine Minute Zeit.« Sie ging, und Emily hörte ihre Schritte verklingen.

Lange Zeit blickte sie auf das Baby hinab, das mittlerweile satt war und mit fest zugekniffenen Augen schlief. Mit der Fingerspitze fuhr Emily über die Wange ihrer Tochter, dann beugte sie sich vor und sog tief den Duft ein, der dem Kopf des Säuglings entströmte. Als sie weitere Schritte hörte, fuhr sie blitzschnell mit der Zunge über die Schläfe ihrer Tochter.

Die Hebamme erschien wieder. »Bereit?« Sie streckte die Arme aus, und Emily reichte ihr das Baby, das empört quiekte.

Dann waren sie fort. Verklingende Schritte. Stimmen. Stille.

Lange Zeit saß Emily da, dann ließ sie sich in die Kissen sinken, das Gesicht der Wand zugekehrt.

Ihre Brüste schmerzten, die Nähte spannten.

Und in ihrem Herzen brannte eine Leere, wo einst ihr Baby gewesen war.

15

Als Mrs Prendergast das nächste Mal durch die schmale Holztür trat, hatte sie weder ein Tablett noch einen Spaten dabei, sondern wurde von einem großen dunkelhaarigen Mann in den Vierzigern begleitet. Sein prinzenhaftes Auftreten verriet unübersehbar, dass er Mrs Prendergasts Sohn sein musste. Einige Minuten lang standen sie unter der Tür und redeten, ehe Mrs Prendergast, dicht gefolgt von ihrem Sohn, auf Aoife zukam.

Aoife legte ihre Hacke beiseite und wischte sich an der Gesäßtasche ihrer Jeans den gröbsten Schmutz von den Fingern. Ihren Hintern beachtete sowieso keiner. Gerührt beobachtete sie, mit welchem Stolz die alte Dame ihren Besucher vorstellte. »Aoife Madigan, das ist mein Sohn, Lance Prendergast.«

Lance trat vor und streckte ihr die Hand entgegen. »Wie geht es Ihnen, Aoife?«

Aoife ergriff sie, wohl wissend, dass sie eine Schmutzspur darauf hinterließ. Seine Hand war kühl und kräftig, sein Lächeln strahlend, sein Blick fest. Verdammt. Er sah sogar ziemlich gut aus, wenn man etwas für diese Sorte Mann übrighatte, und wirkte sehr elegant in seinem dunklen Anzug; wie ein Geschäftsmann eben.

»Meine Mutter hat mir erzählt, wie heldenhaft Sie sich um diesen Garten kümmern, deshalb habe ich beschlossen, herzukommen und mir selbst ein Bild zu machen.«

»Oh. Na ja. Das ist ja ... sehr nett von Ihnen.«

»Was genau tun Sie hier?« Er zeigte auf die Erde.

»Ich pflanze Saatkartoffeln. Irgendwann im Juli sollten sie so weit sein.«

Er musterte sie eindringlich, als versuche er, zu irgendeiner Einschätzung zu gelangen. »Hervorragend. Meine Mutter sagt, sie bekäme so viel Obst und Gemüse, wie sie essen kann.«

»Das stimmt.«

Er lächelte seine Mutter an. Diese strahlte. Aoife betrachtete sie staunend. Sie hatte Mrs Prendergast noch nie strahlen gesehen – offen gestanden hätte sie es nicht für möglich gehalten, dass die alte Dame zu so etwas überhaupt fähig wäre. Selbst Liam, der am ehesten in den Genuss eines Lächelns kam, hatte sie noch nie die volle Watt-Zahl geschenkt. Ob Aoife sich wohl genauso verhielt, wenn Liam erst einmal erwachsen war? Aber wem wollte sie etwas vormachen? Sie war doch jetzt schon so.

»Tja, dann kann ich mich ja auf spektakuläre Abendessen in diesem Sommer freuen«, bemerkte Lance, worauf alle höflich lachten.

»Aber ich muss dich noch jemandem vorstellen. Mr Rosenberg!«

Uri hatte sie nicht kommen gehört, also ging Mrs Prendergast in den hinteren Teil des Gartens, wo er gerade werkelte, während Aoife und Lance zurückblieben. Er trat näher, bis sie nur wenige Zentimeter trennten. Sie sah zu ihm auf. Er war eine höchst eindrucksvolle Gestalt – so groß und gut aussehend.

»Was zum Teufel treiben Sie hier eigentlich?«, sagte er.

»Entschuldigung?« Im ersten Moment glaubte Aoife ernsthaft, sie hätte sich verhört. Er lächelte immer noch, doch die Worte aus seinem Mund standen in krassem Widerspruch zu seiner Miene. Bis sie in seine Augen sah.

»Was zum Teufel Sie hier eigentlich treiben, habe ich gefragt. Sie nutzen eine hilflose alte Frau aus.«

Hilflose alte Frau? Aoife hatte Mühe, nicht laut aufzulachen, als ihr dämmerte, dass er von seiner Mutter sprach. »Ich kann Ihnen versichern, dass ich das nicht tue.«

»Sie wissen ganz genau, dass meine Mutter praktisch zugestimmt hat, dieses Grundstück zu verkaufen. Ich werde nicht zulassen, dass eine Horde …«, er hielt inne und suchte nach dem richtigen Wort, »… durchgeknallter Hippies damit Schindluder treibt.«

Wieder hatte sie Mühe, nicht in schallendes Gelächter auszubrechen. Durchgeknallte Hippies? Etwas Besseres fiel ihm nicht ein? Doch sie lachte nicht, denn etwas am Ausdruck in seinen Augen jagte ihr eine Heidenangst ein.

»Wir … sie wird mit diesem Verkauf eine Menge Geld machen. Bestimmt wollen Sie ihr nicht im Weg stehen, wenn sie sich einen hübschen Zuschuss zur Pension verschafft«, fuhr er fort.

Und du dir ein beachtliches Erbe, dachte Aoife. »Natürlich nicht«, sagte sie und zwang sich, seinem Blick standzuhalten.

»Lance, komm doch herüber, damit ich dir Mr Rosenberg vorstellen kann.«

Mit einem letzten warnenden Blick wandte Lance sich ab und verzog den Mund zu einem breiten Lächeln, während er Uris Anzug lobte.

Der Sohn wollte, dass der Garten verkauft wurde.

Und die Mutter liebte ihren Sohn abgöttisch.

Sie waren geliefert.

Nachdem Lance gegangen war, kehrte Mrs Prendergast in Gärtnerkluft in den Garten zurück. Sie trat neben Aoife und zog ihre Handschuhe über. »Meine Güte, dieses Unkraut ist wirklich überall, nicht?«

Aoife richtete sich auf und musterte sie argwöhnisch. Betrieb Mrs Prendergast *Konversation*?

»Wissen Sie, er ist Single«, fuhr sie fort.

»Wer?«

»Lance. Er ist Single.«

»Oh. Tatsächlich.«

»Ja. Er sieht gut aus, nicht?« Ein verträumter Ausdruck lag in ihren Augen.

»Äh. Ja. Sehr.«

Mrs Prendergast lächelte, ehe sie Aoife kritisch musterte. »Wenn Sie sich ein bisschen Mühe gäben, wären Sie eigentlich recht hübsch, meine Liebe.« Und damit wandte sie sich ihren Rosen zu.

16

Aoife blickte in ihre Handfläche. So viele Möglichkeiten. Jede für sich eine eigene kleine Welt. Myriaden winziger Welten, die sie jederzeit durch ihre Finger rieseln lassen könnte. Tomatensamen. Dutzende. Jeder mit dem Potenzial für Großes. Und doch für nichts anderes geeignet, als eine Tomate hervorzubringen. Keine Karotte, keine Zucchini, kein Blumenkohl. Ebenso wenig wie sie selbst etwas anderes sein konnte als Aoife Madigan.

Es war noch früh am Morgen. Geradezu lächerlich früh. Noch nicht einmal halb acht. Sie war in den Garten gekommen, weil Liam bei einem Freund übernachtete – das allererste Mal. Bei einem kleinen Jungen, den er im Kindergarten kennengelernt hatte. Die Mutter des Jungen hatte angeboten, die beiden heute Morgen hinzubringen. Was nur vernünftig war. Doch Aoife musste sich ungeheuer zusammenreißen, um nicht hinüberzufahren und den Duft ihres Sohnes tief in ihre Lunge einzusaugen. Sie hatte kaum schlafen können ohne seine Knie im Rücken, und da ihre Vorlesung erst um elf anfing und kein kleiner Junge angezogen und fertig gemacht werden musste, wusste sie nichts mit sich anzufangen. Deshalb war sie in den Garten gekommen. Wenigstens hier konnte sie etwas Sinnvolles tun. Sie konnte Dinge pflanzen, die ihnen später einmal Obst und Gemüse liefern würden.

Sie kniete sich hin und folgte mit qualvoller Langsamkeit den Anweisungen auf der Rückseite des Samentütchens. Da erst Frühjahr war, wurden die Tomatensamen nicht direkt in die Erde gepflanzt, sondern mussten in niedlichen kleinen Anzuchttöpfchen gezogen werden. Als Nächstes kam der Salat. Sie stellte sich all die Reihen prächtig grüner Köpfe vor, zu denen sie eines Tages heranwachsen würden.

Sie war nicht allein. Ein Rotkehlchen saß auf dem obersten Ast des höchsten, ältesten, knorrigsten Apfelbaums und sang sein herrliches Lied. Aoife lauschte verzückt, als wäre es allein für ihre Ohren bestimmt. Ein Privatkonzert.

»Versprichst du mir, jede Schnecke aufzufressen, die sich meinem Salat nähert?«, fragte sie den Vogel, der fröhlich zwitscherte. Lächelnd widmete sie sich wieder ihrer Arbeit.

Sie brachte bestimmt eine Stunde damit zu, die Erde mit einem großen Rechen zu bearbeiten und Steine und Wurzelwerk zu entfernen, wobei sie in regelmäßigen Abständen ihre Spinnenphobie überwinden musste. Eine feine Tauschicht bedeckte ihr Haar. Plötzlich kam ihr ein Gedanke: Alles, was sie jetzt bräuchte, wäre ein Mann, der hinter sie trat und ihren Nacken küsste. Genau an der Stelle, wo ihr feuchtes Haar auf die weiche Kühle ihrer Haut traf. Der Gedanke erschreckte sie und ließ sie erschaudern. Sie wirbelte herum. »Michael?«

Doch da war niemand. Nichts. Nur die Wucht ihrer Einsamkeit.

Uri traf wie erwartet um neun Uhr ein. Er hatte sich halb aus dem Geschäft zurückgezogen und verbrachte seine Vormittage vorwiegend im Garten. Aber heute kam er nicht allein, sondern in Begleitung eines Mannes, der Mitte/Ende dreißig sein musste, wie die feinen Linien um seine Augen vermuten ließen. »Das ist Seth, mein Sohn. Seth, das ist Aoife.«

»Hi.«

»Hallo.«

»Seth ist Gärtner und würde uns gern helfen.«

»Wirklich?« Gärtner! Uri hatte nie etwas gesagt. Er hatte zwar seine Söhne – zwei – erwähnt, aber dass einer von ihnen von Beruf Gärtner war …

»Wenn Sie nichts dagegen haben.«

»Natürlich nicht«, erwiderte Aoife schnell. »Absolut nicht. Ich meine, wann können Sie anfangen?«

Lächelnd streckte er ihr die Hand hin. »Jetzt gleich?«

Sie hätte ihn nie für Uris Sohn gehalten. Bestimmt kommt er nach seiner Mutter, dachte sie. Er war größer als sein Vater, aber keineswegs riesig. Sein Haar war braun mit ersten silbrigen Strähnen an den Schläfen. Er hatte die Augen gegen die Sonne zusammengekniffen, so dass sie ihre Farbe nicht erkennen konnte. Seine Haut war wettergegerbt und mit Sommersprossen übersät, wie man es von jemandem erwartete, der viel Zeit im Freien verbrachte.

»Sie wissen, dass die Zukunft des Gartens höchst fraglich ist, ja?«

»Ja, das weiß ich. Aber noch ist Hopfen und Malz nicht verloren.«

»Nein.« Sie lächelte.

»Also, Aoife, wie kann ich Ihnen helfen?«

Sie hatte keine Ahnung, wo sie anfangen sollte. »Tja, bisher hat sich noch niemand an den Teich gewagt. Das könnten Sie doch übernehmen.«

»Stimmt.«

Sie sah zu, wie er mit federnden Schritten davonging, und wandte sich Uri zu. »Wieso haben Sie mir nicht erzählt, dass Ihr Sohn Gärtner ist?«

»Er hat eine schwere Zeit hinter sich, deshalb wollte ich warten. Ich wollte ihn nicht unter Druck setzen.«

Sie beobachteten Seth, der sich ohne Umschweife an die Arbeit machte – mit flüssigen, geübten Bewegungen, die so ganz anders waren als ihre eigenen ungelenken, amateurhaften Bemühungen. Er wäre ihnen eine gewaltige Hilfe. Und vielleicht hatte er zufällig noch ein paar Pflanzen, die er entbehren konnte.

Als Liam an diesem Abend im Bett lag und sie sich ein wohlverdientes heißes Bad einließ, tat sie etwas, was sie schon lange nicht mehr getan hatte. Sie sah sich im Spiegel an. In aller Ausgiebigkeit. Es hatte sich einiges verändert, seit sie dies das letzte Mal getan hatte, und ihr Anblick schockierte sie ein wenig. Ihr Haar war glanzlos und stumpf, und der graue Nachwuchs war deutlich zu sehen. Meine Güte, sie hatte sich völlig gehen lassen. Sie hatte nie großen Wert auf Äußerlichkeiten gelegt, doch nun, beim Anblick ihrer ausgezehrten Züge, musste sie zugeben, dass sie älter aussah als fünfunddreißig. Und mit einem Mal spielte es sehr wohl eine Rolle. Was war aus dem coolen, lächelnden Mädchen geworden, in das Michael sich verliebt und das er geheiratet hatte? Sie konnte sich an eine Zeit erinnern, als nur die Erdanziehungskraft ihren Höhenflug zu dämpfen vermochte. Und jetzt? Ungepflegt und vernachlässigt. Höchste Zeit, sich zusammenzureißen. Das war sie Liam schuldig. Und sich selbst ebenfalls.

17

Das »Zu verkaufen«-Schild war aufgestellt. Der lange Schatten, den es über den Garten warf, war unübersehbar. Der März kam und ging. Die heftigen Frühlingsstürme rissen das Schild nieder. Die vier Gärtner jubelten und applaudierten. Dann kam der April mit seinen Regengüssen, die sie frieren ließen, sie in Begeisterung versetzten und bis auf die Knochen durchnässten.

Mittlerweile hatte Liam sein eigenes Blumenbeet – mit Sonnenblumen, die er jeden Tag pflichtschuldig mit seiner Winnie-Puuh-Gießkanne bewässerte. Er war außer sich vor Aufregung, als Fische in den Teich gesetzt wurden. Eines Samstagmorgens brachte Seth ein paar Winzlinge mit, die er eine Weile in ihren Plastiktüten herumschwimmen ließ, damit sie sich an ihr neues Zuhause gewöhnten, bevor er sie endgültig in die Freiheit des Teichs entließ. An diesem Morgen brachte er noch jemanden mit – seine vierjährige Tochter Kathy. Sie war zwei Monate jünger als Liam und einen Kopf größer als er. Und mindestens eine Tonne schwerer, wie Aoife feststellte, als sie das kleine Mädchen auf einen der Äste am Apfelbaum hob.

»Ich dachte, die beiden können zusammen spielen«, erklärte Seth. »Und aufeinander aufpassen. Es macht Ihnen doch nichts aus, oder?«

»Weshalb sollte es?«

»Sie scheinen überrascht zu sein.«

»Nur weil ich nicht wusste, dass Sie eine Tochter haben.«

»Tja, habe ich aber.«

»Das sehe ich.« Sie lächelte ihn an, woraufhin er den Blick abwandte. »Brauchen Sie die Baumschere da, Aoife?«

»Nein. Bedienen Sie sich.«

Er hatte eine ganz eigene Art, ihren Namen auszusprechen, die ihr auch schon an anderen Iren aufgefallen war. In England sprachen die Leute ihn »Iifa« aus – nachdem sie sich an seine Fremdartigkeit gewöhnt hatten. Hier hingegen war die Aussprache anders, irgendwie weicher. Als wäre jeder Vokal von Bedeutung.

Es war eine gänzlich neue Erfahrung gewesen, andere Aoifes kennenzulernen. Als Kind hatte sie ihren Namen stets verabscheut. Keiner konnte ihn buchstabieren, keiner konnte ihn aussprechen, was sie »irgendwie anders« machte. Als sie älter geworden war, war aus diesem »irgendwie anders« allmählich »etwas Besonderes« geworden. Einzigartig. Bis zu ihrem Umzug nach Irland, wo sie nun eine unter vielen war. Anfangs hatte es sie sogar geärgert, dass all diese Frauen ihren Namen geklaut hatten.

»Deine Frisur gefällt mir«, bemerkte Emily, die mit einer Schubkarre vorbeikam.

»Danke.«

Sie lächelten einander an. In letzter Zeit unterhielten sie sich ab und zu, meistens über Bücher, und Aoife hatte das Gefühl, allmählich mit ihr warm zu werden. Zwar schien Emily noch immer in eine Art Mantel der Traurigkeit gehüllt zu sein, trotzdem gelang es ihr wenigstens von Zeit zu Zeit, zu ihr durchzudringen. Sie sah zu, wie sie die Schubkarre den Weg hinunterschob. In diesem Augenblick blieb ihr das Herz stehen. »Liam!«, schrie sie und lief los. »Liam! Komm sofort da runter!«

Die anderen unterbrachen ihre Tätigkeit und starrten zuerst sie an, dann Liam – der kopfüber von einem der Äste am Apfelbaum baumelte. »Großer Gott, komm sofort da runter!« Sie zog ihn vom Ast, drehte ihn um und drückte ihn an sich. »Es ist nichts passiert, es ist nichts passiert!«, murmelte sie und küsste ununterbrochen seinen Kopf.

»Aua. Du tust mir weh«, beschwerte er sich und entwand sich ihrem Griff.

Zögernd ließ sie von ihm ab.

»Was ist? Was ist los?«

»Wir haben nur Fledermaus gespielt, Daddy«, antwortete Kathy mit einem empörten Blick auf Aoife.

Mittlerweile hatten sich die anderen um Aoife geschart und starrten sie an. Beschämt wurde ihr bewusst, dass sie völlig überreagiert hatte. »Tut mir leid, es war nichts. Ich habe mich nur erschrocken, das ist alles. Ich dachte, er fällt runter.«

Unter Gemurmel machten sie sich wieder an die Arbeit, während Aoife sich im Geiste ohrfeigte. Gerade wenn sie glaubte, alles sei wieder normal, passierte so etwas und erinnerte sie daran, dass sie noch immer nicht bei Sinnen war.

Dieser Samstagnachmittag war geradezu magisch. Die Sonne schien, es war der erste Tag, an dem man sich im T-Shirt draußen aufhalten konnte – alle bis auf Mrs Prendergast, die eine mit Spitzenborte besetzte weiße Bluse mit langen Ärmeln trug. Das Rotkehlchen hatte einen Gefährten gefunden und beschlossen, mit ihm gemeinsam ein Nest zu bauen. Und wenn sie nicht gerade mit Zweigen in den Schnäbeln umherflogen, sangen sie aus Leibeskräften. Seth hatte zu Beginn des Frühlings Froschlaich im Teich ausgesetzt, so dass es im Wasser vor Kaulquappen nur so wimmelte. Liam und Kathy fingen sie in Marmeladengläsern ein und betrachteten sie eingehend, beseelt vom Wunsch, endlich ihre kleinen Froschbeinchen wachsen zu sehen. Harriet, die fette alte Retrieverhündin, beschnupperte schwanzwedelnd alles und jeden, ehe sie sich hechelnd auf den frisch gepflanzten Kräutersetzlingen niederließ.

An manchen Tagen zogen sie Beobachter an, die auf dem Weg zur Arbeit oder nach Hause stehen blieben und durch die Gitterstäbe spähten. Gelegentlich rief einer von ihnen herüber, was sie denn da taten.

Dem Unausweichlichen trotzen.

Mittlerweile hatten sie einen konkreten Plan zur Anlage des Gartens, und die Bepflanzung ging zügig voran. Jeder hatte seine eigenen Aufgaben. Dafür hatten sie den Garten in vier Teile untergliedert: Küchengarten, Rosengarten, Obstgarten und einen Teil, den sie als Geheimgarten bezeichneten, weil Emily ihnen anfangs nicht verraten wollte, was sie damit vorhatte. Zu Beginn dachte Aoife noch, sie lege einen Bauerngarten an, doch es schien mehr zu sein. Seth kümmerte sich um den Teich und war, nach seinen eigenen Worten, der Handlanger für die anderen. Und er stellte sich als Schubkarrenmeister zur Verfügung. Liam und Kathy hüpften hinein und ließen sich von ihm über die schmalen Wege karren, wobei sie laute Motorengeräusche von sich gaben. Seth hielt geradewegs auf den Teich zu und tat so, als wolle er sie ins Wasser kippen, worauf die Kinder in hemmungsloses Gekicher ausbrachen. Wann immer Aoife sah, wie Liam unter der männlichen Aufmerksamkeit aufblühte, wurde ihr das Herz schwer.

Mrs Prendergast konnte den Schubkarrenabenteuern wenig abgewinnen. »Muss dieser ohrenbetäubende Lärm sein?«

»Wieso springen Sie nicht auch rein, Mrs P., und lassen es mal so richtig krachen?«

Einladend senkte Seth die Schubkarre, worauf sie ihn mit einem vernichtenden Blick strafte. Sie hatte nicht allzu viel für ihn übrig. Aoife vermutete, dass sie ihn ungehobelt fand.

Aoife war in erster Linie für den Küchengarten verantwortlich, obwohl »verantwortlich« es vielleicht nicht ganz traf, denn sie sahen ihr Arrangement nicht allzu streng. Doch sie verbrachte mehr Zeit in diesem Teil als die anderen. Essbares zu pflanzen hatte eine ganz besondere Bedeutung für sie, weil es an ihre pragmatische Seite appellierte. Was könnte wichtiger sein? Sie mochte das Gefühl, ihre Zeit nicht zu vergeuden. Natürlich unterliefen ihr fortwährend Fehler, weil es ihr an Erfahrung mangelte. Beispielsweise mit den Tomaten – dabei setzte sie sie lediglich von den Saatkisten in ihre Töpfe um. Sie wusste, dass sie zu lange gewartet hatte und sie mit dem Wachstum hinterherhinkten. »Los, wachst, ihr Kleinen, wachst schon«, flüsterte sie, drückte mit den bloßen Fingern die Erde zusammen und breitete die Wurzeln aus. Dann sah sie sich verstohlen um, ob sie auch niemand gehört hatte. Mit den grünen Bohnen hatte sie ebenfalls angefangen, hatte Bambusstangen in die Erde gesteckt und konnte kaum erwarten, endlich die leuchtend orangen Blüten zu sehen. Ein geradezu lächerliches Gefühl der Befriedigung durchströmte sie, als sie dort auf der weichen Erde kniete.

»Ich bin so weit«, sagte eine Stimme hinter ihr.

Aoife, die Emily nicht hatte kommen hören, fuhr zusammen. »Emily, ich habe dich gar nicht gesehen.« Hatte sie mitbekommen, wie sie mit ihren Pflanzen redete?

»Ich bin jetzt so weit, dass ich es dir sagen möchte.«

»Was. Meinst du …«

»Was ich für meinen Teil des Gartens geplant habe.«

»Oh.« Aoife kam mühsam auf die Beine. »Dann los.«

»Ich wollte es nicht vorher tun, weil ich nicht sicher war, ob es funktioniert.«

»Kein Problem.« Sie musterte das Mädchen. So lebhaft hatte sie sie noch nie gesehen.

»Jedenfalls habe ich mir überlegt, ich könnte einen Garten für die Sinne anlegen.« Forschend betrachtete sie Aoife.

»Ja. Weiter.«

»Es könnte ein Garten werden, der sämtliche Sinne anspricht. Hier kommt man herein, auf der einen Seite wächst Geißblatt, auf der anderen Jasmin. Ich werde Seth bitten, eine Pergola zu bauen.«

Sie sah Aoife an, die aufmunternd nickte.

»Wir könnten eine Schaukel aufhängen, auf die man sich setzen und einfach nur die Düfte einatmen kann. Hier möchte ich einen Weg mit Kieselsteinen anlegen, auf dem man morgens gleich als Erstes entlanggeht. Das hat etwas mit den Fußreflexzonen zu tun. Und am Ende des Wegs soll ein kleiner Springbrunnen hin – das besänftigende Plätschern von Wasser. An den Ästen eines der Bäume werde ich ein Windspiel aufhängen und dort rechts hohe Gräser pflanzen, die in der Brise rauschen. Und Farben. Ich möchte viele Farben.«

Aoife fiel auf, dass Emilys Gesten im Verlauf ihrer Schilderung immer ausschweifender geworden waren.

»Und eine Grünfläche – wie der Greenroom im Theater.

Jede Menge hübscher Grünpflanzen, die zur Entspannung beitragen. Und Rosa – um die Spannung zu lösen, ein frischer Kirschton, denke ich. Scharlachrot, Gold und Kupfer, um den Energiefluss in Gang zu bringen. Vielleicht Narzissen und Tulpen im Frühling. Mauerblümchen! Und vielleicht könnte Liam eine Reihe Sonnenblumen pflanzen. Und Kräuter brauchen wir auch.« Sie hatte sich in Fahrt geredet. »Lavendel, der die Wege säumt. Französischer Lavendel. Der duftet intensiver als englischer. Nicht dass ich dir damit zu nahe treten möchte.«

»Schon gut.«

»Außerdem möchte ich auf beiden Seiten der Bank Kräuter haben.« Sie sah Aoife erwartungsvoll an.

»War 's das?«

»Oh, und kleine Lämpchen an den Pergolapfosten. In den Sträuchern hänge ich Lampions auf, außerdem pflanze ich Kamille an. Das war 's. Vorerst. Was denkst du?«

»Was ich denke?«

»Ja.«

»Ich denke, du bist entweder verrückt oder ein Genie.«

Sie sah die Zweifel auf der Miene des Mädchens und fügte eilig hinzu: »Ich will damit sagen, dass du wirklich ein sehr inspirierter Mensch bist. Eine wahre Künstlerin.«

»Ehrlich?« Eine zarte Röte kroch über Emilys Wangen.

»Ja, ehrlich. Aber, Emily, du weißt so gut wie ich, dass der Garten wahrscheinlich nicht –«

»Sag es nicht!« Emily hob die Hand, als wolle sie einen Fluch abwenden. Erstaunt über die Heftigkeit ihrer Reaktion, blickte Aoife sie an. »Ich ertrage den Gedanken einfach nicht. Dieser Garten verdient …« Sie suchte nach dem richtigen Wort. »Er verdient einen letzten Applaus. Und wir werden diejenigen sein, die ihn spenden.«

Der Gedanke gefiel Aoife. Ein letzter Applaus. Ja, warum eigentlich nicht? Warum, zum Teufel nochmal, eigentlich nicht? »Okay, Emily. Leg dich ins Zeug.«

Unter Mrs Prendergasts kritischen Blicken baute Seth einen Laubengang für ihre Rosen. »Nicht so. Sehen Sie sich das um Himmels willen nur einmal an! Es ist ja ganz schief!«

»Wollen Sie es lieber selbst machen?«

»Seien Sie nicht albern. Nicht mit meiner Arthritis.«

»Würde es Ihnen dann etwas ausmachen, mich einfach meine Arbeit machen zu lassen?«

»Was? Und noch mehr Mist bauen?«

»Hallo.« Aoife trat zu ihnen.

»Toll. Noch eine Frau, die mir sagt, was ich zu tun habe.« Doch als er sie ansah, bemerkte sie das Lächeln in seinen Augen. Seine Augen waren ihr immer noch ein Rätsel, besser gesagt, ihre Farbe. Sie schienen sich je nach Landschaft zu verändern. Heute spiegelten sie das Blau des Himmels wider.

Mrs Prendergast stieß einen theatralischen Seufzer aus. »Ich könnte einen Mord für eine Tasse Tee begehen.«

»Soll ich …«

»Nein, Aoife, danke.« Mrs Prendergast gestattete nach wie vor niemandem, ihr Haus zu betreten. Sie mussten sogar die Toilette im *Good Food Store* benutzen, mit Ausnahme von Liam und Kathy, die ins Gebüsch pinkeln durften. »Ich nehme an, Sie wollen eine Tasse von diesem widerlichen Kaffee«, sagte sie zu Seth.

»Das wäre wunderbar, Mrs P.«

»Hören Sie auf, mich so zu nennen.«

»Wenn Sie sich weiterhin eisern weigern, mir Ihren Vornamen zu verraten …«

Mrs Prendergast schnaubte und marschierte davon, um ihr zweites Frühstück vorzubereiten.

»Sie liebt mich heiß und innig«, bemerkte Seth grinsend.

»Ich glaube allmählich, das tut sie wirklich. Sie weiß es nur noch nicht.«

Er hämmerte weiter an seinem Rundbogen, und Aoife reichte ihm die Nägel. Wieder einmal fiel Aoife auf, wie sehr sie seine Anwesenheit im Garten genoss. Allein ihm bei der Arbeit zuzusehen bereitete ihr Freude. In seiner Nähe zu sein. Nach einer Weile setzte sie sich hin und schlang die Arme um die Knie, entschlossen, etwas mehr über ihn zu erfahren.

»Kathy ist ein sehr wohlerzogenes Mädchen.«

Automatisch sah Seth zu seiner kleinen Tochter hinüber, die Liam gerade beibrachte, wie man aus Gänseblümchen Kränze flocht. Wie meistens, wenn sie zusammen spielten, übernahm sie das Ruder.

»Sie macht Ihnen und ihrer Mutter alle Ehre.«

Er zuckte die Achseln. »Danke. Sie ist ziemlich hart im Nehmen. Und sie hat eine Menge durchgemacht.«

»Zum Beispiel?«, fragte Aoife, wünschte jedoch augenblicklich, sie hätte den Mund gehalten. Angesichts von Seths schwer einzuschätzender Mischung aus Zurückhaltung und Selbstsicherheit war es nicht einfach zu sagen, wie weit man bei ihm gehen konnte. Mittlerweile stand er mit in die Hüften gestemmten Händen da und sah sie an, als überlege er, ob er ihr trauen konnte oder nicht.

»Sie wissen, dass Kathys Mutter und ich uns getrennt haben?«

»Nein, das wusste ich nicht. Ich dachte ... na ja, nein, ich wusste es nicht.«

Einen Moment lang herrschte Schweigen, während Seth

eindringlich den Schmutz auf seinen Schuhspitzen inspizierte.

»Und hat sie noch Kontakt zu ihrer Mutter?«

»Oh ja. Gott, ja. Einen Teil der Woche ist sie bei ihr, den anderen bei mir. Es ist im Moment nur ein bisschen verwirrend für sie.«

»Gibt es eine an-«

»Tee, allerseits.«

18

Es war nicht gerade einfach, im Irland der Achtziger ein Teenager namens Seth Rosenberg zu sein und damit stets aus der Masse der Seamus Brennens und Paddy Moloneys herauszustechen. Doch als er die zwanzig erst einmal überschritten hatte, verlieh ihm sein beschnittener Penis echten Seltenheitswert.

Seth mochte Mädchen, und sie mochten ihn. Er wusste zwar nicht, weshalb das so war, freute sich aber trotzdem darüber. Mehr als einmal hatte er sich anhören dürfen, dass er »mit den Weibern könne«, aber dazu konnte er nichts sagen. Seth wusste nur, dass er niemandem etwas vorspielte und diese Strategie allem Anschein nach funktionierte. Seine Selbstsicherheit verdankte er einer ganzen Reihe von Gründen, allen voran aber der unerschütterlichen, bedingungslosen Liebe, die ihm entgegengebracht wurde. Seine Mutter liebte ihre beiden Jungs mit der ganzen Leidenschaft ihres Herzens. Das nicht gerade klein war. Obwohl Seth wusste, dass er ihr heimlicher Liebling war. Und möglicherweise wusste sein Bruder es ebenfalls – ein Gedanke, der ihm erst vor kurzem in den Sinn gekommen war. Ebenso wie viele andere Gedanken, mit denen er sich noch nie zuvor auseinandergesetzt hatte. Was schätzungsweise immer genau dann passiert, wenn die eigene kleine Welt unvermittelt auf den Kopf gestellt wird.

Die Beziehung zu seinem Vater war nicht ganz so einfach gewesen. Während sich die Liebe seiner Mutter in verständnisvoller Nachgiebigkeit zeigte, erwuchs die Zuneigung seines Vaters vielmehr aus Disziplin. Uri hatte den festen Entschluss gefasst, dass aus seinen Söhnen einmal etwas Anständiges werden sollte. Obwohl bereits früh auf der Hand lag, dass Seth keine akademische Laufbahn einschlagen würde, war er klug genug, ihn seinen eigenen Weg gehen zu lassen. Also hatte Seth zuerst eine Lehre als Gärtner absolviert und schließlich mit Erfolg eine eigene Landschaftsgärtnerei aufgebaut.

Mit zunehmendem Alter hatte Seth den melancholischen Charakter seines Vaters als bedrückend empfunden und sich von ihm distanziert – da er selbst weder zum Grübeln noch zu übermäßiger Selbstanalyse neigte, hatte er Mühe, diese Wesenszüge bei anderen Menschen zu akzeptieren.

Und er wollte sich auch keine Gedanken darüber machen.

Doch im Lauf der Jahre gelang es ihm, mehr Verständnis für den Charakter seines Vaters aufzubringen, so dass sich seine Ungeduld in Respekt verwandelte.

Das war das Geheimnis. Die Liebe seiner Eltern. Seine angeborene Liebenswürdigkeit. Seine Beliebtheit bei Frauen. Die Gewissheit, dass er sich seit seiner Kindheit einen Beruf wünschte, der mit Pflanzen zu tun hatte. Die erfolgreiche Umsetzung seiner Karrierepläne. Man könnte sagen, dass Seth ein wunderbares Leben führte. Natürlich hatte es auch weniger schöne Tage gegeben, aber, offen gestanden, nicht allzu viele.

Seth war sechsundzwanzig, als er Megan kennenlernte. Er verliebte sich in sie – leidenschaftlicher, als er es je für möglich gehalten hätte. Erst in dieser Zeit begriff er, dass das, was er für Liebe gehalten hatte, nie mehr als Lust und Begierde gewesen war. Schon mehr als einmal hatte er einer Frau gesagt, dass er sie liebe. Er hatte diese Frauen nicht belügen wollen, aber in dem Augenblick, als Megan in sein Leben trat, wusste er, dass alles bis zu diesem Tag eine Lüge gewesen war. Sie war von einer reinen, goldenen, natürlichen Schönheit. Und sie riss ihn förmlich vom Hocker.

Dabei hatte der Abend, an dem sie einander begegnet waren, alles andere als verheißungsvoll angefangen. Er war mit seinen Freunden im Pub gewesen. Sie war die Freundin eines Freundes von jemandes Freundin – eine reichlich weit verzweigte Verbindung, aber ausreichend, um ihr vorgestellt zu werden. Er hatte irgendeine geistreiche Bemerkung machen wollen, stattdessen aber wie ein Vollidiot auf seinem Hocker gesessen. Aber sie war sehr nett gewesen und hatte ihn aus seiner misslichen Lage herausgeboxt, indem sie ihn so lange mit Fragen bombardierte, bis er seine Stimme wiedergefunden hatte. Trotzdem hatte er sich nie mehr ganz erholt. Nicht von ihrem Anblick.

Fast genau zwei Jahre nach ihrer ersten Begegnung hatten sie geheiratet. Beim Anblick, wie sie den Gang zum Altar geschritten war, hatte er sich gefühlt, als würde ihm das Herz in der Brust zerspringen.

Alles nur eine Lüge?

»Es ist so schön, mit seinem besten Freund zusammenzuleben«, sagte Megan, setzte sich im Bett auf und lehnte sich gegen Seths und ihr eigenes Kissen. Ihre Flitterwochen lagen noch nicht lange zurück – es war eines ihrer ersten

Wochenenden als Ehepaar. Sie sah Seth zu, wie er sich am Waschbecken rasierte. Er ließ den neuen Nassrasierer sinken und blickte sie im Spiegel an. Sie sah so unglaublich zufrieden aus. Er tappte zu ihr hinüber, noch feucht von der Dusche, nur mit einem weißen Handtuch um die Hüften.

»Bin ich dein bester Freund?«, fragte er.

»Das weißt du doch.« Einladend tätschelte sie den Platz neben sich, worauf er sich setzte.

»Du bist auch meine beste Freundin, und ich liebe es, mit dir zusammenzuleben«, sagte er.

Sie lächelte ihn an, während er bewundernd ihre hinreißenden Grübchen betrachtete.

»Gott, du bist unglaublich«, sagte er und streichelte ihre Wange. Sie beugte sich vor und schmiegte ihr Gesicht in seine Handfläche. Manchmal konnte er immer noch nicht glauben, dass er offiziell das Recht hatte, sie zu berühren. Aber genau das hatte er. Er hatte sogar die Dokumente als Beweis. Mit dem Handtuchzipfel wischte er sich den restlichen Rasierschaum aus dem Gesicht und beugte sich vor, um sie behutsam auf den Mund zu küssen. Dann legte er die Hände um ihr Gesicht und küsste sie leidenschaftlicher. Irgendwann schlug er die Augen auf, gerade noch rechtzeitig, um die Panik in ihrem Blick zu erkennen. Und selbst wenn er es nicht gesehen hätte, entging ihm nicht, wie sie sich zurückzog. »Was ist los?«

»Nichts.«

»Willst du nicht …?«

»Das ist es nicht. Ich habe nur ein ganz besonderes Frühstück für dich geplant.«

»Das können wir doch später noch essen.«

»Ich komme aber um vor Hunger.« Sie schlug die Decke zurück und sprang aus dem Bett. Er sah zu, wie sie ihren

Morgenrock überstreifte und den Gürtel fest zuband. »Ich mache uns Schinken und Rührei. Dein Lieblingsfrühstück. Und frisch gepressten Orangensaft dazu.«

»Klingt super.«

Sie küsste ihn auf die Wange, während er ihren verklingenden Schritten auf der Treppe lauschte. Sie hatte recht. Sie waren beste Freunde.

Das Problem war nur, dass er bereits einen besten Freund hatte. Er hieß Barry, und Seth kannte ihn seit seinem sechsten Lebensjahr. Aber mit Barry wollte er keinen Sex haben. Mit seiner Frau aber sehr wohl. Doch allmählich beschlich ihn das Gefühl, dass seine Frau keinen Sex mit *ihm* haben wollte.

Vor der Ehe waren sie enthaltsam geblieben – eine schwachsinnige Entscheidung, wie er mittlerweile fand. Es war ihre Idee gewesen. »Stell dir nur vor, wie unsere Hochzeitsnacht sein wird«, hatte sie argumentiert.

Und er hatte sich breitschlagen lassen. Denn er hätte alles getan, um Megan glücklich zu machen. Sie an sich zu binden. Aber die Hochzeitsnacht war gekommen und gegangen, und ihre Einstellung schien sich grundlegend verändert zu haben. Klar, manchmal schliefen sie miteinander, aber er war stets derjenige, der den ersten Schritt machen musste, und auch wenn er sich noch so bemühte, wurde er das Gefühl nicht los, dass sie es lediglich über sich ergehen ließ. Es fühlte sich nie an, als schliefen sie miteinander. Als machten sie Liebe. Früher hätte er über diesen Begriff gelacht, aber heute verstand er, was damit gemeint war. *Liebe machen*. Er liebte sie. Sie liebte ihn. Wo also war das Problem?

Nach ein paar Monaten Ehe beschloss er, das Thema auf den Tisch zu bringen. Sie lagen im Bett. Seth hatte sich auf den Ellbogen gestützt. Megan saß aufrecht da, während er zärtlich mit dem Finger über ihren Unterarm strich. Ihr weißes Nachthemd verlieh ihr etwas beinahe Jungfräuliches. »Stimmt etwas nicht, Meg?«

Sie sah ihn erstaunt an. »Nicht stimmen? Nein. Was meinst du?«

»Ich habe das Gefühl, als hättest du nie Lust auf Sex.« Er versuchte, den Ausdruck auf ihrem Gesicht zu ergründen. Unbehagen, vielleicht. Als wünschte sie sich, er möge nicht ein so abstoßendes Thema anschneiden.

»Aber wir haben doch Sex.«

»Das stimmt, aber nicht sehr oft. Und ich habe jedes Mal das Gefühl, als würde ich dich – keine Ahnung – zu etwas zwingen oder so.«

»Aber das ist doch lächerlich.«

»Kann sein, aber ich empfinde es nun mal so.«

Eine Weile sagte keiner etwas. Ihm fiel auf, dass sie ihren Arm weggezogen hatte. »Begehrst du mich nicht mehr?« Er hasste sich für diese Frage, fühlte sich jämmerlich und unmännlich.

Megan verdrehte die Augen. »Aber natürlich tue ich das.« Sie klang fast verärgert. *Hau ab, verschwinde*, sagte ihre Körpersprache.

»Ist etwas passiert?«

»Was meinst du?«

»Hattest du ein traumatisches Erlebnis, als du jünger warst? Hat dir jemand wehgetan?«

»Ach, mach dich nicht lächerlich, Seth. Du machst aus einer Mücke einen Elefanten.«

Tat er das? Er war sich nicht sicher. »Tue ich das?«

»Ja, das tust du. Also. Deine Libido ist einfach stärker ausgeprägt als meine, weil du ein Mann bist. Natürlich willst du es häufiger als ich. Das ist völlig normal. Wahrscheinlich empfinden alle Ehemänner so.«

Taten sie das? Vielleicht. Er ließ sich von ihren Worten beschwichtigen, wollte ihr so gern glauben, trotzdem blieb ein Körnchen Zweifel.

»Also, komm her und nimm mich in den Arm.« Sie zog ihn an sich, so dass sein Kopf auf ihrer Brust ruhte. Kuscheln. »Ist dir eigentlich klar, was für ein Glück wir haben, Seth? Ich kenne nicht viele Frauen, die sich so gut mit ihren Ehemännern oder Partnern verstehen. Ich meine, wir machen alles zusammen.«

Das stimmte. Das taten sie wirklich. Mit einer Ausnahme.

»Und es gibt niemanden auf der Welt, mit dem ich meine Zeit lieber verbringen würde.«

»Das geht mir genauso.« Und das stimmte auch. Es gab tatsächlich niemanden.

»Also sollten wir dankbar dafür sein, was wir haben.« Sie strich ihm übers Haar.

Sie hatte recht. Wie üblich. Seth lag da und bemühte sich nach Kräften, dankbar zu sein. Aber offen gestanden war er die meiste Zeit nur höllisch scharf.

In den folgenden Monaten passierte etwas, das die Dinge drastisch veränderte. Eines Abends saßen sie im Restaurant, um Megans neunundzwanzigsten Geburtstag zu feiern. Seth hatte Champagner bestellt und betrachtete seine Frau, die ihn über den Tisch hinweg anstrahlte. Als sie auf das Dessert warteten, legte sie die Hand auf seine. Ein jähes Glücksgefühl durchströmte ihn. »Seth«, sagte sie, »ich habe in letzter Zeit nachgedacht.«

»Ach ja? Worüber denn?«

»Na ja, ich denke, es ist an der Zeit«, sagte sie und hielt inne, um einen Schluck Champagner zu trinken, »dass wir versuchen, ein Baby zu bekommen.«

»Was?«, fragte Seth verblüfft.

»Ein Baby, Seth. Ganz genau. Wie denkst du darüber?« Ihre Stimme war sanft, doch in ihren Augen lag ein besorgter Ausdruck.

»Großer Gott, Megan! Ausgerechnet das!«

»Aber so überrascht kannst du wohl nicht sein. Wir haben doch schon früher darüber geredet. Du hast doch selbst gesagt, du wünschst dir Kinder.«

»Das tue ich auch. Irgendwann. Aber nicht jetzt auf der Stelle.«

»Wieso nicht?«

»Wir haben doch gerade erst geheiratet. Und brauchen noch so vieles für das Haus –«

»Du denkst also, Möbel seien wichtiger als eine Familie?«

»Nein! Natürlich nicht. So habe ich es nicht gemeint. Ich meine nur – weshalb auf einmal die große Eile?«

»Es ist keine große Eile.«

Sie war genervt. Er merkte es ganz deutlich.

»Wahrscheinlich liegt es daran, dass ich jetzt neunundzwanzig bin. Das macht mich eben nachdenklich. Ich steuere geradewegs auf die dreißig zu. Je jünger eine Frau ist, wenn sie Kinder bekommt, umso leichter ist es für sie.«

Kinder! Innerhalb einer einzigen Minute waren aus einem einzigen gleich mehrere geworden. Wie viele Sprösslinge wünschte sich diese Frau?

»Ich sehe keinen Sinn darin, noch länger zu warten«, fuhr sie fort. »Wir haben einander gefunden, haben geheiratet, unser gemeinsames Haus. Und wir haben beide ein geregeltes Einkommen.«

Natürlich klang all das absolut logisch. Wie immer. Er lächelte und legte seine schwielige Pranke auf ihre perfekte, kleine, feminine Hand. »Wahrscheinlich wollte ich dich einfach nur so lange wie möglich für mich haben.«

Megan lächelte siegesgewiss. »Aber das hast du doch trotzdem«, meinte sie. »Ich gehe nirgendwohin.«

»Wann willst du anfangen, es zu versuchen?«

»Heute Abend, wenn du willst.«

Damit war die Sache geritzt.

Von diesem Abend an lief Seth mit einer rosa Brille durch die Welt. Das Einzige, was in seinem Leben bisher gefehlt hatte, war nun eingetroffen. Der Anblick seiner Frau, die sich rhythmisch auf ihm bewegte, mit fliegendem Haar und bebenden, milchig-weißen Brüsten wurde zur Gewohnheit. Er konnte nicht genug von ihr bekommen. Wenn sie nicht gerade mit ihm schlief, las sie Bücher über Fruchtbarkeit, über potenziell für die Empfängnis geeignetste Stellungen und die richtige Ernährung. Sie zwang ihn sogar, jeden Morgen zum Frühstück eine Zinktablette einzunehmen, und brachte ihn zum Lachen, weil sie die Einnahme mit der Strenge einer Krankenschwester kontrollierte. Er durfte sein Handy nicht mehr in der vorderen Hosentasche herumtragen und hatte strikte Anweisung, sich den Laptop nicht auf den Schoß zu stellen – seine Hoden sollten keiner unnötigen Wärme ausgesetzt werden oder so. Trotz allem spielte er bereitwillig mit und tat wie gewohnt alles in seiner Macht Stehende, um Megan glücklich zu machen.

Sein bester Freund zog ihn damit auf, als sie eines Abends in ihrer früheren Stammkneipe ein Bier tranken. Seth hatte Barry – der noch immer unverheiratet und stolz darauf war – erzählt, dass sie versuchten, ein Baby zu bekommen. »Das heißt, du stehst vielleicht schon bald einem Vater gegenüber.«

»Und willst du das auch wirklich?«

»Natürlich.«

»Wer hatte die Idee?«

»Na ja, das war wohl Megan.«

»Aha. Und was Megan will, bekommt Megan natürlich.«

»Was zum Teufel willst du denn damit sagen?«

»Nichts, nichts. Ich will gar nichts sagen.« Barry hob abwehrend die Hände.

Seth nahm einen kräftigen Schluck aus seinem Glas. »Ich meine, du bist ja noch nicht mal verheiratet, deshalb hast du keine Ahnung, wovon du überhaupt redest.«

»Das stimmt. Was verstehe ich schon von Ehefrauen.«

»Genau. Pfeif einfach drauf.«

»Ich mache mir nur Gedanken. Ich will sichergehen, dass es auch das ist, was du wirklich willst.«

»Das ist es.«

»Tja, wenn das so ist, freue ich mich natürlich für dich.«

»Danke.«

»Gern geschehen.«

Den Rest des Abends unterhielten sie sich über Fußball – beide sorgsam darauf bedacht, ihre Freundschaft nicht zu gefährden.

Doch dieses Gespräch hatte Seth nachdenklich gemacht. Er redete mit seinem Bruder Aaron darüber, als sie im Haus ihrer Eltern gemeinsam den Abfluss reparierten. »Was hältst du eigentlich von Megan?«, fragte er unvermittelt, als wolle er verhindern, dass sein Bruder Gelegenheit zum Nachdenken hatte.

Aaron sah ihn durch die Biegung des Rohrs verwirrt an. »Was ich von ihr halte?«

»Ja.«

»Weshalb willst du das wissen?«

»Beantworte einfach die Frage.«

Aaron dachte einen Moment nach. »Na ja, sie ist ein niedliches Ding und macht einen echt guten Sheperd's Pie.«

Seth lachte. Der Mangel an Tiefgang seines Bruders hatte etwas Tröstliches. Doch war damit die Mission noch nicht erfüllt. Er musste sich an jemanden Kompetenteren wenden. An die Menschen, die ihn am meisten liebten.

Seine Mutter fragte er nicht, weil er sicher war, dass er ihre Gefühle Megan gegenüber nur allzu gut kannte. Sie konnte sie eben gerade so gut leiden wie jede andere Frau, die ihn ihr weggenommen hatte. Er ging davon aus, dass sie Megan für eine hübsche, intelligente und anständige Schwiegertochter hielt – stets unter dem Gesichtspunkt, dass man um das Phänomen Schwiegertochter nicht herumkam. Zumindest war dies seine Vermutung, aber es fehlte ihm der Mut, die Probe aufs Exempel zu machen. Also wandte er sich an seinen Vater.

Eines Abends, nachdem Seths Mutter einen ihrer köstlichen Braten zubereitet hatte, erledigten er und Uri gemeinsam den Abwasch. »Kann ich dich etwas fragen?«

»Natürlich.«

»Was hältst du eigentlich von Megan – ich meine, mal ganz im Ernst?«

Sein Vater musterte ihn lange Zeit schweigend. »Ich denke, dass du sehr verliebt in sie bist«, sagte er schließlich.

Seth nickte – aus dem Mund des Zen-Meisters hatte er kaum eine andere Antwort erwartet. Uri traf den Nagel wie immer auf den Kopf. Es spielte keine Rolle, was andere von ihr dachten. Er liebte Megan, und mehr gab es dazu nicht zu sagen. Außerdem war es sowieso unwichtig, denn nach drei Monaten, in denen Megans reiterliche Aktivitäten immer mehr an Begeisterung verloren und an Verzweiflung gewonnen hatten, war es ihr nun endlich gelungen, schwanger zu werden. *Wir sind schwanger* – wie sie es gern ausdrückte, wobei er sich jedes Mal unbehaglich wand.

Er wusste nicht, was er von alldem halten sollte. Ihm war klar, dass er außer sich vor Freude sein sollte, und es bestand kein Zweifel daran, dass damit jeder Anflug von Wildheit aus ihrem Liebesleben verschwunden war, da sie dem Baby nicht schaden wollte. Offen gestanden konnte er mit diesem Etwas, das da im Bauch seiner Frau heranwuchs, nicht allzu viel anfangen. Für ihn sah sie immer noch gleich aus. Abgesehen von diesem merkwürdigen Ausdruck, der von Zeit zu Zeit in ihre Augen trat.

Megan stürzte sich mit Begeisterung in ihre Schwangerschaft. Und Seth zog mit. Das Kinderzimmer streichen. Die Wände mit einer Tiermusterbordüre bekleben und ein dazu passendes Mobile über die Wiege hängen. Sie gingen gemeinsam ins Kindergeschäft und kauften winzige Strampelanzüge und Mützchen – die ihn an Jarmulken erinnerten. Und nicht zu vergessen die endlosen Namensdebatten. Derer wurde sie offenbar niemals müde.

Nach einer Weile sah man die Veränderung an ihrem Körper. Megan kaufte sich einen ganzen Schrank voller Umstandskleider. Seth wartete die ganze Zeit darauf, dass sich das Baby realer für ihn anfühlte, doch es passierte nicht. Allerdings genoss er es, seine Frau anzusehen, mit ihren herrlich prallen Brüsten über ihrem ausladenden Bauch. Pflichtschuldig legte er die Hand auf die gewaltige Wölbung, wann immer sie von einer Strampelbewegung berichtete – und versuchte mit aller Macht, nicht »Na und?« zu denken. Ihre Empfindungen gingen unübersehbar wesentlich tiefer als seine eigenen. Doch die Tage wurden zu Wochen und schließlich zu Monaten. Bis das Unfassbare zum Unvermeidlichen wurde und der Geburtstermin bevorstand. Sprich, er konnte jeden Tag Vater werden. Trotzdem erschloss sich ihm das Ausmaß des Erlebnisses noch immer nicht.

Eines Tages setzte er bei einem Kunden den ganzen Vormittag über Bäume ein, als er zu seinem Jeep zurückkehrte und sein Mobiltelefon läutete. Sein Bruder Aaron war am Apparat. »Wo zum Teufel steckst du die ganze Zeit?«

»Nirgendwo. Hier eben. Was ist los?«

»Deine Frau liegt in den Wehen. Wir versuchen schon seit zwei Stunden dich zu erreichen. Fahr auf direktem Weg ins Krankenhaus, wenn du keinen Riesenärger kriegen willst.«

»Geht es ihr gut?«

»Soweit ich weiß, ja.« Aaron lachte. »Sieh zu, dass du hinkommst.«

Seth beendete das Gespräch und stellte fest, dass fünfzehn Anrufe und acht SMS auf seinem Handy eingegangen waren. Er machte sich nicht die Mühe, sie abzurufen, sondern raste geradewegs ins Krankenhaus.

»Wo warst du?«, schrie Megan ihn an, ehe sie in Tränen ausbrach. »Seth.« Sie streckte die Arme aus. »Ich hab solche Angst.«

»Ist schon gut, Schatz.« In diesem Moment war das Gefühl der Verbundenheit größer als in den vergangenen neun Monaten.

Während der nächsten Stunden hatte Seth beim Anblick des schmerzverzerrten Gesichts seiner Frau das Gefühl, als hätte irgendein urzeitliches Wesen Besitz von ihr ergriffen. Und er konnte nichts anderes tun als zuzusehen.

Wenige Minuten nach Mitternacht wurde ihre Tochter geboren, ein Winzling mit einem dichten Schopf schwarzer Haare. Seth hatte noch nie so etwas gesehen oder gefühlt. Nun war es also doch real. Sein Kind.

»Wie wollen wir sie nennen?«, murmelte Megan.

»Nach allem, was du durchgemacht hast, solltest du die Entscheidung treffen.«

»Ich möchte, dass sie Kathy heißt.«
»Dann soll sie Kathy heißen.«
»Gefällt dir der Name?«
»Ich liebe ihn.«
»Ich liebe dich, Seth.«
»Ich liebe dich auch, Megan.«

Kurz nach ihrer Rückkehr aus dem Krankenhaus zog sie aus ihrem gemeinsamen Schlafzimmer aus – damit Seth etwas Schlaf bekam, weil doch das Baby nachts häufig schrie. Sie wollte nicht, dass er am Steuer einschlief und einen Unfall hatte. Er war dankbar dafür, weil Kathy tatsächlich häufig weinte, doch ihm fehlte auch die Wärme seiner Frau neben sich. Rückblickend betrachtet war er zu dieser Zeit viel zu überwältigt von seiner neuen Rolle als Vater, als dass er sich darüber Gedanken gemacht hätte. Wer war dieses winzige Geschöpf, das das Regiment in seinem Leben übernommen hatte? Diese rotgesichtige, brüllende Despotin, die er abgöttisch liebte? Alle meinten, sie sei ihm wie aus dem Gesicht geschnitten. Doch er konnte die Ähnlichkeit nicht erkennen. Für ihn sah sie merkwürdigerweise wie Uri aus. Dieses winzige weibliche Bündel erinnerte ihn an den bärtigen alten Mann, und er hoffte, dass sich dieser Eindruck im Lauf der Zeit verlieren würde – er wusste es. Sie würde zu einer wunderschönen Frau heranreifen, der schönsten auf der ganzen Welt. Abgesehen von ihrer Mutter.

Ein Jahr verging, und Seth schlief immer noch allein. An Kathys Schreien konnte es nicht liegen, denn sie schlief nachts längst durch und musste auch nicht mehr gefüttert werden.

Es war beim Frühstück. Kathy saß in ihrem Hochstuhl, und Megan fütterte sie mit Brei. Seth stand mit einer Tasse

Kaffee in der Hand am Küchentresen. »Wann ziehst du wieder zurück, Meg?«

Der Löffel mit dem Brei verharrte mitten in der Luft, direkt vor Kathys Mund, den sie wie ein Vögelchen erwartungsvoll aufgerissen hatte.

»Wohin zurück?«

»Du weißt, was ich meine. Ins Schlafzimmer.«

Megan seufzte. »Aber so wie es ist, läuft es doch gut, oder?«

»Nein, Megan. Das tut es nicht. Ich will, dass du zurückkommst.«

»Aber, Seth, Schatz, du schnarchst.« Sie lachte.

»Dann kaufe ich dir eben Ohrstöpsel.« Seths Miene war grimmig.

Kathy begann zu protestieren, und Megan schob ihr den Löffel in den Mund. »Pass auf, Seth, ich habe darüber nachgedacht, und ich glaube, es wäre das Beste, wenn wir ...«

»Wenn wir was?«

»Wenn wir, na ja, wie Bruder und Schwester leben würden.«

Seth spürte, wie etwas Gefährliches in ihm heranwuchs.

»Ich meine«, fuhr Megan mit wachsender Selbstsicherheit fort, »im Prinzip haben wir genau das doch während des vergangenen Jahrs getan, und es hat prima funktioniert, oder nicht?«

Seth platzte der Kragen. »Ich will aber keine beschissene Schwester, verdammt noch mal!«, wetterte er. »Ich will eine Frau. Du sollst meine Frau sein, verdammt noch mal!«

Tödliches Schweigen breitete sich aus. Die beiden weiblichen Wesen starrten ihn entsetzt an. Dann brachen sie in Tränen aus, zuerst Megan, dann Kathy. Seth hob seine Tochter aus dem Hochstuhl, zutiefst schockiert, seiner Tochter einen solchen Schreck eingejagt zu haben. »Ist schon gut, ist schon gut«, murmelte er wieder und wieder und strich ihr übers Haar, küsste sie auf die Stirn. »Ist schon gut.«

Als sich die Kleine schließlich beruhigt hatte, reichte er sie ihrer Mutter. »Ich komme heute Abend nicht nach Hause«, sagte er.

An diesem Abend ließ Seth sich nach allen Regeln der Kunst volllaufen. Er traf sich mit Barry und den Jungs und redete sich ein, es sei alles wie in alten Zeiten. Die meisten seiner Freunde waren unverheiratet. Keine Ehefrauen, keine Kinder, keine Verantwortung. Als der Pub dichtmachte, fuhren sie in die Stadt und gingen in eine Bar. Seth fühlte sich völlig fehl am Platz und kippte sich aus reiner Verlegenheit einen Drink nach dem anderen hinter die Binde. Vergessen. Am besten alles vergessen. Irgendwann setzte sich ein Mädchen mit zu stark blondiertem Haar und einem ausgeprägten Dubliner Akzent zu ihm. Sie war kess, kam sofort zur Sache. Das genaue Gegenteil von Megan. Seth ging mit ihr in ihre Wohnung und vögelte ihr das Hirn aus dem Kopf.

Am nächsten Tag fühlte er sich mieser als je zuvor in seinem Leben. Zu seiner Erleichterung stellte er fest, dass die andere Seite des Bettes leer war. Irgendwo rauschte Wasser; offenbar stand sie unter der Dusche. Er zog sich an und verließ die Wohnung. Leise schloss er die Tür hinter sich, getrieben von dem dringenden Wunsch, den hässlichen Vorfall möglichst schnell hinter sich zu lassen. Er befand sich in einem Stadtteil, den er nicht kannte. Aus den Augenwinkeln erhaschte er einen Blick auf sein Spiegelbild in einer Schaufensterscheibe. Er sah fürchterlich aus. Er rief ein Taxi und sah zu, dass er so schnell wie möglich verschwand.

Zu Hause schloss er die Tür auf und ging geradewegs die

Treppe hinauf. Er wusste, dass Megan zu Hause war, weil ihr Wagen in der Einfahrt stand, doch er ging nicht zu ihr. Stattdessen zog er sich aus und ließ seine Sachen in einem unordentlichen Haufen auf dem Boden liegen. Dann trat er unter die Dusche, um die Spuren der vergangenen Nacht fortzuwaschen. Danach fühlte er sich ein klein wenig besser. Mit einem Handtuch um die Hüften ging er ins Schlafzimmer, wo Megan auf dem Bett saß und ihn mit eisiger Miene ansah. Er trat direkt vor sie, baute sich geradezu bedrohlich vor ihr auf, provozierend in seiner Nacktheit.

»Wo warst du letzte Nacht?«

»Ich habe doch gesagt, dass ich nicht nach Hause komme.«

»Ich habe dich etwas gefragt, Seth.«

Er trat einen Schritt näher. »Du willst wissen, wo ich letzte Nacht war?«, zischte er. »Ich habe eine andere Frau gevögelt.«

Megans Unterlippe begann zu beben. Seth riss sich das Handtuch weg und begann, in der Kommode nach frischen Sachen zu wühlen.

»Wie konntest du das tun?« Inzwischen weinte sie.

»Es war ganz einfach.«

Etwas hatte sich verändert. Sie weinte, aber es kümmerte ihn nicht. Er hatte seine geliebte Frau zum Weinen gebracht, und es kümmerte ihn einen Scheißdreck. Was für ein eiskaltes Schwein war er eigentlich? Bestimmt würde er später von Schuldgefühlen, Selbsthass und Scham überfallen werden, aber jetzt ... Vielleicht war er immer noch betrunken. Mittlerweile hatte er sich angezogen. »Ich gehe jetzt zur Arbeit.«

»Was? Jetzt? Einfach so? Aber du kannst nicht –«

Doch er war bereits verschwunden.

Auf dem Weg nach draußen hörte er ein Geräusch aus

dem Wohnzimmer und blieb stehen. Kathy saß in ihrem Laufstall und unterhielt sich blubbernd mit ihren Teddybären. Bei Seths Anblick verzog sie das Gesicht zu einem strahlenden Lächeln. Er ging hinein, nahm sie aus dem Laufstall und drückte sie fest an sich, bis sie anfing zu jammern. Rasch hielt er sie ein Stück von sich weg und sah sie an. Sie rieb sich die Wange, die leicht gerötet war. Instinktiv berührte er seine eigene Wange. Unrasiert und stoppelig. Er hatte die Haut seiner Tochter aufgerieben. Noch einmal drückte er sie an sich, diesmal behutsamer. »Das ist das letzte Mal, dass ich dir wehtue, Kathy.«

Und dann weinte er.

19

Kaum merkliche Veränderungen vollzogen sich in der Wohngegend – plötzlich sah man verdächtig wenig Müll auf den Straßen um den Garten herumliegen, und die jungen Bäume am Straßenrand, die sonst in regelmäßigen Abständen von Halbstarken herausgerissen wurden, blieben unversehrt. Allmählich gewöhnten sich die Gärtner daran, dass Passanten die Gesichter gegen die Gitterstäbe pressten, als lechzten sie nach wahrer Schönheit. Aoife versuchte Mrs Prendergast zu überreden, das Tor offen zu lassen, doch die wollte nichts davon hören.

Kaum merkliche Veränderungen vollzogen sich auch im Garten selbst, und nicht nur im Hinblick auf die Pflanzen. Die Mauern innerhalb des von Mauern umgebenen Gartens begannen zu bröckeln – zwischen jenen, die darin arbeiteten, und jene, die um so manches Herz errichtet worden waren.

Seth half Aoife beim Aussetzen der Tomaten an der südlichen Mauer. Es war ein herrlicher Maimorgen. Mrs Prendergast kam mit ihrer neuen Heckenschere mit den Blumengriffen vorbei. »Sie sind zu früh dran«, stellte sie fest.

Seth, der neben Aoife kniete, sah hoch. »Meinen Sie, Mrs P.?«

»Ja. Es könnte sein, dass es noch mal Frost gibt.«

»Das kann ich mir nicht vorstellen.«

»Ich denke schon.«

»Ich denke nicht.«

»Machen Sie, was Sie wollen.«

»Genau das werde ich tun.«

Mrs Prendergast zog mit unheilvoller Miene davon.

»Wieso müssen Sie sie eigentlich ständig ärgern?«

»Weil es Spaß macht.«

Aoife lachte. »Offenbar haben Sie noch nie von den Gerüchten um sie gehört.«

»Welche Gerüchte?«

Aoife senkte die Stimme. »Dass sie ihren Ehemann ermordet und hier im Garten verscharrt hat.«

»Hier? In diesem Garten?«

»Genau.«

»Erlaubt sie uns deshalb nicht, an der hinteren Mauer zu graben?«

»Könnte sein.«

Sie wandten sich wieder ihrer Arbeit zu.

»Wundern würde es mich nicht. Das traue ich dieser alten Hexe ohne weiteres zu. Sie jagt mir echt Angst ein.«

»Sie ist doch nur eine alte Frau.«

»Frauen sind allgemein beängstigend. Wussten Sie das etwa nicht?« Seth grinste sie an. »Geben Sie mir doch bitte die erste Pflanze herüber, ja?«

Aoife drehte den Topf um, so dass die zarte kleine Pflanze herausfiel und Blumenerde über ihre Handfläche rieselte. Sie hielt inne, um das verwobene Wurzelnetz zu betrachten, ein Gewirr aus weißen Fäden, nur dass diese mit Leben erfüllt waren. Es war, als blicke sie geradewegs in die Seele der Pflanze – in ihr Innerstes, ihre Eingeweide. Als enthülle sie ihre Geheimnisse. Fast kam es ihr vor, als müsse sie vorher um Erlaubnis fragen.

»Ich warte.«

»Entschuldigung.« Sie reichte die Pflanze Seth, der sie in ihr neues Zuhause setzte – das Loch, das er für sie gegraben hatte –, ehe er die Erde darum festdrückte. Noch immer kniend, bestaunten sie ihr Werk.

»Wollen Sie die nächste übernehmen?«

»Ja. Bitte.« Aoife begann zu graben.

»Wissen Sie«, sagte Seth, »es würde mich nicht wundern, wenn sie das Gerücht selbst in Umlauf gebracht hätte.«

»Mrs Prendergast?«

»Ja.«

»Weshalb sollte sie so etwas tun?«

»Um kleinen Kindern Angst einzujagen.«

»Aber sie kann sehr gut mit Kindern umgehen.«

»Sie auch.«

Verlegen hielt Aoife inne. »So toll bin ich nicht.«

»Doch, sind Sie. Es muss schwer sein, Liam allein großzuziehen.«

»Mummy, du hast versprochen, dass ich die Maten gießen darf.« Der kleine Junge kam mit seiner Winnie-Puuh-Gießkanne angelaufen. Ihm war unübersehbar langweilig, da Kathy den Tag bei ihrer Mutter verbrachte.

»Klar. Wir haben nur noch nicht alle eingepflanzt.«

Er ließ sich auf Aoifes Schoß fallen, worauf sie die Arme

um ihn schlang. »Ich kann hier weitermachen, Seth. Bestimmt haben Sie noch andere Dinge zu tun.«

»Na, dann.« Er stand auf und wischte sich die Hände an der Hose ab. »Bis später.«

Sie hoffte, dass sie seine Gefühle nicht verletzt hatte, aber sie war einfach noch nicht so weit.

20

Was Seth am meisten zusetzte, war die Tatsache, dass es nach außen hin den Eindruck machte, als hätten sie alles. Er sah gut aus. Er hatte sein eigenes Geschäft, das florierte. Sie war die liebevolle, für ihre Kochkünste berühmte junge Mutter. Sie hatten ein hübsches Zuhause mit einem so hübschen Garten, dass Passanten die Straßenseite wechselten, nur um einen Blick darauf zu werfen. Und sie hatten das hübscheste Baby, das die Welt je gesehen hatte. Doch waren die Türen erst einmal geschlossen, hatten sie gar nichts mehr – bis auf Kathy. Sie war ihr Ein und Alles und der einzige Grund, weshalb Seth blieb.

Er ließ sich zu keinen weiteren One-Night-Stands hinreißen – das Maß seiner Selbstverachtung war bereits hoch genug. Seit dieser Nacht hatte sich ein fragiler Waffenstillstand zwischen ihm und Megan etabliert. Die meiste Zeit ging jeder von ihnen seiner Wege. Wenn sie von Freunden zum Abendessen eingeladen wurden, gingen sie hin, und wenn sie fort waren, schwärmten alle, was für ein tolles Paar sie doch seien. Doch das Versteckspiel trieb ihn an den Rand der Verzweiflung. Und er fragte sich, wie viele andere Menschen tagtäglich eine Lüge lebten – gefangen in der Blase ihrer zerrütteten Ehe.

In Wahrheit war Seth mit seinem Latein am Ende. Er wusste nicht, was er tun sollte, doch für den Augenblick erschien es ihm am einfachsten, weiterzumachen, als wäre alles in Ordnung. Die Vorstellung, seine Tochter zu verlieren, war viel zu beängstigend. Kein Gericht würde einem Vater das Sorgerecht für eine Einjährige zusprechen. Stattdessen würde er im Falle einer Trennung in irgendeine schäbige Bruchbude ziehen müssen, ohne die Möglichkeit, sein kleines Mädchen als Erstes am Morgen in den Armen zu halten und sie als letzte Tat des Tages abends zu baden. Die Vorstellung schmerzte so tief in seiner Brust, dass er sich weigerte, auch nur darüber nachzudenken. Stattdessen saß er vor dem Fernseher und trank sein Bier, während Megan in den Fitnessclub fuhr. Sie müsse dringend ihre Schwangerschaftspfunde loswerden, sagte sie. Er wusste nicht, ob sie es mittlerweile geschafft hatte, weil er sich nicht länger die Mühe machte, sie anzusehen. Arbeit und Kathy, Kathy und Arbeit, das war es, woraus sein Leben bestand. Ein ganzes Jahr lang.

Irgendwann spürte er eine Veränderung. Megan schwebte ins Haus und wieder hinaus, ihr Tonfall leicht und unbeschwert wie eine Sommerbrise. Sie plauderte mit ihm, als wären sie uralte Freunde. Und sie kicherte wieder – auf diese mädchenhafte Weise, die er früher an ihr so geliebt hatte. Nur dass es ihm jetzt geradewegs auf die Nerven fiel. Wie konnte sie so glücklich sein, wo sein Leben ihretwegen eine einzige Tragödie war? Er vermutete, dass sie eine Affäre hatte. Aber weshalb sollte ihn das kümmern? Trotzdem wollte er verdammt sein, wenn sie ein neues Leben anfing, während er noch immer in ihrem alten festhing. Er betrachtete sie abschätzend. Sie sah verflixt gut aus. Mittlerweile hatte sie ihre alte Figur, ihre schmale Taille zurückgewonnen, außerdem hatte sie irgendetwas mit ihrem Haar gemacht. Es sah irgendwie blonder aus. Und, was das Allerwichtigste war: Ein Mensch sieht sofort besser aus, wenn er glücklich ist.

»Wie heißt er?«

Es war Abendbrotzeit. Seth saß am Küchentisch und stocherte in seinem Kartoffelbrei, während Megan im Küchenschrank nach dem Ketchup suchte. »Was hast du gesagt?«

»Ich habe gefragt, wie er heißt.«

Sie stieß ein freudloses Lachen aus. »Dann habe ich also doch richtig gehört. Wen genau meinst du?«

»Ich weiß es nicht. Sag du es mir.« Er setzte sich auf dem Stuhl zurück und starrte sie mit vor der Brust gekreuzten Armen an, während sein Essen langsam kalt wurde.

Sie schüttelte den Kopf und wandte den Kopf ab. »Du denkst also, ich hätte einen anderen.«

»Na ja – hast du nicht?«

Sie sahen ihrer Tochter zu, die mit beiden Händen Kartoffelbrei auf den Boden warf und entzückt lachte, als er mit einem dumpfen Platschen auf dem Fußboden landete.

»Eines kann ich dir versichern, Seth – das Letzte, was ich mir in meinem Leben wünsche, ist ein anderer Mann.«

»Und wieso bist du dann die ganze Zeit so verdammt glücklich?«

»Ich habe einfach nur mein Leben zurück, das ist alles.«

Er betrachtete ihr Gesicht. Stimmte das? Er war sich nicht sicher. Andererseits konnte er ihr schließlich nicht vorwerfen, eine Nymphomanin zu sein. Aber irgendwie klang das Ganze nicht aufrichtig. Kein Mensch verwandelte sich von Grund auf, nur weil er »sein Leben zurückhatte«.

Und so begann seine eigene Verwandlung – in einen argwöhnischen, paranoiden Verrückten. Er begann sie zu belauern, analysierte jedes ihrer Worte. Er durchsuchte sogar ihre Nachttischschublade, wenn sie nicht zu Hause war, obwohl er nicht einmal wusste, wonach er suchte. Und eines Tages verfolgte er sie. Kaum war sie aus der Einfahrt gebogen, sprang er in seinen Jeep und fuhr ihr nach, gerade noch rechtzeitig, um ihren Wagen um die nächste Ecke biegen zu sehen. Sie hatte Kathy zuvor bei ihrer Mutter abgeliefert, um Zeit für ihre Verabredung zu haben – mit wem auch immer. Und er hätte schwören können, dass sie Lippenstift trug. Er fädelte sich in den Verkehr ein und hatte Mühe, sie nicht zu verlieren. *Kann es wohl kaum erwarten, zu ihm zu kommen*, dachte er bitter. Irgendwann blinkte sie und bog, dicht gefolgt von Seth, auf den Parkplatz des Supermarkts ein. Er stellte seinen Wagen in sicherer Entfernung ab und spähte hinein, sah, wie sie irgendetwas auf das Kassenband legte. Wahrscheinlich Kondome. Und Schlagsahne.

Als sie herauskam, rutschte er ein Stück tiefer auf seinem Sitz, während er zu erkennen versuchte, was sie in der Hand hielt. Es sah wie eine Zeitung und Schnittbrot aus, aber darunter könnte sie ohne weiteres ganz andere Dinge versteckt haben. Sie fuhr wieder los, und er folgte ihr, lediglich durch zwei Autos voneinander getrennt. Aber – Moment, was machte sie da? Sie fuhr nach Hause. Scheiße. Er wartete fünf Minuten im Wagen, ehe er ins Haus ging. Als er hereinkam, sah sie auf. »Ich wusste gar nicht, dass du wegwolltest.« Ihr Tonfall war sanft.

»Ich habe nur kurz einen Lottoschein gekauft. Heute ist Ziehung. Fetter Jackpot.«

Sie lachte. »Genau dasselbe habe ich auch getan. Ich hatte schon Angst, ich wäre zu spät dran. Die Ziehung fängt gleich an. Wollen wir sie uns gemeinsam ansehen?«

»Nein. Danke.«

Er wandte sich ab und ging in die Diele, wo er einige Augenblicke mit in den Taschen vergrabenen Händen stehen blieb. Was für ein Schwachsinn. Höchste Zeit, dass er sich wieder einkriegte.

Und genau das tat er auch. Das Leben verlief wieder in seinen gewohnten Bahnen. Auch wenn er nicht behaupten konnte, dass er glücklich war, kehrte so etwas wie Normalität ein, und seine größte Freude waren seine Tochter und seine Pflanzen.

Eines Tages vergaß er sein Telefon zu Hause. Da er über Mittag einen wichtigen Anruf erwartete, blieb ihm nichts anderes übrig, als nach Hause zu fahren und es zu holen. Er sah es im Geiste auf seinem Nachttisch liegen. Megans Wagen stand vor dem Haus, was ungewöhnlich war, weil sie, seit sie in ihren Teilzeitjob zurückgekehrt war, dienstagvormittags arbeitete. Und es war noch ein zweiter Wagen vor dem Haus geparkt. Einen, den er nicht kannte. Vielleicht besuchte jemand die Nachbarn.

Er ging hinein und rannte die Treppe hinauf, immer zwei Stufen auf einmal nehmend. Es war still. Die Schlafzimmertür war angelehnt. Er öffnete sie. Sein Telefon lag auf dem Nachttisch, wie er gedacht hatte. Aber er sah es nicht. Stattdessen erblickte er Megan in jenem Bett, das er seit mehr als zwei Jahren nicht mehr mit ihr teilte. Von der Taille aufwärts war sie nackt. Ein Laken bedeckte ihre untere Körperhälfte, doch der Verdacht lag nahe, dass sie auch sonst nichts trug. Sein Blick blieb an einer ihrer milchig-weißen Brüste hängen, die zweite war vom Kopf einer dunkelhaarigen Frau verdeckt. Die Frau sah wunderschön aus, mit langen dunklen Locken und vollen Brüsten. Megan war wach und musterte ihn ausdrucks los. Ohne ein Wort löste sie sich behutsam aus der Umarmung der Frau, die etwas murmelte und sich im Schlaf regte. Megan zog einen Morgenrock über – Seths, da es sein Schlafzimmer war –, ging, noch immer schweigend, an ihm vorbei und schloss vorsichtig die Tür.

Er folgte ihr nach unten in die Küche, wo sie Wasser in den Kessel gab. »Kaffee?«

Er gab keine Antwort, sondern setzte sich auf den nächsten Stuhl und stützte den Kopf schwer auf die Ellbogen. »Wie lange?«

»Siobhan und ich sind seit etwa fünf Monaten zusammen.«

Siobhan. So hieß der andere Mann also.

»Nein. Wie lange weißt du es schon?«

Seth sah zu, wie Megan die dreifache Menge Zucker in seinen Becher gab wie sonst und mit zügigen Bewegungen umrührte, ehe sie den Becher vor ihm abstellte. Seth betrachtete den kreiselnden Schaumklecks auf der dunkelbraunen Flüssigkeit. Er wusste, dass er den Becher nicht würde anfassen können. Megan setzte sich ihm gegenüber. Ihre Züge waren so klar und ungekünstelt, dass er sie kaum wiedererkannte. Es bestand kein Zweifel, dass er gleich die Wahrheit erfahren würde, und diese Wahrheit machte ihm Angst. »Etwas ist mit mir passiert, als ich mit Kathy schwanger war. Es hatte etwas damit zu tun, dass ich ein Mädchen erwartete. Ich kann es nicht genau erklären.«

»Versuch es.«

»Es war, als … ich weiß nicht. Mir ist nur klar geworden, dass ich mit einer Frau zusammen sein muss. Dass ich mein Leben mit ihr teilen möchte. Nicht mehr mit einem Mann. Seth, bitte sieh mich doch nicht so an.«

»Was erwartest du?«

Sie schluckte und fuhr sich mit den Händen durchs Haar. Sie sah aus, als schäme sie sich. Gut, dachte er.

»Damals hatte ich Angst, irgendetwas zu unternehmen. Kathy war gerade geboren, und ich stand völlig neben mir. Wahrscheinlich hat ein Teil von mir gehofft, dass es von allein wieder weggeht. Aber irgendwie wusste ich auch, dass es nicht so ist. Also habe ich versucht, so gut wie möglich zurechtzukommen. Dann wurde Kathy älter, und ich hatte mehr Freiheit. Also ging ich wieder unter Menschen und fühlte mich wohler in meiner Haut. Im Fitnessclub habe ich Siobhan kennengelernt, und zwischen uns ...«, ihre Stimme wurde weicher, »bestand sofort eine Verbindung.«

Seth zuckte zusammen.

»Anfangs waren wir nur Freundinnen. Eine halbe Ewigkeit. Dann kam dieser Tag ... na ja, die Details willst du bestimmt nicht hören. Es tut mir leid, Seth. Ich wollte es dir die ganze Zeit sagen.«

»Das hättest du gleich tun müssen, als du es herausgefunden hast.«

»Ich weiß, ich weiß. Du hast ja recht. Das hätte ich schon vor langer Zeit tun sollen.«

»Du hast zugelassen, dass ich die letzten zwei Jahre für dich vergeudet habe, wo du die ganze Zeit wusstest, dass du sowieso nie mehr –« Er brach ab und stand auf, ging um den Küchentisch herum, schob die Hände in die Hosentaschen und starrte zum Fenster hinaus in seinen viel bewunderten Garten. Wahrscheinlich würde er ihn nun zurücklassen müssen. »Und die ganze Zeit hast du mich niemals geliebt.« Er hasste sich dafür, dass seine Stimme so erstickt klang.

»Oh, Seth, aber das stimmt doch nicht.« Megan stand ebenfalls auf und trat hinter ihn. »Ich habe dich doch geliebt.«

»Nein, hast du nicht. Wie auch? Nicht richtig.«

»Ich habe dich so geliebt, wie ich einen Mann nur lieben kann, Seth. Wie hätte ich dich nicht lieben können?«

»Verschon mich.«

»Es ist die Wahrheit. Ich dachte, ich sei in dich verliebt. Ich wusste es nicht besser. Ich dachte, jeder empfindet so wie ich.«

»Wie? Dass du auf Frauen stehst?«

»Ich bin doch nicht die ganze Zeit durch die Gegend gelaufen und habe Frauen begehrt. Von Zeit zu Zeit kam dieses Gefühl eben auf, aber ich dachte, das sei normal. Man hört doch immer wieder, dass Frauen lesbische Fantasien haben, und ich dachte eben, bei mir sei es genauso. Du warst ja nicht der erste Mann, mit dem ich zusammen war. Und mit dir war es anders, Seth. Ich dachte, mit dir hätte ich – meine verlorene Hälfte gefunden.«

»Das dachte ich auch.«

Die Stille hing mit geradezu ohrenbetäubender Lautstärke im Raum, so laut, dass Seth am liebsten das Radio eingeschaltet hätte, damit irgendeine alberne Talkshow sie verjagte. Am Himmel zogen Wolken auf, und ihm wurde bewusst, dass sein Leben nie wieder so sein würde wie vorher.

»Es tut mir leid«, sagte Megan. »Aufrichtig leid. Alles, was ich dir angetan habe, und dass ich so ein Feigling war und nichts gesagt habe.«

»Mir tut es auch leid – dass die letzten fünf Jahre meines Lebens ein Witz waren. Eine Lüge. Eine gottverdammte, beschissene Zeitverschwendung.« Wut stieg in ihm auf. »Sag mir eins, Megan: Hast du mich nur als Samenspender benutzt? Ist es das, was du wolltest? Du hast beschlossen, dass du ein Kind willst, und ich hatte das Einzige, was du von einer Frau nicht bekommen kannst? Du hast mich benutzt. War es so?«

»Nein! So war es überhaupt nicht. Und könntest du bitte ein bisschen leiser sprechen?«

»Sag mir nicht, was ich zu tun habe, du verlogenes Miststück!«

»Du hast kein Recht, mich so zu nennen!«

»Ich nenne dich, wie ich will.« Mittlerweile schrie er. »Dich hinter meinem Rücken herumzutreiben. Und eine Affäre zu haben.«

»Da war ich wohl nicht die Einzige.«

»Das war nur *eine* Nacht, Megan. *Eine* lausige Nacht in all den Jahren des – Nichts. Nichts!«

»Alles in Ordnung, Meg?«

Keiner von ihnen hatte Siobhan bemerkt, die vollständig bekleidet in der Küchentür stand.

»Es geht mir gut, Siobhan.«

»Oh, Siobhan, ja? In Kleidern habe ich dich gar nicht erkannt. Ich bin Seth, Megans Ehemann. Oder nennst du sie Meg? Komm ruhig herein, und lass uns feiern. Aber, oh, ich habe ganz vergessen, dass ihr beide ja schon eure kleine Party hattet. In meinem Bett!«

»Du solltest jetzt lieber gehen, Liebste.«

Liebste.

»Genau. Das ist ja noch viel besser. Wieso verschwindest du nicht einfach? Verschwinde aus meinem Haus, und lass dich hier nicht mehr blicken.« Mit zornsprühenden Augen trat Seth auf Siobhan zu.

Meg legte ihm eine Hand auf die Brust, während Siobhan zurückwich. »Hör auf, Seth.«

Er hörte, wie die Haustür geöffnet wurde. »Hübsche Titten, übrigens«, schrie er.

Die Tür fiel krachend ins Schloss.

Seth ließ sich auf den Küchenstuhl fallen, ehe seine Beine versagen konnten, kreuzte die Arme auf der Tischplatte und legte den Kopf darauf. Eine Zeit lang sagte niemand etwas. »Kann ich dir etwas bringen?«, fragte sie schließlich.

Unter Mühen hob er den Kopf. »Wie wär's mit den letzten fünf Jahren?« Er stöhnte. »Was für eine Verschwendung.«

»Sag doch so etwas nicht. Immerhin haben wir Kathy, oder nicht?«

Ja, immerhin hatten sie Kathy. Angst überkam ihn. »Du nimmst sie mir doch nicht weg. Sie ist alles, was ich habe.« Tränen brannten in seinen Augen, und er verbarg sie hinter seiner Hand.

Seine Frau setzte sich neben ihn und legte ihm die Hand auf die Schulter. Als er keine Anstalten machte, sie abzuschütteln, drückte sie ihn behutsam. Es war die zärtlichste Berührung seit Jahren. »Ich wollte dir all das niemals antun, Seth. Niemals.«

Am Ende brauchte Seth nicht aus dem gemeinsamen Haus auszuziehen, da Megan zu Siobhan ging. Und sie hielt sich an ihr Versprechen, ein gemeinsames Sorgerecht für Kathy zu beantragen. Vielleicht hatte auch sie Angst, Kathy zu verlieren. Zum Glück war Kathy noch zu klein, um zu begreifen, was vor sich ging, und zu ihrer aller Erleichterung gewöhnte sie sich mühelos an die neue Lebenssituation. Im Gegensatz zu Seth.

Das Haus fühlte sich kalt und leer an, wenn Kathy nicht da war. Und obwohl er es sich nicht eingestehen wollte, vermisste er auch Megan. Am liebsten hätte er das Haus verkauft und wäre ebenfalls ausgezogen, doch er wollte seiner Tochter nicht noch eine drastische Veränderung zumuten. Außerdem konnte er das Haus nicht ohne weiteres abstoßen. Also verbrachte er so wenig Zeit wie möglich dort, und wenn Kathy bei ihrer Mutter war, saß er wie betäubt mit einer Flasche Bier vorm Fernseher – sofern er nicht gerade im Pub war – mit blutunterlaufenen Augen, unrasiert und drauf und dran, einen Bierbauch zu bekommen.

Häufig machte er sich nicht einmal die Mühe, nach oben ins Bett zu gehen, sondern schlief vor der Flimmerkiste ein und kam mitten in der Nacht mit steifem Nacken wieder zu sich, aufgeweckt von der scheppernden Stimme des Moderators einer Werbesendung. Dann drehte er die Lautstärke herunter, legte den Kopf auf ein Sofakissen und deckte sich mit seiner Jacke zu. Wenn er morgens aufwachte, blickte er prüfend zum Himmel, um zu sehen, wie spät es war, und drehte die Lautstärke wieder hoch. Dann machte er sich einen Kaffee und spülte, wenn ihm der Sinn gerade danach stand, damit eine Vitamintablette hinunter. Manchmal duschte er, manchmal nicht. Manchmal zog er sich frische Sachen an, manchmal nicht. Er konnte sich noch nicht einmal überwinden, an eine andere Frau zu denken. Er fühlte sich so in seiner Männlichkeit getroffen, dass er bezweifelte, jemals wieder einen hochzukriegen. Er ging zur Arbeit und dankte seinem Schöpfer, dass er keinen Boss hatte, der ihn feuern könnte, denn sonst stünde er längst auf der Straße.

Dann starb seine Mutter – und es war, als hätte ihm jemand den sprichwörtlichen Teppich unter den Füßen weggezogen. *Riesenlacher, denn Seth landet geradewegs auf dem Arsch. Mal sehen, ob er es diesmal schafft, wieder aufzustehen.*

Aber Seth schaffte es. Gerade so. Er, sein Vater und sein Bruder waren vereint in ihrer Trauer und gaben einander Kraft. Und das Leben ging weiter. Die Scheidung. Irgendwann begann Seth sich wieder zu rasieren, wechselte häufiger die Unterwäsche. Und eines Tages rief sein Vater ihn an und erzählte ihm von dem Garten.

21

Den ganzen Monat über kamen sie. Männer in Anzügen. Die Spekulanten. Sie gingen im Garten umher, völlig unpassend in ihrer steifen Kleidung. Manchmal kamen sie zu zweit oder dritt, oft aber auch allein. Manchmal traten sie unabsichtlich auf eine der Pflanzen und murmelten ein leises »Tut mir leid«. Und es sollte ihnen auch leidtun. Manchmal stellte einer von ihnen Fragen zum Garten – zu der Arbeit, die sie dort verrichteten. »Was für ein Jammer«, sagten sie dann und balancierten in ihren auf Hochglanz polierten Schuhen über den frisch geharkten Boden. »Tja, dann baut eben kein Haus hier«, schrie Aoife innerlich. Aber sie sprach es niemals laut aus. Denn sie war daran gewöhnt, ihre Gedanken für sich zu behalten.

Auch Emily war daran gewöhnt, ihre Gedanken für sich zu behalten. Aber selbst sie schaffte es nicht länger. Eines Morgens sah sie aus, als hätte sie einen Weinkrampf gehabt. Heuschnupfen? Aber im Lauf des Vormittags wurde immer deutlicher, dass es nicht nur daran lag. Emily weinte leise vor sich hin, während sie wieder und wieder dasselbe Stückchen Boden bearbeitete und die Erde mit ihren Tränen aufweichte. Sie hatte sich so oft das Gesicht abgewischt, dass dunkle Schmutzspuren es zierten. Uri und Aoife tauschten besorgte Blicke.

»Sollten wir vielleicht etwas unternehmen?«

»Fragen Sie sie doch, was los ist. Mit Ihnen redet sie«, schlug Uri vor.

Also ging Aoife zu Emily. Zögernd, um sie nicht zu ängstigen oder noch mehr durcheinanderzubringen, trat sie hinter sie und legte ihr behutsam die Hand auf den Arm. »Emily?«

Emily wandte sich um und barg leise schluchzend das Gesicht an Aoifes Schulter. Aoife legte die Arme um sie, und gemeinsam sanken sie zu Boden. Die anderen taten so, als bekämen sie nichts davon mit, während Aoife, absorbiert in Emilys Schmerz, sich eigentümlich privilegiert fühlte, weil sie ausgewählt worden war. Nach einer Weile verebbten die Schluchzer, dann hob Emily den Kopf und begann nach einem Taschentuch zu kramen. Aoife hatte noch nie jemanden gesehen, der so verloren wirkte. »Was ist denn, Emily? Was ist passiert?«, fragte sie und strich ihr eine Haarsträhne hinters Ohr.

Es folgte eine lange Stille – so lange, dass Aoife Zweifel beschlichen, ob Emily überhaupt antworten würde.

»Ich hatte ein Baby.«

Aoife lauschte verblüfft. Darauf war sie nicht gefasst gewesen. Vielmehr war sie davon ausgegangen, dass Emily von einem jungen Mann sitzen gelassen worden war. »Wann?«

»Vor acht Monaten.« Emily schniefte. »Sie ist jetzt acht Monate alt.«

»Ein kleines Mädchen.«

Emily nickte.

»Wo ist sie jetzt?« Eine schreckliche Sekunde lang fürchtete Aoife, Emily könnte sagen, sie hätte das Neugeborene in eine Babyklappe gelegt.

»Ich habe sie zur Adoption freigegeben. Sie ist bei einer Pflegefamilie. Aber …«, neuerlich begannen die Tränen zu fließen, »jetzt haben sie eine richtige Familie für sie gefunden und wollen, dass ich die Einverständniserklärung für die Adoption unterschreibe.«

Wieder begann Emily zu weinen. O Gott. Hektisch durchsuchte Aoife ihre Taschen nach einem Taschentuch, da Emilys mittlerweile nur noch ein nasser Papierfetzen war. Nicht dass es ihr etwas auszumachen schien. Sie nahm nichts und niemanden um sich herum wahr. »Beruhige dich. Es ist okay. Alles wird wieder gut.« Aoife streichelte Emilys Arm. Der öffentliche Gefühlsausbruch des Mädchens war ihr peinlich, vor allen Dingen aber tat ihr Emily schrecklich leid. Sie wartete, bis sie sich ein wenig beruhigt hatte. »Und ist das Baby immer noch bei den Pflegeeltern? Man hat sie noch nicht zu der Adoptionsfamilie gebracht?«, fragte sie schließlich.

»Nein.«

»Und wirst du die Papiere unterschreiben?«

»Ich weiß es nicht. Ich kann mich einfach nicht entscheiden.«

»Bestimmt gibt es die Möglichkeit, sich von der Adoptionsagentur beraten zu lassen.«

»Die gibt es auch. Aber, ich meine, wie soll ich mich um ein Baby kümmern? Ich habe keinen festen Freund, kein Geld, keinen Job. Und bis ich meinen Abschluss in der Tasche habe, vergehen noch Jahre.«

»Was ist mit deiner Familie?«

»Sie sind streng katholisch. Sie würden es niemals verstehen.«

»Das heißt, sie wissen gar nichts davon?«

Emily schüttelte den Kopf.

»Nein.«

»Du hast ihnen nichts gesagt?«

»Nein.«

»Niemandem?«

»Du bist die Erste. Abgesehen von der Frau von der Adoptionsagentur und dem Vater.«

»Und ich nehme an —«

»Es hat ihn nicht interessiert.«

»Ach, Emily.« Aoife zog sie an sich und versuchte sich vergeblich vorzustellen, wie das alles für sie gewesen sein musste.

Sie verharrten eine ganze Weile in dieser Position. Emily, die ihr tränennasses Gesicht an Aoifes Hals gelegt hatte, bemerkte nicht, wie Mrs Prendergast auf Zehenspitzen herüberkam und eine Tasse Tee vor ihr auf dem Boden abstellte. Aoife und die ältere Frau sahen einander an. Dann nickte Aoife, und Mrs Prendergast zog sich wieder zurück.

»Trink«, sagte Aoife nach einer Weile. »Dein Tee wird kalt.«

»Wo kommt der denn her?«

Emily nahm den Becher zwischen ihre zarten Finger und nippte daran.

»Besser?«

»Ein bisschen.«

»Vielleicht unterschätzt du deine Familie ja.«

Emily zuckte die Achseln.

»Wie verstehst du dich mit deiner Mutter?«

»Okay. Ganz gut, würde ich sagen.«

»Na also. Du könntest eine Überraschung erleben. Aber sie kann dir nicht helfen, wenn sie nichts davon weiß.«

Emily zeigte keine Reaktion.

»Und was empfindest du im Hinblick auf das Baby?« Aoife musterte forschend Emilys gerötetes, verquollenes Gesicht.

»Ich weiß es nicht. Ich weiß es einfach nicht.« Sie begann an ihren Fingernägeln zu kauen.

Aoife holte tief Luft. »Ich muss dir etwas erzählen«, meinte sie schließlich. »Etwas, das dir möglicherweise bei deiner Entscheidung hilft.«

22

Als ich meiner kleinen Tochter das erste Mal ein Stück Schokolade gab, lachte sie lauthals. Ich hatte ihren Mund glücklich gemacht. Es war ein Stück Schokolade an ihrem ersten Geburtstag. Ihr Vater hielt alles mit der Videokamera fest – er, der Hollywood-Daddy, wir, die Hollywood-Familie. Ich habe mir das Video so viele Male angesehen, dass ich jede Sekunde davon auswendig kenne. Aber es war mir nie gelungen, die hinterlistige Täuschung, den Betrug, in meinen Augen zu erkennen. Michael ebenso wenig. Obwohl ich mittendrin steckte.

Wir waren ebenso fasziniert wie sie selbst, als die Schokolade auf ihrer Zunge schmolz und an ihrem Gaumen festklebte. Während ihre Geschmacksknospen die Süße registrierten, weiteten sich ihre großen blauen Augen zuerst vor Verblüffung, dann vor Verzückung.

»Sie ist genau wie ihre Mutter«, bemerkte Michael, noch immer mit der Kamera vor dem Auge.

Ich war nicht sicher, ob er auf ihr Aussehen oder ihre neu entdeckte Liebe für Schokolade anspielte, denn sie ähnelte mir in beiderlei Hinsicht. Es war so herrlich, endlich ein Kind zu haben, das so war wie ich. Liam war mir so unähnlich, dass er ebenso gut vom Himmel hätte gefallen sein können. Was meine Liebe zu ihm keineswegs schmälerte. Er war mein Erstgeborener, das Beste, was ich bis dahin in meinem Leben geleistet hatte. Er hatte irgendwann aufgehört, in meinem Bauch zu wachsen und war so früh aus mir herausgeschnitten worden, dass ich vom ersten Tag an ein ganz besonderes Auge auf ihn hatte. Er war stets etwas zu klein für sein Alter. Manche würden ihn als schwächlich bezeichnen, ich nannte es zart. Ich hatte mir Sorgen gemacht, er könnte eifersüchtig auf das neue Baby sein, da er sein gesamtes kurzes Leben lang stets im Mittelpunkt meiner ungeteilten Aufmerksamkeit gestanden hatte, aber er schien sie heiß und innig zu lieben und lachte über ihre Reaktion auf die Schokolade, ehe er ein Stück für sich selbst verlangte.

»Los, Liam, lächle für uns«, forderte Michael ihn auf.

»Spaghetti.« Liam entblößte seine von Schokoladenschlieren überzogenen Zähne.

»Wie alt ist Katie heute geworden?«

»Eins.« Liam hob einen Finger.

»Und was müssen wir ihr da wünschen?«

»Alles Gute zum Geburtstag, Katie.« Er klatschte in die Hände, worauf Katie es ihm augenblicklich nachtat.

Michael und ich tauschten einen liebevollen Blick. Unsere klugen, wunderschönen Kinder. Michael legte die Kamera beiseite, trat neben mich und schlang den Arm um mich. »Ich liebe dich, Aoife«, flüsterte er.

Ich schloss die Augen. »Ich liebe dich auch.« Es war keine Lüge. Ich erinnere mich noch ganz genau an jenen Moment, obwohl er nicht mit der Kamera festgehalten wurde. Das Gefühl seiner Arme, die mich hielten, seines Atems auf meinem Hals. Die Mischung aus Glück und Schuldgefühlen. In diesem Moment hatte ich alles. Absolut alles. Das Problem war nur – ich war eine solche Närrin, dass ich es nicht wusste. Stattdessen wollte ich immer noch mehr. Ständig wurde ich von dem Verlangen nach dem getrieben, was ich nicht hatte. Später warf ich mir meine Undankbarkeit vor: Wenn man nicht dankbar genug ist, wird einem alles genommen.

Wie soll ich Michael beschreiben? Für mich war er immer Michael, auch wenn seine Freunde ihn Mike nannten. Nur seine Mutter und ich riefen ihn mit seinem richtigen Namen, weil wir wussten, dass er am besten zu ihm passte. Er arbeitete als Kostenmanager, wobei ich in all unseren gemeinsamen Jahren nie wirklich begriffen habe, was er im Zuge dieser Arbeit wirklich tat.

Das Erste, was den Menschen an ihm auffiel, war sein Haar: leuchtend rot. Er hasste es – er bezeichnete sich selbst als lebenslanges Opfer von »Leuchtrotismus«. Ich liebte es, seine Seidigkeit, die lässige Art, wie es fiel. Ich glaube, es ist mir beinahe gelungen, ihn dazu zu bringen, es ebenfalls zu lieben.

Wir lernten uns bei einer fürchterlich öden Party in Camden Town kennen. Man hatte mich – allerdings ohne mein Wissen – für den Gastgeber auserkoren, an dessen Namen ich mich nicht einmal mehr erinnern kann. Michael war bereits für die Schwester seines WG-Genossen vorgemerkt worden, ein unseliges Geschöpf, das sich an diesem Abend derart volllaufen ließ, dass zwei Männer nötig waren, um sie ins Bett zu verfrachten. Ich gehe davon aus, dass sie inzwischen eine ehrenwerte verheiratete Frau ist, die sich nur höchst ungern an diesen Abend erinnert.

Michael saß gegenüber von mir und stach allein durch die Tatsache, dass er stocknüchtern war, aus der Masse heraus. Er lehnte sich auf seinem Stuhl zurück und nippte bedächtig an seinem Wein, während er den Blick über das Treiben rings um ihn schweifen ließ. Ich saß auf der anderen Seite des Küchentischs und tat im Grunde genau dasselbe. Obwohl sich ein Teil von mir am liebsten nach allen Regeln der Kunst betrunken hätte, hinderte mich mein Drang, ihm zu imponieren, daran.

»Wie heißt du?«, fragte er – es war nicht die Art Party, bei der man sich die Mühe gemacht hatte, die Gäste einander vorzustellen.

»Aoife«, antwortete ich und wartete auf den irritierten Blick, die gefurchte Stirn, die Bitte, den Namen noch einmal zu sagen. Ihn zu buchstabieren.

»Das ist schön«, sagte er nur.

Und damit war es um mich geschehen.

Er musste ähnlich empfunden haben, denn nach nicht einmal einer Stunde, in der sich die Anwesenden in einen Haufen volltrunkener Chaoten verwandelt hatten, sah er auf seine Uhr und demonstrativ zu mir. »Lass uns von hier verschwinden.«

Die anderen bekamen nicht einmal mit, dass wir gingen.

Wir traten in die Nacht hinaus, die herrlich kühl und angenehm war nach der Enge der Wohnung, unter schallendem Gelächter, das zum sternenübersäten Himmel emporstieg und dort verharrte. Manchmal glaube ich, es hängt noch immer dort oben.

Wir gingen in ein Café, das die ganze Nacht geöffnet hatte, und redeten. Er hieß Michael O'Brien und war ebenfalls ein in London lebender Ire. Seine Eltern wohnten in Mayo, wo er viele verregnete Sommer verbrachte. Wir erzählten uns gegenseitig unter lautem Gelächter von unseren irischen Großmüttern.

»Steht deine auch jeden Morgen um sechs auf und backt Sodabrot?«

»Nein, ich glaube, sie kauft es bei Londis.«

»Oh.« Ein Anflug von Enttäuschung machte sich in mir breit. »Meine erzählt immer, sie würde es oben mit dem Messer einschneiden, damit die Feen beim Backen herauskommen. Ich habe ihr das jahrelang geglaubt.«

»Meine heißt Kathleen.«
»Meine auch!«
»Sie können doch nicht alle Kathleen heißen!«
»Nein, manche heißen auch Mary.«

Das erleichterte die Entscheidung, welchen Namen wir zu gegebener Zeit unserer Tochter geben sollten.

Als das in London geborene Kind irischer Immigranten hatte ich mich nie als Engländerin betrachtet. Meine irischen Cousins und Cousinen hingegen hatten mich nie als Irin betrachtet. In ihren Augen war ich die Pseudo-Irin, mir gefiel der Begriff »rare Mischung« besser.

Jedes Jahr verbrachte ich die Sommerferien bei meinen Großeltern in Dublin und lauschte staunend ihrer Mundart. Noch heute erinnere ich mich an das köstliche Erschaudern, als ich meine Oma das erste Mal fluchen hörte – sie, die zutiefst gläubige Katholikin mit dem Weihwasserbehälter auf der Veranda. Was für ein Spaß. Hatte ich mich verhört? Als ich das Schimpfwort später mit demselben irischen Akzent an meinen Klassenkameraden in London ausprobierte, wurde ich prompt in die Ecke geschickt.

Meine Erinnerungen waren so tiefschürfend, dass es sich anfühlte, als wären sie bis ins Innerste meiner Zellen gesickert. Selbst jetzt fühlte ich mich an besonders herrlichen Junivormittagen auf den Rücksitz des alten Ford Cortina meiner Eltern zurückversetzt, in dem wir über enge verlassene Straßen von der Fähre zum Haus meiner Großeltern fuhren. Wo uns Vogelgezwitscher und Igel in den Hecken erwarteten. Die Freude bei der Ankunft. Großeltern, die aus dem Haus gelaufen kamen, um uns in Empfang zu nehmen, die Treppen herunter, vorbei an Rosensträuchern, Löwenmäulchen und Bergastern. Mein Großvater und seine Pfeife. Mellow Virginia. Noch Jahre nach seinem Tod hing der

Geruch in der Schublade neben seinem Stuhl. Meine Großmutter. Mit frisch gefärbtem und dauergewelltem Haar. Die unsere Wangen mit roten, herzförmigen Küssen bedeckte. Wir liefen den Weg durch den Garten entlang, angelockt vom Duft nach gebratenem Speck und in der Mitte aufgeschnittenen Würstchen. Sodabrot, Blut- und Leberwurst. Die Leberwurst dick aufs Brot geschmiert, die Blutwurst im Schweinedarm aus Gründen der Moral und voller Abscheu verschmäht. Und später die Kartoffelpuffer, die in flüssiger Salzbutter in der Pfanne brutzelten. Das Früchtebrot zum Tee. Die Tanten, die reihenweise vorbeikamen. Benny Hill im Fernsehen. Fotos der Enkelkinder auf jedem freien Platz im Wohnzimmer. Liebe.

Inzwischen waren meine Großeltern längst tot. Mein Großvater war gestorben, als ich neunzehn war, meine Großmutter einige Jahre zuvor. Das Haus war verkauft und die Erinnerungsstücke aufgeteilt worden. Ich hatte ein goldenes Medaillon bekommen, das ich immer wieder verlor, nur um es jedes Mal mit überschwänglicher Freude wiederzufinden.

Nach meinem Umzug nach Irland war ich regelmäßig an ihrem Haus vorbeigefahren und hatte mich kopfüber in meine Nostalgie fallen lassen. Aber irgendwann hatte ich damit aufhören müssen. Zu viel Pathos schadet der Seele.

Es kam mir vor, als hätten Michael und ich damals Stunden in diesem Café gesessen und unsere Erinnerungen verglichen: das verblichene Farbfoto von Johannes Paul II. in der Diele, das Herz Jesu in der Küche, stets erhellt von einer künstlichen Kerze – all die Namen der getauften Kinder, einschließlich jener, die bei der Geburt gestorben waren. Jesus, der den Gläubigen sein Herz darbietet. Unsere Großmütter, die uns ihre grenzenlose Liebe schenkten – wir sprachen es nicht laut aus, sondern nahmen es stillschweigend zur Kenntnis. Eine Tatsache, die Michael mir nach so kurzer Zeit bereits ans Herz wachsen ließ. Er fühlte sich vertraut und sicher an. Wie eine Familie.

Ein Eindruck, der sich noch festigte, als er mich bis nach Hause, einem Wohnblock, begleitete. »Welche Wohnung ist deine?«

»Siehst du das Fenster da oben?« Ich zeigte auf eines im dritten Stock.

»Wenn du oben bist, schalt das Licht an, sieh herunter, und wink mir. Ich warte so lange.«

»Warum?«

»Damit ich sicher sein kann, dass dir nichts passiert ist.«

Ich gab ihm einen schüchternen Kuss auf die Wange und lief hinein, stürmte immer zwei Stufen auf einmal nehmend die Treppe hinauf, zu ungeduldig, um auf den Aufzug zu warten, geradezu beflügelt von ihm und seinen Worten. Ich stürzte in die Wohnung und schaltete das Licht an, ehe ich atemlos ans Fenster trat. Da stand er. Eine einsame Gestalt in einer dunklen Jacke. Er winkte, und ich glaubte, ein Lächeln auf seinem Gesicht zu erkennen, während sein rotes Haar im Schein einer Straßenlaterne leuchtete.

Und das war der Anfang. Wir verbrachten praktisch jeden Abend zusammen, bis zum Tag unserer Hochzeit etwa zwei Jahre später. Die beiden Kathleens saßen in schluchzender Einigkeit auf ihren Kirchenbänken. Ich hatte keinerlei Zweifel. Falls Michael welche hatte, zeigte er sie nicht. Ich liebte meinen rothaarigen Mann, und er liebte mich. Und wir lebten in unserem wunderbaren kleinen Märchenhaus. Denn genauso fühlte es sich an – wie in einem Märchen von zwei Kindern, die Erwachsensein spielten. Und ich dachte, es müsse genau so bleiben, als unser erstes Kind zur Welt kam – zwei Kinder, die Mami und Papi spielten.

Doch Liams Geburt katapultierte uns geradewegs in die Welt des Erwachsenseins, und auf einen Schlag war das Leben kein lustiges Spiel mehr. Sondern sehr real. Und todernst. Wenn ihm nun etwas zustieß? Mit einem Mal befanden wir uns in einer Welt, in der nicht immer alles glatt und reibungslos lief. Wir begannen uns zu streiten. Nichts Ernstes, nur wegen Kleinigkeiten, aber die halkyonischen Tage waren vorüber. Die Realität hatte uns eingeholt, und es würde nie wieder so sein wie vorher.

Ich bereute es nicht, Mutter geworden zu sein. Keine Sekunde lang. Allerdings bereute ich, dass ich den Wert meiner Freiheit zu wenig gewürdigt hatte. Schlagartig wurde mir bewusst, dass ich meine ehrgeizigen Reisepläne drastisch würde einschränken müssen. Dass ich nicht länger nur an Michael und mich denken konnte. Ganz banale Dinge, wie beispielsweise eine ausgiebige Dusche oder sich danach in aller Ruhe mit Körperlotion einzucremen, verblassten mit einem Mal zu fernen Erinnerungen. Die Zahl meiner grauen Haare wuchs beständig, ein sichtbares Zeichen von Stress und Vernachlässigung, und der ständige Schlafmangel ließ die feinen Linien in meinem Gesicht tiefer werden. Reinigung, Gesichtswasser, dicke Schichten Feuchtigkeitscreme – alles längst vergessen. Ich konnte froh sein, wenn ich mir abends im Vorbeigehen mit einem feuchten Babytuch das Gesicht abwischen konnte, bevor ich wie ein Sack ins Bett fiel. Obwohl es nur Kleinigkeiten waren, hatte ich das Gefühl, weniger menschlich zu sein, weniger Frau. Ich war »Mutter«, und alle anderen Facetten meiner Persönlichkeit waren in den Hintergrund gerückt. Und Michael schien zu glauben, er stecke in einem Job fest, der ihm nicht sonderlich viel Freude bereitete. Was unsere Beziehung anging, konnten – wollten – wir den Druck, unter dem wir standen, nicht auf Liam übertragen, also luden wir ihn uns gegenseitig auf. Manchmal fühlte es sich an, als wären wir Gegner, statt an einem Strang zu ziehen.

»Du musst nach ihm sehen. Ich bin völlig fertig.«
»Und ich nicht? Immerhin arbeite ich den ganzen Tag.«
»Oh, und ich nicht, ja?«
»Das habe ich nicht behauptet.«
»Aber angedeutet.«
»Sei doch nicht so verdammt empfindlich.«
»Ich bin nicht empfindlich. Du bist rücksichtslos.«
»Ich bin aber letztes Mal schon aufgestanden.«
»Und ich davor sogar zweimal.«
Und so weiter und so weiter.

Es war ein Wettbewerb: Wer war der Müdeste.

Trotzdem starteten wir einen zweiten Versuch, und kurz vor Liams zweitem Geburtstag kam Katie zur Welt. Wieder war meine Liebe überwältigend, nur anders. Bei Liam, jenem lustig-fremdartigen Menschlein mit Körperteilen, die mir fehlten, war ich aufgeregt gewesen, aber auch sehr ängstlich und noch unsicher in meiner Odyssee namens Mutterschaft. Bei Katie hingegen war ich sattelfest. Ihr gehörte eine perfekte kleine Ecke in meinem Herzen. Ich verstand ihr winziges Frauengehirn. Sie liebte dieselben Dinge, die auch ich liebte – ihren Daddy und ihren Bruder.

Michael und ich lernten allmählich, uns in unsere Rollen zu fügen, und eine Zeit lang schienen wir uns in dieselbe Richtung zu entwickeln. Rückblickend betrachtet war er derjenige, der vorwärtsstrebte. Während ich vom rechten Weg abkam.

Ich kannte Peter bereits seit Jahren – seit ich angefangen hatte, auf dem College zu arbeiten. Er unterrichtete Physik. Schon immer hatte mir gefallen, wie sein Verstand arbeitete, so vollkommen anders als meiner. Aber das war auch alles gewesen. Er war auch mit Michael befreundet. Wir besuchten uns gegenseitig zum Abendessen und durchlitten gemeinsam todlangweilige Collegeveranstaltungen. Sie hatten einen Sohn in Liams Alter, und die beiden Jungs spielten häufig miteinander. Peters Frau, Lara, war Hauswirtschaftslehrerin und häkelte eine wunderschöne Decke zu Katies Geburt, mit der ich sie in der ersten Zeit in ihrer Wiege zudeckte. Später verfrachtete ich sie in die hinterste Schrankecke, um sie nicht länger ansehen zu müssen.

Als Katie sechs Monate alt wurde, nahm ich meine Arbeit wieder auf, obwohl es mir zunächst die Tränen in die Augen trieb, weil sie sich so ohne weiteres abstillen ließ. Es begann in der Kaffeepause, wo sich regelmäßig ein Grüppchen um den Kantinentisch mit einem wackligen Bein versammelte. Auch Peter war immer da.

»Noch etwas Milch, Aoife?«

Er war immer so fürsorglich. Anfangs dachte ich, es liege daran, dass ich erst vor kurzem Mutter geworden war, aber es hörte nicht auf. Eines Tages ging mir, scheinbar aus dem Nichts, auf, dass er versuchte, meinen Blick aufzufangen, wenn wir in der Gruppe waren. Er wollte meine Meinung hören. Legte Wert auf meine Zustimmung. Als wäre ich etwas ganz Besonderes. Das Ganze gab mir zu denken.

Es war Jahre her, seit ich einen anderen Mann begehrt hatte. Seit dem Tag unseres Kennenlernens war Michael mein Ein und Alles gewesen. Natürlich bekam ich mit, wenn ein gut aussehender Mann auf der Straße an mir vorbeiging oder im Fernsehen war, aber ich betrachtete diese Männer auf eine leidenschaftslose Art, wie man ein Kunstwerk bewundern würde. Wahrscheinlich hatte ich auch Peter auf diese distanzierte, leidenschaftslose Weise für gut aussehend gehalten. Mir war nie in den Sinn gekommen, mir auszumalen, wie es wäre, mit ihm zusammen zu sein.

Rückblickend betrachtet kann ich nicht sagen, ob ich aus einem anderen Motiv als blanker Langeweile handelte. Mein Leben, meine Identität wurden so sehr von meiner Rolle als Mutter dominiert, von den banalen Details meines Familienlebens, dass sich etwas in mir danach sehnte, alldem zu entfliehen, die Heldin meines eigenen Liebesromans zu werden – je schmalziger umso besser. Statt zu versuchen zu retten, was ich bereits hatte – was nicht einmal richtig zerbrochen war, sondern lediglich einige Haarrisse aufwies –, suchte ich nach etwas Neuem und Unversehrtem. In gewisser Weise war ich faul. Ein weiteres gedankenloses Mitglied einer gedankenlosen Wegwerfgesellschaft. Meine Ehe hätte lediglich ein kleines Recycling gebraucht. Und meine Kinder lagen mir viel zu sehr am Herzen, um auch nur darüber nachzudenken, ihr Glück und ihre Sicherheit einfach wegzuwerfen.

Es war ein Tag wie jeder andere. Kein besonderes Wetter. Leichter Nieselregen. Natürlich hatte ich Michael an diesem Morgen gesehen. Wir waren umeinander herumgeschlichen, hatten nicht viel geredet. Was nichts Besonderes war, lediglich die übliche Routine an einem gewöhnlichen Arbeitstag, an dem Menschen sich beeilen, zur Arbeit zu kommen. Auf dem Weg zur Tür hatte er mich geküsst, auf die Wange, den Mund noch voller Toast, so dass die Krümel an meiner Haut kleben blieben. Ich wischte sie weg.

Danach brachte ich die Kinder zur Tagesmutter. Liam rangelte mit dem Sicherheitsgurt seines Kindersitzes, ich rangelte mit dem Verkehr. Sheila war in den Fünfzigern und hatte ihre Kinder ganz allein großgezogen. Meine Kinder liebten sie abgöttisch, was ein leises, wenn auch irrationales Gefühl des Unmuts in mir auslöste, wofür ich mich jeden Morgen aufs Neue tadelte. Schließlich war es meine Entscheidung gewesen, wieder arbeiten zu gehen. Die Entscheidung – ein Fluch der modernen Frau. Liam stürzte geradewegs ins Haus, kaum dass Sheila die Tür geöffnet hatte.

»Sieh mal, mein neuer Laster, Sheila!« Stolz präsentierte er ihr sein neuestes Spielzeug.

»Oh, der ist aber toll, Schatz.«

In ihrem Eifer, zu der anderen Frau zu kommen, sprang Katie förmlich von meinem Arm. Herrgott noch mal, sie kannte Sheila doch gerade erst drei Monate!

»Bis später«, sagte ich.

»Bis später, Liebes. Liam, komm her, und gib deiner Mummy einen Abschiedskuss.«

Doch Liam war bereits in der Dunkelheit des Hauses verschwunden.

»Oh, ist schon gut. Lassen Sie nur. Ich bin sowieso spät dran. Bis dann, Katie.«

Ich küsste die seidige Wange meiner Tochter und stieg wieder in den Wagen. Beim Losfahren sah ich im Rückspiegel Sheila, wie sie vergeblich versuchte, meine Tochter dazu zu bewegen, mir zu winken. Zum x-ten Mal fragte ich mich, ob ich das Richtige tat. Das Richtige. Was war das überhaupt? Wahrscheinlich konnte ich von Glück sagen, dass ich keine Kinder hatte, die mir am Rockzipfel hingen und heulten, sobald ich ohne sie zu gehen versuchte. Ich schaltete das Radio ein und konzentrierte mich auf den Verkehr.

Endlich erreichte ich das College und ging auf direktem Weg in die Kantine, um mir einen Kaffee zu besorgen, den ich dringend nötig hatte. Und wer war dort …

Schlagartig wurde ich verlegen. Wie albern. Nach all den Jahren. »Ist hier noch frei?«

Peter lächelte und deutete auf den Stuhl gegenüber von sich.

»Du bist früh dran«, sagte er, um einen normalen Tonfall bemüht.

»Ich habe noch ein paar Dinge zu erledigen.«

Es war wohl kaum das, was man als romantisches Ambiente bezeichnen würde – eine College-Kantine und zwei Styroporbecher vor uns auf dem Tisch –, weshalb also kam es mir vor, als wäre dies ein Rendezvous? Ich wünschte, ich könnte dieses schwärmerische Gefühl abstreifen. Allein die Vermutung, dass er auch nur ansatzweise dasselbe für mich empfand, war absolut lächerlich. Ich projizierte meine Gefühle auf ihn, genau so wie ich es mit allen Männern vor Michael gemacht hatte – und immer mit katastrophalen Folgen. Es war irritierend, dass ich mich in romantischer Hinsicht noch immer auf dem Entwicklungsstand einer Neunzehnjährigen befand. Hatten meine akademische Ausbildung, meine Ehe, mein Beruf mich nichts gelehrt? Offenbar nicht. Die Souveränität, die ich im Lauf der Jahre zu entwickeln geglaubt hatte, war in Wahrheit nichts als eine bröckelige Fassade.

»Wie geht es Lara?« Im Zweifelsfall immer die Frau ins Spiel bringen. Das beweist, dass man kein Interesse hat.

»Ganz gut, denke ich. Ich habe sie in letzter Zeit nicht sehr oft gesehen.«

»Was soll das heißen? Habt ihr Streit? Versteht ihr euch nicht mehr? Was ist passiert?«

Er zuckte die Achseln. »Wir sind wohl beide nur ziemlich beschäftigt.«

Wie kam es, dass mir die Form seines Mundes bisher nie aufgefallen war? Die unglaubliche Sinnlichkeit seiner Oberlippe, der Schwung seiner Unterlippe. Ich versuchte, nicht hinzustarren. Stattdessen trank ich einen Schluck Kaffee und zuckte zusammen, als ich mir die Zunge verbrannte.

»Alles okay?«

»Ja. Er ist nur heiß.«

»Hier. Trink einen Schluck.«

Er beugte sich vor und presste sein Wasserglas gegen meine Lippen. Ich nahm einen Schluck, verärgert darüber, wie gut es sich anfühlte. Er zog das Glas weg, worauf mir ein Wassertropfen übers Kinn lief. Verlegen wischte ich ihn mit dem Ärmel ab und senkte den Blick. Die Intimität der Situation war zu viel für mich. Ich stand auf. »Ich muss los.« Ich schob meinen Stuhl zurück, schnappte meine Sachen und ging an ihm vorbei in Richtung Tür.

Er stand auf und packte meinen Arm. »Sehe ich dich später?«

Ich war völlig verdattert, spürte, wie mir das Blut ins Gesicht schoss, als sich seine Finger in das Fleisch meines Arms gruben und mich sein Blick durchbohrte. »Ich komme zur Mittagspause.«

Er nickte und ließ mich los. Auf Beinen, die nicht länger zu mir zu gehören schienen, stakste ich völlig verwirrt davon.

An diesem Abend blaffte ich Michael an, obwohl er nichts getan hatte. Und als er ins Bett kam, tat ich so, als schliefe ich bereits.

Ich spielte doch nur, versuchte, mein Leben ein kleines bisschen weniger langweilig zu machen. Mich wieder einmal lebendig zu fühlen, Herrgott noch mal.

An diesem Wochenende gingen wir in den Park. Die ganze Familie. Ich betrachte es als mein letztes unbeschwertes Wochenende, eines ohne Schuldgefühle, und die Erinnerung daran sollte meine düstereren Tage wie ein gleißender Lichtstrahl erhellen. In meiner Erinnerung schien die Sonne noch viel strahlender als in der Realität. Ich bin sicher, dass in Wahrheit immer wieder Wolken am Himmel vorüberzogen, in meiner Erinnerung hingegen war weit und breit keine zu sehen. In der Realität hatte ich Rückenschmerzen, weil ich Liam herumgeschleppt und Katie hochgehoben hatte, als sie im Zuge ihrer ersten Gehversuche über ihre kleinen Füße gestolpert war. Natürlich hätte das auch Daddy übernehmen können, aber wie so oft, hatten sie nach mir gerufen: nach Mummy, dem Zentrum ihres winzigen Universums. In meiner Erinnerung habe ich keine Schmerzen. Und auch von Müdigkeit keine Spur, als ich meine Kinder hochhebe und herumwirble. Sie quieken vor Entzücken, und ihr Lachen verklingt in der warmen Nachmittagsluft. Bienen summen, Vögel zwitschern, Schmetterlinge flattern gaukelnd vorbei. Der Geruch nach Sonnencreme hängt in der Luft, unser Picknickkorb quillt über vor Leckereien. Pastete und Bakewell-Obstküchlein für Michael und mich, Cocktailwürstchen und Fruchtpüree für die Kinder. Warmes 7-up im Plastikbecher. Katie legte sich mächtig ins Zeug, um an die Blumen in den Beeten heranzukommen, während Liam wie von Sinnen durch die Gegend rannte und Michael und ich die magische Atmosphäre genossen.

»Besser als das kann es nicht werden.« Ich lag auf der Karodecke, schirmte mir mit der Hand die Augen gegen die Sonne ab, die auf mich herunterbrannte. Es war unmöglich, sich in ihrem Schein nicht wohl zu fühlen und zu entspannen.

Ich spürte, wie Michael näher rutschte, und wartete darauf, dass er mich berührte. Hieß die Berührung willkommen. »Ich liebe es, hier mit dir zu sein«, flüsterte er, und sein Atem kitzelte auf meiner Haut.

»Ich liebe es auch, mit dir hier zu sein.«

»Du weißt, dass du der Mittelpunkt meines Universums bist, oder?«

»Bin ich das?«

»Du weißt es.«

Das tat ich.

»Ich weiß nicht, was ich ohne dich täte, Aoife.«

»Darüber brauchst du doch nicht nachzudenken.«

»Versprichst du es mir?«

»Natürlich verspreche ich es dir. Was ist los, Michael? Das klingt so gar nicht nach dir.«

»Du bist in letzter Zeit so abwesend. Als wärst du hier und doch auch wieder nicht.«

Es war ein Schock, dass er es mitbekommen hatte. Dabei hatte ich gedacht, ich hätte es gut vor ihm verborgen. In meiner privaten Fantasiewelt verschlossen, zu der er keinen Zutritt hatte. Gedanken könnten ihn nicht verletzen, hatte ich gedacht. Aber sie hatten es getan. Den Beweis dafür atmete er mir in diesem Moment ins Ohr.

Die Schuldgefühle waren enorm und erstickten meine Freude über diesen herrlichen Tag. Ich stützte mich auf den Ellbogen und sah ihm in die Augen. »Es tut mir leid, wenn ich in letzter Zeit mit den Gedanken woanders war. Ich werde mich ändern, versprochen.«

Und ich meinte es ernst. Wozu brauchte ich eine schmutzige kleine Affäre, wo ich doch all das hier hatte? Diese perfekte Liebe. Diese perfekte Familie. In diesem Moment schwor ich mir, Petcr aus dem Weg zu gehen, dafür zu sorgen, dass ich nie mit ihm allein war und so die Versuchung auf Armeslänge von mir hielt – und sie nicht so dicht an mich heranließ, wie ich es vergangene Woche getan hatte. Nur eine völlige Närrin würde das alles hier aufs Spiel setzen – die Geschenke, die ich bekommen hatte. Dieses wunderbare Leben.

Michael sah sich kurz um, wo die Kinder waren und ob sonst niemand herübersah, dann legte er eine Hand auf meine Brust und küsste mich auf den Mund. Ich kicherte, seine Lippen noch immer auf meinen. Genau wie damals, am Anfang.

Aber es blieb nicht so. Es war, als wäre ich zwei verschiedene Menschen, die verschiedene Leben lebten. Im einen war ich die hingebungsvolle Ehefrau und Mutter, im anderen die hinterhältige, treulose Hure. Denn genau so sah ich mich in manchen Augenblicken, obwohl ich mir nichts hatte zuschulden kommen lassen. Aber ich wusste, welche Absichten ich verfolgte – und es waren keine guten –, wann immer ich Peter sah. Die Vorstellung, wie ein anderes Paar Hände meine nackte Haut berührte, war so unglaublich erregend, dass ich sie nicht beiseiteschieben konnte. Einmal ließ ich ihn abblitzen. Eines Tages stand er vor meiner Haustür, wohl wissend, dass Michael und die Kinder nicht zu Hause waren – sie waren mit seiner Frau und seinem Sohn in den Freizeitpark gefahren. Ich machte die Tür auf, und da stand er. Was bislang unausgesprochen geblieben war, ließ sich nun nicht länger leugnen. Unsere Blicke und unsere Körper sprachen Bände. Etwas nicht Benennbares war zwischen uns. Die Luft, die wir atmeten, schien mit einem Mal dick und schwer zu sein, beinahe undurchdringlich. Ich konnte kaum glauben, dass andere Menschen es nicht bemerken würden. Ich machte einen Schritt rückwärts, worauf er in die Diele trat. Ich trug noch meinen Morgenmantel und genoss einen der seltenen Vormittage für mich allein. Verlegen kreuzte ich die Arme vor der Brust, als mir bewusst wurde, dass ich darunter nur ein dünnes Nachthemd und keine Unterwäsche trug. Ich brachte keinen Ton heraus. Panik flackerte in mir auf. Wie damals auf der Autobahn, als ich glaubte, ein Laster würde mich gleich überfahren. Dabei war es nur Peter, der vor mir stand. Peter, der aus einem unerfindlichen Grund schlagartig der attraktivste Mann des gesamten Universums geworden war. Wenn ich nicht bei ihm war, konnte ich es leugnen, es abtun, aber sobald er vor mir stand, fühlte ich mich wie von einer unwiderstehlichen Kraft zu ihm hingezogen. Trotzdem blieb ich standhaft. Er trat einen Schritt näher. Ich wich zurück.

»Das ist ja eine Überraschung. Ich bin noch nicht mal angezogen.«

Ich war fest entschlossen, das, was sich hier abspielte, mit unbeschwerter Konversation zu leugnen. Noch immer sagte er kein Wort. Rede endlich, fluchte ich stumm. Hilf mir, den Bann zu brechen. Ich hatte aufrichtige Angst. Schließlich wandte ich mich um und ging in die Küche, wo der vertraute Kessel darauf wartete, angeschaltet zu werden. »Tee oder Kaffee?«

»Aoife …« Er trat neben mich und strich mit seiner vertrauten und doch fremden Hand über meinen Arm. Sein Gesicht war unmittelbar neben mir, und ich sah in seine Augen, die flehend, eindringlich auf mich gerichtet waren.

Ich schüttelte seine Hand ab. »Wenn ich recht überlege, habe ich eigentlich gar keine Zeit für Tee. Du solltest jetzt lieber gehen.«

Er wich zurück und starrte mich scheinbar endlose Sekunden lang an. »Ist es das, was du willst?«

»Ja.« Ich konnte ihn nicht ansehen.

Schweigend verschwand er. Ich hörte kaum das Klicken der Tür, als sie ins Schloss fiel.

Ich weiß nicht, warum ich ihn dieses erste Mal abgewiesen habe. Vielleicht war der Ort nicht der richtige – mein Zuhause mit den zahlreichen Fotos meiner Kinder an den Wänden. Vielleicht die Gewissheit, dass unsere Partner mit unseren Kindern einen unschuldigen Vormittag verbrachten. Vielleicht lag es auch nur daran, dass ich mir die Zähne noch nicht geputzt hatte. Ich rede mir gern ein, dass es moralische Stärke war, aber ich würde schon bald herausfinden, dass ich in Wahrheit schwach war. Als er an diesem Vormittag ging, fühlte ich mich leer. Es war vorbei. Mir blieb nichts als banale Realität. Und das wollte ich nicht. Bei der nächsten Gelegenheit fuhr ich zu ihm.

An diesem Montag klopfte ich an seine Bürotür, voller Angst, es könnte bereits zu spät sein.
»Herein.«
Er sah erstaunt aus. Offenbar war ich die Letzte, mit der er gerechnet hatte. Lange Zeit stand ich einfach da, mit gesenktem Blick, die Hand noch auf dem Türknauf. Als ich ihn schließlich ansah, ruhte sein Blick auf mir. Er legte seinen Füller auf die Tischplatte und schob seinen Stuhl zurück. Ich setzte mich auf seinen Schoß, wich seinem Blick aus, indem ich die Augen schloss, während ich mich ganz auf seinen Mund konzentrierte, ihn mit meinen Lippen berührte, ebenso wie seine Wangen und seine Stirn. Endlich wusste ich, wie sie sich anfühlten, hatte eine Antwort auf alle meine Fragen. Sein Geschmack, er war so anders. Es war magisch, ekstatisch. Wie das erste Mal in meinem Leben. Wir küssten uns, wieder und wieder. Stürzten uns aufeinander, voller Leidenschaft, so als hinge unser Leben davon ab, als wäre es … unvermeidlich. Vielleicht wenn einer von uns die Willenskraft besessen hätte … aber wir brach-

ten sie nicht auf. Im einen Moment frohlockte ich, im nächsten übermannten mich tiefe Schuldgefühle, Reue. Ich war am Boden zerstört. Schließlich löste ich mich von ihm und machte Anstalten aufzustehen.

»Geh nicht, Aoife. Bleib und lass uns reden.«
»Ich will aber nicht reden. Ich muss gehen.«
»Aber —«
»Ich muss.«

Ich würde niemals mehr hingehen. Tat es aber trotzdem.

Ich dachte, meine Schuldgefühle könnten nicht mehr größer werden. Irrtum. An diesem Abend fuhr ich nach Hause und stürzte mich engagierter in meine Rolle als gute Mutter und Hausfrau denn jemals zuvor. Ich holte die Kinder ab und plauderte den gesamten Nachhauseweg angeregt mit ihnen. Als wir nach Hause kamen, fing ich nicht wie gewohnt an, die Sachen aufzuräumen, die vom Morgen noch herumlagen. Stattdessen spielte ich mit ihnen, was geradezu revolutionär war. Zum Teufel mit der Putzerei. Ich ging auf alle viere und widmete mich ihnen mit aller Hingabe, tat alles, was Liam von mir verlangte. Er strahlte, als ich eine halbe Ewigkeit Autos über Rampen hinauf- und wieder herunterfahren, Züge über endlos lange Gleise rattern und Schaufelbagger Ladung einsammeln ließ. Mit Katie spielte ich Flugzeug, schwang sie hoch über meinen Kopf und zwischen meine Beine, hoch und runter, wieder und wieder, bis sie es leid wurde. Vielleicht hatte mein Verhalten etwas Manisches, doch meine Kinder schienen es nicht zu merken. Sie sonnten sich in der ungewohnten Aufmerksamkeit.

Nach dem Tee machte ich mich daran, Michaels Lieblingsgericht zu kochen: Steak mit Pilzen und Zwiebeln, dazu hausgemachte Pommes frites.

»Was ist denn hier los?«, fragte er, als er in die Küche kam, und strahlte – der Fleischduft war ihm bereits in der Diele in die Nase gestiegen.

»Ich dachte, du hast dir etwas Leckeres verdient.«

Ich ließ zu, dass er mich umarmte und küsste.

»Was für ein Glückspilz ich doch bin.«

Ich drückte ihn an mich und kniff die Augen noch fester zusammen.

»Nach Hause zu kommen, zu so einer Frau und so einem Essen. Und zu zwei wunderschönen Kindern. Das verdiene ich doch nicht.«

Nein, tust du auch nicht, dachte ich.

»Heißt das, heute steht auch noch etwas anderes auf dem Speiseplan?«

In seinen Augen lag so viel Wärme, so viel Liebe, als er mich anlächelte.

»Könnte sein.«

Während er Liam eine Gutenachtgeschichte vorlas, sprang ich unter die Dusche und schrubbte mich von oben bis unten ab – besonders die neuralgischen Körperteile. Als ich aus der Dusche trat, lag er bereits im Bett und erwartete mich.

»Meinetwegen hättest du nicht duschen müssen.«

»Ich weiß, aber ich habe mich so schmutzig gefühlt.«

Er schlug das Laken beiseite. »Komm her.«

Das Telefon läutete.

»Ich gehe nur kurz ran.« Ich wandte mich um. »Hallo?«

»Aoife.«

Mein Herz begann zu hämmern, und mein Mund war staubtrocken. Ich hörte seine rhythmischen Atemzüge, wie Wellen, die gegen das Ufer schlugen.

»Tut mir leid. Falsch verbunden.« Ich legte auf.

»Gut«, sagte Michael. »Und jetzt komm ins Bett.«

Ich legte mich zu meinem Mann ins Bett und schlief mit ihm. Zumindest eine Hälfte von mir. Die brave Aoife. Die böse Aoife war weit, weit fort.

Vielleicht könnte ich ja wie eine Französin sein und mir zwischen *salade* und Gauloises einen Liebhaber genehmigen. Vorausgesetzt, echte Französinnen taten so etwas in der Realität und nicht nur in Film-noir-Streifen. Von Zeit zu Zeit versuchte ich mein Verhalten zu rechtfertigen, doch meine Ausreden waren erbärmlich und vermochten nicht einmal mich selbst zu überzeugen. Ich konnte es nicht nur auf den bösen Teil meines Selbst schieben, nein, es war mein ganzes Ich. Mein ganzes Ich tat etwas, was ich nicht durfte. Nach dieser ersten Begegnung mit Peter setzte ich alles daran, ihm aus dem Weg zu gehen, aber unglücklicherweise tat er das nicht. Vermutlich stand seine Ehe zu diesem Zeitpunkt schon auf der Kippe. Möglicherweise dachte er, er hätte nichts zu verlieren, ich hingegen alles. Ich war die Dumme in diesem Spiel. Aber ich dachte ernsthaft, ich sei verliebt – obwohl ich auch Michael liebte. Es war alles so durcheinander.

Vielleicht liebte ich Michael nur wie einen guten Freund, während ich in Peter verliebt war. Könnte eine Frau doch nur zwei Ehemänner haben. Hätte Michael doch nur ebenfalls eine Affäre, dann wäre ich nicht mehr allein die Böse. Würde er doch nur mit Lara durchbrennen, dann wären all unsere Probleme auf einen Schlag gelöst. Aber das würde er niemals tun, weil er mich liebte – wirklich liebte. Es war die reinste Qual. Wie konnte ich so glücklich und gleichzeitig so unglücklich sein? Nahezu grenzenlos glücklich, wenn ich mit Peter im Bett lag, und todunglücklich, sobald mich mein Gewissen einholte.

Peter und ich wussten, dass wir auf Dauer so nicht weitermachen konnten, doch wir vermieden es, über die Zukunft zu reden, möglicherweise in der Hoffnung, dass uns die Realität von allein einholen und es uns damit erspart bliebe, Entscheidungen von erschreckender Endgültigkeit treffen zu müssen.

Es war ein Abend wie jeder andere. Wir hatten zu Abend gegessen und den Tisch abgeräumt. Liam lag im Bett und ließ sich endlos Geschichten von *Thomas, die kleine Lokomotive* vorlesen. Katie fand keine Ruhe, jammerte und quengelte. Sie war nicht zufrieden, wenn ich sie auf dem Arm hielt, und auch nicht, wenn ich es nicht tat. Vergeblich versuchte ich sie in den Schlaf zu wiegen. Vermutlich spürte sie meine eigene aufgewühlte Verfassung und spiegelte sie wider. Michael und ich waren todmüde, sie war todmüde, doch sie wollte nicht schlafen.

»Vielleicht sind es die Zähne.« Ich versuchte alles. Globuli. Kamillenextrakt. Am liebsten hätte ich die Flasche gleich selbst ausgetrunken. Frustriert drückte ich sie Michael in die Arme. »Hier, nimm du sie.«

»Was sollen wir machen?«

»Keine Ahnung. Fahr eine Weile mit ihr spazieren oder so. Das könnte helfen.«

Als Katie kleiner gewesen war, hatte sie das sanfte Schaukeln des Wagens in den Schlaf gelullt. Den Versuch war es wert.

»Okay.« Michael nahm seine Schlüssel und eine Decke für sie. »Ich versuche es. Bin in ein paar Minuten wieder da.«

Aber ich sollte ihn nicht Minuten später wiedersehen.

Mein Ehemann und meine Tochter fuhren los und kamen nie wieder zurück.

Und auf einen Schlag war meine Familie halbiert. Einfach so.

23

Emily hatte aufgehört zu weinen. Aoife hatte irgendwann angefangen, dann ebenfalls aufgehört. Eine Weile schwiegen sie. Bis Aoife fortfuhr. »Ein Laster ist geradewegs in sie reingefahren. Der Fahrer hatte einen Herzinfarkt.«

»Es tut mir so leid, Aoife. Ich hatte ja keine Ahnung.«

Aoife zuckte die Achseln. »Ich habe dir die Geschichte aus einem bestimmten Grund erzählt. Und ich hätte sie dir nicht erzählt, wenn ich nicht zu wissen glaubte, worüber du bereits nachdenkst.« Sie blickte Emily mit ernster Miene an. »Ich habe mein Baby für immer verloren. Du hingegen hast die Chance, deines zurückzubekommen.«

Der Sommergarten

In einem Garten stand eine Mimose
Die die Winde umgaukeln mit thauigem Getose;
Sie öffnet die Fächer der Blätter dem Licht
Und schließt vor den Küssen des Abends sie dicht.

Percy Bysshe Shelley, Die Sinnpflanze

24

Uri hatte Mühe, den Rasen in den Griff zu bekommen, und musste jede Woche mit dem Rasenmäher anrücken. Mrs Prendergasts Rosen waren prächtig gediehen und von einzigartiger Schönheit. In weit schwingenden, geblümten Kleidern schwebte sie zwischen ihnen umher, berührte sanft mit den Fingerspitzen die samtigen Blüten. Den Erfolg für ihr Gedeihen nahm sie allein für sich in Anspruch, obwohl Seth derjenige gewesen war, der die Rundbogen errichtet, das Unkraut in Schach gehalten und die Erde mit fruchtbarem Dung versorgt hatte – sehr zu Mrs Prendergasts Unmut.

»Muss das sein?«, fragte sie. »Das Zeug stinkt zum Himmel.«

»Wollen Sie nun, dass die Rosen wachsen, oder nicht?«

»Es gibt keinen Grund, einen solchen Ton anzuschlagen.«

»Wenn Sie Rosen wollen, kommen Sie um die Scheiße nicht herum.«

»Also bitte!«

Doch nun sagte er kein Wort, sondern ließ zu, dass Mrs Prendergast sich den Erfolg auf die eigene Fahne schrieb. Obwohl – bei genauerer Überlegung war es eigentlich gar keine so große Überraschung. Seit neuestem herrschte im Garten eine ganz andere Atmosphäre – eine freudige Grundstimmung. Ein Gefühl, als mache sich die harte Arbeit bezahlt. In einer so wunderschönen, lebensbejahenden Umgebung war es nahezu unmöglich, seinen Mitmenschen anders als freundlich zu begegnen. Aber so war es nicht immer gewesen – zumindest nicht für Aoife. Es hatte sogar Zeiten gegeben, in denen sie das Gefühl gehabt hatte, als gehe überhaupt nichts voran, als lege es die Erde darauf an, ihre Geheimnisse für sich zu behalten. Beispielsweise an jenem Morgen, als sie feststellen musste, dass Schnecken ihre Salatbeete verwüstet hatten. Die vielen Male, als sie auf die Knie gesunken war und ihr Gemüse mittels Willenskraft zum Wachstum zu bewegen versucht hatte. »Wachst endlich, Herrgott noch mal«, hatte sie gezischt und die Furchen nach Hinweisen auf irgendetwas Grünes abgesucht. Sie grämte sich wegen allem – wegen jedem Blättchen und Hälmchen. Die Tomaten setzten nicht schnell genug Früchte an, so dass sie fürchtete, sie könnten nicht mehr genug Sonne abbekommen, um rot zu werden. Und die Apfelbäume – die Ernte war reichlich übersichtlich im Vergleich zur Arbeit, die sie hineingesteckt hatten.

»Bei uns zu Hause steht auch ein Apfelbaum«, sagte Emily, »ein uraltes Ding, das aber nur jedes zweite Jahr unglaublich trägt.«

Vielleicht war das der Grund. Vielleicht war es nicht ihr Jahr.

An genau so einem Tag, als ihr die Besorgnis förmlich aus jeder Pore drang, während sie sich über die Erde beugte, trat Uri zu ihr. Er bückte sich, so tief, dass sie beinahe seinen Bart an ihrer Wange spürte. »Jeder Grashalm hat seinen eigenen Engel, der ihm zuflüstert, er solle wachsen«, wisperte er.

Aoife hob den Kopf und sah ihn an.

»Es geht nicht nur um Sie«, sagte er leise, lächelte und verschwand wieder.

Aoife wurde bewusst, wie arrogant sie gewesen war. Sie richtete sich auf, entspannte die Schultern und fühlte eine neue Leichtigkeit in sich aufsteigen. Es lastete also nicht alles auf ihr. Gott sei Dank. Und mit dem Gedanken kam ein ungekanntes Gefühl der Demut – schneller, als sie erwartet hatte.

»Ich mache mir ein wenig Sorgen um die Kartoffeln. Könnten Sie vielleicht mal einen Blick darauf werfen, Seth?«, fragte sie eines Tages.

»Klar. Wo ist das Problem?«

»Sehen Sie sich die Blätter an. Sie sind ganz gelb und verdorrt. Ich habe Angst, es könnte Braunfäule sein.«

»Hmm.« Er beugte sich vor und nahm die Blätter in Augenschein. »Ich fürchte, Sie könnten recht haben.«

»Oh, nein! Was machen wir denn jetzt?«

»Da hilft nur eins.«

»Was denn?«

»Wir müssen nach Amerika auswandern.«

»Seth!«

Er lachte. »Wenn die Blätter so gelb werden, bedeutet das, dass wir sie ausgraben müssen.«

»Was? Die Kartoffeln? Sie meinen, sie sind groß genug, um sie zu essen?«

»Wir könnten auch damit jonglieren.«

»Hören Sie auf!«

»Hier«, sagte er und reichte ihr den Spaten. »Es ist nur recht und billig, wenn Sie den ersten Stich tun.«

Sie zögerte.

»Los«, drängte er.

Ein geradezu lächerliches Gefühl der gespannten Erregung durchströmte sie, als sie die Finger um den Spatenstiel legte. Es waren doch nur Kartoffeln. Großer Gott. Sie versenkte die Klinge in der Erde neben der Pflanze und trat kräftig mit dem Fuß darauf. Der Boden gab sofort nach. Sie beugte sich vor und legte beide Hände um die Kartoffelpflanze, spürte, wie sie sich aus der Erde löste, und zog sie vollends heraus. Nichts als dichtes Wurzelwerk. Bestürzt sah sie Seth an.

»Das hat nichts zu bedeuten«, beruhigte er sie. »Sehen Sie in der Erde nach.«

Aoife ging in die Hocke und fuhr mit den Fingern durchs Erdreich. Nicht zu fassen: Eingebettet in der Erde, vor der Welt verborgen wie ein geheimer Schatz, lagen drei Kartoffeln. »Sie sind rosa!« Sie hielt die Kartoffeln in die Höhe.

»Stimmt.«

»Unglaublich.« Mit dem Daumen strich sie die Erde weg. »Sie sehen aus wie die, die man im Laden kaufen kann.«

Seth lachte. »Was haben Sie erwartet?«

»Keine Ahnung. Ich dachte nur nicht, dass sie so ... so perfekt sind.«

Sie hatte das überwältigende Bedürfnis, Seth zu fragen, ob er sie am Vorabend im Laden gekauft und eingebuddelt hatte, nur damit sie sie finden würde. Wie bei einer bizarren Ostereiersuche.

Sie wühlte weiter und beförderte drei weitere Kartoffeln zutage. Dann grub sie noch eine Pflanze aus. Und noch eine. Es war wie eine Sucht, ein Kick, mit dem sie nicht gerechnet hatte. Es machte den Aufwand wert – das Unmögliche war auf einmal möglich geworden. Es war der Beweis dafür, dass täglich ein Wunder geschehen konnte.

25

Michael war auf der Stelle tot. Die Vorstellung, dass er nichts gespürt hat, beruhigt mich. Ich möchte mir gar nicht erst ausmalen, was für eine grauenhafte Angst er gehabt haben muss, als er den Laster seitwärts auf der verkehrten Fahrbahn auf sich zuschlittern sah. Der Herzinfarkt des Fahrers war für alle Unfallbeteiligten tödlich. Katie starb im Krankenwagen auf dem Weg in die Klinik, ihr winziges Herz wie ein Schmetterling in ihrer Brust flatternd. Dann Stillstand. Allein im Krankenwagen, ohne ihre Mummy. Nicht einmal der zerschmetterte, leblose Körper ihres Vaters war bei ihr gewesen, weil er noch immer in den Trümmern des Ford Focus feststeckte, aus dem ihn die Feuerwehr erst mühsam herausschneiden musste. Die Vorstellung, dass sie zu diesem Zeitpunkt bereits tot war, beruhigt mich. Dass nur noch ihr kleiner Körper mechanisch seine Arbeit verrichtete, während ihre Seele längst bei den beiden Kathleens war, die nun Gelegenheit hatten, ihre Urenkelin in den Armen zu halten und zu wiegen. Denn sie brauchte doch jemanden, der sich um sie kümmerte.

Ich konnte mir nicht vorstellen, dass ich den Schmerz jemals überwinden würde. Er lähmte mich. Zerquetschte mich. Anfangs konnte ich es nicht glauben – mein Gehirn weigerte sich, die Realität anzuerkennen. Wie konnten sie in der einen Minute noch bei mir sein und in der anderen verschwunden? Ausgelöscht? Wo war mein Michael – seine Seele? Und mein Baby. Das Potenzial, das in diesem pummeligen Kinderkörper geschlummert hatte. Wo war es? Es konnte doch nicht einfach verschwunden sein? Doch ich konnte es nicht finden.

Der Morgen des Begräbnisses hatte etwas Surreales. Ich fühlte mich, als befände ich mich nicht in meinem eigenen Körper. Ich *wollte* mich nicht darin befinden. Lediglich Liams kleine Hand spürte ich, die mich keine Sekunde losließ, aber das hätte ich ohnehin nicht zugelassen. Doch ich brachte es kaum über mich, in sein kleines blasses Gesicht zu sehen, das mir ständig zugewandt war. Seine großen, fragenden Augen. Beim Anblick des winzigen weißen Sarges verlor ich jede Beherrschung, und meine Mutter musste sich um ihn kümmern. Auf dem Weg zum Friedhof hielt ich Katie ein letztes Mal auf dem Schoß. Niemand brauchte sich mehr um Kindersitze zu scheren. Ihrer hatte ihr ohnehin nicht das Leben zu retten vermocht. Was ich tat, war verwegen – ich hielt meine tote Tochter auf dem Schoß und wiegte sie in den Armen, laut weinend und klagend. Es war unerträglich. Unbeschreiblich. Am liebsten wäre ich ins Grab gesprungen, hätte mich mit ihr und Michael begraben lassen. Ich war sicher, dass ich sterben würde. Vor Kummer. Niemand konnte fühlen, was ich fühlte, und trotzdem weiterleben. Niemand würde das unter diesen Umständen wollen.

Die ganzen Arme, die mich umschlangen, die Arme derer, die am Leben waren. Die ganzen Stimmen, die ihr Mitgefühl ausdrückten, die Stimmen derer, die am Leben waren – es war wie ein Nebel aus Schwarz, aus Fleisch, aus Tränen. Meine Familie scharte sich um mich, wie ein menschlicher Schutzschild, ebenso wie Michaels. Wären sie noch genauso verständnisvoll gewesen, wenn sie die Wahrheit gekannt hätten?

Peter kam nicht zur Beerdigung, Lara hingegen schon. Sie drückte mich fest an sich, ohne auch nur zu versuchen, die Tränen zurückzuhalten, die ihr über die Wangen rannen.

Ich vermutete, Peter war zu Hause geblieben, um sich um ihren Sohn zu kümmern, und ich war dankbar dafür, dass er nicht gekommen war.

Zwei Tage später rief er mich an. »Aoife.«

»Hallo, Peter.«

»Ich weiß nicht, was ich sagen soll. Es tut mir so leid.«

»Danke.«

»Wie geht es Liam?«

»Er wird es schon schaffen.«

»Das ist gut.«

Eine kurze Pause entstand.

»Soll ich rüberkommen?«

»Nein.«

»Bist du sicher?«

»Ja.«

Wieder Stille.

»Was passiert jetzt?«

»Du bleibst bei deiner Frau.«

Ich hörte, wie er scharf den Atem einsog.

»Ist es das, was du willst?«

»Ja.«

»Endgültig?«

»Endgültig.«

»Ich rufe dich irgendwann an, in ein paar —«

»Tu's nicht.«

»Nur als Freund.«

»Nein. Ich will das nicht. Das musst du respektieren. Bitte, Peter.«

»Okay.«

»Auf Wiedersehen, Peter.«

»Bye, Aoife.«

Ich ließ ihn los.

Und das war das letzte Mal, dass ich mit ihm sprach. Wenig später zogen Lara und er fort, weg von London, irgendwohin aufs Land, um noch einmal von vorn anzufangen. Lara schickte mir irgendwann eine nette Karte, die hier noch irgendwo herumliegen muss. Ich habe mich oft gefragt, ob das, was meiner Familie zugestoßen ist, die beiden ihre eigene mehr schätzen ließ.

Ich vermisse Peter nicht. Keine Sekunde. Die Ereignisse hatten alles in die richtige Perspektive gerückt. Was ich mit ihm gehabt hatte, war bedeutungslos. Bedeutungslose Lust. Prickelnde Spannung. Hinterhältiger Verrat. Ich konnte nicht nachvollziehen, wie ich so blind gewesen sein konnte, so verblendet. Ich konnte meinen eigenen Gefühlen nicht trauen. Ich konnte mir selbst nicht trauen.

Ich vermisste Michael. Sein Fehlen war wie ein hohler Schmerz in meinem Innern, der niemals weggehen würde. Unser Bett war kalt, riesig und leer. Die letzten Monate unserer Ehe hatte ich damit zugebracht, mich seinen Umarmungen zu entziehen. Gott sei Dank, dass er nie den Grund dafür herausgefunden hat. Wusste er es jetzt? Im Himmel, wenn er auf mich herabsah?

»Verzeih mir, Michael«, flüsterte ich immer wieder. Dabei war es unvorstellbar, dass ich mir jemals selbst verzeihen würde. Ich wusste, dass das die Strafe für meinen Verrat war. Ich hatte ihren Wert nicht ausreichend geschätzt, deshalb waren sie mir genommen worden. Mein Michael und meine Katie. Mein kleines Mädchen. Wenn ich nicht in unserem Bett lag, hüllte ich mich in Michaels Morgenmantel. Ich kauerte mich vor Katies Kommode, als wäre er ein Schrein. Ich nahm ihre winzigen rosa Kleider heraus und roch daran. Dann legte ich sie wieder zusammen und arrangierte sie so lange, bis alles perfekt war. Ich hatte es immer geliebt, ihre Sachen in Reih und Glied aufgestapelt zu sehen. Stunden verbrachte ich damit. Wenn ich fertig war, fing ich wieder von vorn an. Es mag sinnlos gewesen sein, aber genau das war mein Leben auch. Und es spendete mir Trost. Danach rollte ich mich auf dem Boden neben ihrem Kinderbettchen zusammen und schlief ein.

Ich schlief sehr viel in diesen ersten Wochen. Wahrscheinlich lag es an den Medikamenten, die mir die Ärzte verabreichten. Oder vielleicht wollte ich auch nur nicht bei Bewusstsein sein. Meine Mutter kümmerte sich um Liam. Ich war zu nichts zu gebrauchen – und zwar in einem Ausmaß, dass sie schließlich etwas sagen musste.

Eines Tages kam sie vorbei und fand mich in Michaels Socken und Morgenrock mit einer kalten Tasse Tee in der Hand auf dem Sofa, wo ich mit leerem Blick auf die schwarze Mattscheibe des Fernsehers starrte. »Wieso kommst du nicht mit mir, Schatz?«

»Ich komme hier schon klar, Mum.«

»Aber du brauchst Menschen um dich herum.«

»Ich möchte lieber allein sein.«

Meine Mutter kniete sich vor mich und zwang mich, ihr ins Gesicht zu sehen. »Hör zu, Aoife. Ich weiß, du fühlst dich – absolut grauenhaft. Ich weiß, dass dir der Unfall das Herz gebrochen hat. Weiß Gott, wir sind alle am Boden zerstört. Ich erinnere mich daran, wie es war, als dein Dad gestorben ist, und ich weiß auch, dass du viel Schlimmeres durchmachst. Aber, mein Schatz, es geht hier nicht nur um dich. Grundsätzlich würde ich sagen: ›Ja, gut, suhl dich in deinem Leid, bis du dich besser fühlst‹, aber das geht nicht. Du hast einen kleinen Jungen, an den du denken musst. Deinen Sohn. Liam braucht dich. Er vermisst seine Mummy schrecklich, und ich kann dich nicht ersetzen. Er braucht dich, nicht mich. Du musst dich zusammenreißen. Für ihn. Ich weiß, dass du glaubst, das sei unmöglich, aber du musst es versuchen.«

Die Tränen kamen wieder, liefen mir wie gewohnt übers Gesicht. Hatte ich nicht schon genug geweint? Kein Wunder, dass ich dehydriert war, meine Haut völlig ausgetrocknet. Ich nickte und putzte mir die Nase. »Okay.«

»Also, ja? Du kommst mit zu mir?«

»Ja.«

»Braves Mädchen. Und jetzt spring unter die Dusche. Dann wirst du dich gleich besser fühlen.«

Aber ich war nicht in der Verfassung, irgendwohin zu springen. Stattdessen half mir meine Mutter die Treppe hinauf und führte mich ins Badezimmer, wo sie die Dusche aufdrehte und mir nach einigem Widerstand Michaels Bademantel auszog.

»So«, sagte sie, »schaffst du den Rest alleine?«

Ich nickte.

»Brav. Bis gleich. Ich gehe nach unten und brühe frischen Tee auf.«

Meine Mutter schloss die Tür hinter sich, während ich meinen Schlafanzug auszog. Ich hatte ihn so lange getragen, dass es sich anfühlte, als streifte ich eine zweite Haut ab. Ich sah an mir hinunter. Meine Haut sah grau aus, schlaff und müde. Ich war dünner, als ich mich in Erinnerung hatte, als wäre ich geschrumpft. Vielleicht würde ich ja irgendwann ganz verschwinden.

Schließlich stand ich unter dem heißen Wasserstrahl, inbrünstig hoffend, dass er mich fortwusch.

Danach, sauber und in anderen Sachen, fühlte ich mich ein klein wenig besser, doch sofort kam das schlechte Gewissen. Welches Recht hatte ich, irgendetwas anderes als

Verzweiflung zu empfinden? Mein Mann und mein Kind waren tot, und es war allein meine Schuld. Hätte ich sie nicht bei Nacht und Nebel fortgeschickt ... hätte ich nicht meiner Lust nachgegeben ... wäre ich eine bessere Mutter, eine bessere Ehefrau, ein besserer Mensch gewesen ... Es war ein tödlicher Strudel, der mich immer tiefer mit sich riss.

Unten flößte mir meine Mutter heißen, süßen Tee ein.

»Schon besser«, sagte sie und strich mir über das feuchte Haar.

Sie nahm mich mit zu sich nach Hause, was nur wenige Kilometer entfernt war. Ständig dachte ich, dass uns gleich ein anderer Wagen rammen würde. Und in gewisser Weise hoffte ich sogar, dass genau das passierte.

Liam saß mitten auf dem Wohnzimmerboden, umgeben von Mini-Baggern – Trostgeschenke. Bei meinem Anblick sprang er auf und stürzte auf mich zu, während ich in die Hocke ging und die Arme ausbreitete.

»Mummy!« Er schlang mir die Ärmchen um den Hals und klammerte sich mit aller Macht an mir fest. »Ich hab dich lieb, Mummy!«

»Ich hab dich auch lieb, Liam.«

Nach einer weiteren Minute versuchte ich mich aus seiner Umklammerung zu lösen, doch er verstärkte seinen Griff noch. »Nicht weggehen, Mummy.«

»Ich gehe nicht weg, Schatz. Ich gehe nicht weg.«

Der erste Jahrestag war entsetzlich. Doch am Tag danach empfand ich so etwas wie Erleichterung. Wenigstens brauchte ich nun nicht mehr »heute vor einem Jahr« zu denken.

Wann immer ich kleine Mädchen im Krabbelalter auf

der Straße sah, wandte ich den Blick ab. Stattdessen wurde Liam mein Ein und Alles. Das gesamte Universum fokussierte sich auf sein liebes, kleines Jungengesicht. Er war der Grund, weshalb ich aß, schlief, lebte.

Das Haus gehörte mir. Durch Michaels Tod war ich in der Lage gewesen, die Hypothek abzubezahlen. Aber es war kein schöner Trost. Lange Zeit existierte ich nur, setzte einen Fuß vor den anderen, brachte jeden Tag mit dem Gefühl der Erleichterung hinter mich, der Quelle meines Kummers ein neuerliches Stück entrückt zu sein. Aber ich musste an die Zukunft denken. Liam kam bald zur Schule. Wollte ich weiterhin hier leben?

Eines Nachts hatte ich einen Traum. Einen, wie ich ihn noch nie gehabt hatte. Er handelte von einem Gespräch, das ich genau so mit Michael geführt hatte. Ich träumte oft von ihm, aber dieser Traum war so lebendig, so real, dass ich mit einem Gefühl des neuerlichen Verlusts aufwachte, so intensiv, als wäre er noch immer bei mir. Ich konnte beinahe den Kaffee riechen, den er in der Küche kochte, hörte fast das Wasser unter der Dusche rauschen. Stattdessen hallte die Stille im Haus wider. Und genau in diesem Moment wusste ich, dass es Zeit war zu gehen.

Er würde niemals zurückkommen.

Das war meine Erinnerung: Es war Samstagvormittag. Die Sonne schien zum Fenster herein. Wir saßen mit der Zeitung am Küchentisch, während die Kinder auf dem Fußboden spielten.

»Weißt du«, sagte Michael unvermittelt und ließ seinen Zeitungsteil sinken, »wir sollten nach Irland gehen.«

»Was?«

»Es wäre der perfekte Zeitpunkt. Der Wirtschaft geht es gut. Ich könnte jederzeit einen Job finden.«

»Und was ist mit meinem Job?«

»Du würdest bestimmt auch etwas finden. Es könnte nur ein bisschen länger dauern.«

»Aber ich mag meinen Job hier.« Und Peter war hier.

»Die Kinder könnten in Irland eingeschult werden. Überleg doch nur. Sie hätten einen irischen Akzent.«

Wir lächelten.

»Ist das dein Ernst?«, fragte ich.

»Ja. Wieso nicht?«

»Es ist ein sehr großer Schritt.«

»Das weiß ich. Aber was haben wir zu verlieren? Überleg doch nur.«

Ich hatte nicht ernsthaft darüber nachgedacht, weil ich mit den Gedanken ganz woanders gewesen war. Aber jetzt tat ich es. Ich saß in unserem leeren Bett, eingehüllt in das Gefühl der Wärme, das der Traum in mir ausgelöst hatte. Wieso eigentlich nicht? Hier hielt mich nichts mehr.

Na ja, so ganz stimmte das nicht. Da war noch meine Mutter, Liams Nana, die uns beiden im letzten Jahr eine so große Stütze gewesen war. Aber inzwischen war ich wieder bei Kräften. Und sie könnte uns besuchen kommen. Dublin war mit dem Flugzeug leicht zu erreichen. Denn Dublin war immer meine Stadt gewesen. Mein Zuhause fern der Heimat. Und es würde Michael glücklich machen, dachte ich lächelnd. Wenn sein Sohn als Ire aufwuchs. Ein echter Paddy, kein Pseudo-Ire wie ich und sein Vater. Damit war die Entscheidung getroffen. Genau das würden wir tun. Punktum.

26

Emily brauchte nicht lange, um eine Entscheidung zu treffen. Nicht nach Aoifes Geschichte. Besser gesagt, jenen Teilen, die Aoife als für ihre jungen Ohren angemessen eingestuft hatte.

Später an diesem Nachmittag rief sie die Frau von der Adoptionsagentur an. Sie saß auf der Schaukel in ihrem Garten der Sinne – links von ihr die ersten Knospen am Geißblatt, rechts der Jasmin –, hatte ihre Schuhe ausgezogen und ein Bein untergeschlagen, während sie mit dem Hörer am Ohr sanft hin und her schaukelte. »Hallo. Kann ich bitte Stephanie sprechen?«

»Natürlich. Wer ist am Apparat, bitte?«

»Emily Harte.«

»Bitte bleiben Sie dran.«

Die Sekunden krochen dahin, während Emily, noch immer schaukelnd, auf die Gelegenheit wartete, die mit einem Schlag ihre gesamte Zukunft verändern würde.

»Emily, hier ist Stephanie.«

»Hi, Stephanie.«

Es entstand eine verlegene Pause, während beide Frauen darauf warteten, dass die andere das Wort ergriff. Schließlich durchbrach Stephanie die Stille. Mit verlegenen Pausen hatte sie tagtäglich zu tun. »Rufen Sie an, um einen Termin für die Unterzeichnung der Papiere zu vereinbaren?«

Dankbar registrierte Emily das professionelle Mitgefühl in Stephanies Stimme. »Ich habe meine Meinung geändert«, sagte sie, wobei sie spürte, wie ihr das Herz förmlich aus dem Mund zu springen drohte, und sich ausmalte, wie es geradewegs im Kamillenbeet landete.

»Inwiefern?« In Stephanies Stimme lag eine Spur Achtsamkeit.

»Ich möchte mein Baby behalten.« Emily frohlockte. Das Adrenalin pumpte durch ihre Venen, so dass sie es nicht länger auf ihrer Schaukel aushielt. Sie begann auf und ab zu gehen, während Stephanie am anderen Ende der Leitung hörbar den angehaltenen Atem entweichen ließ.

»Sind Sie sich wirklich sicher, Emily?«

»Hundertpro.«

»Und Sie brauchen nicht noch etwas Zeit?«

»Nein. Ich hatte genug Zeit. Sogar viel zu viel.«

»Okay, dann leite ich alles in die Wege.«

»Was heißt das?«

»Ich organisiere die Übergabe in ein paar Tagen.«

»Sie meinen, ich kann mein Baby zurückhaben?«

»Aber natürlich können Sie Ihr Baby zurückhaben. Sie ist doch immer noch Ihr Kind.«

Sie war ihr Baby. Ihr Baby.

Mein Baby.

Emily war völlig außer sich, als sie auflegte. »O mein Gott. O mein Gott.« Noch immer ging sie auf und ab, presste sich die Hände auf die Wangen. Sie musste mit jemandem reden, es jemandem erzählen, jemandem um den Hals fallen. Sie stürzte in den Hauptteil des Gartens. Aoife war nicht da, sondern hatte sich auf den Weg zu einer Vorlesung gemacht. Seth hatte einen Termin bei einem Kunden, und von Uri war ebenfalls keine Spur zu sehen. Nur Mrs Prendergast kam tief in Gedanken versunken den Weg zu ihrem Haus herauf. Emily rannte los. »Mrs Prendergast!«

Mrs Prendergast fuhr erschrocken herum, was Emily verriet, dass sie sich allein im Garten gewähnt hatte. Sie trat vor die alte Frau und warf ihr die Arme um den Hals, was sie noch mehr erschreckte. Sie drückte sie an sich, ließ jedoch sofort wieder los, als sie merkte, wie zerbrechlich sich die alte Dame anfühlte. So verletzlich. Sie wich zurück und musterte Mrs Prendergast, als sehe sie sie zum ersten Mal – eine Frau, die ihr stets eher furchteinflößend als fragil erschienen war. Ein unsicherer Ausdruck lag auf Mrs Prendergasts Zügen, und ihre Wangen waren leicht gerötet.

»Was ist passiert, meine Liebe?«

»Ich bekomme mein Baby zurück. Sie geben sie mir wieder.«

»Ihr Baby?« Nun starrte Mrs Prendergast sie an, als hätte sie zwei Köpfe.

»Ja. Sie gehört mir. Mein Baby.« Emily brach in Tränen aus. Dicke, fette Tränen des Glücks, die sie ohne jedes Schamgefühl vergoss.

Die alte Dame starrte sie noch immer an, mittlerweile mit unverblümtem Erstaunen, zugleich aber einem eigentümlichen Ausdruck in den Augen, den Emily jedoch in ihrem Gefühlsüberschwang nicht bemerkte. »Das ist ja wunderbar, meine Liebe. Ich freue mich sehr für Sie.«

»Danke.« Emily lächelte wie ein Regenbogen durch den Tränenschleier, ehe sie Mrs Prendergast erneut umarmte.

»Soll ich Ihnen etwas bringen? Möchten Sie hereinkommen und sich einen Moment setzen?«

»Nein, danke. Ich sollte wohl nach Hause gehen und mich ein bisschen sammeln.« Halb laufend, halb gehend strebte Emily auf das Gartentor zu. »Wiedersehen, Mrs Prendergast.«

»Auf Wiedersehen, meine Liebe.«

Mrs Prendergast sah Emily nach, bis sie verschwunden war, dann zog sie fröstelnd ihre Stola enger um sich, obwohl es ein warmer Tag war – eine kleine, leicht gebeugte

Gestalt, die in sich zusammensank, sobald sie sich unbeobachtet glaubte. Sie schlüpfte vorbei an den uralten Apfelbäumen und ins Haus, das nahezu ihr gesamtes Erwachsenenleben lang ihre Geheimnisse bewahrt hatte.

Die Übergabe des Babys wurde für Freitagmorgen angesetzt. Emily traf zehn Minuten zu früh ein, und Stephanie fuhr mit ihr zu der Pflegefamilie. Emily war bereit, zumindest glaubte sie es. Das Haus sah nicht so aus, wie sie erwartet hatte. Es war klein, sauber und bescheiden. Emily wurde bewusst, dass sie irrtümlicherweise angenommen hatte, man hätte ihre Tochter in einem größeren, luxuriöseren Zuhause untergebracht. Aber das Haus war eine ganze Menge mehr als das, was sie selbst zu bieten hatte, war ihr nächster Gedanke. O Gott.

Es war Zeit auszusteigen. Erstaunlicherweise gehorchten ihr ihre Beine, so dass sie Stephanie zur Tür folgen konnte. Sie läuteten und warteten. Ein etwa sechzigjähriger Mann machte auf, nickte Stephanie zu und trat beiseite, um sie hereinzulassen. Er starrte Emily an, wandte jedoch den Blick ab, als sie ihn dabei ertappte. Sie wurden in ein Wohnzimmer gebeten, wo eine Frau mit dem kleinen Mädchen auf dem Arm auf dem Sofa saß. Sie wirkte eher wie eine Großmutter und nicht wie eine Mutter, bemerkte Emily erstaunt, hielt sich jedoch nicht länger mit dem Gedanken auf, da sie viel zu sehr vom Anblick ihrer Tochter gefesselt war. Aus Rücksicht auf das schlafende Kind sprachen alle Anwesenden im Flüsterton.

»Sie müssen Emily sein«, stellte die Frau fest.

Emily nickte.

»Ich bin Marie. Wieso setzen Sie sich nicht zu uns?«

Emily quetschte sich auf die Couch, ohne den Blick von dem schlafenden Baby zu wenden.

»Ich hätte Sie unter Tausenden erkannt«, fuhr Marie fort. »Sie ist Ihnen wie aus dem Gesicht geschnitten.«

»Wirklich?« Emily gestattete sich ein Lächeln. Stimmte das? Sie selbst konnte die Ähnlichkeit nicht erkennen. Aber sie erkannte ihre Tochter. Oder glaubte es zumindest.

»Möchten Sie sie gern halten?«

»Wacht sie dann nicht auf?«

»Rutschen Sie ein Stück nach hinten.«

Emily gehorchte und ließ sich das warme Bündel in den Arm legen. Das Baby regte sich, wachte jedoch nicht auf. Minuten vergingen. »Haben Sie das früher schon einmal gemacht?«, fragte Emily.

»Neununddreißig Mal, einschließlich dieses Würmchens hier«, erwiderte Marie, »und jedes Mal ist es, als müsste ich eines von meinen eigenen hergeben.«

Emily sah sie zum ersten Mal richtig an. »Das tut mir leid.«

Die Frau berührte ihren Arm. »Das muss es nicht. Ich freue mich für Sie beide. Sehr sogar.«

»Bereit?«, fragte Stephanie sanft.

Emily nickte und stand auf.

»Hier sind ihre ganzen Sachen.« Marie reichte Stephanie eine große Tasche und wandte sich wieder an Emily. »Da sind Windeln und Feuchttücher, Strampler und andere Dinge drin, außerdem der kleine Teddy, mit dem sie einschläft, und ein Fläschchen für später.«

»Danke.«

»Gern geschehen. Passen Sie gut aufeinander auf.«

»Das werden wir. Ich schicke Ihnen Fotos und halte Sie auf dem Laufenden, wie sie sich entwickelt.«

»Würden Sie das tun?«

»Natürlich.«

»Darüber würde ich mich sehr freuen.« Marie hauchte dem Baby einen zarten Kuss auf die Stirn und wandte sich ab.

Emily trat aus dem Haus und fühlte sich, als würde sie ihr eigenes Kind stehlen.

Natürlich wachte das Baby prompt auf und begann zu schreien, sobald sie versuchten, es in seinem Kindersitz in den Wagen zu verfrachten. Emily saß auf dem Rücksitz und hielt ihr das Fläschchen an die Lippen. Es schien zu funktionieren.

»Ich fahre Sie nach Hause«, sagte Stephanie.

»Könnten Sie mich vielleicht anderswohin bringen?«, bat Emily.

Stephanie half Emily, das Kinderwagengestell aus dem Kofferraum zu holen, ehe sie den Babysitz herausnahm und im Gestell einrasten ließ – jede Menge Arbeit, noch bevor man sich um das Baby kümmern konnte.

Obwohl es warm war, breitete Emily eine Decke über ihre inzwischen schlafende Tochter. Dann trat sie durch das schmiedeeiserne Tor, das Uri frisch gestrichen hatte.

Er erblickte sie und kam lächelnd auf sie zu. »Wir haben uns schon gefragt, wo du bleibst. Bist du unter die Babysitter gegangen?«

»Könnte man so sagen.«

Uri spähte in den Buggy. »Woher kommt das Kleine denn?«

»Von mir.«

»Wie bitte?«

»Das ist meine Tochter, Uri.«

Uri sah zuerst Emily an, dann das Baby. »Wirklich?«

»Ja.«

Sie sah die Frage hinter Uris Stirn aufflackern, doch er

stellte sie nicht. Stattdessen ergriff er Emilys Oberarme und gab ihr einen Kuss auf beide Wangen. »*Masel tov.*«

Emily war den Tränen nahe.

In diesem Moment kam Aoife, und Emily brach endgültig in Tränen aus. »Emily. Da bist du ja! Ihr beide!« Sie beugte sich vor und spähte in den Buggy. »Oh, sie sieht genauso aus wie du. Wirklich. Ich sage das nicht nur so daher.« Sie schlang die Arme um Emily und wiegte sie, während sie beide lachten und gleichzeitig weinten.

Vorsichtig näherten sich Seth und Mrs Prendergast und starrten zuerst das Baby an, dann Emily.

»Ist das dein Kind?«, fragte Seth.

»Ja.«

»Glückwunsch.«

»Danke.«

»Wie heißt sie denn?« Unfähig, der Versuchung zu widerstehen, streckte Mrs Prendergast die Hand aus und strich mit ihren trockenen Fingern über die Wange des Babys.

»Rose«, antwortete Emily und blickte auf ihre Tochter hinab. »Ihr Name ist Rose.«

Mrs Prendergast nickte, wandte sich ab und ging davon.

Aoife bestand darauf, dass Rose und Emily die erste Nacht bei ihr zu Hause verbrachten. Es war nicht viel Überzeugungsarbeit notwendig. Rose schrie bis in die frühen Morgenstunden, so laut, dass sogar Liam aufwachte. Im Halbschlaf kuschelte er sich an den warmen Körper seiner Mutter. »Ist Katie wieder bei uns, Mummy?«

Aoife drückte ihn an sich. »Schlaf weiter, mein Schatz.«

Am nächsten Tag fuhr Aoife die beiden nach Kilkenny.

»Wann erwarten sie dich denn?« Es war nicht mehr weit.

»Gar nicht.«

»Wie bitte?«

»Ich habe ihnen nicht gesagt, dass ich komme.«

»Wieso nicht?«

»Ich wollte sie überraschen.«

Ein schrecklicher Gedanke keimte in Aoife auf, als sie Emilys ausdrucksloses Profil betrachtete. »Hast du ihnen von Rose erzählt?«

»Noch nicht.«

»Wie bitte?«

Zum Glück kamen sie in diesem Augenblick an einem Parkplatz vorbei, auf den Aoife einbog. »Großer Gott, Emily. Was hast du dir dabei gedacht?«

»Ich habe es nicht über mich gebracht, es ihnen am Telefon zu sagen. Außerdem ist die Gefahr, dass sie sie ablehnen, geringer, wenn sie sie leibhaftig sehen. Ich meine, sie ist wunderschön, oder nicht?«

»Natürlich ist sie wunderschön, aber du hättest es mir sagen müssen, dass du sie nicht darauf vorbereitet hast, Emily. Wie soll ich mich verhalten? Soll ich mit ins Haus kommen oder dich einfach nur absetzen? Oder im Wagen warten, für den Fall, dass …«

»Dass sie mich vor die Tür setzen.«

»Na ja, so wollte ich es nicht ausdrücken. Aber – du glaubst doch nicht, dass sie das tun werden, oder?«

»Ich weiß es nicht. Ich hoffe nicht.«

»Das hoffe ich auch.«

Eine Weile saßen sie schweigend da und sahen hinaus auf die Straße, zu den vorbeidonnernden Lastwagen, die den Wagen erbeben ließen.

»Würdest du mit mir hineinkommen?«

»So wie ich es sehe, bleibt mir sowieso nichts anderes übrig.«

»Es tut mir leid, Aoife. Ich wollte nicht, dass du dich emotional erpresst fühlst.«

»Darum geht es nicht. Ich muss nur pinkeln. Und zwar dringend. Und das ist nur deine Schuld, weil du diesen Tee gekocht hast, bevor wir losgefahren sind.«

Es war ein traditionelles Bauernhaus. Nicht romantisch oder niedlich, sondern lediglich funktional. Alles wirkte gepflegt – Rosen rankten sich an den Hauswänden empor – und blitzsauber, mehr aber auch nicht.

Sie kamen um die Mittagszeit an, und zumindest für Aoifes ungeübten Blick wirkte das Haus völlig verwaist, doch Emily meinte, das sei um diese Tageszeit unmöglich. Sie nahm die schlafende Rose in ihrem Kindersitz und trug sie ins Haus, dicht gefolgt von Aoife.

Die geräumige Küche war leer, doch auf dem altertümlichen Herd standen Töpfe, in denen es blubberte und kochte. Behutsam setzte Emily Rose in ihrem Sitz mit dem Gesicht zur Wand in eine Ecke. Aus der Diele erklangen Schritte, und die beiden tauschten einen Blick. In diesem Augenblick trat eine Frau mit einem riesigen Wäschekorb ein. Sie sah genauso aus wie Emily, nur ihr Haar, ihr Teint und ihre Augen leuchteten nicht ganz so intensiv. Sie blieb abrupt stehen. »Emily!« Ein strahlendes Lächeln trat auf ihre Züge. »Was für eine Überraschung! Wo kommst du denn her?« Sie stellte den Korb auf den wuchtigen Küchentisch und schloss ihre Tochter in die Arme.

»Hiya, Mammy.« Aoife beobachtete, wie Emily sich an ihre Mutter klammerte, als fürchte sie, dies könnte das letzte Mal in ihrem Leben sein.

Mrs Harte blickte Aoife über Emilys Schulter hinweg an. »Hallo.«

Aoife nickte, worauf Emily sich aus der Umarmung löste.

»Mammy, das ist Aoife, eine gute Freundin von mir. Sie hat mich hergefahren. Aoife war diejenige, die das Gartenprojekt ins Leben gerufen hat. Du erinnerst dich doch, oder?«

»Oh, ja. Wie schön, Sie kennenzulernen. Ich bin Emilys Mutter, nur für den Fall, dass Sie es noch nicht gemerkt haben. Wieso setzen Sie sich nicht?«

Aoife setzte sich an den Tisch. »Freut mich auch, Sie kennenzulernen, Mrs Harte.«

»Oh, nennen Sie mich ruhig Bridget.«

Aoife musterte sie erstaunt – sie konnte höchstens Mitte vierzig sein – und stellte fest, wie vage ihre Vorstellung von ihr gewesen war. Schätzungsweise trennten sie bestenfalls zehn Jahre.

Genau diesen Moment wählte Rose, ein Wimmern von sich zu geben. Es war ein köstlicher Laut – noch nicht bereit, endgültig aufzuwachen, sondern nur ein kurzes Geräusch, ehe sie in ihre Träume zurücksank. Drei Augenpaare richteten sich auf den Kindersitz in der Ecke.

»Sie haben ein Baby!«, rief Bridget und lief hinüber, um einen Blick auf Rose zu werfen. »Ah, seht euch das nur an! Wie alt ist sie?«, fragte sie, an Aoife gewandt.

»Äh. Acht Monate, aber –«

»Acht Monate. Was für ein herrliches Alter. Wie heißt sie?«

»Rose«, antwortete Emily. »Mammy, du sprichst mit der Falschen.«

Bridget musterte ihre Tochter verwirrt. »Was meinst du damit?«

Aoife beobachtete, wie Emily sich zu voller Größe aufrichtete. »Sie gehört zu mir.«

Mrs Hartes Miene verriet den Widerstreit in ihrem Innern – Erkenntnis und Leugnen. »Wovon redest du?«

»Das Baby. Es ist meines.«

Aoife hätte schwören können, dass die Uhr an der Wand vorhin bei weitem nicht so laut getickt hatte wie jetzt. Doch nun war dieses Ticken das Einzige, was sie hören konnte – als weise es auf die bevorstehende Detonation einer Bombe hin.

Sie und Emily beobachteten, wie sich Bridgets sahnigweißes Gesicht zuerst rosa, dann violett färbte.

»Mammy, ist alles in Ordnung?«

Haltsuchend umklammerte Bridget die Kante des Küchenbuffets. Wortlos stand Aoife auf, nahm ihre freie Hand und führte sie zu einem Küchenstuhl, dann suchte sie nach dem Wasserkessel und setzte ihn auf.

»Mammy, sag doch etwas.«

Bridget umklammerte die Kante des Tisches, dessen Oberfläche von tausenden Kaffeetassen zerschrammt war, und flüsterte irgendetwas Unverständliches.

»Was hast du gesagt?«

»Ich verstehe das nicht.« Bridget, deren Gesicht wieder eine halbwegs normale Farbe angenommen hatte, wandte sich an ihre Tochter. »Wie konntest du ein Baby bekommen?«

»Na ja, auf die altmodische Art. Eine jungfräuliche Empfängnis war es jedenfalls nicht, falls du das meinst.« Emilys Worte klangen trotzig, doch Aoife entging nicht, dass sie den Blick gesenkt hielt.

»Nein, davon rede ich nicht. Sie ist acht Monate alt. Wo war sie die ganze Zeit?«

Emily ließ sich mit einem tiefen Seufzer auf den Stuhl neben ihrer Mutter sinken. »Bei einer Pflegefamilie. Ich wollte sie zur Adoption freigeben, habe es aber nicht über mich gebracht.«

»Aber deine Schwangerschaft ...« Bridget schüttelte langsam den Kopf.

»Mein Bauch war nicht besonders groß. Ich habe weite Sachen angezogen. Und als ich hochschwanger war, bin ich eine Weile nicht hergekommen. Erinnerst du dich an letzten Sommer, als ich an den Wochenenden in Dublin geblieben bin?«

Bridget nickte wie in Trance, doch dann schien ihr blitzartig ein Gedanke zu kommen. »Wer ist der Vater?«

»Ein Junge auf dem College. Er ist nicht wichtig. Er wollte nichts damit zu tun haben.«

»Also hast du das Baby bekommen – Rose. In einem Krankenhaus?«

»In einem Krankenhaus, ja.«

»Und wer war bei dir?«

»Niemand.«

Bedeutungsschwer hing das Wort in der Stille des Raums. Bridgets Züge verzerrten sich. »Wieso hast du mir nichts gesagt?«

»Ich dachte, du verstehst es nicht.«

Als beide Frauen in Tränen ausbrachen, schlüpfte Aoife hinaus und schloss leise die Tür hinter sich. Sie stand in einem langen Korridor, der auf eine Veranda hinausführte. Ihr Blick fiel auf einen Jungen, der sich ein Paar schlammverkrusteter Stiefel von den Füßen trat und einen Schulranzen abstreifte.

»Hallo«, sagte Aoife und ging auf ihn zu.

»Hm.«

Sie ging davon aus, dass »Hm« in dieser Gegend als Synonym für »Hallo« gebraucht wurde. »Ich nehme an, du bist Emilys Bruder.«

Er nickte knapp. »Und Sie?«

»Ich bin Aoife, eine Freundin von Emily.«

Wieder nickte er, unübersehbar desinteressiert, und ging an ihr vorbei in Richtung Küche.

»An deiner Stelle würde ich da jetzt nicht reingehen.«

»Wieso nicht?«

»Weil Emily und deine Mutter einen Moment für sich allein brauchen.«

»Aber es ist Zeit fürs Mittagessen.«

»Gib ihnen nur fünf Minuten. Setz dich einfach eine Weile vor den Fernseher oder so.«

Der Junge musterte sie feindselig. »Was haben Sie hier überhaupt zu suchen?«

»Eigentlich suche ich eine Toilette.«

27

Den Rest des Sommers bekamen sie Emily nicht mehr zu Gesicht, weil sie sich um Rose kümmerte. Anfangs war es seltsam ohne sie, doch im Lauf der Zeit füllten die anderen die Lücke, die sie hinterlassen hatte. Außerdem waren überall Dinge, die an sie erinnerten: die violetten Lavendelblüten – französischer, wohlgemerkt, nicht englischer –, oder wenn eine Brise oder eine Kinderhand über das Windspiel strich. Abends saß Aoife neben den Levkojen und sog wie eine Süchtige deren Duft ein. Manchmal setzte Seth sich zu ihr, dann plauderten sie bis in den späten Abend hinein, bis die Kinder längst in ihren Betten hätten liegen sollen. Es war eine reine Frage der Zeit, bis sie die Fragen stellen würden, die im Moment wie eine unausgesprochene Barriere zwischen ihnen aufragten.

Aoife wagte den ersten Schritt – die Tatsache, dass sie so

viel Leid in ihrem Leben hatte erdulden müssen, hatte sie mutiger werden lassen. Der Duft der Levkojen verlieh dem Ganzen die Atmosphäre eines Beichtstuhls. »Sehen Sie Ihre Frau oft, Seth?«

»Immer wenn ich Kathy hinbringe oder abhole.«

»Natürlich. Und wie ist das für Sie?«

»Es geht. Anfangs war es seltsam, aber inzwischen haben wir uns daran gewöhnt.«

»Lebt sie in einer neuen Beziehung?«

»Ja.«

»Das muss sehr merkwürdig sein. Zu wissen, dass Kathy eine zweite Vaterfigur im Leben hat.«

»Mutterfigur.«

»Wie?«

Seth wandte sich ihr zu, so dass sie seine Augen deutlich erkennen konnte. Sie waren haselnussbraun mit blauen und grünen Sprenkeln.

»Eine zweite Mutterfigur. Megan hat mich wegen einer Frau verlassen.«

Sekundenlang herrschte Stille. »Ernsthaft?«

»Ja, ernsthaft.«

»Das muss sehr schwer gewesen sein.«

Er zuckte die Achseln und starrte auf seine Schuhspitzen.

»Haben Sie sich – keine Ahnung – dadurch weniger männlich gefühlt oder so?«

»Wenn Sie darauf anspielen, ob es sich angefühlt hat, als hätte sie mir die Eier abgeschnitten, lautet die Antwort: Ja.«

»Autsch.«

»Autsch trifft den Nagel auf den Kopf. Dass sie offen damit umgeht, ist dem Ganzen auch nicht gerade zuträglich. Sie lebt noch im selben Viertel und versucht nicht einmal, ein Geheimnis daraus zu machen. Ich will ja nicht sagen, dass sie das tun sollte, aber es wäre einfacher, wenn nicht alle Bescheid wüssten. Können Sie sich vorstellen, was die Jungs im Pub sagen? Für mein Macho-Image ist das nicht gerade hilfreich.«

»Nein, wohl nicht.«

Wieder schwiegen sie eine Weile.

»Und sind sie nachgewachsen?«

»Wer?«

»Ihre Eier.«

Seth lachte – es gefiel ihr, ihn zum Lachen zu bringen. »Beinahe vollständig.« Er sah sie an. »Jetzt Sie.«

»Was?«

»Sie wissen schon. Sie haben meine Geschichte inklusive aller hässlichen Details gehört. Jetzt will ich Ihre hören.«

Er lächelte, doch der Ausdruck in seinen Augen war ernst. Es dauerte eine Weile, bis sie den Mut aufbrachte zu sprechen.

»Mein Mann ist gestorben«, sagte sie schließlich. »Vor etwas über zwei Jahren.«

»Das tut mir leid.«

»Wussten Sie Bescheid?«

»Woher denn?«

»Ich habe es vor einer Weile Emily erzählt und war nicht sicher, ob sie vielleicht etwas gesagt hat.«

»Zu mir jedenfalls nicht. Obwohl ich mich natürlich gefragt habe, wieso Liam offenbar keinen Kontakt zu seinem Vater hat.«

Sie nickte.

»Wie ist er gestorben?«

»Bei einem Autounfall.«

»Großer Gott. Das muss schrecklich gewesen sein. Für Sie und für Liam.«

Sie sahen zu, wie Liam und Kathy mit Liams beachtlicher Spielzeuglastersammlung auf dem Weg auf und ab fuhren und in ihrer Begeisterung die absurdesten Geräusche von sich gaben.

»Ich habe ihn vor die Tür geschickt.«

»Was meinen Sie damit?«

Sie holte tief Luft. »Wir hatten auch ein kleines Mädchen. Katie. Sie war ein echter Schatz. An diesem Abend wollte sie nicht einschlafen, also habe ich vorgeschlagen, dass er mit dem Auto eine Runde mit ihr dreht.«

Aoife spürte, wie sich Seths raue Hand um ihre schloss.

Lange Zeit sagte keiner von ihnen etwas. »Wie war sie? Ihre Katie?«, fragte er schließlich.

Aoife lächelte, während sich ihre Augen mit Tränen füllten. »Oh, wie eine typische Einjährige eben. Sie war fantastisch. Lächelte ständig. Riesige blaue Augen, rötlich-blondes Haar – ihr Vater war rothaarig. Pummelige Ärmchen und Beinchen. Am liebsten hätte man sie aufgefressen. Sie hatte gerade laufen gelernt, hatte so große Freude an allem, taumelte durch die Gegend, nahm das Haus auseinander. Sie war – einzigartig.«

»Es tut mir so unglaublich leid, Aoife.«

Sie nickte, worauf sie erneut eine halbe Ewigkeit schweigend dasaßen, Hand in Hand, den Kindern zusahen und über ihre Spinnereien lachten.

»Die Schuldgefühle waren beinahe das Schlimmste daran«, sagte Aoife schließlich und starrte geradeaus.

»Es war nicht Ihre Schuld – wenn ich nur daran denke, wie oft ich mit Kathy als Baby durch die Gegend gefahren bin, um sie in den Schlaf zu lullen.«

»Es ist nicht nur das.«

»Was dann?«

Aoife hatte keine Ahnung, weshalb sie es ihm erzählte, sondern verspürte lediglich den Drang, ihm gegenüber aufrichtig zu sein. »Als sie gestorben sind, hatte ich eine ... eine Art Affäre.«

»Oh.«

»Ich war dumm. Ich dachte, es sei etwas Ernstes, aber das war es nicht. Erst durch Michaels Tod habe ich begriffen, wie wenig der andere mir in Wahrheit bedeutet hat.« Sie sah Seth forschend an, doch er hatte den Blick auf seine Schuhspitzen geheftet. Sie glaubte zu spüren, wie sein Mitgefühl ein klein wenig abebbte, aber vielleicht spielten ihr auch nur ihre Schuldgefühle einen Streich. »Das Gute ist, dass er es nie herausgefunden hat.«

»Soweit Sie wissen.«

»Was?«

»Soweit Sie wissen, hat er es nie herausgefunden.«

»Das hätte ich mitbekommen.«

»Nicht unbedingt.« Seth war ein Stück nach vorn gerutscht und hatte den Blick abgewandt. Auch ihre Hand hatte er irgendwann im Verlauf ihrer Schilderung losgelassen.

»Was soll das denn bedeuten?«

»Es war vielleicht genauso wie damals bei Megan – meiner Ex –, als sie etwas mit Siobhan angefangen hat. Den Verdacht hatte ich schon ein halbes Jahr, bevor ich es schließlich herausgefunden habe.«

»Herzlichen Dank, Seth.«

»Ich bin nur ehrlich.«

»Können Sie sich nicht vorstellen, dass ich mich sowieso schon hundeelend fühle? Ich weiß, dass das, was ich getan habe, falsch war. Sogar unverzeihlich. Aber, glauben Sie mir, ich habe einen hohen Preis dafür bezahlt. Großer Gott.« Mittlerweile aufrichtig verärgert, stand sie auf.

»Wohin gehen Sie?«

»Liam! Zeit, für heute Schluss zu machen.«

Sie sah zu Seth hinüber, der sie mit eisiger Miene anstarrte. Sie wusste genau, weshalb: Sie hatte ihn enttäuscht. Es war ihr nicht gelungen, dem Idealbild zu entsprechen, das er von ihr gehabt hatte. Pfeif auf ihn, dachte sie. Schließlich hatte sie nie von ihm verlangt, sie auf ein Podest zu stellen.

Sie sammelte Liams Sachen ein, ehe sie sich ihm erneut zuwandte. Noch immer waren seine Züge wie versteinert. »Wissen Sie eigentlich, welche Überwindung es mich gekostet hat, mich Ihnen anzuvertrauen?«, fragte sie, sorgsam darauf bedacht, das Zittern in ihrer Stimme zu unterdrücken. »Ich hätte nie gedacht, dass Sie so darauf reagieren. Mag sein, dass Sie mich für besser gehalten haben, als ich es in Wahrheit bin, aber genauso geht es mir mit Ihnen auch, Seth.«

Damit kehrte sie ihm den Rücken zu und ging davon. »Arschloch«, murmelte sie, gerade laut genug, dass er es hören konnte.

Inzwischen brachte der Garten wesentlich mehr Obst und Gemüse hervor, als die Gärtner allein essen konnten. Also wurde eine Notfallsitzung einberufen – bestehend aus Aoife, Uri und Seth sowie aus Mrs Prendergast, die sich, auf Spaten und Rechen gestützt, zu einem Kreis formierten.

»Wir müssen überlegen, was wir mit dem überschüssigen Gemüse anfangen. Wir können es schließlich nicht verrotten lassen.«

»Nein, definitiv nicht«, stimmte Uri zu.

»Wir könnten ein Erntedankfest veranstalten«, schlug Seth vor.

»Seien Sie nicht albern«, tadelte Mrs Prendergast ihn. »Dafür ist es doch viel zu früh.«

»Aber das Obst und Gemüse haben wir doch *jetzt*.«
»Aber Erntedank wird erst im Herbst gefeiert.«
»Dann nennen wir es eben anders.«
»Ein Erntedankfest ist eine gute Idee. Vielleicht könnten wir ja eines für später planen. In der Zwischenzeit hätte ich einen anderen Vorschlag.«

Alle sahen Aoife erwartungsvoll an.

»Wie wär's, wenn der *Good Food Store* die Produkte für uns verkaufen würde? Ich bin sicher, Emilys Tante wäre einverstanden. Sie ist sehr umgänglich, außerdem haben sie ja bereits eine kleine Obst- und Gemüseabteilung. Was haltet ihr davon?«

»Es wäre einen Versuch wert«, meinte Mrs Prendergast.

»Hervorragende Idee«, bestätigte Uri.

»Und was sollen wir mit dem Gewinn anstellen?«, hakte Seth nach. »Es bringt ja wohl nichts, ihn in den Garten zu stecken.«

Drei Augenpaare richteten sich tadelnd auf ihn.

»Was denn?« Er hob die Hände. »Ist doch so, oder etwa nicht?«

Aoife, die nach wie vor nicht mit ihm versöhnt war, musterte ihn kühl. »Wir können auch noch später entscheiden, was wir mit dem Gewinn anstellen. Zuerst sollten wir herausfinden, was Emilys Tante von dem Vorschlag hält. Uri, haben Sie Lust, mich zu begleiten? Mrs Prendergast, ich gehe wohl recht in der Annahme, dass Sie sich nicht sonderlich gut mit ihr verstehen, und über Seth würde sie sich nur ärgern.«

»Weshalb sollte sie sich über mich ärgern?«

»Weil man sich über Sie nur ärgern *kann*.«

»Herzlichen Dank.«

»Ich begleite Sie natürlich gern«, erklärte Uri.

Den Rest des Vormittags verbrachten sie damit, eine Auswahl ihrer feinsten Gemüsesorten zusammenzustellen, die Aoife und Uri mit in den Laden nahmen. Wie es der Zufall wollte, stand Emilys Tante, die Schwägerin ihres Vaters, hinterm Tresen, als sie den Laden betraten. »Ah, Aoife, was kann ich heute für Sie tun?«

Die Harte-Familie rechnete es Aoife hoch an, dass sie Emily auf den rechten Weg zurückgeführt hatte – ein Trumpf, den sie notfalls auch ausspielen würde.

Sie stellte die Kiste mit dem Gemüse vor Emilys Tante auf den Tresen. »Die Frage ist eher, was wir für Sie tun können.«

»Ach ja?«

»Ja. Sie kennen doch Uri – Mr Rosenberg?«

»Natürlich. Guten Tag, Mr Rosenberg.«

»Guten Tag, Mrs Harte.«

»Ich habe hier eine Kiste mit Obst und Gemüse, das wir in unserem Gemeinschaftsgarten geerntet haben. Sie wissen schon, Mrs Prendergasts Garten.«

»Oh ja, das weiß ich allerdings.«

»Wir haben uns gefragt, ob Sie vielleicht Interesse hätten, die Sachen für uns zu verkaufen.«

Mrs Harte sah keineswegs begeistert aus.

»Natürlich gegen einen gewissen Prozentsatz des Umsatzes für die Vermittlung«, erklärte Uri schnell.

»Natürlich«, echote Aoife. »Und frischeres Obst und Gemüse bekommen Sie kaum. Vor weniger als einer Stunde von Hand geerntet. Heimisches Obst und Gemüse, von Leuten aus der Gegend angebaut. Es passt perfekt zu den Grundsätzen Ihres Ladens: Lebensmittel für die Gemeinde von Menschen aus der Gemeinde, keine langen Transportwege, keine Pestizide …« Sie ließ ihre Stimme verklingen und musterte Mrs Harte prüfend.

»Also gut«, sagte Mrs Harte. »Ich werde versuchen, diese Sachen hier an den Mann zu bringen, und wenn es funktioniert, nehme ich Ihnen mehr ab.«

Am selben Abend war bereits alles verkauft. Sie waren im Geschäft.

Sobald Aoife den Garten betrat, machte sie sich zu ihrer gewohnten Inspektionsrunde auf. Sie hatte eine anstrengende Woche am College hinter sich und war seit Tagen nicht mehr hier gewesen. Auf dem Weg zu den Stangenbohnen sah sie sie: eine perfekt geformte, dicke, glänzende, reife Tomate. Leuchtend rot. Tomatenrot. Behutsam strich sie darüber, widerstrebend, als wolle sie diese Perfektion nicht zerstören. Sie sah so köstlich aus. Niemand hätte je gedacht …

»Hallo.«

Sie fuhr herum. Seth stand hinter ihr. »Was machen Sie denn hier?«

»Dasselbe wie Sie.«

»Sie haben mir einen Heidenschreck eingejagt.«

»Wieso? Was hatten Sie vor?«

»Gar nichts.«

Sie hatte zwar eilig die Hand zurückgezogen, doch ihr Blick hatte sich nicht ganz so schnell vom Objekt ihrer Begierde gelöst. Seth beugte sich über die Frucht. »Ah, da ist sie ja – eine Tomate. Hervorragend.« Er rieb sie zwischen Daumen und Zeigefinger. »Aoife Madigan, Sie wollten sie doch nicht etwa essen, oder?«

»Natürlich nicht.«

»Sind Sie sicher?«, zog er sie auf.

Aoife spürte, wie sie rot wurde. Tomatenrot?

Only two things … that money can't buy … that's true love and homegrown tomatoes …«

Er sprach die Worte mit dem typisch breiten Südstaatler-Zungenschlag aus.

»Was?«

»Das ist ein Song. Von Guy Clark, glaube ich. Country & Western.«

Aoife konnte sich ein Lachen nicht verkneifen. »Gefällt mir. Aber bitte nicht mit diesem grauenhaften Akzent.«

Auch Seth lachte nun, unübersehbar erleichtert, dass sie wieder mit ihm redete. »Glauben Sie etwa nicht, dass das wahr ist?«, fragte er.

»Keine Ahnung.«

»Wieso versuchen Sie's nicht mal?« Er trat näher.

»Was meinen Sie damit?«

»Probieren Sie sie.« Er berührte die Tomate.

»Oh, die Tomate.«

»Was dachten Sie denn?«

»Nichts. Ich kann sie nicht essen.«

»Wieso nicht? Dafür sind sie doch da.«

»Aber sie gehört nicht mir, sondern der Gemeinschaft.«

»Es werden noch andere wachsen. Sie haben das Ganze hier ins Leben gerufen. Deshalb ist es doch nur fair, dass Sie die erste Kostprobe bekommen.«

»Finden Sie wirklich?«

»Los.«

Aoife griff nach der Tomate und wollte kräftig daran ziehen, doch sie fiel ihr in die Hand, als hätte sie förmlich auf sie gewartet. Sie sah wieder Seth an, der nickte und lächelte. Sie biss in das weiche Fruchtfleisch der Tomate, deren unbeschreibliche Süße in ihrer Mundhöhle explodierte. »Hmm.« Sie schloss die Augen.

Seth lachte.

»Hier.« Sie hielt ihm die Frucht vor den Mund.

Ohne den Blick von ihr zu wenden, hielt er Aoifes Hand fest, während er hineinbiss, und auch noch lange nachdem er den Bissen gekaut und geschluckt hatte. »Es tut mir leid, Aoife. Sie hatten recht. Ich bin ein Arschloch, und es tut mir leid.«

»Mir tut es auch leid.«

»Juu-huu!« Mrs Prendergasts Stimme. Seth löste seine Hand, und sie traten einen Schritt zurück.

Seth und Aoife legten ein neues Blumenbeet an. Das Problem war nur, dass Aoife das Gefühl hatte, als grabe Seth dreimal so tief und so schnell wie sie, wie sehr sie sich auch bemühte. Liam und Kathy halfen ebenfalls; Kathy war mit ihrem pinkfarbenen Barbie-Spaten zugange – Aoife bekam allmählich mit, dass es so gut wie alles in Barbie-Variante gab. Das Mädchen besaß sogar Barbie-Gummistiefel und ein pinkfarbenes Barbie-Fahrrad. Liam war mit seinem gelben Lieblingsbagger beschäftigt und hob winzige Erdpartikel auf, nur um sie wenige Zentimeter daneben wieder abzuladen. Ohne Seth wären sie wahrscheinlich noch bis Weihnachten beschäftigt gewesen.

Trotz oder gerade wegen der körperlichen Anstrengung hatte die Arbeit etwas überaus Befriedigendes. Die Kinder plapperten unaufhörlich und bombardierten sie mit Fragen.

»Aoife?«

»Ja, Kathy.«

»Wirst du meine neue Mammy?«

Für den Bruchteil einer Sekunde gerieten Seths rhythmische Bewegungen aus dem Takt. Aoife wagte es nicht, zu ihm hinüberzusehen. »Wieso fragst du das?«

»Weil ich schon zwei Mammys habe, und wenn du auch noch da wärst, hätte ich drei.«

»Na ja, ich denke, zwei sind genug für ein Mädchen. Außerdem bin ich ja damit beschäftigt, Liams Mammy zu sein.«

»Aber du bist nicht Liams Mammy, sondern seine *Mummy*.«

»Das stimmt allerdings.«

»Aber wenn du nicht meine neue Mammy wirst, wieso hast du dann Papis Hand gehalten?«

Stille. Aoife spürte, wie ihr die Hitze ins Gesicht schoss.

»Kathy, lass Aoife jetzt in Ruhe arbeiten, ja?«

»Aber ich will wissen, wieso sie deine Hand gehalten hat.« Kathys Stimme wurde weinerlich.

»Dein Daddy hat meine Hand gehalten, damit ich mich besser fühle. Weil ich so traurig war.«

»Wieso warst du traurig?«

»Ich kann mich nicht genau erinnern. Aber jetzt geht es mir besser.«

»Warst du traurig, weil Liams Daddy weggegangen ist?«

Seth und Aoife sahen einander an. In seinem Blick lag genau die Bestürzung, die sie empfand. »Hast du es ihr gesagt?«, fragte sie.

»Nein, das muss Liam gewesen sein.«

»Mein Daddy ist im Himmel. Beim lieben Gott und den Engeln«, verkündete Liam in diesem Augenblick. »Katie ist auch da. Und sie hat Flügel dran.«

»Wo ist der Himmel, Daddy?«

»Ganz weit weg von hier.«

»So weit weg wie Bray?«

»Ja, so ungefähr.«

»Können wir morgen nach dem Kindergarten hinfahren?«

»Nein, Kathy. Es ist wirklich sehr weit weg.«

»Wir könnten doch mit dem Bus fahren.«

»Nein, Kathy.«

»Aber wieso nicht? Das ist nicht fair.« Sie begann, mit ihrem Barbie-Spaten auf den Boden einzudreschen.

»Ich weiß. Wer will ein Stück Schokolade?«

»Ich!«

»Ich!«

Aoife kramte die Reste eines Schokoriegels aus den Tiefen ihrer Fleece-Jacke. »Hier.«

»Juhuu!«

»Juhuu!«

Sie sah zu Seth hinüber, der aus Leibeskräften an einer besonders hartnäckigen Wurzel zerrte. Auch sie machte sich wieder an die Arbeit und begann, am anderen Ende des Beets zu graben. In diesem Moment traf der Spaten auf etwas Hartes. Ein Stein, dem Gefühl nach sogar ein ziemlich großer. Sie überlegte kurz, darum herum zu graben, verwarf den Gedanken jedoch.

»Ist da etwas?«, fragte Seth.

»Ja, ich kann es nicht ausheben.«

»Moment, ich versuche es mal.«

Seth vergrub den Spaten im Erdreich und stieß prompt auf denselben Gegenstand. »Ich glaube nicht, dass das ein Stein ist.«

Aoife packte ihn beim Arm und starrte ihn mit weit aufgerissenen Augen an. »Sie glauben doch nicht, dass es ein ... Skelett ist, oder?« Sie sah sich um, doch Mrs Prendergast war nirgendwo zu sehen.

»Ich glaube nicht.« Er lachte. »Sie glauben die Geschichte doch nicht ernsthaft, oder?«

»Keine Ahnung. Nein. Natürlich nicht.«

»Sie mag eine verrückte alte Hexe sein, aber eine Mörderin ist sie bestimmt nicht«, wiegelte er ab.

»Vielleicht hat jemand sie dazu getrieben.«

»Inwiefern?«

»Könnte doch sein, dass er ein nervtötender Idiot war.«

Seth lachte. »Na gut, ich werde es Ihnen beweisen. Es ist kein Knochen, sondern Metall.«

Er begann erneut zu graben, inzwischen fieberhaft. Schließlich hob er den Gegenstand aus der Erde. Es war eine alte, verrostete Metallkassette.

»Was ist das, Daddy?«, fragte Kathy, die ihre Schokolade mittlerweile verputzt hatte.

»Eine Kassette.«

»Was für eine Kassette?«

»Ich weiß es nicht, Kathy.«

»Mach sie auf!« Die Kinder hüpften aufgeregt auf der Stelle.

»Sie gehört mir nicht, deshalb darf ich sie nicht aufmachen«, wandte Seth ein. »Könnte sein, dass sie Mrs Prendergast gehört. Wir müssen sie zuerst fragen.«

Sie sammelten Uri auf, marschierten gemeinsam zur Hintertür von Mrs Prendergasts Haus und klopften. Sekunden später näherten sich Schritte.

»Könnte ja sein, dass seine Zähne da drin sind«, wisperte Seth, als die Tür aufging. Aoife hatte Mühe, nicht laut loszuprusten.

»Mrs P.« Er hielt der alten Dame die Kassette hin. »Sehen Sie mal, was wir gefunden haben. Kennen Sie die?«

Auf Mrs Prendergasts Miene lag ein Ausdruck, den sie bislang noch nie an ihr gesehen hatten. Sie nahm Seth die Kassette aus den Händen und ging ins Haus zurück. Die Erwachsenen tauschten einen Blick, dann folgten sie ihr in die geheiligten Hallen.

Die Hintertür mündete in eine Art Vorraum mit Garderobe, durch den man in die Küche gelangte. Zu ihrer Überraschung saß Lance, Mrs Prendergasts Sohn, mit einem halb leeren Kaffeebecher an dem erstaunlich rustikalen Holztisch. Er hatte die Hemdsärmel aufgekrempelt und seine Krawatte gelockert. Als die fünf eintraten, straffte er die Schultern, während zuerst ein überraschter, dann argwöhnischer Ausdruck auf seine Züge trat.

»Lance, sieh nur. Erinnerst du dich?«

Sie hielt ihm die Kassette hin, worauf Lance sie ihr aus der Hand nahm und inspizierte. Mittlerweile konnte Aoife erkennen, dass es sich um eine völlig verrostete, uralte Keksdose handelte. Jacobs USA. Bilder ihrer eigenen Kindheit im Dubliner Haus ihrer Großmutter zur Weihnachtszeit flackerten vor ihrem geistigen Auge auf: die Verfilmung von *Oliver Twist* im Fernsehen und ein bräunlich-grauer Plüschhase namens Strawberry auf ihrem Schoß – ihr Lieblingsgeschenk in diesem Jahr.

»Aoife, mein Schätzchen, nimm dir einen Keks.«

Unter dem nachsichtigen Lächeln ihrer Großmutter entschied sie sich für ein fluoreszierend grünes Waffelsandwich. Mit einem Mal überkam sie eine tiefe Sehnsucht nach den irischen Köstlichkeiten ihrer Kindheit: Galtee- und Clavita-Käse, Tayto-Flocken, Zitronenbonbons, Kimberley, Mikado-Kekse und Bisquits mit Kokoscreme-Füllung. All das gab es auch heute noch, sie hatte es nur seit Jahren nicht mehr gegessen. Spontan beschloss sie, es sobald wie möglich nachzuholen. Gab es die amerikanischen Kekse von früher eigentlich immer noch zu kaufen?

Lance und seine Mutter sahen einander an.

»Die Zeitkapsel«, sagte Lance, ehe er in Gelächter ausbrach und versuchte, die Keksdose zu öffnen.

»Was ist eine Zeitkapsel?«, fragte Liam.

Aoife nahm ihn auf den Arm. »Das nennt man so, wenn man Sachen in eine Schachtel packt, sie vergräbt und hofft, dass jemand anderes sie Jahre später wiederfindet. Man legt Sachen hinein, damit derjenige, der sie ausgräbt, sieht, wie das Leben war, als man sie verbuddelt hat. Es können hundert Jahre vergehen, bis jemand sie findet. Aber bei dieser hier hat es nicht so lange gedauert.«

»Wie alt ist die?«

»Mal sehen.« Mittlerweile hatte Lance die Dose geöffnet und nahm eine zusammengefaltete Zeitung heraus. Sie war leicht feucht, und einige Seiten klebten aneinander. Aoife trat einen Schritt näher und blickte auf die Titelseite der *Irish Times*, wobei ihr der muffige Geruch der letzten vierzig Jahre in die Nase stieg. Wieder fühlte sie sich schlagartig in ihre Kindheit zurückversetzt.

Als kleines Mädchen hatte sie mit ihrer Familie häufig die Wochenenden in einem Wohnwagen von Freunden ihrer Eltern in Eastbourne verbracht. Wann immer sie die Tür geöffnet hatten, war ihnen derselbe abgestandene Geruch entgegengeschlagen – ein eigentümlicher, leicht exotischer Geruch. Genau derselbe, wie er nun der alten Keksdose entströmte. Sie hatte ihn nur bei einer anderen Gelegenheit wahrgenommen, damals, als sie in einem Antiquariat in Notting Hill ein kleines Bändchen erstanden hatte. Sie hatte es aufgeschlagen, und – zack – war sie wieder sechs Jahre alt und in diesem Wohnwagen gewesen. Sie blickte in das Gesicht ihres vierjährigen Sohnes. Würde sich dieser Moment ebenfalls als Erinnerung in sein Gedächtnis brennen?

Lance las die Überschriften laut vor, worauf sich alle gespannt vorbeugten. Für den Bruchteil einer Sekunde schoss Aoife durch den Kopf, dass sie Lance und seine Mutter diesen Moment allein genießen lassen sollten, doch dann gewann ihre Neugier die Oberhand. Schließlich hatten die Prendergasts die Dose mit der Absicht vergraben, dass

Fremde sie finden würden, also konnte ihr Inhalt nicht allzu privat sein. Außerdem machte keiner der Anwesenden Anstalten zu gehen.

Nach den Überschriften zu schließen, hatte sich in den vergangenen Jahren nicht allzu viel verändert, was sowohl tröstlich als auch deprimierend war, je nachdem wie man es betrachtete.

»Was ist noch drin?«, fragte Kathy, die auf den Zehenspitzen stand und gespannt in die Dose lugte. Lance faltete die Zeitung zusammen, legte sie beiseite und griff nach der durchsichtigen Plastikhülle in der Dose.

»Geld.« Er schüttelte je ein Exemplar sämtlicher damals gültiger Münzen und eine Pfundnote heraus.

»Was noch?«, fragte Kathy, scheinbar unbeeindruckt.

Mrs Prendergast streckte die Hand aus und nahm etwas heraus, bei dem es sich offenbar um ein altes Foto handelte. Zwei volle Minuten lang starrte sie es an, ehe sie es schweigend Uri reichte. Uri betrachtete es. Nach einigen Sekunden breitete sich ein Lächeln auf seinem Gesicht aus. »Die Apfelbäume.«

Die Anwesenden scharten sich um ihn, bis auf Mrs Prendergast, die mit steinerner Miene sitzen blieb.

Natürlich hatte Uri als Erstes die Apfelbäume wiedererkannt – ganz im Gegensatz zu Aoife, deren Blick sich auf die beiden Gestalten davor heftete, die mit gegen die Sonne zusammengekniffenen Augen in die Kamera lächelten: ein Junge – höchstwahrscheinlich Lance –, dunkelhaarig und mager, in kurzen Hosen im Stil der Sechziger und einem Pflaster auf jedem Knie. Hinter ihm, eine Hand schützend auf seine Schulter gelegt, stand keine Geringere als die junge Mrs Prendergast. Sie *musste* es sein. Dieselbe schlanke Gestalt mit der schmalen Taille. Doch ihre Ausstrahlung war völlig anders. Sie wirkte weniger steif, und ihr Haar, blassgold und gewellt, war zu einem Zopf frisiert, der ihr über die linke Schulter hing.

»Kathy, sieh dir nur Mrs P. an«, sagte Seth. »Sah sie nicht wunderschön aus?«

»Das ist doch nicht Mrs Prendergast«, widersprach Kathy verächtlich.

»Doch, das ist sie.«

»Aber wieso sieht sie so anders aus?«

»Weil das Foto vor langer Zeit aufgenommen wurde.«

Aoife sah, dass Seth bereits bereute, das Thema angeschnitten zu haben. Aber sie war viel zu fasziniert von der Aufnahme, um Rücksicht darauf zu nehmen. Stattdessen betrachtete sie die dritte Gestalt auf dem Foto. Ein Mann, der ein paar Meter neben den beiden stand. Er war groß, gut aussehend, muskulös – mit einem Gesicht und einem Lächeln, das durchaus Ähnlichkeit mit Lances besaß –, hatte die Hemdsärmel aufgekrempelt und die Hände in die Hüften gestemmt. Der berühmt-berüchtigte Mr Prendergast.

»Ist das Ihr Vater?«, fragte Uri Lance.

»Ja«, antwortete Lance, dessen Miene sich sichtlich verschloss.

»Seht nur, Rosen!« Einen Moment lang zog eine dichte rosafarbene Blütenwolke auf der linken Seite des Fotos Aoifes Aufmerksamkeit auf sich. Es war höchst eindrucksvoll zu sehen, wie prächtig der Garten, oder zumindest ein Teil davon, einst gewesen war.

Ein letzter Gegenstand lag noch in der Dose, den Lance nun herausnahm. Er reichte ihn seiner Mutter, die ihn hin und her drehte und mit den Fingern darüberstrich. »Erinnerst du dich daran, Lance?«, fragte sie.

»Vage.«

Es war ein blau-weißer Keramikengel, alt und abgegriffen, von der Art, wie man ihn an einen Weihnachtsbaum hängen würde.

»Dein Vater hat ihn aus Amsterdam mitgebracht.«

»Das ist ja eine Fee«, sagte Kathy.

»Nein, Kathy, das ist ein Engel«, korrigierte Uri.

»Ich wusste gar nicht, dass ihr Juden an Engel glaubt.«

Es war weniger der Inhalt seiner Worte, sondern vielmehr die Art, wie Lance es gesagt hatte. Undefinierbar und doch unmissverständlich. Die Art, wie er das Wort ausspie, verwandelte die Stimmung im Raum schlagartig – von verwundertem Staunen in eisige Feindseligkeit. Aoife fühlte sich, als hätte ihr jemand eine schallende Ohrfeige versetzt. Sie konnte sich nur vage vorstellen, wie es Uri und Seth gehen mochte. Es war grauenhaft. Mit beachtlicher Würde legte Uri das Foto auf den Tisch. »Es würde Sie überraschen, woran wir Juden so alles glauben.« Und damit kehrte er ihnen den Rücken und ging durch die Hintertür hinaus in den Garten. Die Stille in der Küche war ohrenbetäubend. Aoife spürte förmlich, wie sich etwas in Seth aufbaute, und hoffte inbrünstig, er möge nichts sagen, nicht auf Lance losgehen. Und er tat es auch nicht. Stattdessen warf er ihm einen finsteren Blick zu und folgte seinem Vater in den Garten.

Aoife blieb mit Lance, Mrs Prendergast und den beiden Kindern zurück, die den Engel einer eingehenden Betrachtung unterzogen.

»Wie konntest du nur, Lance?« Mrs Prendergast wandte sich ihrem Sohn zu.

Nun brauchten die beiden tatsächlich einen Moment für sich allein, beschloss Aoife.

»Kommt, Kinder. Mittagszeit. Lasst uns etwas zu essen besorgen«, sagte sie.

»Ich hab aber keinen Hunger.«

»Ich auch nicht.«

»Ich habe etwas ganz Tolles dabei.«

»Juhuu!«

»Was denn?«

»Kommt mit nach draußen, dann zeige ich es euch.«

Sie ließen Mutter und Sohn zurück, damit sie allein debattieren konnten – worüber auch immer.

Die Atmosphäre im Garten war schrecklich, als wäre die Luft um sie alle herum vergiftet worden. Sie hätte so gern etwas zu Uri und Seth gesagt, aber die beiden waren sehr still, nahezu unerreichbar. Trotzdem musste sie etwas unternehmen. Schließlich ging sie zu Seth hinüber, der das Beet vollends umgegraben hatte und seinen Schubkarren mit Steinen belud.

»Hi, Seth.«

»Aoife.« Er arbeitete unbeirrt weiter.

»Wie geht es Ihnen?«

»Prima.«

»Sind Sie sicher.«

»Weshalb sollte es nicht so sein?« Er hielt inne und sah sie mit in die Hüften gestemmten Händen an.

»Ich dachte nur, nach dem, was vorhin dort drin ...«

»Ich werde mir doch von so einem ignoranten Idioten die Laune nicht verderben lassen.«

Das Problem war nur, dass genau das passiert war.

Sie ließ die Stille zwischen ihnen einen Moment im Raum hängen. »Es muss ziemlich seltsam für Sie gewesen sein, als Jude in Dublin aufzuwachsen.«

»Eigentlich nicht. Die meiste Zeit hat es keine Rolle gespielt. Vor meiner Bar Mizwa habe ich kaum darüber nachgedacht.«

»Aber Sie haben sie gefeiert, ja?«

»Oh, ja.«

»Und wurden Sie ...«

»Ja, Aoife, ich bin beschnitten.«

Sie lachte verlegen. »Wahrscheinlich will das jeder wissen.«

»So ziemlich.«

»Bestimmt sind Sie die Frage allmählich leid.«

»Je nachdem, wer fragt.«

Er lächelte sie an. Das Lächeln bohrte sich geradewegs in ihre Magengrube.

»Wie war Uri, als Sie noch klein waren?«

»Ziemlich streng. Strenger, als er heute mit Kathy ist. Er wollte unbedingt, dass Aaron und ich etwas aus uns machen.«

»Tja, dieser Wunsch hat sich ja erfüllt.«

Wieder lächelte Seth und schlug, beinahe schüchtern, die Augen nieder. »Ach, na ja, wir hatten auch unsere Auseinandersetzungen. Vor allem, als ich noch Teenager war. Ich wollte nicht in die Synagoge gehen. Wollte nicht studieren. War patzig. Das Übliche eben. Ein Junge, der seinen Vater zur Weißglut treibt.«

»Sie? Jemanden zur Weißglut treiben? Das kann ich mir nicht vorstellen.«

»Tja, so war's aber.«

»Und wie sehen Sie das Ganze heute? Die Religion, meine ich.«

»Na ja, mir gibt sie nicht allzu viel, aber ihm bedeutet sie eine Menge. Das respektiere ich. Ich respektiere ihn. Mehr als sonst jemanden, wenn ich ehrlich sein soll. Er hat eine Menge durchgemacht, mein Dad. Und er ist zu einem der besten Menschen geworden, die ich kenne. Wenn ich auch nur halb so gut werden und Kathy ein nur halb so guter Vater sein kann, wie er es für mich und Aaron war, will ich mich nicht beschweren.« Seth, scheinbar in seinem nostalgischen Tagtraum versunken, kehrte abrupt ins Hier und Jetzt zurück. »Aber was stehen wir hier so untätig herum? Es wartet jede Menge Arbeit auf uns.« Er drückte ihr einen Spaten in die Hand. »Los, fangen Sie an zu graben.« Er ging davon – um einen Sack Erde zu holen, wie er sagte.

Aoife sah ihm nach. Diesen Mann könnte ich lieben, schoss es ihr unwillkürlich durch den Kopf.

In diesem Moment sah sie Mrs Prendergast durch den Garten kommen. Sie sah nicht zu Aoife herüber, sondern trat geradewegs zu Uri, der seine Tätigkeit unterbrach und sich ihr zuwandte. Mrs Prendergast redete mit ernster Miene auf ihn ein; ihr Körper war angespannt und leicht nach vorn gebeugt, die Hände fest vor der Brust gekreuzt. Als sie geendet hatte, blickte er sie sekundenlang schweigend an. Dann drückte er sie an sich, die beiden hakten sich unter, gingen gemeinsam in Richtung Haus und verschwanden durch die Holztür.

»Haben Sie das gesehen?«, fragte Seth, der neben sie trat.
»Ja, habe ich.«
»Worum ging es da wohl?«
»Wahrscheinlich hat sie sich für Lance entschuldigt.«
»Das hätte sie nicht tun müssen.«
»Na ja, vielleicht war es ihr wichtig. Es sei denn …«
»Was?«
»Da könnte noch mehr dran sein.«
»Was denn?«
»Vielleicht kriegen Sie ja eine neue Mammy.«

Sie lachten beide, und mit einem Mal war alles wieder in Ordnung. Zumindest für Seth. Für Aoife hingegen fühlte es sich an, als wäre das gesamte Universum auf den Kopf gestellt worden.

28

Es war unglaublich. Unfassbar. Genau jener magische Moment im Leben, in dem sich alles verändert. Jener Ruck im Bewusstsein, der die ganze Welt auf den Kopf stellt. Gerade noch war Seth ein Freund, objektiv gut aussehend, zweifelsfrei nützlich und ein klein wenig nervtötend, und auf einmal konnte sie den ganzen Tag an nichts anderes denken als an ihn. Sie sehnte sich nach ihm. Spürte er es? Das Verlangen, das ihr aus sämtlichen Poren drang? Die sinnliche Lust?

War es genau wie bei Peter? Die Natur, ihr Körper, ihre Gefühle, die sie aufs Glatteis führten, wo es in Wahrheit nichts als eine Illusion war? Ein Kartenhaus, das im Angesicht der Realität unweigerlich in sich zusammenfallen würde?

Sie wusste es nicht. Also versuchte sie es zu ignorieren und flüchtete sich auf sicheres Terrain – den Garten.

Es war Mitte Juli. Der Garten war in vier Quadranten aufgeteilt: der Küchengarten mit Tomaten, Salat, Stangenbohnen, Kartoffeln, Mangold, Zucchini, Kohlköpfen und Karotten. Die Karotten faszinierten Aoife ganz besonders. Man konnte ihre orangefarbenen Spitzen bereits aus der Erde ragen sehen, als hätte sie jemand im Laden gekauft und in den Boden gesteckt. Sie war unglaublich stolz auf ihr Gemüse und fand es insgeheim sogar noch schöner als die üppige Blumenpracht in Emilys Garten der Sinne, obwohl sie zugeben musste, dass das Mädchen eindrucksvolle Arbeit geleistet hatte. Keine der Farben biss sich, obwohl man es hätte vermuten können. Da standen struppige gelbweiße Gänseblümchen neben violetten Lilien, leuchtend orangefarbene Lilien neben tiefblauem Rittersporn. Wer hätte das gedacht? Es war wie ein gewaltiges Experiment, um zu beweisen, dass sich alles in der Natur harmonisch zusammenfügte.

Mrs Prendergasts Rosen hingegen waren wie etwas aus dem Märchenland – endlose Tunnel aus Pergolen und Rundbogen. Uris Feigenbaum mit den fächerförmigen Blättern nahm die hintere Mauer des Obstgartens ein. An den Apfelbäumen hingen bereits kleine grüne Früchte, außerdem gab es Reihen voller Erdbeer-, Himbeer- und Stachelbeersträucher und eine Brombeerhecke. Zwischen den Beeten waren Kräuter angepflanzt, die ebenfalls prächtig gediehen, und im Teich herrschte reges Treiben. Überall waren Anzeichen der bevorstehenden Pracht zu entdecken, trotzdem fehlte dem Garten, der noch in den Kinderschuhen zu stecken schien, der letzte Schliff, der ihn zu einer homogenen Einheit machte. Es fehlte ihm eine tiefschürfende Reife. Die einzelnen Elemente hatten sich noch nicht zusammengefügt, obwohl sie alle bereits eifrig darauf zusteuerten, Gärtner und Pflanzen, in ihrer göttlichen Zusammenarbeit. Es brauchte nur noch ein wenig Zeit. Zeit, die sie nicht hatten. Denn eines Tages war es so weit.

Es war an einem Samstagmorgen.

»Was macht der Mann da mit dem Schild, Mummy?«

Ein Mann, höchstwahrscheinlich ein Mitarbeiter des Maklerbüros, stand auf einer Leiter und hämmerte eine »Verkauft«-Tafel über das »Zu verkaufen«-Schild. Aoife blieb abrupt stehen.

»Was ist, Mummy?«

»Nichts.« Sie war heilfroh, dass Liam noch nicht lesen konnte.

Aoife eilte zu dem Mann hinüber, widerstand jedoch dem Drang, ihn von der Leiter zu schubsen. »Was machen Sie da?«

»Meine Arbeit«, antwortete er freundlich, sprang von der Leiter und hob sie hoch, als wäre sie Luft, ehe er sich abwandte und unter nervtötendem Gepfeife davonging. Wut flammte in ihr auf, was, wie der vernünftige Teil ihres Gehirns sehr wohl registrierte, nichts mit dem Mann zu tun hatte. Aber sie musste ihren Zorn auf jemanden projizieren, wenn sie nicht wollte, dass er sie innerlich auffraß. Sie betrat den Garten. Seth stand dort, vor dem Teich, und starrte ebenfalls das Schild an.

Sie trat neben ihn. Mit einem Mal waren ihre neu entdeckten Gefühle für ihn nebensächlich. »Sie haben es also auch gesehen.«

»Ja.«

»Was machen wir jetzt?«

»Was können wir denn machen?«

»Versuchen, es ihr auszureden. Sie dazu bringen, doch nicht zu verkaufen.«

»Aber sie hat offenbar schon ein Angebot angenommen.«

»Noch ist der Deal nicht unter Dach und Fach.«

»Aoife …«

»Wir können nicht einfach aufgeben.«

Er musterte sie nur wortlos, was fast noch nervtötender war als das fröhliche Pfeifen des Maklers. »Sagen Sie bloß nicht, dass Sie einfach daneben stehen und zusehen wollen, wie der Garten verkauft wird.«

»Aoife, Sie wussten doch immer, dass das eines Tages passieren würde. Wir alle wussten es.«

»Ich weiß, aber ich hatte immer noch ein Fünkchen Hoffnung. Sie nicht auch?«

»Nein, eigentlich nicht.«

»Wieso helfen Sie uns dann?«

»Vielleicht habe ich ja eine Schwäche für hoffnungslose Fälle.«

»Das hier ist kein hoffnungsloser Fall. Wagen Sie es ja nicht, diesen Garten als hoffnungslosen Fall zu bezeichnen.« Sie hörte, wie ihre Stimme gefährlich anschwoll. Noch ein paar Sekunden, und die Gäule gingen endgültig mit ihr durch.

»Beruhigen Sie sich doch, Aoife.«

»Sagen Sie mir nicht, ich soll mich beruhigen. Überheblicher Mistkerl!« Im ersten Augenblick sah Seth erschrocken aus, dann brach er in Gelächter aus, was ihre Wut noch weiter schürte. »Wie können Sie es wagen, mich auszulachen?«

»Ich lache Sie nicht aus, Aoife. Ich weiß, dass Sie wütend sind, aber es ist nun mal passiert. Sie müssen loslassen.«

»Loslassen? Wie soll ich das anstellen? Wie können Sie das tun?«

»Wir haben keine andere Wahl.«

»Man hat immer eine Wahl. Es gibt immer etwas, was man tun kann. Wir rufen eine Unterschriftenaktion ins Leben. Wir können von Tür zu Tür gehen. Ich bin sicher, die Leute aus der Gegend hier würden sich für den Erhalt des Gartens aussprechen.«

»Aber das hier ist ein Privatgrundstück.«

»Wieso sind Sie nur so negativ?«

»Das bin ich gar nicht. Ich sehe es nur realistisch.«

»Ich kann nicht einfach die Hände in den Schoß legen und nichts tun. Begreifen Sie das denn nicht? Ich darf nicht zulassen, dass alles umsonst war.« Ihre Stimme brach.

Seth nahm sie bei den Schultern und drehte sie zum Garten um. »Es war doch nicht umsonst«, sagte er. »So etwas dürfen Sie nicht sagen. Sehen Sie sich nur an, was Sie geschaffen haben. Diesen herrlichen Garten aus der reinsten ... Wildnis. Sie dürfen niemals sagen, dass es umsonst war, Aoife. Was Sie getan haben, ist unglaublich. Sie sind eine Göttin.« Er drückte ihre Schultern. »Eine grüne Göttin.«

Sie spürte seinen Atem an ihrem Gesicht, seine Wärme. Er stand unmittelbar hinter ihr, so fest und unnachgiebig, beruhigend, wie ein Fels in der Brandung. Es wäre so einfach, sich fallen zu lassen, gegen ihn zu sinken. Wieso tat sie es nicht?

»Aoife.«

Mrs Prendergast.

Beim Klang ihrer Stimme wurde Aoife stocksteif und drehte sich um, wobei sie Seths Hand von ihrer Schulter streifte. Endlich. Ein würdiges Opfer für ihren Zorn. »Wie konnten Sie das nur tun?«

»Ich schließe daraus, dass Sie das Schild gesehen haben.«

»Es ist kaum zu übersehen.«

»Ich verstehe, dass Sie aufgebracht sind, aber ich habe Ihnen nie etwas vorgemacht.«

»Mit Worten nicht, mit Ihrem Verhalten aber sehr wohl.«

»Wovon reden Sie?«

»Davon, dass Sie sich im Garten so engagiert haben. Dass Sie uns ermutigt haben. Von Ihren verdammten Rosen. Haben Sie sich darüber schon mal Gedanken gemacht? Ihre kostbaren Rosen? Sie werden alle herausgerissen.«

»Wir werden ein gutes Zuhause für die Pflanzen finden, Aoife.« Seth legte ihr beschwichtigend eine Hand auf den Arm, doch sie schüttelte sie zornig ab.

»Natürlich habe ich mir darüber Gedanken gemacht«,

entgegnete Mrs Prendergast kühl. »Ich bin hergekommen, weil ich fragen wollte, ob Sie heute Abend zum Essen kommen möchten. Ihr Vater hat bereits zugesagt, Seth.«

»Das würde ich gern tun«, sagte Seth bemerkenswert höflich.

»Aoife?«

»Ich fürchte, ich muss mir die Haare waschen«, erwiderte Aoife bemerkenswert unhöflich.

»Es gibt keinen Grund, so schroff zu sein. Ich habe ein ganz besonderes Essen geplant und wollte Obst und Gemüse aus dem Garten verwenden.«

»Sie wollen mit *meinem* Gemüse Ihr letztes Abendmahl kochen? Unfassbar!«

»Ich würde nur gern erklären …«

»Was soll das bringen? Wollen Sie sich an den Tisch setzen und Ihr Geld zählen? Ach, gehen Sie doch zum Teufel, Mrs Prendergast.« Sie marschierte davon, fest entschlossen, dass keiner der beiden die Tränen sehen sollte, die sich in ihren Augenwinkeln sammelten. Sie hatte sich so viel für diesen Tag vorgenommen, doch auf einen Schlag erschien alles sinnlos.

Ein paar Stunden später lag sie zusammengerollt auf dem Sofa und badete in ihrem Selbstmitleid. Sie hatte längst aufgehört, so zu tun, als müsste sie wichtige Unterlagen sortieren, sondern zappte sich durch die Fernsehkanäle, als es an der Tür läutete. »Ach, haut doch alle ab«, murmelte sie, ohne Anstalten zu machen aufzustehen.

Nach einer Weile läutete es ein zweites Mal.

»Verzieht euch!« Sie vergrub das Gesicht in einem großen Plüschkissen und wünschte, der ungebetene Besucher möge endlich aufgeben.

Es läutete ein drittes Mal.

»Herrgott noch mal!« Sie schleuderte das Kissen weg, sprang auf und stapfte in die Diele. Wehe, es war jemand, der ihr etwas andrehen wollte! Sie riss die Haustür auf.

Seth. Mit verschränkten Armen und überkreuzten Füßen stand er gegen die Wand gelehnt und musterte sie süffisant grinsend. »Einen Augenblick lang dachte ich ernsthaft, Sie würden nicht aufmachen.«

»Was wollen Sie?«

»Sie sollten an Ihrer irischen Gastfreundschaft arbeiten, jetzt, wo Sie wieder Heimatboden unter den Füßen haben.«

»Hauen Sie doch ab!«

Sie wandte sich um und ging ins Wohnzimmer zurück. Seth schloss die Tür hinter sich und folgte ihr.

Mehrere Gedanken schossen ihr durch den Kopf: Sah man ihrem Gesicht an, dass sie hemmungslos geweint hatte? Waren ihre Augen verquollen, ihre Nase gerötet? Liebe Güte, all die Papiertaschentücher auf dem Kaffeetisch. Sie bückte sich und ließ sie genau in dem Moment in ihrer Hosentasche verschwinden, als Seth den Raum betrat. Und die geschmacklose Einrichtung, die sie von den Vorbesitzern des Hauses geerbt hatte und bisher noch nicht hatte ersetzen können. Nun ja, er würde den Anblick notgedrungen ertragen müssen.

In diesem Moment dämmerte ihr, dass Seth noch nie bei ihr zu Hause gewesen war. »Woher wussten Sie überhaupt, wo ich wohne?«

»Mir war nicht klar, dass das ein Staatsgeheimnis ist.«

»Ist es auch nicht.«

Sie ließ sich auf die Couch fallen und kreuzte die Beine unter sich, während Seth auf dem Sessel gegenüber Platz nahm. Seine Anwesenheit brachte sie ziemlich durcheinander.

»Hübsche Tapete.«

»Sind Sie hergekommen, um sich über mich lustig zu machen?«

»Nein. Ich bin hergekommen, um Sie daran zu hindern, sich zur völligen Idiotin zu machen.«

»Das tue ich doch gar nicht!«

»Doch, tun Sie. Die alte Hexe versucht sich zu entschuldigen, und Sie schleudern ihr die Entschuldigung ins Gesicht.«

»Was erwartet sie von mir?«

»Hat sie jemals behauptet, sie wolle den Garten nicht verkaufen?«

»Nein.«

»Tja, dann.«

»Ich dachte nur nicht, dass sie es ernsthaft durchzieht. Aber jetzt weiß ich es ja. Und das nach all der Arbeit, die wir hineingesteckt haben. Nach all der Arbeit, die *sie* hineingesteckt hat, verdammt noch mal. Ich verstehe das einfach nicht.«

»Vielleicht braucht sie das Geld.«

»Sie? Das soll wohl ein Witz sein. Die Frau ist steinreich.«

»Das wissen Sie doch gar nicht.«

»Doch, das tue ich. Sind Ihnen noch nie ihre Kleider aufgefallen? Ihre ganzen Sachen? Immer nur das Beste vom Besten.«

»Wieso kommen Sie nicht einfach mit und hören sich an, was sie zu sagen hat? Vielleicht hilft es Ihnen ja zu verstehen.«

»Ich glaube nicht, dass ich das verkraften würde.«

»Wahrscheinlich möchte sie sich auch bei Ihnen bedanken.«

»Diese Mühe braucht sie sich nicht zu machen.«

»Und Sie könnten ihr danach immer noch die Meinung sagen.«

»Das könnte ich, oder?«

Und so kam es, dass Aoife und Liam an diesem Abend um halb acht vor Mrs Prendergasts Tür standen. Aoife ließ den Türklopfer mit voller Wucht gegen das Holz sausen. An diesem Abend würde sie sich nicht mit dem Dienstboteneingang begnügen, verdammt noch mal.

»Wieso gehen wir nicht einfach durch den Garten, Mummy?«

»Ich habe den Schlüssel vergessen.«

Sie brachte es nicht über sich, an einem so herrlichen Sommerabend wie diesem durch den Garten zu gehen, in der Gewissheit, dass er in voller Pracht und Blüte stand. Aoife schloss die Augen und zwang sich, nicht darüber nachzudenken – darüber, wie er jetzt aussah und dass er schon bald verschwunden wäre. Für sie fühlte es sich an, als sollte ihr Garten mit allem Drum und Dran brutal ermordet werden.

Die Tür ging auf, und die Mörderin stand vor ihr.

»Aoife. Ich bin ja so froh, dass Sie es doch noch geschafft haben. Und Liam auch. Kommen Sie rein. Kathy ist schon da.«

Aoife bemühte sich, den feindseligen Ausdruck in ihren Augen zu verbergen, doch vergeblich. Allein den Mund zu halten kostete sie gewaltige Überwindung. Mrs Prendergasts Argwohn war unübersehbar, aber davon abgesehen glaubte Aoife einen Anflug von ironischer Belustigung in ihren Augen zu bemerken. Eilig wandte sie den Blick ab. Sie konnte es sich nicht erlauben, noch zorniger zu werden, als sie ohnehin schon war.

»Wir haben Wein mitgebracht!«, verkündete Liam, hüpfte auf der Stelle, wie immer, wenn er aufgeregt war, und lächelte die Frau strahlend an, die zu einer Art Ersatzgroßmutter für ihn geworden war. Wie um alles in der Welt sollte Aoife ihm erklären, dass sie sie bald nicht mehr besuchen würden? Der kleine Junge hatte in seinem kurzen Leben schon so oft den Verlust eines geliebten Menschen verkraften müssen, aber offen gestanden konnte sie sich nicht vorstellen, wie sie unter diesen Umständen länger Kontakt zu Mrs Prendergast halten sollten.

Aoife hielt ihr die Weinflasche hin.

»Oh, wie nett von Ihnen – einer meiner Lieblingsweine.«

Mrs Prendergasts Manieren waren tadellos, das musste man ihr lassen. Andererseits galt das auch für Hannibal Lecter.

Aoife und Liam traten in die Diele – dies war erst das dritte Mal, seit sie Mrs Prendergast kennengelernt hatten. Aoife konnte sich noch lebhaft an die erste Gelegenheit erinnern. Wer hätte damals geahnt, was nach dieser ersten Begegnung passieren würde?

Die alte Dame führte sie in einen kleinen Salon im hinteren Teil des Hauses, der nicht allzu häufig benutzt zu werden schien, jedoch in ein spektakuläres Zimmer mündete. Aoife hatte Mrs Prendergast häufig davon erzählen gehört, den Raum aber nie zu Gesicht bekommen. Es handelte sich um einen Wintergarten mit hohem Kuppeldach, der mit Korbmöbeln und einer Fülle an Pflanzen eingerichtet und ganz in warmen Rot-, Orange- und Gelbtönen gehalten war – Sonnenfarben. Entlang der Glasfront stand ein Sofa, während ein langer Eichentisch die Mitte des Raums dominierte. Der Tisch war bereits gedeckt – mit feinstem Porzellan, Kristallgläsern, Silberbesteck und Leinenservietten. Mindestens zehn Teelichter brannten in hübschen Glashaltern, und der Blumenschmuck bestand aus einer mit Wasser gefüllten Kristallschale, in der fünf pralle, weiche, wattiggelbe Rosenblüten schwammen. Das mit Abstand Schönste im Raum war jedoch der Ausblick auf den Garten durch die geöffnete Holztür. Was an diesem Abend den Schmerz nur größer machte.

Uri und Seth saßen bereits am Tisch, während Kathy es sich auf dem Boden bequem gemacht hatte und versuchte, Harriet einen Sonnenhut aufzusetzen. Liam lief hinüber und ging neben ihr auf die Knie. Uri zeigte sich von seiner gewohnt höflich-charmanten Seite: Als Aoife den Raum betrat, erhob er sich und neigte leicht den Kopf. »Sie sehen reizend aus«, lobte er.

»Vielen Dank.« Sie liebte seine altmodischen Manieren.

Auch Seth stand auf, wenn auch sichtlich weniger galant als sein Vater. »Sie sehen wirklich sehr hübsch aus.«

»Danke.«

Sie hatte sich in der Tat schick gemacht; sie trug ein rotes Kleid mit Strasspailletten, das sie bei Monsoon erstanden hatte. Außerdem war es das erste Mal, dass die beiden Männer sie in etwas anderem als Jeans und Gummistiefeln sahen. Und auch Seth hatte sich unübersehbar in Schale geworfen und trug Freizeithosen mit einem makellos weißen Hemd dazu.

Es war seltsam, die Menschen, mit denen sie Woche um Woche zubrachte, plötzlich so sorgfältig gekleidet zu sehen. Ebenso seltsam war es, an einem so vertrauten Ort zu sein und doch das Gefühl zu haben, sich in einem völlig fremden Raum mit einem absolut ungewohnten Blick auf den Garten aufzuhalten. Eine komplett andere Sichtweise auf alles und jeden. Ein Anflug von Schüchternheit keimte in ihr auf, und sie wusste nicht recht, was sie sagen sollte.

»Wein?«

»Weiß, bitte.«

Uri schenkte ihr ein Glas ein, dazu ein großes Glas Mineralwasser. Sie nahm beide entgegen und nippte daran, dankbar, ihre Hände mit etwas beschäftigen zu können. Zum Glück wählte Mrs Prendergast genau diesen Augenblick, um die Vorspeise zu servieren.

»Zwiebeltörtchen mit Ziegenkäse«, verkündete sie. »Die Zwiebeln und der Estragon stammen aus dem Garten.«

»Mummy, das mag ich aber nicht«

»Keine Sorge, Liam. Für dich und Kathy habe ich Fischstäbchen und Pommes frites gemacht.«

»Jippie!« Liam setzte sich wieder auf den Boden und fuhr fort, die arme Harriet zu plagen.

»O Gott, die sind ja exquisit!« Eigentlich hatte Aoife nicht vorgehabt, Mrs Prendergast mit Komplimenten zu überschütten, aber sie konnte sich nicht beherrschen. Die Törtchen waren ein Gedicht. »Ich wusste ja gar nicht, dass Sie so eine begnadete Köchin sind.«

Mrs Prendergast zuckte die Achseln, doch auf ihrer Miene spiegelte sich aufrichtige Freude wider. »Heutzutage bekomme ich selten die Gelegenheit, für andere zu kochen.«

Aoife fragte sie nach dem Rezept, hörte aber nur mit halbem Ohr zu, froh, das Essen als Gesprächsthema zu haben. Normalerweise unterhielten sie sich übers Gärtnern, was ihr an diesem Abend jedoch unangemessen und überflüssig erschien. In ihrer Nervosität aß sie viel zu schnell und spülte alles mit zu viel Wein hinunter. Innerhalb kürzester Zeit verspürte sie eine leichte Benommenheit und die vertraute Schwere in den Oberschenkeln. Auch darüber war sie froh, denn sie sah sich nicht imstande, den Abend in einem anderen Zustand als leicht beschwipst zu überstehen.

Allerdings musste sie zugeben, dass Mrs Prendergast ausgesprochen nett zu ihr war, wenn man bedachte, wie sie sich ihr gegenüber benommen hatte. Sie hatte sich noch nicht einmal für ihre barschen Worte entschuldigt. Aber dafür war es noch zu früh. Eines Tages würde sie sich dazu bereit fühlen und es auch tun. Vielleicht war Mrs Prendergasts Freundlichkeit auch lediglich ihrem schlechten Gewissen geschuldet. Oder sie zählte im Geiste bereits ihre Moneten. Aoife spülte ihre Verärgerung mit einem weiteren kräftigen Schluck Wein hinunter.

Als Nächstes servierte Mrs Prendergast das Essen für die Kinder. Die Erwachsenen sahen zu, wie sie alles unter einer dicken Ladung Ketchup begruben, und lauschten ihrem Geplapper. Harriet saß währenddessen hoffnungsvoll unter dem Tisch und harrte mit gespitzten Ohren auf herunterfallende Bissen. Aoife fiel auf, dass Seth ungewöhnlich still war, ganz im Gegensatz zu Uri und Mrs Prendergast, die auffallend entspannt und fröhlich wirkten. War es ihnen denn völlig egal? Wieder flackerte Wut in ihr auf. Die sie mit noch mehr Wein löschte. Die warnende Stimme in ihrem Innern ignorierte sie. Wüsste sie es nicht besser, könnte man glatt glauben, Uri und die alte Hexe flirteten miteinander. Mrs Prendergast kicherte und lachte über alles, was Uri sagte – wofür sie mindestens fünfzig Jahre zu alt war, fand Aoife.

Nach einer Weile räumten sie die Teller der Kinder ab, und der Hauptgang wurde serviert.

»Brokkoli-Hühnchen-Lasagne mit Babykartoffeln und Salat. Alle Gemüse, Kräuter, die Kartoffeln und der Salat sind aus dem Garten.«

»Wie schön für Sie«, murmelte Aoife. Falls die anderen gehört hatten, was sie sagte, reagierte jedenfalls keiner darauf.

Das Essen roch herrlich und sah ebenso köstlich aus, so viel stand fest. Mrs Prendergast hatte den Salat sogar mit Stiefmütterchenblüten dekoriert. Der Geschmack jedoch bewog Aoife beinahe, ihr alles zu verzeihen. Zum Dessert gab es Käsekuchen mit weißer Schokolade und Himbeeren (»Die Himbeeren haben wir Uri zu verdanken«). Danach saßen sie, allesamt pappsatt, bei einer Tasse Earl Grey um den Tisch.

»Ich möchte gern einen Toast ausbringen«, verkündete Uri. »Auf Mrs Prendergast, die uns dieses köstliche Festmahl beschert hat.«

»Auf Mrs Prendergast«, echoten alle, hoben die Gläser und stießen an.

»Und auf Aoife, die die meisten Zutaten angebaut hat.«

»Nicht mehr«, sagte Aoife und zog ihr Glas zurück. Mittlerweile hatte sie das Ganze satt – Uris Fröhlichkeit, Mrs Prendergasts albernes Gekicher. »Wie können Sie sich nur so aufführen? Als wäre das hier eine Art Freudentag! Es gibt aber nichts, was wir zu feiern hätten. Absolut nichts! Sie sollten eher einen Trauergottesdienst abhalten.«

»Finden Sie das nicht etwas sehr melodramatisch, meine Liebe?« Mrs Prendergast lächelte sie an. Auf eine unerträglich blasierte Art und Weise, fand Aoife.

»Nein, das tue ich nicht. Ich habe keine Ahnung, wie Sie hier grinsend am Tisch sitzen können, wo Sie alles zerstören, was wir aufgebaut haben, alles, worauf wir hingearbeitet haben. Und wofür? Für Geld! Geld, das Sie noch nicht einmal brauchen. Geld kann man nicht essen. Begreifen Sie denn nicht, dass alles, was Sie mit diesem Garten haben, viel, viel wertvoller ist? Ja, sogar unbezahlbar? Es ist ein regelrechter Frevel, diese alten Apfelbäume aus der Erde zu reißen – sie sind ja sogar noch älter als Sie!«

»Aoife, das reicht jetzt!«

Doch Aoife ließ sich den Mund nicht verbieten. »Die Rosen. Emilys Garten, in den sie ihr ganzes Herzblut und ihre Seele gesteckt hat. Was ist mit den Insekten, den Bienen, den Schmetterlingen? Den Rotkehlchen? Wo sollen sie nächstes Jahr nisten? Und Sie lassen einfach eine Ladung Beton darüberkippen! Erlauben, dass alles zerstört wird. Das ist ein Sakrileg, nichts anderes.«

Mit hämmerndem Herzen fixierte sie Mrs Prendergast. Ihr war bewusst, dass sie reichlich angetrunken war, doch es kümmerte sie nicht. Sie war sogar froh darüber. Froh, dass der Wein ihr den Mut verliehen hatte zu sagen, was hatte gesagt werden müssen. Alle Anwesenden starrten sie an. Alle bis auf Mrs Prendergast, die artig an ihrem Tee nippte und behutsam die Tasse auf die Untertasse stellte.

»Wissen Sie, meine Liebe, Sie sprechen mir aus der Seele.« Sie blickte Aoife mit gebieterischer Miene über den Tisch hinweg an. »Aus genau diesem Grund habe ich auch den Garten an Uri verkauft.«

Sekundenlang herrschte Stille.

»Haben Sie gerade gesagt, Sie hätten den Garten an *Uri* verkauft?«

»Genau das habe ich gesagt.«

»Dad. Stimmt das?«

»Ja, es stimmt.«

Aoife schlug sich die Hände vors Gesicht.

»Ja!« Seth sprang auf und reckte die Faust, dann packte er seinen Vater bei den Schultern und drückte ihn an sich. »Der war gut, Dad!«

Uri lachte.

»Und Mrs P.« Seth breitete die Arme aus und trat langsam um den Tisch herum, ohne den Blick von ihr zu wenden. Mrs Prendergast wich zurück, als er vor ihrem Stuhl auf die Knie fiel.

»Mrs P.«, wiederholte er und zog sie so inbrünstig an sich, dass Aoife fürchtete, er breche ihr sämtliche Rippen. Als Nächstes drückte er ihr einen lauten, feuchten Schmatzer auf beide Wangen. »Mrs P., Sie sind einfach legendär!«

»Oh, gütiger Himmel«, stieß Mrs Prendergast errötend hervor.

»Ich fasse es nicht. Das ist ja fantastisch!«, rief Aoife. »Oh, Mrs Prendergast, es tut mir so schrecklich leid. Ich habe entsetzliche Dinge zu Ihnen gesagt. Glauben Sie, Sie können mir verzeihen?«

Mrs Prendergast hob die Brauen. »Ich denke darüber nach.«

Aber Aoife wusste, dass es längst geschehen war.

»Wieso haben Sie das nicht gleich gesagt?«, fragte Seth.

»Wir wollten euch alle überraschen.«

»Tja, was durchaus gelungen ist.«

Aoife kam ein schrecklicher Gedanke. »Aber Sie werden doch nicht ... ich meine ... Sie denken nicht darüber nach, etwas darauf zu bauen, oder?«

»Definitiv nicht«, erklärte Uri. »Das Grundstück wird ein Garten bleiben, solange ich auch nur einen Atemzug im Körper habe. Und hoffentlich auch noch lange danach.« Er sah Seth an, dem erst in dieser Sekunde dämmerte, dass der Garten eines Tages in seinen Besitz übergehen würde. Zumindest zu einem Teil.

»Ich möchte einen weiteren Toast ausbringen«, erklärte Mrs Prendergast und hob ihr Glas. »Auf den Garten.«

Alle hoben die Gläser. »Auf den Garten.«

In diesem Moment klopfte jemand an die Eingangstür. Laut, eindringlich, zornig. Als wäre der Türklopfer bereits geraume Zeit überhört worden. Was bei diesem Trubel durchaus möglich war.

»Ich sollte lieber aufmachen.« Mrs Prendergast legte ihre Serviette beiseite und stand auf. Ihr Gesicht war rosig, und ihre Augen leuchteten, als sie den Raum verließ.

»Bist du sicher, dass du dir das leisten kannst, Dad?«, fragte Seth, als sie außer Hörweite war.

»Ja. Ich sehe es als Investition in die Zukunft.«

»Aber nur, wenn du vorhast, den Garten irgendwann wieder zu verkaufen.«

»Ich meine damit keine Investition in *meine* Zukunft, sondern in die aller.«

Stimmen drangen von der Tür her – eine Männerstimme und die von Mrs Prendergast. Anfangs waren sie zu weit entfernt, um die Worte auszumachen, doch dann wehten Gesprächsfetzen herüber.

»Wie viel? Großer Gott, du machst wohl Witze!«

»Lance, bitte, ich habe Gäste.«

Er betrat den Raum und ließ den Blick über das Szenario schweifen. »Ich hätte es wissen müssen, verdammt noch mal!«

Seine weißen Hemdsärmel waren aufgerollt, und er hatte die Krawatte gelöst. Das dunkle Haar stand ihm wirr vom Kopf ab, als hätte er es sich wiederholt gerauft. Außerdem schien er getrunken zu haben. Augenblicklich schlug die Stimmung im Raum um.

»Was fällt Ihnen verdammt noch mal ein, meine Mutter derart über den Tisch zu ziehen?« Lance starrte Uri finster an.

»Lance!«

Uri musterte ihn gelassen. »Ich habe Ihrer Mutter erheblich mehr geboten, aber sie hat abgelehnt.« Er sprach sehr leise, aber klar und deutlich. Sein würdevolles, beinahe königliches Benehmen stand in krassem Gegensatz zu Lances, der sich wutschnaubend seiner Mutter zuwandte.

»Stimmt das?«

»Mr Rosenberg hat den vollen Marktpreis bezahlt.«

»Aber du hättest das Doppelte bekommen können, du dämliche Kuh!«

Alle Anwesenden schnappten hörbar nach Luft.

»Unterstehen Sie sich, so mit Ihrer Mutter zu reden!«, erklärte Uri und starrte Lance vernichtend an.

»Was geht dich das an, du hinterhältiger jüdischer Bastard!«

Einen Augenblick lang herrschte Stille, ehe die Hölle losbrach. Seth war so schnell auf den Füßen, dass sein Stuhl umkippte. Sein Gesicht war wutverzerrt, und es war unübersehbar, dass er sich gleich auf Lance stürzen würde.

»Seth, nein!« Uri war ebenfalls aufgesprungen und packte Seth am Arm. Auch Aoife war aufgestanden und setzte sich in Bewegung.

»Sag das noch mal!«, brüllte Seth mit hochrotem Gesicht.

»Daddy, was ist los?« Das Stimmengewirr hatte Kathy und Liam, die sich im Wohnzimmer eine DVD angesehen hatten, angelockt, so dass sie nun mit Augen groß wie Untertassen im Türrahmen standen.

Der Anblick seiner Tochter schien Seth zur Vernunft zu bringen. Er entspannte sich sichtlich, und die Zornesröte verblasste zu einem halbwegs normalen Farbton. »Nichts ist los, Schatz. Geh wieder ins Wohnzimmer.«

»Daddy, wieso liegt dein Stuhl auf dem Boden?«

»Ich habe ihn aus Versehen umgestoßen, Kathy. Kommt, wir gehen rüber und sehen uns den Rest des Films an.«

»Er ist schon vorbei, Daddy.«

»Dann suchen wir uns einen neuen.«

Seth schob die beiden Kleinen aus dem Raum, ohne Lance eines Blickes zu würdigen. Die vier Erwachsenen blieben im Wintergarten zurück und starrten einander an. Die Spannung im Raum war beinahe übelkeiterregend.

»Damit werden Sie nicht durchkommen«, zischte Lance. Seine Stimme war leiser, jedoch nicht minder bedrohlich. Im Gegenteil. Dann wandte er sich seiner Mutter zu. »Dieser Verkauf wird so nicht stattfinden. Das werde ich nicht zulassen.«

Und dann verschwand er genauso schnell, wie er aufgetaucht war. Es war, als wäre er nie da gewesen, nur dass die Stimmung auf einen Schlag umgekippt war. Niemand sagte etwas, bis die Eingangstür ins Schloss gefallen war. Mrs Prendergast stieß einen eigentümlichen, hohen Laut aus und sank auf den nächsten Stuhl. Augenblicklich war Uri an ihrer Seite. Aoife bemerkte, dass sie am ganzen Leib zitterte, was keine allzu große Überraschung war. Wenn Liam als Erwachsener so mit ihr reden würde … allein die Vorstellung war unerträglich.

»Hier, trinken Sie das.« Uri nahm die Brandyflasche vom Tisch und schenkte Mrs Prendergast ein Glas ein. Mit zitternden Fingern griff sie danach und hob es an die Lippen. Aoife begann, die schmutzigen Teller abzuräumen.

»Lassen Sie das ruhig stehen, Aoife«, sagte Uri.

»Aber sollte nicht jemand aufräumen?«

»Ich kümmere mich gleich darum. Sie und Seth bringen die Kinder nach Hause. Ich will nicht, dass sie sie so sehen.«

»Sicher?«

»Ganz sicher.«

Gehorsam stellte Aoife die Teller ab und ging nach nebenan ins Wohnzimmer, wo die Kinder mit leuchtenden Augen wie gebannt einen Disney-Film ansahen. Seth hatte sich auf die Sesselkante gesetzt, die Ellbogen auf die Knie gestützt und den Kopf in die Hände gelegt.

»Seth«, sagte Aoife so leise, dass er sie nicht hörte. Sie trat neben ihn und berührte leicht seine Hand, worauf er zusammenzuckte. Instinktiv hob er ihre Handfläche an seine Wange und strich mit den Lippen darüber. Aoife zog ihre Hand weg. »Kommt, Kinder. Zeit nach Hause zu gehen.«

»Aber ich will nicht.«

»Aber Mummy, der Film hat doch eben erst angefangen.«

»Kommt schon. Ihr könnt ihn morgen zu Ende ansehen.«

Sie ignorierte das Murren, nahm die DVD heraus und legte sie in die Hülle zurück.

»Kathy, es ist längst Schlafenszeit.«

Sie traten in die abendliche Luft. Es war zehn Uhr und immer noch dämmrig. »Wie kommt ihr beiden nach Hause?«, fragte Seth.

»Zu Fuß.«

»Wir begleiten euch.«

»Das ist nicht nötig.«

»Ich bestehe aber darauf.«

»Okay.«

Schweigend gingen sie eine Weile nebeneinander her, zumindest die beiden Erwachsenen, während Liam und Kathy vor ihnen her hüpften und irgendwelche unsinnigen Lieder sangen.

»Bekommen Sie so etwas häufiger zu hören?«

»Was?«

»Antisemitisches Zeug?«

»Eigentlich nicht. Aber immer wieder kommt es eben doch vor, und irgendein Idiot wirft einem so etwas an den Kopf.«

»Die arme Mrs Prendergast.«

»Meine ich auch.«

Eine Weile sahen sie den Kindern zu. »Ihr Kleid ist schön«, sagte Seth schließlich.

»Danke.«

»Die Farbe steht Ihnen gut.«

»Danke«, wiederholte Aoife mit einer Mischung aus Freude und Verlegenheit.

»Ich dachte schon, Sie hätten gar keine Beine.«

Sie lächelte. »Dabei waren sie die ganze Zeit hier.«

»Das sehe ich auch so. Sie sind ziemlich lang, was?«

»Ja, sie reichen sogar bis zum Boden. Wir sind da.«

Sie blieben vor ihrer Haustür stehen.

»Wie kommen Sie jetzt nach Hause?«

»Der Jeep steht vor Mrs P.s Haus.«

»Können Sie noch fahren?«

»Ich habe nur ein Glas Wein getrunken.«

Aoife nickte. Sie war so sehr damit beschäftigt gewesen, sich einen hinter die Binde zu kippen, dass sie gar nicht mitbekommen hatte, dass nicht alle dasselbe getan hatten.

»Dann gute Nacht. Danke fürs Begleiten.«

»Aber, Mummy, ich will Kathy meinen neuen Bagger zeigen.«

»Nächstes Mal.«

»Aber ich habe versprochen, dass ich es jetzt mache. Bitte, Mummy.«

»Bitte, Aoife.«

»Okay, aber beeilt euch. Ihr gehört längst ins Bett.«

Aoife schloss die Tür auf, woraufhin die beiden lachend und plappernd ins Haus stürmten. Verlegen wandte sie sich zu Seth um. »Wollen Sie drin warten?«

»Nein, ist schon gut. Es ist schön hier draußen.«

Es war ein herrlicher Abend, aber Aoife gefiel nicht, wie Seth sie ansah. Es brachte sie völlig durcheinander. Er trat vor, während sie wie gebannt zu Boden starrte. Sie wusste, was als Nächstes passieren würde – ein Teil von ihr sehnte sich sogar danach, während ein anderer es lieber nicht wollte. Er legte die Arme um ihre Taille, zog sie an sich und strich mit den Fingerspitzen über ihren Rücken. »Aoife. Sieh mich an.«

Mühsam hob sie den Kopf. Seine Augen schienen sich tief in ihr Innerstes zu bohren. *O Gott, gleich küsst er mich.* Sie löste sich aus seiner Umarmung und trat ins Haus. »Kathy! Liam. Kommt jetzt!«

Die beiden kamen wie eine Büffelherde die Treppe heruntergetrampelt.

»Fertig, Kathy?«

»Ja.« Sie trat vor die Tür zu ihrem Vater.

Aoife machte Anstalten, die Tür zu schließen. »Noch mal danke fürs Heimbringen.« Sie sah ihn nicht an.

»Aoife.«

»Was?«

»Du kannst dich nicht ewig bestrafen, das weißt du.«

»Gute Nacht, Seth.« Sie schloss die Tür.

»Mummy, was ist bestrafen?«

»Das passiert dir, wenn du nicht sofort ins Bett gehst. Los, nach oben mit dir.«

Der Mann hatte doch keine Ahnung, wovon er redete.

29

Die Sonne drang durch den Spalt zwischen den Vorhängen und wärmte Emilys Lider. So wachte sie am allerliebsten auf – indem sie von einem Traumzustand in den nächsten glitt. Eine Weile lag sie nur da, noch im Halbschlaf, und glaubte sich in ihrem winzigen Apartment. Dann drang das leise Wimmern an ihre Ohren. Sie riss die Augen auf und setzte sich abrupt im Bett auf, jenem Bett in ihrem früheren Zimmer, in dem sie all ihre Mädchenträume geträumt hatte: von Ponys und Reiterhöfen, mit Schwärmereien für *Westlife* und Gary O'Connor. All das wich nun der Realität einer Erwachsenen. (Sie musste endlich dieses alberne Poster abnehmen.)

Rose war wieder eingeschlafen, obwohl ihre Unruhe ahnen ließ, dass es nicht mehr allzu lange so bleiben würde. Emily wusste, dass es das Klügste wäre, nach unten zu gehen und ein Fläschchen vorzubereiten, aber sie konnte sich nicht überwinden. Ihr neues Leben war so irreal. Geradezu magisch.

»Wow«, sagte sie zu ihrer schlafenden Tochter.

»Wow«, sagte sie zu sich selbst – neuerdings ihr Standardspruch. Denn sie liebte ihr neues Leben. Jede einzelne Sekunde. Selbst wenn Rose sich die Seele aus dem Leib schrie. Selbst wenn sie es mitten in der Nacht tat – das lieferte Emily den perfekten Vorwand, sie zu sich ins Bett zu holen, festzuhalten und ihren Duft einzusaugen.

Nun schlief Rose in der Wiege, in der schon ihre Mutter und alle anderen Harte-Kinder geschlafen hatten. Die Matratze wies sogar eine Einbuchtung in der Form eines Säuglingskörpers auf, in die Rose perfekt hineinpasste. Es klopfte leise. »Herein.«

Die Tür ging auf, und Emilys Vater kam herein. Er trug Stallkleidung und schien bereits seit Stunden auf den Beinen zu sein. Höchstwahrscheinlich hatte er die Kühe schon versorgt. »Ist Madam schon wach?«, fragte er.

»Noch nicht. Aber bald.«

»Soll ich dir ein Fläschchen hochbringen?«

»Das wäre toll, Dad.«

Er nickte und verschwand wieder. Sie lauschte seinen Schritten auf der Treppe und staunte ein weiteres Mal darüber, wie sich die Dinge entwickelt hatten.

Der Tag, an dem sie Rose mit nach Hause gebracht hatte, war unglaublich gewesen. Ihre Mutter hatte sich wunderbar verhalten – sie hatte sie in die Arme geschlossen und ihr auf der Stelle verziehen; wenn überhaupt, hatte sie sich Selbstvorwürfe gemacht, nicht für ihre Tochter da gewesen zu sein; aber wie hätte sie das andererseits auch können, wo sie doch keine Ahnung gehabt hatte …

Ein Mitglied der Harte-Familie nach dem anderen war nach Hause gekommen, und ihre Reaktionen hatten von aufrichtiger Freude bis hin zu völliger Gleichgültigkeit gereicht. Bis nur noch einer gefehlt hatte: Emilys Vater Thomas. Der vom Feld nach Hause kam. Ohne die leiseste Ahnung, was in seiner Abwesenheit vorgefallen war.

Stille legte sich über das Haus, als er durch die Hintertür trat. Sie hatten sich in der Küche versammelt, die gesamte Harte-Familie, einschließlich ihres jüngsten Mitglieds. Sie lauschten gespannt, wie er Stiefel und Jacke auszog und wie gewohnt vor sich hin pfiff. Dann betrat er die Küche, blieb jedoch abrupt stehen, als er seine Familie versammelt sah. Bei Emilys Anblick verzog sich sein Gesicht zu einem Lächeln. »Na, hallo, junge Frau. Wie kommst du denn hierher?«

Emily lächelte ihren Vater nervös an.

In diesem Moment fiel sein Blick auf Rose, die in den Armen seiner Frau zappelte. »Woher kommt denn das Baby? Sag bloß nicht, du hast dich zum Babysitten überreden lassen. Du hast einfach ein viel zu weiches Herz, Frau. Kannst du nicht ein einziges Mal sagen, dass du mit deinen eigenen schon alle Hände voll zu tun hast? Was gibt's zu essen? Ich hab einen Bärenhunger.«

Er sah seine Frau erwartungsvoll an und fragte sich, weshalb sie nicht antwortete. Sein Blick schweifte über seine Familie. Es war keine Einbildung: Etwas lag in der Luft. »Was ist los?«

Die Kleineren sahen zu Emily hinüber, die anderen starrten zu Boden. Seine älteste Tochter räusperte sich, trotzdem klang ihre Stimme krächzend. »Sie gehört zu mir.«

Was meinte sie damit? Dass sie auf ein fremdes Kind aufpasste? Doch ein Teil seines Verstands, jener Teil, der nur höchst widerwillig Schlussfolgerungen zog, wusste, dass es nicht so war. Die eigentümliche Anspannung im Raum ließ keinen Zweifel daran.

»Was willst du damit sagen, Mädchen?«

Emily schluckte. »Sie ist mein Baby, Dad. Ich habe sie letzten September zur Welt gebracht.«

Die Sekunden verstrichen, jede einzelne so endlos wie ein ganzes Jahr. Die meisten Familienmitglieder wünschten sich, nicht Zeuge all dessen sein zu müssen. Dieser Wunsch wurde ihnen erfüllt.

»Kinder, geht bitte einen Moment hinaus.«

Eilig erhoben sich die Harte-Sprösslinge und gingen zur Tür. Am liebsten wäre Emily mit ihnen gegangen, aber höchstwahrscheinlich war sie nicht länger eingeschlossen, wenn ihr Vater »Kinder« sagte.

Emily blieb mit ihrer Mutter und ihrem Vater in der Küche zurück. Und Rose, die nichts von dem Wirbel um ihre Person mitbekam. Emily wappnete sich innerlich. »Wie konntest ausgerechnet du so unglaublich dämlich sein?«, fragte er schließlich.

»Es tut mir leid, Daddy.« Sie spürte, wie sich ihre Augen

mit Tränen füllten. Dies war genau der Moment, vor dem sie sich gefürchtet hatte, seit sie auf diesen Plastikstreifen gepinkelt hatte. Davor, von ihrem Vater abgelehnt, aus dem Schoß der Familie verstoßen zu werden.

Langsam kam Thomas näher, blieb vor Bridget und Rose stehen und betrachtete die beiden eine Weile, die sich wie eine halbe Ewigkeit anfühlte. Dann hob er das Baby mit dem geübten Griff eines sechsfachen Vaters hoch. Er hielt sie in die Höhe, allem Anschein nach, um sie zu untersuchen. Rose begann zu strampeln, ein Anblick, der Emily an ein auf dem Rücken liegendes Insekt erinnerte.

»Bei Gott, die ist eine Harte. Durch und durch. Seht euch nur dieses kleine Ding an.« Er lachte laut auf. »Bridget, hast du diese Nase gesehen?«

Emily wurde beinahe ohnmächtig vor Erleichterung. Sie schloss die Augen und gestattete sich ein winziges Lächeln, das ihrem Vater nicht entging. »Glaub bloß nicht, dass du so einfach davonkommst, Fräulein.«

»Nein, Daddy.« Ihre Stimme klang kleinlaut, demütig. Obwohl sie ganz genau wusste, dass sie sehr wohl davongekommen war. Ebenso wie die anderen Hartes, die auf der anderen Seite der Küchentür standen und lauschten.

»Und wenn eines deiner Geschwister fragt, hab ich dir die Standpauke des Jahrhunderts gehalten, verstanden?«

»Ja, Daddy.«

Wieder lachte er und drückte die kleine Rose an seine Schulter. Prompt legte Rose das Köpfchen in seine Halsgrube. Und dann erbrach sie sich vornehm über die Schulter ihres Großvaters.

Der nächste Tag war ein Sonntag. Emily brachte den Großteil des Morgens in ihrem Zimmer zu, fütterte Rose, zog sie an und schmuste mit ihr, während sich der Rest der Familie gewohnt lautstark für den Gottesdienst fertig machte. Emily war ziemlich sicher, dass sie sich dem sonntagmorgendlichen Ritual nicht anzuschließen brauchte. Es klopfte an ihre Tür. »Herein.«

Ihr Vater kam herein. »Bist du noch nicht angezogen?«

»Ich habe mich um Rose gekümmert. Ich dachte –«

»Es wird langsam Zeit zu gehen. Los, gib mir das Baby, während du dich fertig machst.«

»Aber ich dachte –«

»Die Familie geht grundsätzlich gemeinsam zur Messe. Und jetzt beeil dich ein bisschen, Mädchen.«

Sie hätte es wissen müssen. Es war sinnlos, ihm zu widersprechen, da er den Raum bereits verlassen hatte. Gott. Allein die Vorstellung, den Nachbarn zu begegnen ... Diesen Menschen, die sie seit ihrer Kindheit kannte. Sie zog die am wenigsten knittrigen Sachen an, die sie finden konnte, und fuhr sich mit dem Kamm durch die Haare.

»Emily!«

Sie warteten in der Küche auf sie. Dann ging es los zur Kirche, in zwei Autos, die mittlerweile für den Transport des Clans notwendig waren.

Emily war durchaus bewusst, dass ihr Vater ihre Zögerlichkeit spürte, als sie vor dem Kirchenportal standen. »Am besten Augen zu und durch«, flüsterte er.

Sie saßen in ihrer gewohnten Bankreihe, dicht vor dem Altar auf der linken Seite. Emily sah vertraute Gesichter. Spürte, wie sämtliche Blicke auf ihr und Rose ruhten. Während der nächsten Woche wäre sie unter Garantie Gesprächsthema Nummer eins in der Gemeinde: Tja, da hat die kleine Wichtigtuerin ihre Quittung bekommen! Die dachte wohl, sie sei was Besseres! Und seht sie euch jetzt an!

Endlich war der Gottesdienst vorüber. Emily hielt den Kopf gesenkt, als sie, flankiert von ihrer Familie, die Kirche verließ. Doch dann geschah etwas. Etwas, womit keiner gerechnet hatte.

»Ah, seht euch die Kleine nur an. Ist sie nicht süß? Ist das deine, Emily?«

»Ist sie, ja.«

Es war Mrs Brennan, die Emily praktisch ihr gesamtes Leben lang kannte. Ihre Tochter war mit Emily zur Schule gegangen.

»Wie alt ist sie denn?«

»Knapp neun Monate.«

»Neun Monate, was für ein herrliches Alter. Annie, komm her und sieh dir dieses süße Ding an!«

Annie Dowling, ebenfalls in Mrs Brennans Alter, trat zu ihnen. »Was für ein hübsches Kind. Wie heißt sie denn?«

»Rose.«

»Rose, oh, das passt zu ihr. Darf ich sie mal auf den Arm nehmen?«

»Natürlich.«

Als Emily ihr das Baby reichte, hatte ihr hämmernder Herzschlag wieder zu seinem normalen Rhythmus zurückgefunden. Augenblicke später waren sie und Rose von einem Grüppchen Frauen aus der Gemeinde umringt, die säuselnd auf Rose einredeten, sie kitzelten und liebkosten.

Ein zittriges Lächeln breitete sich auf Emilys Zügen aus, als die Reihe an ihnen war, dem Priester die Hand zu schütteln. Emily kannte den sanftmütigen Mann schon seit ihrer Kindheit, trotzdem konnte sie einen Anflug von Furcht nicht leugnen.

Ihr Vater ging voran. »Pater, wie geht es Ihnen an diesem schönen Morgen?«

»Sehr gut, Tommy. Und selbst?«

»Pater, ich möchte Ihnen meine Enkeltochter Rose vorstellen.«

Er bedeutete Emily mit einem Nicken, nach vorn zu treten. Emily gehorchte und hielt Rose hoch.

»Na, sieh sich einer die kleine Dame an. Ist sie nicht eine Schönheit? Aber der Apfel fällt ja bekanntlich nicht weit vom Stamm. Sie ist ihrer Mutter wie aus dem Gesicht geschnitten.«

Emily lächelte vor Erleichterung.

»Tja, dann wollen wir uns mal auf den Weg machen, Pater. Einen schönen Tag wünsche ich, und genießen Sie die Sonne.«

»Das werde ich, Tommy.«

»Vater Curran, könnte ich Sie etwas fragen?«

Aller Augen richteten sich auf Emily – ungläubig, dass sie das Gespräch mit dem Priester mit Absicht in die Länge zog.

»Rose ist noch nicht getauft, deshalb habe ich mich gefragt, ob Sie so freundlich wären, das zu tun.«

»Es wäre mir eine Freude, Emily. Ruf mich morgen früh an, damit wir einen passenden Termin ausmachen.«

Emily sah ihre Eltern an, die einander zulächelten. Sie fürchtete sogar, ihre Mutter breche gleich in Tränen aus. Wenigstens in diesem Punkt konnte sie ihnen eine Freude machen.

All das lag nun drei Monate zurück. Und keiner der Hartes konnte sich noch ein Leben ohne Rose vorstellen – was nicht Emilys Verdienst war, sondern allein Roses, die sie mit ihrem Wesen allesamt in ihren Bann geschlagen hatte. Und das Verdienst ihrer Eltern, deren Liebe zu ihr alle Prinzipien überwunden hatte, an denen sie stets festgehalten hatten. Was für eine Idiotin sie doch gewesen war, an ihnen zu zweifeln. Wenn sie heute an diesen ersten Tag beim Gottesdienst zurückdachte, an den Mut, den es erfordert haben musste, sich als aufrechte Mitglieder der Kirchengemeinde voller Stolz den Blicken aller zu stellen, der Welt ihre gefallene Tochter und deren lediges Kind zu präsentieren – die beiden mussten die halbe Nacht wachgelegen und sich deswegen Gedanken gemacht haben.

Inzwischen war Rose aufgewacht und ließ keinen Zweifel daran, was sie davon hielt, dass ihre Mutter sie auch nur zwei Sekunden lang Hunger leiden ließ. Emily hob sie hoch und drückte sie an sich, genoss die Art, wie sie sich an sie schmiegte, während sie diese hinreißenden Schmatzlaute von sich gab. Wieder klopfte es an der Tür, und ihr Vater kam herein. »Hier ist Opa«, sagte Emily und drehte Rose herum, so dass sie ihn sehen konnte.

»Da ist ein Anruf für dich, Emily. Diese Aoife. Soll ich Rose füttern, solange du telefonierst?«

»Okay. Danke.«

Emily ging nach unten in die Diele und griff nach dem Hörer. »Hallo?«

Sie lauschte, während Aoife zwei Minuten lang ohne Unterbrechung redete, wobei sie gerade lange genug innehielt, um Atem zu schöpfen. Schließlich war es an ihr, etwas zu sagen. »Ich halte das für eine tolle Idee. Aber wir finden doch bestimmt einen besseren Namen dafür als Herbstfest.«

30

Sie glaubte sich allein im Garten. Es war früher Morgen, und es hatte die ganze Nacht geregnet, aber mittlerweile hatte es aufgehört, und der Garten leuchtete in den prächtigsten

Farben. Alles fühlte sich nach Neuanfang an. Nur Aoife und die Vögel. Liam war über Nacht bei einem Freund. Sie war hergekommen, um in Ruhe nachzudenken. Und gab es einen perfekteren Ort dafür als diesen hier? Die Gartenlaube unter den gelben trompetenförmigen Geißblattblüten und dem weißen Jasmin? Sie betrat die grüne Oase aus Licht und Schatten, genoss die köstliche Kühle. Balsam für ihre Seele. Endlich Frieden.

Doch sie war nicht allein. Jemand saß auf der Gartenschaukel, eingehüllt in eine Karodecke und mit geschlossenen Augen. Im ersten Augenblick war sie bestürzt, denn sie hatte sich so inbrünstig gewünscht, eine Weile hier zu sitzen. Die einzige Zufluchtsstätte. Doch dann freute sie sich für die alte Dame. Wahrscheinlich brauchte sie es mehr als Aoife. Lautlos wandte sie sich zum Gehen.

»Aoife.«

Mrs Prendergast hatte sie also doch bemerkt.

»Ich wollte gerade gehen.«

»Wieso bleiben Sie nicht?«

Wie könnte sie eine so überraschende Einladung abschlagen?

Mrs Prendergast rückte ein Stück zur Seite, um Aoife Platz auf der Schaukel zu machen, was Aoife das Gefühl gab, keine andere Wahl zu haben, als sich zu setzen, obwohl ihr die Intimität ein klein wenig Angst einjagte. Das einzig Gute war, dass sie einander nicht anzusehen brauchten. Nebeneinander zu sitzen war einfacher, weniger direkt. Sie schwangen behutsam hin und her, vor und zurück. Nach einer Weile spürte Aoife, wie sie sich allmählich entspannte. Zwei Frauen, die zusammen auf einer Gartenschaukel saßen. Mehr nicht. Zum ersten Mal, seit sie Mrs Prendergast kannte, schien der Altersunterschied zwischen ihnen keine Rolle mehr zu spielen. Auch wenn sie gemeinsam auf der Schaukel saßen, konnte jede ungestört ihren Gedanken nachhängen. Erstaunt registrierte Aoife, wie behaglich und kameradschaftlich das Schweigen zwischen ihnen war. Wie ein Bann, der gebrochen werden würde, wenn eine von ihnen etwas sagte. Aber nach einer Weile war es unvermeidlich, dass jemand etwas sagte. Es war nötig.

»Der Vorfall von neulich Abend tut mir leid«, sagte Mrs Prendergast.

»Das muss es nicht. Es war so ein schöner Abend. Das Essen war einfach köstlich.«

»Sie wissen, was ich meine.«

Aoife hielt inne, suchte nach den richtigen Worten. »Das war doch nicht Ihre Schuld. Wenn sich jemand entschuldigen sollte, dann wohl ich. Ich war sehr unhöflich. Es tut mir leid.«

»Sie haben nur für Ihren Garten gekämpft.«

Eine Minute lang schwangen sie wortlos hin und her.

»Er hat Spielschulden, wissen Sie.«

»Sie meinen ...«

»Lance.«

»Verstehe.«

»Mein Bruder hat es mir erzählt. Ich habe ihn am nächsten Tag angerufen, weil ich immer noch ziemlich ... aufgewühlt war. Lance hatte ihn um ein Darlehen gebeten, worauf er ihm anständig die Meinung gesagt hat.«

»Das erklärt wohl, weshalb er so wütend war.«

»Stimmt, aber das ist keine Entschuldigung dafür, so mit mir zu reden. Und mit Uri.« Sie schniefte.

»Wohl nicht.«

Aoife musterte verstohlen Mrs Prendergasts Profil. Sie weinte zwar nicht, aber es fehlte nicht viel.

Sie seufzte. »Ich hoffe, Ihr Sohn spricht nie so mit Ihnen.«

Aoife konnte ihr nur aus tiefster Seele zustimmen, doch sie hatte keine Ahnung, wie sie es ihr sagen sollte, ohne unhöflich oder verletzend zu klingen, also schwieg sie. Ebenso wie Mrs Prendergast, trotzdem spürte Aoife ihren Schmerz. Sie hätte ihr so gern ihr Mitgefühl ausgedrückt, war sich jedoch nicht sicher, wie. Wäre sie in ihrem Alter oder jünger gewesen, hätte sie sie umarmt, aber Mrs Prendergast war nicht der Typ Mensch, den man in aller Freundschaft an sich drückte. Zumindest empfand Aoife es so. Stattdessen tastete sie, den Blick immer noch nach vorn gerichtet, nach ihrer Hand und drückte sie kurz, ehe sie sie losließ. Auch wenn Mrs Prendergast nicht unmittelbar darauf reagierte, spürte Aoife doch, wie sie sich entspannte. Und zwar so sehr, dass die alte Dame schließlich fragte: »Was ist eigentlich mit Ihrem Mann passiert?«

»Er ist bei einem Autounfall ums Leben gekommen.«

»Ah. Das tut mir leid. Wann war das?«

»Vor zwei Jahren und dreieinhalb Monaten.«

Pause.

»Glauben Sie, dass Sie jemals wieder heiraten werden?«

»Gütiger Himmel, ich habe keine Ahnung. Dafür ist es noch zu früh.«

»Sie glauben, zweieinhalb Jahre seien zu früh?«

»Für mich schon.«

»Ich hoffe, Sie sehen das nicht immer so.«

»Wieso?« Aoife spürte einen Anflug von Verärgerung.

»Na ja, um Ihres Wohls willen, aber auch um Liams. Für einen Jungen ist es besser, wenn er mit einem Vater aufwächst. Manchmal glaube ich, in meinem Leben wäre einiges besser gelaufen, wenn ich wieder geheiratet hätte.«

Aoife ärgerte sich über die unterschwellige Botschaft, sie und ihre unerschütterliche Liebe seien nicht genug für Liam. Gleichzeitig überfiel sie beim Gedanken an seine Zukunft ein Gefühl der Angst.

»Wissen Sie«, fuhr Mrs Prendergast fort, »es gab eine Zeit, da hatte ich gehofft, dass Sie und Lance … aber ich denke nicht, dass Sie Interesse an ihm haben. Schließlich hat er sich Ihnen nicht gerade von seiner besten Seite gezeigt. Dabei kann er hinreißend sein. Wirklich.«

»Ich kenne ihn ja nicht, Mrs Prendergast, aber ich bezweifle, dass wir auf derselben Wellenlänge sind. Allerdings fühle ich mich geschmeichelt, dass Sie darüber nachgedacht haben.«

»Das ist nicht nötig. Seine Freundin ist eine grässliche Person. Ein fürchterlich vulgäres Mädchen. Jede wäre besser für ihn als sie.«

Aoife lächelte und schüttelte den Kopf. Die gute alte Mrs Prendergast. Offenbar fühlte sie sich besser. Somit bestand keine Notwendigkeit mehr, sie zu schonen. »Darf ich Ihnen eine Frage stellen?«

»Was denn?«

»Weshalb verkaufen Sie das Grundstück an Uri?«

Mrs Prendergast stieß einen Seufzer aus. »Aus verschiedenen Gründen.«

»Würde es Ihnen etwas ausmachen, sie mir zu erklären?«

Wieder seufzte die alte Frau. »Na ja, zum einen hat er mich gefragt. Anfangs wollte ich das Grundstück nur loswerden. Dabei ging es gar nicht so sehr ums Geld, zumindest so lange nicht, bis Lance Wind davon bekommen hat. Es erinnerte mich nur viel zu sehr an die Vergangenheit und hat mich belastet. Aber dann habe ich den Garten auf einmal wieder liebgewonnen. Und die Rosen. Und als wir die

Zeitkapsel gefunden haben, musste ich an Dinge in der Vergangenheit denken, die doch nicht so übel waren. Außerdem war Lance so unhöflich zu Uri. Wahrscheinlich wollte ich es wiedergutmachen.«

»Was hat Lance denn gegen Juden?«

»Ich glaube, der Ursprung liegt in seiner Jugend. Die Zeiten waren ziemlich hart damals, als ich alleine für uns sorgen musste. Manchmal blieb mir nichts anderes übrig, als zum Pfandleiher zu gehen. Es war ein Jude, und Lance hat mich natürlich begleitet, und, keine Ahnung, offenbar blieb ein schlechter Nachgeschmack bei ihm zurück. Was völlig ironisch ist, denn wäre der Pfandleiher nicht gewesen, hätte ich Mühe gehabt, ein Essen auf den Tisch zu bekommen.«

Mrs Prendergast erhob sich unvermittelt. »Aber wie auch immer. Zurück an die Arbeit. Ich muss Myrte pflanzen.«

»Wo denn?«

»Keine Sorge, ich bleibe hübsch in den Gefilden des Rosengartens.«

»Ich mache mir keine Sorgen. Aber weshalb wollen Sie denn mitten in einem Rosengarten ausgerechnet Myrte pflanzen?«

Mrs Prendergast streifte ein Paar Gartenhandschuhe über, die sie unter dem Sitzkissen der Schaukel verborgen hatte. Anfangs glaubte Aoife, sie bekäme keine Antwort, was nicht weiter ungewöhnlich für diese Frau gewesen wäre, die in der einen Minute tadellose Manieren und im nächsten Moment eine erschreckende Schroffheit an den Tag legte. Aoife stand auf und streckte sich, mit den Gedanken bereits bei den Dingen, die sie als Nächstes erledigen wollte.

»Das ist mein Name«, sagte Mrs Prendergast.

»Wie?«

»Myrtle. So heiße ich.«
»Wirklich?«
»Wirklich.«
»Was für ein … ungewöhnlicher Name. Und hübsch.«
Mrs Prendergast schnaubte. »Lügnerin.«
Beide lächelten verstohlen. Aoife sah zu, wie die ältere Frau die Schultern straffte, als sie davonging. »Heißt das, ich darf Sie ab sofort …«, rief sie ihr nach.
»Mrs Prendergast.«
»Klar.«

31

Gott, sie liebte dieses Leben – alles daran. Die niedrigen Decken. Die dichten Zigarettenwolken, die in der Luft hingen, weil sie nirgendwohin entweichen konnten. Die Hormone, die regelrecht von den Wänden zurückgeworfen wurden. Der Geruch nach Johnny Walker im Atem der Männer, mit denen sie tanzte. Nicht so überwältigend wie einst, als einem nichts anderes übrig geblieben war, als sich beim langsamen Walzer dem Würgegriff seines Tanzpartners auszuliefern. Sie dankte dem lieben Gott im Himmel für den Menschen, der ihnen den Jive geschickt hatte. Es machte alles so viel leichter – freier.

Man schrieb das Jahr 1957, und London war im Fieber. Die dürren Jahre gehörten der Vergangenheit an; Wohlstand und Wachstum waren angesagt. Premierminister Harold Macmillan sagte seinem Volk, es hätte es noch nie so gut gehabt wie heute, und die Leute glaubten ihm. Es war der Abend des 4. Oktober 1957, als Myrtle Martin Prendergast begegnete. Ein verheißungsvoller Tag – ausgewählt von den Sowjets, um den Sputnik, den ersten künstlichen Satelliten, ins All zu schießen.

Er war ihr gleich zu Beginn aufgefallen. Sie hatte seine dröhnende Stimme gehört und beobachtet, wie er den Kopf in den Nacken warf und lauthals lachte. Er besaß eine angeborene Lebenslust, die sie geradezu magisch anzog. Er hatte genau das, wonach sie sich sehnte. Also fasste sie sich ein Herz, fixierte ihn und sorgte auf ihre leise, aber entschlossene Art dafür, dass er sie bemerkte. Sie mochte nicht das hübscheste Mädchen im Raum sein, das wusste sie, aber sie hatte etwas an sich – und auch das wusste sie. Genau diese untrügliche Gewissheit war es, die Martin zu ihr hinzog. Und zwar aus eigenem Antrieb. Zumindest glaubte er das. Sie hielt seinen Blick fest – gerade lange genug –, ehe sie sich wieder von ihrer distanzierten Seite zeigte, eine Rolle, die sie lange geübt hatte. Dann wartete sie darauf, dass er den unvermeidlichen ersten Schritt machte.

»Würden Sie gern tanzen?«, fragte er und hielt ihr seine riesige Pranke hin, während seine Augen herausfordernd lachten. Sie erkannte seinen Akzent, und ihr Magen zog sich zusammen. Ire. Verboten. Als sie sich erhob, war es, als stürze sie in die Tiefe.

Seine Hände waren rau, was ihr verriet, dass er sie gebrauchte, um seinen Lebensunterhalt damit zu verdienen. Sein Gesicht sagte ihr, dass er viel Zeit im Freien verbrachte. Wenn er lächelte, was oft und ihr gegenüber sogar immer der Fall war, erschienen winzige Fältchen in seinen Augenwinkeln.

»Ich bin Martin«, stellte er sich vor, während ihr dunkelblauer Wollrock um seine Beine streifte.

»Marnie.«

»Marnie?« Er hatte Mühe, sie über die Musik hinweg zu verstehen.

»Genau.«

»Ist das eine Abkürzung für irgendetwas?«

»Nur Marnie.«

»Hallo, Nur Marnie.«

Sie lächelte bescheiden und wandte den Blick ab, um bloß nicht die Wirkung erkennen zu lassen, die er auf sie hatte.

Damals nannte sie sich nicht Myrtle, sondern hatte sich von ihrem richtigen Namen, ebenso wie von ihrer Herkunft, distanziert. Marnie war ihr neues Ich, jenes Ich, das sie anstrebte und zu sein glaubte, wenn man den Kern ihres Wesens aus all den Mittelklasseschichten herausschälte. Ihre Eltern, ihre Erziehung, ihre Ausbildung: Das alles hatte sie darauf vorbereitet, der Mensch zu sein, den sie heute leidenschaftlich ablehnte. Martin war ihr Freifahrtschein, ihre Möglichkeit, sich selbst den Rücken zu kehren. Das war ihr auf der Stelle klar. Ihre Eltern würden ihn hassen, zumindest ihr Vater.

Er war groß, schlank und überragte sie um einen ganzen Kopf. Sein Haar war schwarz, seine Augen blau – ein typisch irisches Blau, lebhaft, singend, lachend. So ganz anders als das kühle Graublaugrün ihrer eigenen Augen. Alles an ihm war so lebendig. Er gab *ihr* das Gefühl, lebendig zu sein, ein Gefühl, das sie sich keinesfalls entgehen lassen wollte.

Als der Tanz vorüber war, lösten sie sich nur sehr zögerlich voneinander.

»Darf ich Sie auf einen Drink einladen?«

»Das wäre reizend, danke sehr.«

Er lächelte sie an, als fände er ihre Erwiderung sowohl amüsant als auch anziehend – ein Gefühl, das er ihr in nahezu jeder Lage vermittelte. Als könne er das Ich erkennen, das sie schon immer hatte sein wollen, dieses Ich, das ihr ganzes Leben lang an die Oberfläche zu dringen versuchte.

Woher hätte sie wissen sollen, dass dies seine Masche bei allen Frauen war? Und dass sie in diesem Augenblick lediglich diejenige war, die in den Genuss davon kam?

Sie nahmen einen Drink, plauderten ohne Unterlass, lächelten einander ohne Unterlass an. Doch plötzlich brach die reinste Hölle los. Razzia! Die Polizei stand in der Tür auf der einen Seite der Bar, während Martin und Myrtle zum zweiten Eingang hinaus auf die nächtliche Straße flohen, lachend, Hand in Hand. Irgendwann blieb Martin unvermittelt stehen und hielt die Tür zu einem Coffeeshop auf, woraufhin Myrtle hineinschlüpfte. Es war eine dieser neumodischen Espressobars, die in Soho wie Pilze aus dem Boden schossen – im traditionellen italienischen Stil gehalten und mit grellbunter und fürchterlich geschmackloser Inneneinrichtung, der Inbegriff des Coolen. Die Kundschaft bestand aus einer bunten Mischung aus Beatnicks, Teddyboys und Kunststudenten. Er bestellte Kaffee, während aus der Jukebox »Young Love« von Tab Hunter drang.

»Woher kommst du?«

»Aus Mayo.«

»Ist das in Irland?«

»Allerdings.«

Wieder lächelte er sie an. Er hatte einen tiefen, vollen Bariton, bei dessen Klang sie sich fragte, ob er wohl singen konnte. Bestimmt. Jemand mit einer so eingängigen, lyrischen Sprechstimme …

»Und du?«

»Von hier, aus London.«

Unsäglich langweilig, fand Myrtle. (Für Martin hingegen war ihre Herkunft – ebenso wie sie selbst – unglaublich exotisch.) Jeder von ihnen war genau das, was der andere gern sein wollte.

»Ein echtes Londoner Mädchen. Als Nächstes erzählst du mir noch, du wärst in Hörweite von St. Mary le Bow geboren, wie es sich für einen echten Cockney gehört.«

»Nicht ganz.«

Nicht ganz traf es auf den Kopf. Myrtle, benannt nach ihrer Großmutter väterlicherseits, war in einem wohlhabenden Vorort namens Woodford aufgewachsen und hatte einen Bruder. Es erschien ihr von größter Bedeutung, diese Tatsache vor Martin zu verbergen, der, wie sie völlig richtig vermutete, aus ärmlichen Verhältnissen stammte und sich mühsam hochgearbeitet hatte.

»Erzähl mir ein bisschen von Mayo.«

»Da gibt es nicht viel zu erzählen.«

»Aber etwas muss es doch geben. In welchem Teil von Irland liegt es denn? In der Nähe von Dublin?«

»Oh, nein, weit davon entfernt. An der Westküste.«

Ein Bild aus ihrem Geografiebuch aus der Grundschule erschien vor ihrem geistigen Auge. »Und bist du in einem dieser reetgedeckten Häuschen großgeworden?«

»Ja, bin ich.«

Sie hob die Schultern, während ein verträumter Ausdruck in ihre Züge trat. »Wie romantisch.«

Er stieß ein freudloses Lachen aus. »Das würdest du nicht mehr sagen, wenn du in einem leben müsstest.«

»Wieso?«

Er lehnte sich zurück und stellte einen Fuß auf die Kante des Stuhls neben ihr – eine Geste, die sie intim und dreist zugleich fand, obwohl sie völlig unbewusst geschah.

»Wir hatten nichts, sondern waren arm wie die Kirchenmäuse. Und die einzigen Leute, die in den reetgedeckten Häusern noch leben, sind längst alt und grau. Der ganze Westen Irlands ist wie leer gefegt.«

»Wie meinst du das? Leer gefegt?«

»Emigration. Das letzte Mal war ich vergangenen Sommer zu Hause, als meine Schwester geheiratet hat, und der Priester meinte, es sei die erste Hochzeit seit sieben Jahren in der Gemeinde. Die Jungen haben nur zwei Richtungen, die sie einschlagen können. Entweder nach Westen, nach Amerika, oder sie gehen nach Osten, nach England.«

Sie sah, dass er sich bemühte, seine Stimme nicht allzu verbittert klingen zu lassen, trotzdem konnte er den Anflug nicht ganz unterdrücken.

Er erzählte ihr, er habe sich für Letzteres entschieden, angelockt von den Geschichten über Arbeit und Geld, das man verdienen konnte, indem man auf die Ruinen des im Krieg zerstörten Londons baute. Er hatte als Bauarbeiter angefangen – körperliche Schwerstarbeit, die einen anderen Mann vielleicht kaputtgemacht hätte, nicht aber Martin. Er hielt den Kopf gesenkt und arbeitete, lauschte und lernte dazu. Abends trank er sein Bier mit den anderen Paddies in der Kilbourn High Road. Und genau diese Iren heuerte er an, als er seine erste Baufirma, Prendergast Construction, gründete. Anfangs war es schwer, an Aufträge heranzukommen, aber er erarbeitete sich einen Ruf als zuverlässiger, fleißiger Mann. Allmählich kamen mehr und mehr Aufträge herein, und nach zehn harten Jahren hatte er das Fundament für ein erfolgreiches Unternehmen gelegt.

Allerdings verschwieg er ihr, dass er nun bereit war, sich eine Frau fürs Leben zu suchen. Eine Frau für seinen neuen Lebensabschnitt. Eine lohnenswerte Frau. Für ein lohnenswertes Leben. Myrtle. Oder Marnie, wie sie damals für ihn hieß. Er hatte vor, ein Teil von genau dem zu werden, dem sie zu diesem Zeitpunkt zu entkommen versuchte: dem Establishment. Für ihn war sie wie Grace Kelly, von ätherischer Schönheit. Eine Frau mit Klasse – exakt das, wonach er suchte. Er wusste, dass er sie an der Angel hatte, ebenso wie sie wusste, dass sie bereit war, den Köder zu schlucken.

Als Myrtle Martins Schilderungen über die Vergangenheit lauschte, fiel ihr etwas auf: Wie tapfer es von ihm war, so viel von sich preiszugeben. Dinge, die ein nettes, anständiges Mädchen aus der Mittelklasse ohne weiteres abschrecken könnten. Doch seine Geschichten hatten genau den gegenteiligen Effekt, was Martin instinktiv gespürt haben musste. Sie bewunderte seinen Mut. Bewunderte seine Entschlossenheit, seine Stärke. Vor allem aber bewunderte sie die Art und Weise, wie sich seine Muskeln unter dem Stoff seines Hemdes spannten.

Jemand wählte »All Shook Up« aus der Jukebox. Sie lächelten einander an.

»Magst du Elvis?«

»Und wie.«

»Hast du Lust, dir morgen Abend *Jailhouse Rock* mit mir anzusehen?«

»Ja.«

Später musste Myrtle jedes Mal, wenn sie den Begriff »stürmische Romanze« hörte, an diese Anfangstage mit Martin denken. Wie sie in den Cafés in Soho Long John Baldry gehört und zu den Songs von Buddy Holly and the Crickets, Andy Williams und Johnny Ray getanzt hatten. An ihren Tagesausflug mit dem *Flying Scotsman*, als sie aus Versehen eine volle Ladung Kohlestaub in die Lungen bekamen, weil sie in ihrer Begeisterung die Köpfe zum Waggonfenster hinaushielten; an das Picknick am Strand von Margate, als sie unter ausgelassenem Gelächter ihrem Anorak hinterherjagen mussten, den eine kräftige Bö davongetragen hatte.

Ihr ganzes Leben bestand aus nichts als Spaß, Spielen, aus Trinken und Feiern. Sie wusste, dass er früher oder später ihre Familie kennenlernen musste – eher später als früher, wenn es nach ihr ginge. Aber Martin drängte darauf, obwohl sie nicht sicher war, weshalb. Neugier? Die irrige Annahme, dass er mit offenen Armen in die Familie aufgenommen werden würde? Sie versuchte ihm zu erklären, wie ihr Vater war.

»Er kann ziemlich – schwierig sein.«

»Inwiefern?«

Sie seufzte. Wie sollte sie es ihm erklären? »Er ist sehr streng. Fast viktorianisch in seinen Ansichten. Ein streng gläubiger Presbyterianer.«

»Ja. Und?«

»Und folglich nicht gerade versessen auf Katholiken.«

»Überlass ihn ruhig mir. Eltern sind mein Spezialgebiet.«

Ein leiser Schmerz regte sich in Myrtles Brust. Wie viele Freundinnen hatte er vor ihr bereits gehabt? Wie viele Elternpaare um den Finger gewickelt? Und wie viele Freundinnen würde es noch geben? Und das war noch nicht einmal ihre größte Sorge. Sie bezweifelte, dass ihr Vater sich so leicht einwickeln ließ, wie Martin vermutete. Und sie nahm an, dass er ihn als protzigen, arroganten und unzuverlässigen Windhund einordnen würde.

»Wie ist deine Mutter so?«

»Ein Waschlappen. Keine eigene Meinung, sondern tut alles, was mein Vater sagt.«

Es gefiel ihr nicht, wie Martin sie in diesem Moment ansah – missbilligend, wahrscheinlich weil sie sich so respektlos über ihre Mutter geäußert hatte. Er hatte ja keine Ahnung, wie oft sie sich in der Vergangenheit im Stich gelassen, ja, zurückgewiesen gefühlt hatte. Die vielen Male, als sie ihre Mutter hilfesuchend angesehen hatte, aus ihrem Mund aber nie ein Wort des Widerspruchs gekommen war. Die vielen Male, als sie gezwungen gewesen war, gegen die Ausbrüche ihres Vaters aufzubegehren. Sie selbst würde niemals so leben, in ständiger Angst vor dem Mann, den man doch eigentlich lieben sollte.

»Mütter sind meine ganz besondere Spezialität«, erklärte Martin.

Sie hatte noch immer Zweifel. Ihr jüngerer Bruder, Roger, war das einzige Familienmitglied, das sich höchstwahrscheinlich von Martins weltmännischem Auftreten beeindrucken lassen würde.

Martin bekam eine Einladung zum Tee für den folgenden Samstag. Sie bogen in die Sackgasse, in der Myrtle die Jahre ihrer Kindheit verbracht hatte. »Halt an!«, rief sie plötzlich.

Abrupt trat Martin auf die Bremse seines neuen Humber Hawk. »Was ist denn?«

»Ich muss dir etwas sagen.«

»Großer Gott, Marnie. Was ist denn los?«

»Halt an.«

»Der Wagen steht bereits.«

»Ich meine, schalt den Motor aus.«

Er gehorchte und wandte sich ihr zu. »Du hast doch nicht etwa kalte Füße bekommen, weil ich deine Eltern gleich kennenlerne, oder?«

»Nein. Ich meine, doch. Aber darum geht es nicht.«

»Worum geht es dann?«

Sie seufzte. »Du wirst wahrscheinlich gleich feststellen, dass meine Familie mich Myrtle nennt.«

Sein Mundwinkel zuckte. »Weshalb sollte sie das tun?«

Ein weiterer Seufzer, diesmal ein noch tieferer. »Weil das mein Name ist.«

»Wieso hast du mir dann erzählt, du heißt Marnie?«

»Myrtle! Würdest du mit diesem Namen nicht auch lügen?«

Er starrte sie eindringlich ein. O Gott, was dachte er jetzt wohl von ihr? Ihn wegen etwas so Grundsätzlichem zu belügen! Dann brach er in Gelächter aus, als wäre es das Lustigste, was ihm je zu Ohren gekommen war. Er warf den Kopf in den Nacken und drosch so heftig mit der Hand aufs Steuer, dass die Hupe ertönte.

»Pass auf!« Sie sah sich um, aus Sorge, dass die Nachbarn bereits die Vorhänge beiseitezogen.

Als er sich wieder gefangen hatte, nahm er ihr Gesicht in beide Hände und küsste sie fest auf den Mund. »Du bist mir schon eine!« Dann startete er den Motor und fuhr langsam die Straße entlang bis zum Haus mit der Nummer 48.

»Die sind für Sie.« Er drückte Myrtles Mutter einen Strauß pfirsichfarbener Gladiolen in die Hand. Myrtle sah, dass sie beeindruckt war, aber das war völlig unwichtig.

Sie wurden in den Salon geführt, wo ihr Vater und ihr Bruder gerade eine Folge von *Hancock's Half Hour* ansahen. Myrtles Vater starrte wie gebannt auf den Bildschirm, während Martin strammen Schrittes auf ihn zuging und die Hand ausstreckte. »Freut mich, Sie kennenzulernen, Mr Ferguson.«

Einen schrecklichen Moment lang glaubte Myrtle, ihr Vater würde sich weigern, die ihm entgegengestreckte Hand zu ergreifen. Es war ein Gedanke, der ihm erkennbar durch den Kopf ging – sie hörte förmlich, wie er diese Möglichkeit in Erwägung zog. Doch dann ergriff er sie in letzter Sekunde und löste kurz den Blick vom Bildschirm, ehe er sich wieder mit leidenschaftlicher Konzentration der Comedy-Sendung widmete. Er machte keine Anstalten, sich aus seinem Sessel zu erheben, was, wie Myrtle und ihre Familie sehr wohl wussten, Ausdruck seiner Geringschätzung war. Falls Martin es ebenfalls so auffasste, ließ er es sich zumindest nicht anmerken. Stattdessen setzte er sich in den freien Sessel, ohne auf die Aufforderung zu warten, die ohnehin nicht kommen würde.

Unbehaglich quetschte Myrtle sich auf die Sofalehne und musterte besorgt die stocksteife Gestalt ihres Vaters, ehe sie zu Martin hinübersah. Die Sitzfläche seines Sessels hing durch, so dass ihm die Knie bis zum Kinn reichten und er geradezu riesig wirkte. Er sah lächerlich deplatziert aus. So als träfen die beiden Welten, in denen sie zur selben Zeit lebte, aufeinander, obwohl sie nicht unterschiedlicher sein könnten.

»Ich liebe diese Sendung«, erklärte Martin mit einem Nicken in Richtung Fernsehbildschirm, auf dem wegen des schlechten Empfangs die Gestalt von Tony Hancock nur mit Mühe im dichten weißen Schneetreiben auszumachen war.

Roger grinste zustimmend, während Mr Ferguson eisern schwieg.

»Mögen Sie auch *Double Your Money*?«, erkundigte sich Martin bei Roger.

Er hatte gerade den Mund geöffnet, um etwas zu erwidern, als Myrtles Vater einwarf: »Diesen amerikanischen Schund mögen wir in diesem Haus nicht.«

Die anderen Anwesenden rutschten unbehaglich auf ihren Plätzen herum, während Tony Hancocks Stimme und das Konservengelächter die ohrenbetäubende Stille des Raums erfüllten.

»Wie ich gesehen habe, fahren Sie einen Simca, Mr Ferguson«, fuhr Martin fort, offenbar entschlossen, die Taktik zu ändern.

Niedergeschlagen registrierte Myrtle, dass er noch immer glaubte, eine Chance zu haben.

»Und was fahren *Sie*?«

»Einen Humber Hawk«, erwiderte Martin mit unüberhörbarem Stolz.

Myrtles Vater gab einen undefinierbaren Laut von sich, der jedoch durchaus als Schnauben interpretiert werden konnte. Die Botschaft jedenfalls war unmissverständlich: Geringschätzung.

Myrtles Unbehagen wuchs weiter. Sie wusste, dass es ein Fehler gewesen war, Martin herzubringen.

»Sie sind Ire.« Das war ein unverhohlener Vorwurf.

»Ja, Sir.«

Martins unbeschwerte Selbstsicherheit beeindruckte ihren Vater nicht, wie Myrtle schmerzlich bemerkte, obwohl sie es hätte wissen müssen.

»Wie lautet Ihr voller Name?«

»Martin Prendergast.«

»Was für eine Art Name ist das denn?«

In diesem Augenblick entschuldigte Roger sich und verließ den Raum. Am liebsten hätte Myrtle Martin bei der Hand genommen und wäre ihm auf dem Fuß gefolgt.

»Ich weiß nicht, was —«

»Sind Sie Katholik?«

»Ja.«

Mr Ferguson schürzte die Lippen, griff nach der Zeitung, die auf dem Tisch neben ihm lag, schlug sie mit einer raschen Handbewegung auf und tauchte dahinter ab. Martin und Myrtle sahen einander an, Myrtle bestürzt, Martin mit unübersehbar wachsender Verärgerung. »Mir ist nicht ganz klar, was —«

»Sie arbeiten auf dem Bau, vermute ich.«

»Ich habe meine eigene Baufirma.« Er stand auf – unter anderen Umständen wären seine Bemühungen, sich aus dem Sessel zu hieven, komisch gewesen.

»Marnie«, sagte er mit mühsam kontrollierter Wut, »ich glaube, es ist Zeit, dass wir gehen.« Er streckte die Hand nach ihr aus.

Wann immer Myrtle sich an diesen Moment zurückerinnerte, sah sie ihn als den entscheidenden Wendepunkt in ihrem Leben. Sollte sie Martin in die Arme schließen, ihre Zukunft in die Arme schließen, die Marnie werden, die sie immer hatte sein wollen? Oder sollte sie bleiben und die Myrtle sein, die sie immer gewesen war, mit ihrem einsilbigen Vater und ihrer unterwürfigen Mutter?

Sie nahm Martins Hand.

Martin stieg mit Myrtle in seinen Humber Hawk und schlitterte mit quietschenden Reifen um die Ecke ihrer Straße.

»Langsam!« Vor Schreck klammerte Myrtle sich am Armaturenbrett fest.

Wenige Minuten später hielt er glücklicherweise vor einem Grundstück, auf dem sich etliche Häuser befunden hatten, ehe sie im Krieg ausgebombt worden waren. Im Sommer war das Areal von dichtem, rosafarbenem Weidenröschengestrüpp bewachsen, doch nun wirkte es karg und öde. Martin stieg aus dem Wagen und schlug die Tür hinter sich zu. Verunsichert beobachtete Myrtle, wie er mehrmals mit dem Fuß gegen einen unschuldigen Steinbrocken trat, ehe er einen Ast packte und mit aller Macht auf den Stein eindrosch, bis seine Wut verraucht war. Gerade als sie aussteigen wollte, kehrte er zurück und ließ sich schwer atmend auf den Fahrersitz sinken. Seine normalerweise tadellos sitzende Tolle war zerzaust, und der Geruch nach Frisiercreme stieg ihr in die Nase. Von diesem Tag an war der Geruch untrennbar mit diesem Augenblick in ihrem Leben verbunden. Sie hatte Angst, etwas zu sagen. Angst vor dem, was sie gerade gesehen hatte. Doch auf eine seltsame Weise fühlte sie sich noch mehr zu ihm hingezogen. Sein Handeln zeugte von einer tiefen Leidenschaft in ihm.

»Alles in Ordnung mit dir?«, fragte sie.

Er trommelte mit den Fingern aufs Steuer, ohne sie anzusehen. »Man hat mir einen großen Regierungsauftrag angeboten.«

»Oh, aber das ist ja wunderbar, Martin.«

»Aber in Dublin.«

»Oh.«

Sie spürte die Angst, die wie ein eisiges Rinnsal über ihren Rücken sickerte. Hatte sie die Situation in ihrem Elternhaus falsch eingeschätzt? Wollte er sie verlassen? Sie schloss die Augen, lehnte sich auf dem Sitz zurück und spürte, wie sie ein unbändiges Gefühl des Hasses auf ihren Vater durchströmte. Wieso hatte dieser Mann alles kaputt machen müssen?

»Hast du verstanden, was ich gesagt habe?«

»Ja, das habe ich.«

»Was denkst du?«

»Ich freue mich für dich.«

»Marnie, du hörst nicht richtig zu. Ich will, dass du mit mir kommst.«

»Du meinst …«

»Ich will, dass wir heiraten.«

Und dort, auf dem Rücksitz des Humber Hawk, wurde ihre Ehe vollzogen, noch bevor sie überhaupt begonnen hatte.

Auf dem Standesamt von Woodford schlossen Martin Prendergast und Myrtle Ferguson an einem Januartag, der nicht kälter und unwirtlicher hätte sein können, den Bund fürs Leben. Myrtle stand in ihrem rosafarbenen Kostüm nervös vor dem Gebäude, den Brautstrauß fest gegen die Brust gepresst. Martin, in einem tadellos gebügelten Anzug, rauchte eine Zigarette, die er mit dem Absatz auf dem Bürgersteig austrat, während er ungeduldig den Blick die Straße auf und ab schweifen ließ. Ein Mädchen namens Gladys, das Myrtle als ihre Freundin bezeichnete, war bereits zu ihnen gestoßen. Die beiden gingen regelmäßig tanzen, wenn auch nicht mehr so häufig, seit Martin in ihr Leben getreten war.

Myrtle war bewusst, dass sie nicht das Talent besaß, tiefe Freundschaften zu knüpfen. Sie hatte etwas an sich, das andere Mädchen abschreckte. Nichts als Eifersucht auf ihren Erfolg bei Männern, sagte Myrtle sich stets, ihre Gabe, das Maximum aus sich selbst herauszuholen, doch tief im Innern wusste sie, dass es ihr Mangel an Wärme war, der die anderen vertrieb. Sie hatte von ihrem Vater nicht nur das hellblonde Haar, sondern auch die innere Kühle geerbt. Sosehr sie sich danach sehnte, sich zu öffnen, wusste sie nicht, wie sie es bewerkstelligen sollte. Sie hoffte inbrünstig, dass Martin dieses Wunder für sie vollbringen konnte.

Deshalb war Gladys das, was einer Freundin am nächsten kam, weshalb sie als Brautjungfer und Trauzeugin fungieren würde. Die beiden Frauen verstanden sich recht gut. Gladys war eine Büchernärrin und trug eine starke Brille mit schwarzem Gestell. Eine Intellektuelle, die wohl kaum eifersüchtig auf Myrtle sein konnte. Und Myrtle genoss es, in der Gegenwart eines intelligenten Menschen zu sein, mit dem sie eine anständige Unterhaltung führen konnte. Außerdem war es praktisch, jemanden an seiner Seite zu haben, wenn sie tanzen gehen wollte. Auf der Tanzfläche hatte Gladys dank ihrer beachtlichen Oberweite und ihrer verblüffend sinnlichen Bewegungen keinerlei Mühe, Männer auf sich aufmerksam zu machen. Doch heute war ihr Busen unter einem dicken Wintermantel verborgen, den sie bis zum Kragen zugeknöpft hatte. Trotzdem schlotterte sie vor Kälte.

Die Köpfe fuhren herum, als das Geräusch eiliger Schritte auf dem Bürgersteig ertönte. Es war Myrtles Bruder Roger, der im Laufen seine Krawatte zurechtrückte.

»Wo warst du denn so lange?«, herrschte Myrtle ihn an.

»Tut mir leid. Ich musste nach Hause, um meinen Anzug zu holen.«

»Aber ...«

»Tut mir leid, Myrtle, aber sie kommen nicht.«

Sie holte tief Luft, und die anderen hatten den Eindruck, als sinke sie ein klein wenig in sich zusammen. Roger blickte sie besorgt an. Er war gerade achtzehn geworden und fühlte sich als einziges anwesendes Mitglied der Ferguson-Familie verpflichtet, etwas zu sagen, fand jedoch nicht die passenden Worte.

»Tja«, meinte Myrtle schließlich und lächelte, »dann lasst uns reingehen.«

Also heirateten sie. Myrtle verabscheute den Ausdruck auf dem Gesicht des Standesbeamten, der seine Vermutung verriet: eine Mussheirat. Obwohl es, wenn sie genau darüber nachdachte, vielleicht tatsächlich so war.

Nach der Trauung ging es in einen nahe gelegenen Pub. Es war wohl kaum die Hochzeit, die Myrtle mit ihrem erstklassigen Geschmack und ihrer Liebe fürs Detail sich erhofft und seit ihren Backfischtagen akribisch genau geplant hatte. Aber, so sagte sie sich wieder und wieder, sie war jetzt Martins Frau, und das war das Einzige, was zählte.

Den ganzen Tag über ignorierte sie das flaue Gefühl im Magen.

Manche hätten es als Instinkt, als Vorahnung bezeichnet.

An diesem Abend bestiegen sie die Fähre nach Dun Laoghaire. Sie hatten sich vorgenommen, die Flitterwochen im Westen Irlands zu verbringen, wo Myrtle einer ganzen Reihe von Martins Verwandtschaft vorgestellt werden sollte. Sie hatte strikte Anweisung bekommen, allen zu erzählen, die Trauung hätte in einer katholischen Kirche stattgefunden. Myrtle hatte keine Ahnung, was sie erwidern sollte, falls jemand sie rundheraus fragte, ob sie Katholikin sei.

Die Überfahrt war, wie meist im Winter, recht stürmisch, so dass Myrtle unter grauenhafter Seekrankheit litt. Während sie stöhnend in ihrer Kabine lag, setzte Martin sich an die Bar, wo er mit einer wilden Truppe Iren zu trinken anfing, die sich auf dem Heimweg zur Smaragdinsel befanden, nach Hause zu Frauen, die sie beinahe vergessen hatten, und Kindern, die seit ihrem letzten Besuch zu Hause so sehr gewachsen waren, dass sie sie kaum wiedererkannten. Lieder wurden angestimmt, die mit steigendem Pegel und fortschreitender Stunde immer rüder wurden.

Myrtle lag unterdessen verzweifelt in ihrer Kabine und kotzte sich die Seele aus dem Leib. Ihr Unmut wurde noch verstärkt durch Martins stundenlanges unerklärliches Ausbleiben. Was für eine Hochzeitsnacht! Schließlich hörte sie, wie jemand umständlich versuchte, den Schlüssel ins Schloss zu stecken. Sekunden später ging die Tür auf, und der Bräutigam kam in die Kabine getaumelt. Im ersten Moment schrieb Myrtle seinen unsicheren Gang dem Schwanken des Schiffes zu; schließlich hatte sie ihn schon viele Male trinken gesehen und wusste, dass er sich in der Regel gut unter Kontrolle hatte.

»Wo zum Teufel warst du die ganze Zeit?«, herrschte sie ihn an und stützte sich auf einen Ellbogen auf.

Martin stand schwankend vor ihr und starrte sie an. Er schien Mühe zu haben, sie klar zu erkennen. Erst in diesem Augenblick wurde ihr bewusst, dass er sternhagelvoll war. Seine Lippen kräuselten sich sarkastisch. Keine Spur mehr von Elvis. »Halt's Maul, blöde Kuh.« Und damit kippte er auf die untere Pritsche und begann lautstark zu schnarchen.

Am selben Tag stürzte der Sputnik auf die Erde herab, nach exakt drei Monaten in den Weiten des Universums.

32

Der Spätsommer hatte etwas ganz Besonderes. Die Gewissheit, dass die Blumen bald verblüht wären, hob ihre Schönheit in den Augen der Betrachter nur umso deutlicher hervor. Emilys Garten der Sinne kam erst jetzt zu voller Blüte. Es war fast, als feierten die Schmetterlinge ein Abschiedsfest. Wann immer Harriet am Schmetterlingsflieder vorbeiging, erhob sich eine Fülle an Großen Füchsen und Distelfaltern in die Luft, als wären die Blüten selbst zum Leben erwacht und flatterten gen Himmel. Auch die Bienen summten aus Leibeskräften und sammelten die letzten Pollen, während die menschlichen Bewohner des Gartens ebenfalls einen Zahn zulegten.

Nach dem unseligen Abendessen hatte Aoife Mrs Prendergast überredet, eine Auswahl an selbst gebackenen Pasteten für den *Good Food Store* zu backen und zu verkaufen – zum einen war die alte Dame eine erstklassige Köchin, zum anderen lag ihr daran, sie auf andere Gedanken zu bringen und dafür zu sorgen, dass sie sich nicht wegen ihres unflätigen Sohnes grämte. Emilys Tante war vollauf begeistert von dieser Idee, ebenso wie die Kunden, die gar nicht genug von »Mrs Prendergasts Gourmet-Pasteten« bekommen konnten. Das Hauptverkaufsargument, abgesehen von ihrem köstlichen Geschmack, war die Garantie, dass lediglich frische, heimische Produkte darin verarbeitet wurden. Spinat-Schafskäse war Aoifes Lieblingssorte.

Aoife hingegen durchlebte eine schwierige Phase, mit Veränderungen, die sich schneller vollzogen, als sie sie verarbeiten konnte. Im nächsten Monat sollte Liam bereits eingeschult werden – ein Gedanke, der eine Vielzahl widerstreitender Gefühle in ihr auslöste, die meisten davon allerdings negativer Natur. Bislang hatte sie zwei Versuche unternommen, ihm eine Schuluniform zu kaufen, hatte aber jedes Mal unter Tränen den Laden verlassen müssen. Die Gewissheit, dass Michael nicht hier sein würde, um diesen gewaltigen Entwicklungsschritt seines Sohnes mitzuerleben, war unendlich qualvoll. Und da Katie ebenfalls nicht mehr Teil ihres Lebens war, war dies möglicherweise die erste und einzige Gelegenheit, diesen monumentalen Einschnitt mitzuerleben, was das Ganze noch schlimmer machte.

Abgesehen davon steckte sie im Hinblick auf Seth in einer gewaltigen Zwickmühle. Seit jenem Abend, als sie ihn auf der Türschwelle zurückgewiesen hatte, war eine höfliche, aber unterkühlte Distanz zwischen ihnen entstanden, und sie hatte nicht die leiseste Ahnung, wie sie die Kluft überwinden sollte und ob sie es überhaupt wollte. Was Seth betraf, war sie sich nicht im Klaren, ob er das Interesse verloren hatte oder lediglich die Zeit überbrückte. Sie hoffte, dass Letzteres der Fall war, doch es war durchaus möglich, dass die reine Eitelkeit aus ihr sprach.

Die Pläne für das Erntedankfest waren unterdessen geschmiedet, wobei die Idee war, den Garten für die Allgemeinheit zu öffnen und die Nachbarn einzuladen. Sie würden Führungen veranstalten, außerdem sollte es Stände mit Obst, Gemüse und hausgemachten Suppen geben. Aoife war ziemlich aufgeregt deswegen, wie Mrs Prendergast mit einiger Belustigung bemerkte. »Wenn Sie wollen«, sagte sie, »könnte ich auch ein paar Frauen von der *Mothers' Union* fragen, ob sie uns aushelfen.«

»Ehrlich? Glauben Sie, das würde uns helfen?«

»Na ja, diese Frauen bereiten seit Jahren Marmeladen und Chutneys zu und häkeln ganz wunderbare Spitzendeckchen. Ich könnte mir sehr gut vorstellen, dass das genau ihre Kragenweite wäre.«

»Und glauben Sie, sie wären dazu bereit?«

»*Bereit*? Sie machen wohl Witze. Viele von ihnen würden ihre eigenen Kinder verkaufen, um Gelegenheit zu bekommen, einen Blick in mein Haus zu werfen. Allerdings muss ich Sie warnen. Manche dieser Frauen sind fürchterliche Wichtigtuerinnen und werden wahrscheinlich versuchen, Ihnen das Ruder aus der Hand zu nehmen.«

»Ich wäre geradezu entzückt darüber.«

Damit war es beschlossene Sache.

Der Verkauf des Gartens an Uri war im Handumdrehen unter Dach und Fach. Uri machte sich an den Bau einer Holzhütte unter dem Apfelbaum für die Kinder und hängte ein Vogelhäuschen auf, wo die Rotkehlchen während des Winters Nahrung finden konnten.

Und dann, eines Tages, platzte die Bombe. In Wahrheit war es natürlich keine Bombe, sondern lediglich ein Blatt Papier – nur eben mit Worten, die es explosiv und brandgefährlich machten.

»Kann er das wirklich tun?«, fragte Aoife Uri leise, während sie Mrs Prendergast beobachteten, die mit auf den Händen aufgestütztem Kopf am Küchentisch saß – eine Haltung, die in krassem Gegensatz zu ihrer gewohnten Selbstbeherrschung stand.

»Laut ihrem Anwalt, ja. Natürlich heißt das noch lange nicht, dass er damit durchkommt, aber er kann die Dinge gewaltig verlangsamen.«

»Dreckskerl!«, stieß Aoife noch eine Spur leiser aus. Es stand ihr nicht zu, Lance mit Schimpfworten zu bedenken, wo seine arme, zutiefst gekränkte Mutter unmittelbar vor ihr saß. Lance warf Uri Nötigung vor – er behauptete, Uri habe seine Mutter dazu gezwungen, ihm den Garten zu verkaufen. Es war geradezu lächerlich. Allein die Vorstellung, jemand könnte Mrs Prendergast zu etwas zwingen, was sie nicht tun wollte. Für sie jedoch musste es sich wie der schlimmste Verrat angefühlt haben, den sie sich nur vorstellen konnte. Lance hatte den Spieß umgedreht und biss in die Hand, die ihn gefüttert hatte, seit er ein kleiner Junge war. Offenbar brauchte er das Geld sehr, sehr dringend. Trotzdem …

Auf Uris Zügen lag ein konzentrierter, beinahe beängstigend beherrschter Ausdruck, der Aoife verriet, wie wütend er war. Er murmelte etwas in einer Sprache, die Aoife nicht verstand, ehe er sich dicht neben Mrs Prendergast setzte und ihr den Arm um die Schultern legte. Sie ließ die beiden allein und ging hinaus in den Garten, auf direktem Weg zu Seth. Was sonst?

»Hast du es schon gehört?«, fragte sie. Wenigstens hatten sie etwas Konkretes, worüber sie reden konnten.

»Ja. Was für eine elende Scheiße.«

»Du bringst es wie gewohnt auf den Punkt.«

Es gefiel ihr, wie er sie anlächelte. In ihren Augen waren

seine Bemühungen, so zu tun, als wäre nichts zwischen ihnen geschehen, nicht sonderlich groß, wohingegen sie sich mächtig ins Zeug legte. »Ich hoffe nur, dass Mrs P. zurechtkommt.« Sie sprach hastig, sorgsam darauf bedacht, möglichst wenige Pausen entstehen zu lassen, die er für Worte nutzen könnte, die sie nicht hören wollte.

»Natürlich kommt sie klar. Sie ist ein toughes altes Mädchen.«

»Meinst du?«

»Ja. Sie hat unter Garantie schon Schlimmeres erlebt, da gehe ich jede Wette ein. Das sieht man. Sie gehört zu den alten Ladys, auf deren Schultern das Empire errichtet wurde.«

Aoife musste unwillkürlich lächeln und konnte nur hoffen, dass er recht hatte.

»Hast du meinen Dad gesehen?«

»Er ist gerade bei ihr. A propos Vater. Woher stammt er eigentlich?«

»Willst du damit sagen, du hast ihn noch nie danach gefragt?«

»Das wollte ich, aber ich hatte das Gefühl, er spricht nicht gern über seine Vergangenheit.«

»Er ist Deutscher. Aber wenn Mrs P. so aufgebracht ist, sollte ich die beiden wohl lieber allein lassen.«

»Die beiden kommen sich näher, was?«

»Sieht ganz danach aus.«

»Sind die beiden ein Paar, was meinst du?«

»Keine Ahnung.«

»Würde es dir etwas ausmachen?«

»Weshalb sollte es?«

»Na ja, schließlich ist er dein Vater, sie aber nicht deine Mutter.«

»Wenn es ihn glücklich macht, bin ich auch glücklich. Ein Mensch kann schließlich nicht ewig trauern«, erklärte er spitz.

Aoife ärgerte sich, dass sie geradewegs in die Falle getappt war. »Ich muss los«, sagte sie und spürte seinen Blick im Rücken, als sie davonging.

Mrs Prendergast war nicht die Einzige, die von Lances juristischen Schritten betroffen war. Wieder einmal war die Zukunft des Gartens in Gefahr. Aoife und Uri waren gerade bei der Auswahl der Blumenzwiebeln für die Herbstpflanzung gewesen. Was sollten sie jetzt tun?

»Damit kommt er nie im Leben durch«, erklärte Uri. »Kein Gericht der Welt wird ihm Recht geben.«

Doch Aoife fiel auf, dass seine Begeisterung für ihr Pflanzspektakel beträchtlich geschwunden war. Vielleicht hatten sie alle ein klein wenig den Biss verloren.

Doch die Pflanzen wussten nicht, was um sie herum geschah, und taten, was sie immer taten – sie wuchsen und gediehen. Und wieder wohnte ihrer Schönheit eine gewisse Schmerzlichkeit inne – das Gras wirkte noch grüner als sonst, die Farben der Blumen noch strahlender, die Düfte intensiver, doch all das lag gewiss nur an der veränderten Wahrnehmung jener, die sich um den Garten kümmerten, und war kein bewusster Trick der Natur.

33

Myrtle empfand den Westen Irlands als zerklüftet und rau. In gewisser Weise erinnerte sie die Landschaft an Martins herbe Züge, und es erschien ihr nur passend, dass er in diesem Landstrich aufgewachsen war.

Sie erreichten die Kleinstadt gegen elf Uhr an einem Dienstagvormittag. Die Hauptstraße war verblüffend belebt, überall Menschen und Vieh. »Markttag«, erklärte Martin. »Das habe ich ganz vergessen.« Doch das Treiben schien ihm zu gefallen. Im Schritttempo fuhren sie hinter einer Kuhherde her, deren knochige Hinterteile beachtlich schwankten. Myrtle, das Stadtmädchen, hatte noch nie ein Euter aus der Nähe gesehen und betrachtete staunend das pralle, von dicken Venen durchzogene Fleisch. Obwohl die Wagenfenster geschlossen waren, drang der stechende Gestank nach Dung herein. Martin gab Gas und fuhr ein wenig dichter an die letzte Kuh heran, um sie aus dem Weg zu scheuchen.

»Hör auf damit!«

»Was denn?«

Die Dorffrauen waren mit Eimern und Schrubbern zugange, um den Dreck von den Hauswänden zu waschen. Die wenigen Männer, die zurückgeblieben waren, standen in kleinen Grüppchen beisammen und unterhielten sich. Doch die Gespräche verstummten, sobald der Humber Hawk langsam die Straße entlanggerollt kam. Mehrere Männer nickten Martin zu, worauf dieser zwei Finger vom Steuer löste und ihren Gruß erwiderte.

Nach einer Weile wurden die Abstände zwischen den Häusern größer, als sie durch strömenden Regen an Wiesen und Feldern vorbeifuhren. Martin schwieg.

»Wie weit ist es noch?«

»Nicht mehr weit.«

Er hatte den Vorfall auf der Fähre mit keiner Silbe erwähnt. Ebenso wenig wie sie. Sie bezweifelte, dass er sich daran erinnerte. Und wünschte, sie könnte dasselbe von sich behaupten.

Das Land sei kaum zu bewirtschaften, hatte Martin erzählt. Der Boden war karg und unfruchtbar, die von niedrigen Steinmauern umgebenen Felder klein und uneben. Hier und da war eine schwarzweiße Kuh inmitten des sumpfigen Grüns auszumachen, doch abgesehen davon gab es nicht viel zu sehen. Hecken und Steine, tief hängende graue Wolken, sonst nichts.

»Trist, was?« Martin sah sie forschend an.

Sie wählte ihre Worte mit Bedacht. »Im Sommer ist es bestimmt recht nett.«

Mit düsterer Miene sah er wieder nach vorn. »Ich werde nie wieder hierher zurückkehren.«

Kurz darauf bog Martin ohne Vorwarnung auf einen schmalen Feldweg ab. Dank zahlreicher Schlaglöcher entpuppte sich die Fahrt als reichlich holprig und mühsam. Die Straße war kaum mehr als ein Trampelpfad mit einem Streifen Gras in der Mitte. Nach einer Weile tauchte ein niedriges, längliches, weiß verputztes Haus vor ihnen auf.

»Das ist es?«

»Ja.«

»Aber es hat ja gar kein Strohdach.« Erstaunt bemerkte sie ihre Enttäuschung.

»Vor zwei Jahren habe ich meiner Mutter ein neues Schieferdach spendiert.«

Sie stiegen aus und streckten sich. Der Regen auf Myrtles Gesicht und Händen fühlte sich an wie Nadeln. Während Martin ihr Gepäck aus dem Kofferraum holte, wurde die halbhohe Tür des Hauses geöffnet, und eine alte Frau trat heraus. In einem Anfall plötzlicher Schüchternheit blieb Myrtle beim Wagen stehen und ließ Martin vortreten, um sie zu begrüßen. Sie reichte ihm gerade bis zur Brust, so dass sie die Arme beinahe senkrecht hochstrecken musste, um die

Hände um sein Gesicht legen zu können. Sie musste Martins Mutter sein, obwohl es ausgeschlossen schien, dass eine so zierliche Person einen derartigen Koloss von einem Mann zur Welt gebracht hatte, von seinen fünf Geschwistern einmal ganz abgesehen. Nach einem kurzen Wortwechsel winkte Martin sie heran. Langsam ging Myrtle auf die beiden zu.

»Mam«, sagte er, »das ist Marnie.«

Erst viel später wurde ihr bewusst, dass er sie als Marnie vorgestellt hatte – seinem Namen für sie. Sie gehörte nun ihm.

Myrtle hatte Mühe, sich ihren Schock beim Anblick der Frau nicht anmerken zu lassen. Sie war höchstens zehn Jahre älter als ihre eigene Mutter, doch es sah aus, als lägen mindestens dreißig Jahre zwischen ihnen. Die zahllosen Linien in ihrem Gesicht hatten sich tief eingegraben, außerdem fehlten ihr mehrere Zähne. Doch ihr Lächeln war warmherzig und aufrichtig und gab Myrtle das Gefühl, willkommen zu sein. Mit einer Mischung aus Erleichterung und neuem Mut betrat sie das Haus, während ihr bewusst wurde, wie sehr sie sich wünschte, von dieser Frau gemocht zu werden.

Trotz des offenen Feuers, um das mehrere Stühle standen, war es im Haus nicht wesentlich wärmer als draußen.

»Setz dich doch, meine Liebe. Mach es dir bequem.«

Myrtle wurde der einzige Sessel im Raum angeboten.

»Gib mir deinen Mantel.«

Am liebsten hätte sie ihn anbehalten, doch als höfliches Mädchen zog sie ihn brav aus und reichte ihn Martins Mutter.

»Du musst völlig ausgedörrt sein.«

»Wie bitte?«

»Ich bin sicher, du hättest gern eine Tasse Tee nach der langen Reise.«

»Das wäre reizend, danke.«

Fasziniert sah Myrtle zu, wie Mrs Prendergast einen Kessel von einem Haken über dem offenen Feuer nahm und Tee in eine Tasse goss.

»Brot?«

»Bitte.«

Sie schnitt eine dicke Scheibe Sodabrot ab, bestrich sie großzügig mit Butter und reichte sie Myrtle.

»Danke. Ist das selbst gebacken?«

Sie warf ihr einen eigentümlichen Blick zu. »Aber natürlich.«

Myrtle nippte an ihrem Tee und sog ihre Eindrücke auf, während Martin und seine Mutter sich unterhielten. Der Raum war recht großzügig, mit einer hohen Decke, unter der die Dachbalken verliefen. Das Mobiliar war spärlich – ein Büfett mit Geschirr, ein derber Tisch mit einigen Stühlen darum herum, ein Sessel, in dem Myrtle saß, sowie ein Schaukelstuhl, in dem Mrs Prendergast es sich mit einer schwarzweißen schnurrenden Katze auf dem Schoß bequem gemacht hatte. Das war alles. Der Fußboden war mit Linoleum ausgelegt, und das offene Feuer schien nicht nur zum Kochen zu dienen, sondern auch die einzige Wärmequelle zu sein. Hinter dem Schaukelstuhl hing ein Vorhang vor einem Alkoven, in dem, wie Myrtle später feststellen sollte, Martins Mutter schlief.

Fotos wurden herumgereicht, darunter das Portrait eines Mannes in amerikanischer Polizeiuniform – Martins Bruder Joe in Boston –, außerdem von mehreren Kindern in Amerika, den Sprösslingen ihrer Söhne Vincent und Kevin, die in New York lebten, sowie ein Foto aus dem letzten Sommer, als Martins Schwester den Anwalt aus Castlebar geheiratet hatte.

»Oh, warte mal, das muss ich euch zeigen.« Martins Mutter sprang auf, sehr zur Empörung der Katze, die von ihrem Schoß sprang. Myrtle sah Martin an, der nickte, worauf sie den beiden in den schmalen Anbau des Hauses folgte. Martins Mutter öffnete eine Tür und trat ein. »Seht nur.« Ihre Augen leuchteten.

Martin streckte als Erster den Kopf hinein. »Das ist ja toll, Mama.«

Dann war Myrtle an der Reihe. Sie spürte Mrs Prendergasts erwartungsvollen Blick. Was sollte sie sagen? »Oh, das ist ja reizend.«

Offenbar war ihre Reaktion richtig gewesen, denn Mrs Prendergast strahlte, als sie ehrfurchtsvoll die Tür schloss und vor ihnen ins Haus zurückkehrte.

Myrtle sah Martin an. »Eine Toilette«, flüsterte sie verblüfft.

»Du kannst dich glücklich schätzen. Vor einem halben Jahr hättest du in ein Loch im Boden machen müssen.«

Kaum saßen sie wieder in der Küche, ging die Haustür auf und ein Mann von etwa dreißig in Gummistiefeln, einer Donkeyjacke, einem dicken Wollpulli und einer Schiebermütze kam herein, gefolgt von einigen Hühnern, die er jedoch mit den Füßen verscheuchte.

»Martin!«, sagte er und warf die Mütze auf den Tisch.

Martin stand auf, und die beiden Männer schüttelten einander freundschaftlich die Hand.

»Wie schön dich zu sehen. Wie geht's dir so?«

»Mir geht's gut. Und dir?«

»Prima. Hab gerade eine Färse auf dem Markt verkauft.«

»Und hast du einen anständigen Preis bekommen?«, fragte Mrs Prendergast.

»Das hab ich, bei Gott.«

Der Mann blickte über Martins Schulter hinweg Myrtle an. Martin folgte seinem Blick. »Séan, das ist meine Frau Marnie. Marnie, mein Bruder Séan.«

Er nickte ihr zu. »Freut mich.«

Dies war also der Älteste, Séan. Derjenige, der die Farm eines Tages erben würde. Er hatte durchaus Ähnlichkeit mit Martin, wenn auch nicht mit denselben attraktiven, markanten Zügen und weniger leuchtend blauen Augen. Außerdem war er etwas kleiner als sein jüngerer Bruder. Myrtle fragte sich, wie er vom Markt nach Hause gekommen sein mochte. Wahrscheinlich zu Fuß. Anfangs fürchtete sie, ihr städtisches Auftreten schüchtere ihn womöglich ein, doch er schien recht selbstsicher zu sein und strahlte eine Souveränität aus, die *ihr* das Gefühl gab, linkisch zu sein. Er schien sich absolut wohl in seiner Haut zu fühlen – etwas, das sie von sich selbst nicht behaupten konnte.

Die beiden Männer gingen nach draußen, um Martins Wagen zu bestaunen, während Mrs Prendergast das Abendessen herrichtete, wobei Myrtle ihr zu helfen versuchte, sofern man es ihr erlaubte. Sie durfte Karotten, Kartoffeln und Zwiebeln aus dem Garten hinter dem Haus holen, der sie an den Gemüsegarten erinnerte, den ihre Mutter während des Krieges besessen hatte. Sie kehrte mit dem Gemüse ins Haus zurück, wo Martins Mutter es für den Eintopf schnippelte.

Der Tag verlief angenehm und ohne weitere Vorfälle. Erstaunt stellte Myrtle fest, wie entspannt sie war, während sie in die Flammen des Herdes starrte, als am späten Nachmittag die Dämmerung einsetzte. Sie blickte ihren Ehemann an, der auf der anderen Seite des Feuers saß und seinen eigenen Gedanken nachhing. Mit einem Mal überkam sie ein so überwältigendes Gefühl der Liebe für ihn, dass sie glaubte, ihr Herz zerspringe. Als sie an diesem Abend im Bett lagen – jenem Bett, das Martin als Junge mit seinem Bruder Joe geteilt hatte –, legte er die Arme um sie, wenn auch nur, um sie zu wärmen und zu beschwichtigen, denn im angrenzenden Raum schlief seine Mutter.

»Du siehst doch nicht auf mich herab, oder, Marnie?«

Es war sicherer, solche Dinge im Dunkeln zu sagen.

»Weshalb sollte ich?«

»Nachdem du jetzt weißt, woher ich komme.«

»Wenn überhaupt, ist meine Hochachtung vor dir noch gewachsen, schließlich zeigt es mir, wie weit du es gebracht hast.«

Er zog sie an sich, und sie wusste, dass sie das Richtige gesagt hatte.

Nach einem herzhaften Frühstück aus Sodabrot und Eiern brachen sie sehr früh am nächsten Morgen auf. Martins Mutter winkte ihnen, bis sie außer Sichtweite waren.

»Wie lange ist dein Vater schon tot?«

»Sechs Jahre.«

»Und wie war er?« Während des gesamten Besuches war seine unsichtbare Gegenwart spürbar gewesen.

»Sagen wir einfach, er hatte die Fäuste schnell parat.« Martins Züge waren verschlossen, was ihr zeigen sollte, dass das Thema damit erledigt war.

Nach einem Besuch bei Martins Schwester in Castlebar verbrachten sie einige Tage in Westport, ehe sie nach Killala Bay weiterfuhren. Es war ein stürmischer Tag. Die Wellen brachen sich an den Felsen, und der Wind wirbelte den Sand auf. Martin starrte auf die See hinaus, nachdenklich und grüblerisch, wie er schon seit Beginn ihrer Flitterwochen war.

Sie entdeckten die verzweifelte Schönheit von Connemara, während die Sonne immer wieder hervorblitzte, und der Anblick von zwei Kindern mit einem vor einem Karren voller Heu gespannten Esel entschädigte Myrtle für ihre Enttäuschung, dass Martins Mutter in einem Haus ohne das landestypische Reetdach lebte. Nach einem Abstecher nach Galway City und einem Besuch des Bezirks Sligo (nach William Butler Yeats auch Yeats Country genannt) fuhren sie schließlich nach Hause nach Dublin, wo sie ihr neues gemeinsames Leben beginnen würden.

34

Sie fühlte sich allein. Mutterseelenallein. Der Schmerz ihrer Einsamkeit war gewaltig, fraß sich in ihre Seele und riss riesige Stücke jener Myrtle heraus, die sie einst gewesen war; jener Marnie oder wer auch immer sie einst gewesen war. Die Einsamkeit machte sie unsicher. Eine unsichere Frau in einer unsicheren Welt, in der alles lediglich ein fader Abklatsch ihres Lebens in London zu sein schien. Natürlich hatte sie Martin. Doch Martin war nie zu Hause. Und sie brauchte nicht zu arbeiten. Nicht als Ehefrau eines Mannes, der ihr ein angenehmes Leben bescherte. Von ihr wurde erwartet, dass sie sich damit zufriedengab, ihr neues Heim in einem Vorort dieses lächerlichen Kaffs, das sich Stadt nannte, einzurichten. Sie stürzte sich mit Feuereifer auf diese Aufgabe und verlieh dem zugegebenermaßen adretten Ziegelhäuschen im viktorianischen Stil dank ihres erstklassigen Geschmacks ein ganz besonderes Flair. Zur Belohnung kaufte Martin ihr eine nagelneue Hotpoint Waschmaschine – ihre Freude wäre wohl noch größer gewesen, hätte sie jemanden gehabt, dem sie sie hätte zeigen können.

Doch sie hatte das große Los gezogen: ihren Ehemann. Weshalb also fühlte sie sich so leer? Sie bemühte sich nach Kräften, die in sie gesteckten Erwartungen zu erfüllen, und überprüfte stets akribisch Frisur und Make-up, um perfekt für Martin auszusehen, wenn er abends nach Hause kam. Sie kochte ihm sein Lieblingsessen und sorgte dafür, dass es pünktlich auf dem Tisch stand. Das Problem war nur, dass sie nie wusste, wann er kam. Es war unmöglich, es im Vorhinein zu sagen. Allzu oft gerann die Sauce auf seinem Teller, den sie im Ofen warmhielt. Sie bemühte sich, nicht wütend zu werden. Schließlich wusste sie, wie hart er arbeitete, und wollte die wenige Zeit, die ihnen gemeinsam blieb, nicht mit Streitereien vergeuden, da er häufig der einzige Mensch war, den sie den ganzen Tag zu Gesicht bekam. Trotz allem, oder vielleicht gerade deswegen wurde ihr Nervenkostüm allmählich dünner. Und dass er an den meisten Abenden mit einer Whiskey-Fahne nach Hause kam, war der Situation ebenfalls nicht gerade zuträglich. Er konnte doch nicht *immer* von einem Geschäftstermin kommen.

Als sie ihn das erste Mal darauf ansprach, baute sie sich mit in die Hüften gestemmten Händen vor ihm auf. Sie kam sich vor wie ein Fischweib in einem schlechten Film. »Was glaubst du eigentlich, wie spät es ist?«

Statt einer Antwort ging er an ihr vorbei ins Wohnzimmer und trat vor das Sideboard, auf dem eine Karaffe Whiskey mit zwei umgedrehten Kristallgläsern stand. Sie waren kein Hochzeitsgeschenk, sondern, wie die meisten Haushaltsgegenstände, von Myrtle höchstpersönlich ausgesucht und von Martins Geld bezahlt. Von ihrer Familie hatte es kaum Geschenke gegeben, seine Seite konnte sich ohnehin so gut wie nichts leisten.

Martin drehte eines der Gläser um und schenkte sich

einen großzügigen Schluck ein, den er mit einem Zug hinunterkippte. War es normal, dass ein Mann so viel trank? Myrtle hatte keine Ahnung. Ihr Vater war strikter Abstinenzler, und auch sonst hatte sie keine Vergleichsmöglichkeit. Bereits vor ihrer Ehe hatte Martin viel getrunken, was ihr jedoch nicht aufgefallen war, da sie die ganze Zeit ausgegangen waren. Alkohol war ein steter Bestandteil ihres Lebens gewesen. Und sie hatte ja gewusst, wie gern er unter Menschen ging. Das Problem war nur, dass ihr nie in den Sinn gekommen war, er könnte es auch ohne sie tun, wenn sie erst einmal verheiratet wären. Die Party war vorbei. Oder, besser gesagt, sie stand nicht länger auf der Gästeliste.

»Und?« Wutschnaubend, weil er ihr keine Beachtung schenkte, stand sie hinter ihm.

»Was gibt's zum Abendessen?«, fragte er, noch immer mit dem Rücken zu ihr.

»Du meinst, was es zum Abendessen *gab*? Es *gab* Lammkoteletts, aber die sind mittlerweile so verbrannt, dass praktisch nichts mehr davon übrig ist.«

Mit dem frisch gefüllten Glas in der Hand wandte er sich zu ihr um und musterte sie nachdenklich, während er daran nippte. »Tja, dann mach schleunigst etwas anderes.«

Und damit drehte er sich um und ließ sie mitten im Wohnzimmer stehen. Nachdem sie ihren ersten Schock überwunden hatte, kam die Wut. »Wie kannst du es wagen, mich einfach stehen zu lassen? Ich werde dir ganz bestimmt nichts anderes kochen –«

Sie stockte, als er herumfuhr, sie grob am Kinn packte und zu sich heranzog. »So spricht meine Frau nicht mit mir«, zischte er. »Und jetzt sieh zu, dass du etwas zu essen auf den Tisch bekommst.« Seine Züge waren wutverzerrt.

Er ließ ihr Kinn los und stieß sie unsanft von sich. Myrtle bebte vor Zorn und Angst. Wie konnte er es wagen? In ihrem ganzen Leben war sie nicht ... Sie hatte niemals erlebt, dass ihr Vater ihre Mutter so behandelt hätte. Bislang hatte sie die Ehe ihrer Eltern stets als leidenschaftslos betrachtet, doch nun ... Behutsam berührte sie die zarte Haut an ihrem Kinn und schlug sich die Hand vor den Mund, als die Tränen kamen. Leise, herzzerreißende Tränen aus der Tiefe ihrer Seele. Ihr Instinkt riet ihr, wegzulaufen und sich jemandem anzuvertrauen – am besten ihrer Mutter. Doch der einzige Mensch, mit dem sie reden konnte, stand hier und verlangte etwas zu essen. Also ging sie in die Küche und stellte sich an den Herd.

Irgendwann lernte Myrtle andere Frauen in ihrem Alter kennen, meist im Zuge irgendwelcher Dinnerpartys – in aller Regel verkündete Martin, er habe ein paar »Geschäftspartner« eingeladen. Wenn sie Glück hatte, gab er ihr vierundzwanzig Stunden vorher Bescheid, wenn nicht, was häufiger der Fall war, blieben ihr lediglich ein paar Stunden, um alles vorzubereiten.

Beim ersten Mal lief sie in die nächste Buchhandlung und kaufte sich ein Exemplar von *Mrs Beetons Book of Household Management* und Fanny Cradocks neuestes Werk gleich mit dazu. Den Nachmittag verbrachte sie damit, wie eine Besessene zu kochen. Und zwar mit großem Erfolg, wie sie fand. Sämtliche Gäste waren hellauf begeistert von ihrer Vanillecreme mit Himbeeren. Trotzdem wusste man bei diesen Iren nie genau, woran man war – sie neigten zum Übertreiben. Mit fast körperlicher Wehmut sehnte sie sich auf einmal danach, wieder bei ihren Landsleuten zu sein. Aber die Ehefrauen der Geschäftspartner, die Martin für diesen Abend eingeladen hatte, waren sehr nett zu ihr gewesen. Irgendwann, als die Männer über Geschäftliches geredet hatten, war eine von ihnen sogar neben sie getreten und hatte ihr zugeflüstert: »Ihr Mann sieht ja so gut aus.«

Und sie hatte gespürt, wie sie vor Stolz förmlich geplatzt war. Ja, Martin war ein gut aussehender Mann. Und er war *ihr* Mann. Sie war auch stolz auf die Art, wie er am Tisch regelrecht Hof hielt, alle mit seinen wild ausgeschmückten Geschichten amüsierte und jede verlegene Gesprächspause und jedes leere Glas füllte. Und offenbar war er mit ihr zufrieden gewesen, denn als gerade niemand hersah, zwinkerte er ihr zu. Es war ein guter Abend, der später im Schlafzimmer seine Fortsetzung fand.

Sie wusste nicht, was sie von alldem halten sollte. Ihrem neuen Leben. Ihrer neuen Rolle. Ihrem neuen Ehemann. Es war alles so schwer einzuschätzen. Was war normal, was nicht? Was war akzeptabel, was nicht? Hätte sie doch irgendjemanden, mit dem sie sich austauschen konnte, sich anvertrauen, vergleichen. Aber da war niemand. Die Isolation war zermürbend. Sie hatte stets gewusst, wer sie war – dies in Frage zu stellen war ihr nie in den Sinn gekommen. Doch nun fühlte sie sich mit einem Mal entwurzelt, so dass sie gezwungen war, sich ganz von Neuem zu entdecken. Sie war nicht sicher, ob ihr gefiel, was sie fand. Sie war unsicher. Im Hinblick auf sich selbst. Auf ihn. Ein tiefes Gefühl des Unbehagens ergriff Besitz von ihr. Hatte ihr Vater doch recht gehabt? Sie schob den Gedanken rigoros beiseite – es war unpassend, ihn zuzulassen.

Mittlerweile erkannte sie, dass ihr Ehemann zwei Seiten besaß. Es gab den öffentlichen Martin und den privaten Martin. Der öffentliche Martin war laut und gesellig. Der Alleinunterhalter in Person. Der private Martin hingegen war düster und einsilbig, saß unrasiert in seinem Sessel und stierte trübselig vor sich hin. Die einzige Gemeinsamkeit der beiden Männer war ihre Trinklust. Die Vorstellung, ihr Leben weiterhin mit einem wildfremden Mann in einem wildfremden Land verbringen zu müssen, jagte ihr Angst ein. Sie vermied es sorgsam, mit seiner düsteren Seite in Berührung zu kommen. Doch dies war das Leben, das sie sich selbst ausgesucht hatte. Der Mann, für den sie Verständnis aufbringen musste. Also bemühte sie sich darum.

Eines Morgens lag sie im Bett und lauschte, wie Martin sich für die Arbeit fertig machte. Sie lag auf der rechten Seite, das Gesicht von ihm abgewandt, doch die Tatsache, dass sie nicht ruhig und gleichmäßig atmete, verriet ihm, dass sie wach war. Er trat auf ihre Seite des Bettes, setzte sich auf die Kante und blickte nachdenklich auf ihre reglose Gestalt hinunter, während er die Manschetten seines blauen Hemdes zuknöpfte, das sie und ihr Bügeleisen mittlerweile in- und auswendig kannten. Sie drehte sich auf den Rücken und sah zu ihm hoch.

»Was ist los?«, fragte er.

Wusste er es denn nicht?

»Nichts ist los.«

Nicht wenn er sie so ansah wie jetzt. Der sanfte, zärtliche Martin.

»Weißt du, was du brauchst?«, fragte er voller Wärme.

»Was denn?«

»Ein Baby.«

»Ein Baby!«, wiederholte sie ungläubig, auch wenn sie nicht wusste, weshalb sie so ungläubig war. War es nicht das, was alle verheirateten Paare taten? Eine Familie gründen?

»Ja, ein Baby. Du weißt schon – eines dieser winzigen Würmchen, die ständig schreien.«

»Ich weiß, was ein Baby ist.«

»Denk drüber nach.« Er beugte sich vor und küsste sie auf die Nasenspitze.

Nachdem er fort war, blieb sie noch lange Zeit im Bett liegen. Ein Baby. Es war nicht so, dass sie nicht bereits darüber nachgedacht hätte. Ein Teil von ihr sehnte sich danach, die Mutter von Martins Kindern zu sein, ein anderer Teil hingegen … Sie fühlte sich so leer. Was natürlich nicht länger so wäre, wenn ein Baby in ihr heranwüchse. Sie strich über ihren straffen Bauch und versuchte es sich auszumalen. Vielleicht wäre Martin ja häufiger zu Hause, wenn sie eine richtige Familie wären. Dieser Gedanke gab den Ausschlag. Ihr Traum von ihrem gemeinsamen Leben war in jüngster Zeit verblasst, doch nun kehrte er mit einem Schlag ins Zentrum der Aufmerksamkeit zurück – sie mit ihrem ausladenden Bauch in einem hinreißenden, selbst genähten Umstandskleidchen, Martins Hand auf der Wölbung ihres Leibes. Ein lachender Martin, der sein lachendes Söhnchen auf dem Schoß wippen ließ: aus irgendeinem Grund beschwor ihre Fantasie nichts anderes als einen Jungen herauf – dunkelhaarig, mit Grübchen und gut aussehend wie sein Vater. Sie wusste nicht, warum es so war, denn tief in ihrem Herzen hatte sie sich stets ein Mädchen gewünscht. Wahrscheinlich weil sie keine Schwestern und ein eher distanziertes Verhältnis zu ihrer Mutter hatte. Sie könnte ihre eigene kleine Schwester zur Welt bringen. Oder die Mutter-Tochter-Beziehung aufbauen, nach der sie sich immer gesehnt hatte. Trotzdem sah sie eindeutig einen Jungen vor ihrem geistigen Auge. Aber welches Geschlecht ihr Kind auch immer haben mochte – es würde sie von einem Paar mit Problemen zu einer Familie werden lassen. Und zwar einer vollwertigen. Und es könnte weitere Babys geben – jede

Menge. Freude durchströmte sie, und sie streckte sich, bis ihre Fingerspitzen das Kopfteil und ihre Zehen das Fußende des Bettes berührten. Dann rollte sie sich wie ein Fötus zusammen, schlang die Arme um die Knie und wiegte sich hin und her. Vielleicht würde Martin auch nicht mehr so viel trinken, wenn sie ein Baby hätten.

Das Problem bei der Familienplanung besteht darin, dass sie keine exakt vorhersehbare Wissenschaft ist. Es kann passieren, muss aber nicht. In Myrtles Fall passierte nichts. Viele Versuche, aber kein Ergebnis. Und je größer ihre Besorgnis, umso weniger passierte. Sie redete mit niemandem darüber, schon gar nicht mit Martin. Er lebte sein Leben weiter und schien ihre Unterhaltung längst vergessen zu haben. Ganz im Gegensatz zu ihr. Die Situation begann an ihren Nerven zu zerren. Tiefe Sorgenfalten gruben sich in ihre Stirn, und ehe sie sich's versah, hatte sie ihren Daumennagel so weit abgekaut, dass er blutete. Außerdem gewöhnte sie sich an, auf ihrer Unterlippe herumzunagen. Gerade einmal vier Monate waren vergangen – gemessen an der Lebensspanne nicht allzu viel Zeit.

Eines Abends kam Martin sturzbetrunken und sehr spät nach Hause. Mittlerweile erkannte sie seinen Zustand auf den ersten Blick. Sie stellte die Reste des halb verkochten Essens vor ihm auf den Tisch. Langsam kaute er auf seinem sehr-sehr-durchgebratenen Steak herum. »Was soll das für ein Zeug sein?«

»Ich kann dir gern ein Omelett machen, wenn du willst.«

»Ich will aber kein Omelett, sondern ein Steak. Ein anständiges Steak, verdammt noch mal.«

Er stand auf und schob seinen Stuhl so abrupt zurück, dass die Füße laut über den Fußboden scharrten. Myrtle zuckte zusammen. »Du dämliches Weibsstück. Nichts kannst du richtig machen. Nicht mal anständig kochen. Und schwanger werden schon gar nicht.«

Er schob sich an ihr vorbei aus der Küche und ging ins Wohnzimmer. Sie wusste, dass es sinnlos war, ihm nachzugehen, doch sie sah klar und deutlich vor sich, was sich dort abspielen würde. Er würde sich einen Whiskey einschenken und ihn hinunterkippen. Sie spürte, wie ihre Wangen vor Scham glühten. Er hatte völlig recht. Sie war zu nichts nütze. Bisher war es ihr nicht bewusst gewesen, nun schon. Wie sollte sie auch die Wahrheit leugnen, wo sie doch so unübersehbar war? Als Frau war sie eine Versagerin, das spürte sie mit jeder Faser ihres Seins. Und zu ihrer Schande spürte er es ebenfalls.

Es dauerte weitere zwei Jahre. Zwei lange Jahre. »In der Zwischenzeit hättest du schon zwei bekommen können« – so drückte es Martin aus. Aber dann war sie auf einmal schwanger. Ein Triumph. Und niemand würde ihn ihr wegnehmen, am allerwenigsten Martin, der zufrieden war.

Sie sehnte sich danach, es ihren Eltern zu sagen. Als die ersten drei heiklen Monate überstanden waren, setzte sie sich hin und schrieb einen sorgsam formulierten Brief, in dem sie sie über ihren Zustand in Kenntnis setzte und sich nach deren Wohlbefinden erkundigte. Der Brief enthielt keinerlei Vorwurf, aber auch keine Silbe der Entschuldigung. Sie bekam nie eine Antwort darauf. Und während der folgenden Monate des Schweigens verkümmerte etwas in Myrtle und starb.

Zugleich jedoch verlieh ein ungekanntes Gefühl der gespannten Erregung ihrem Alltag Farbe. Ihr Leben, das düster und leer gewesen war, entpuppte sich nun als verheißungsvoll und aufregend. Sie musste ein Kinderzimmer einrichten, für sich und das Baby Kleider nähen und Decken häkeln. Wie gewohnt blieb alles an ihr hängen, aber das machte ihr nichts aus. In Wahrheit war es ihr sogar lieber. Myrtle war schon immer eine Einzelgängerin gewesen und hatte ihre freudigen Momente mit niemandem geteilt. Außerdem war sie ja nicht länger allein, sondern begann, mit dem Embryo, dem Fötus und später dem Baby zu sprechen.

»Wie sollen wir ihn nennen?«, fragte Martin.
»Woher willst du wissen, dass es ein Junge wird?«
»Wie sollte er kein Junge werden?«
Sie lächelte. Sie empfand exakt genauso.
»Wie wäre es mit Martin?«, fragte er.
»Würde das nicht für Verwirrung sorgen?«
»Bei mir und meinem Vater hat es funktioniert.« Er klang trotzig.

Sie war fest entschlossen, ihrem Sohn niemals einen derart katholischen Namen zu geben, diesen Streit würde sie jedoch lieber auf einen anderen Tag verschieben.

Seit sie schwanger war, verstanden sie sich recht gut, da sich beide auf die Veränderung freuten, die das Baby mit sich bringen würde. Doch als die Schwangerschaft sichtbar wurde, änderte sich alles schlagartig. Sie ertappte ihn regelmäßig, wie er mit eigentümlicher Miene auf ihren Bauch starrte. Er wurde trübselig und abwesend und weigerte sich, sie anzurühren. Allmählich kehrte das Gefühl der Isolation zurück. Und der Angst. Liefen die ersten Jahre einer Ehe immer so? Sie hätte nie gedacht, dass es so schwer werden würde. Wüsste sie es nicht besser, hätte sie gesagt, dass er das neue Leben, das in seiner Frau heranwuchs, verabscheute, ja, sogar eifersüchtig war, so albern es sich anhören mochte. Wie konnte er auf jemanden eifersüchtig sein, der noch nicht einmal existierte? Auf sein eigen Fleisch und Blut, Herrgott noch mal.

Wieder kam er spät nach Hause. Und auch seine Trinkerei, die eine Zeit lang aufgehört hatte, wurde wieder ernst. Häufig suchte er am Abend Streit, auf den sie sich nur allzu bereitwillig einließ – offenbar eine Reaktion ihrer hormonbedingten Empfindlichkeit. Sie stürzte sich sogar regelrecht in ihre Auseinandersetzungen und hatte das Gefühl, als mache sie ihre ungewohnte Verletzlichkeit nicht nur reizbarer, sondern ironischerweise auch unbesiegbar.

»Da ist er ja«, sagte sie eines Abends und stemmte sich mit jener typisch hochschwangeren Schwerfälligkeit aus dem Sessel hoch. »Wie üblich mit einer fürchterlichen Fahne. Du solltest dich schämen, deine Frau so zu behandeln. Ich trage dein Kind aus, falls du das vergessen haben solltest.«

Sie war empört und selbstgerecht. Martin stand schweigend in der Diele und musterte sie argwöhnisch.

»Willst du dich auch noch so aufführen, wenn unser Kind da ist? Ein schönes Vorbild gibst du ab.« Sie trat dicht vor ihn, als sich ihre Augen ungläubig weiteten.

»Was ist das für ein Geruch?«

»Was für ein Geruch?« Sie hörte eine Spur Angst in seiner Stimme.

»Du weißt, was ich meine. Parfum. Das ist es doch, oder? Du warst bei einer anderen Frau.«

»Erzähl keinen dämlichen Stuss.«

»Und du nennst mich nicht dämlich. Das stimmt doch, oder? Du stinkst aus jeder Pore danach.«

Ihre Stimme schwoll um mehrere Oktaven an, wurde hysterisch, unkontrolliert. »Wie konntest du mir das antun? Ich bin deine Frau. Ich trage dein Baby aus.«

Sie holte aus und verpasste ihm eine schallende Ohrfeige, während ihr durch den Kopf schoss, zu was für einem miesen Melodrama ihr Leben verkommen war. Ohne zu zögern schlug Martin zurück, mit dem Unterschied, dass Myrtle von der Wucht des Schlages rückwärts gegen die Wand geworfen wurde, wohingegen Martins Wange lediglich ein roter Abdruck zierte. Im ersten Moment wusste sie nicht, wie ihr geschah. Noch nie hatte jemand sie geschlagen. Es fühlte sich an, als hätte jemand versucht, ihr den Kopf von den Schultern zu reißen. Einige Sekunden lang stand sie reglos da, völlig verdattert und benommen, ehe ihre Knie unter ihr nachgaben und sie ungläubig blinzelnd zu Boden glitt.

Augenblicklich war Martin bei ihr. »O Gott. O Gott. Es tut mir leid. Ist alles in Ordnung? Kannst du aufstehen? O Gott. Komm, ich helfe dir, alles ist gut, alles ist gut.«

Sie konzentrierte sich auf sein unnatürlich blasses Gesicht, während er sie hochhob und ins Wohnzimmer trug. Behutsam legte er sie auf die Couch und stopfte ihr Kissen hinter Rücken und Kopf. Sie sah seinen Kiefer zucken. Noch immer hatte sie nicht begriffen, was vorgefallen war. Hätte sie es nach den Streitereien der Vergangenheit vorhersehen müssen, die sie, wie sie nun bemerkte, in den hintersten Winkel ihres Bewusstseins verbannt hatte?

»O mein Liebling, es ist alles gut. Alles ist gut«, murmelte Martin ununterbrochen, halb zu ihr, halb zu sich selbst.

»Das Baby«, sagte sie.

»Was ist damit? Stimmt etwas nicht?«

»Ich weiß nicht, aber ...«

»Fühlst du dich irgendwie anders als sonst?«

»Na ja, eigentlich nicht, aber vielleicht sollte ich mich doch lieber untersuchen lassen.«

»Nein! Es besteht kein Grund, den Doktor damit zu belästigen. Gar keiner. Es geht dir gut. Ich kümmere mich um dich.« Mit entschlossener Miene verließ er den Raum, während sie zitternd auf der Couch zurückblieb. Dann begannen ihre Zähne zu klappern, worauf ein scharfer Schmerz durch ihre linke untere Gesichtshälfte schoss. Mit zitternden Fingern strich sie über ihre Wange, die sich heiß anfühlte und pochte. Martin kehrte mit einem gefrorenen Steak und der Tagesdecke aus dem Schlafzimmer zurück. »Hier. Drück dir das aufs Gesicht.«

Sie gehorchte und spürte eine leichte Linderung. Er breitete die Decke über ihr aus und steckte sie sorgsam um sie herum fest.

»Du hast mich geschlagen«, sagte sie mit tränenfeuchten Augen und immer noch klappernden Zähnen.

»Nein, das habe ich nicht.«

»Was willst du damit sagen?«

»Ich weiß, aber es war doch nur ein kleiner Klaps. Und du hast damit angefangen«, sagte er zaghaft lächelnd.

»Und das rechtfertigt es?« Nun brach sie in Tränen aus.

»O Gott, es tut mir leid. Es tut mir leid.« Er nahm sie in die Arme, wiegte sie und legte sein Gesicht an ihre unverletzte Wange. »Es wird nie wieder vorkommen. Das schwöre ich, Marnie. Ich werde dich nie wieder schlagen. Ich werde mich ändern. Alles wird gut. Alles wird gut werden, dir geht es bald wieder gut, und dem Baby auch.« Er wiegte sie, während sie in seinen Armen weinte.

»Das Parfum«, sagte sie.

»Es gibt keine andere Frau, Marnie. Ich schwöre bei Gott. Es gibt nur dich. Keine andere Frau, nur dich. Ich war in einem Club, das ist alles. Du weißt ja, wie eng es dort zugeht.«

Sie wollte ihm so gern glauben, wollte, dass seine zärtlichen Worte ihre geschundene Seele beruhigten. Das Pochen in ihrer Wange verebbte zu einem dumpfen Schmerz, und nach einer Weile ließ das Zittern endlich nach. Martin blieb noch eine Stunde bei ihr sitzen und hielt sie im Arm, während es allmählich dunkel wurde. Bis er das Gefühl hatte, dass sie ihm glaubte.

Nach einiger Zeit verblasste der Bluterguss, und ihre Wange fühlte sich nicht mehr wund an. Martin zeigte sich nach wie vor reumütig und aufmerksam. Keine langen Abende außer Haus mehr. Er kam zur verabredeten Zeit. Falls es eine andere Frau gegeben hatte, war sie Vergangenheit. Mit dem Baby war alles in Ordnung. Es blieb bis zehn Tage vor dem errechneten Geburtstermin in ihrem Bauch. Martin war während der Geburt nicht bei ihr. Stattdessen wurde er in den rauchgeschwängerten Raum zu den anderen werdenden Vätern geschickt. Doch er besuchte sie, so schnell er nur konnte, und erlaubte ihr, ihren Sohn Lance zu nennen – entweder aus schlechtem Gewissen oder aus irgendeinem anderen Impuls, der eine positive Kehrtwendung versprach.

Lance hatte das Haar seines Vaters, nicht aber dessen Augen. Stattdessen hatte er Myrtles Augen geerbt – graugrün, die die Welt sahen, wie sie war, und nicht, wie er sie sich wünschte. Er war ein ruhiges Baby, was mehr als angenehm war, denn wie wäre sie wohl zurechtgekommen, nun da sich ihr Leben erneut völlig anders entwickelte als vermutet? Da waren Martins merkwürdige Stimmungsschwankungen – im einen Moment war er entzückt von ihr und dem Baby, im nächsten mürrisch und verschlossen, als wäre er nicht der Vater des neuen Erdenbürgers, sondern der größere Bruder und so eifersüchtig und um Aufmerksamkeit heischend, wie man es von einem kleinen Jungen erwarten würde. Bis jetzt hatte sie lediglich auf der Hut vor seinen Launen sein müssen, wenn er getrunken hatte. Doch als reichte es nicht, dass ihre Brustwarzen entzündet waren und ihr vor Müdigkeit ununterbrochen die Augen zuzufallen drohten, musste sie jetzt auch noch jederzeit mit wüsten Tobsuchtsanfällen rechnen.

»Du schenkst dem Jungen viel zu viel Aufmerksamkeit.«
»Du verhätschelt ihn viel zu sehr. Lass ihn schreien.«
Und: »Um ihn kümmerst du dich viel mehr als um mich.«
Natürlich tue ich das, verdammt noch mal, hätte Myrtle ihn am liebsten angeschrien. Was erwartest du denn?

Denn die Liebe, die sie für Martin empfunden hatte, war nahezu erschöpft. Wie eine Eieruhr, durch die nur noch ein winziger Rest Sandkörner rieselte. Er hatte mit seinen Pranken ihre Liebe erstickt.

Und dabei war sie einmal so groß gewesen.

Sie weinte um diese verlorene Liebe, an der sie so lange festgehalten hatte. Sie vermisste und betrauerte sie, dabei hätte er sie für den Rest seines Lebens besitzen können, hätte er nur gewusst, wie er sie festhalten musste. Doch nun empfand sie nichts als Ablehnung für ihn, ein weiterer Schmerz, den sie erdulden musste. Vielleicht würde es ja besser werden, wenn Lance größer wurde und sie nicht mehr ständig so müde war. Inzwischen war sie nicht länger stolz, wenn ihr jemand sagte, wie unterhaltsam und gut aussehend ihr Ehemann sei; stattdessen spürte sie Zorn und den schier übermächtigen Drang, die Wahrheit laut hinauszuschreien. Was sie auch einmal tat, als das Bedürfnis, sich zu offenbaren, zu überwältigend wurde.

Die Frau hieß Frances und war mit einem Kollegen von Martin verheiratet. Sie und Myrtle saßen häufig bei irgendwelchen Dinnerpartys nebeneinander. Ihre kleine Tochter war im selben Alter wie Lance, und die beiden Frauen besuchten einander häufiger, wann immer sie jenes typische Gefühl der Erstgebärenden überkam, den Verstand verlieren zu müssen, wenn sie nur noch eine Sekunde länger mit dem schreienden Säugling zu Hause eingesperrt war.

Myrtle hatte lediglich die Absicht, herauszufinden, ob ihre Ehe normal verlief, als sie fragte: »Wie kommt Bill denn mit seiner Rolle als Vater zurecht?«

»Oh, er ist begeistert. Er geht ganz wunderbar mit ihr um. Aber ich bin sicher, Martin ist genauso.«

»Eigentlich nicht, nein.« Sie war es leid, nur um des lieben Friedens willen ständig zu lügen.

Frances musterte sie leicht schockiert, aber Myrtle war allem Anschein nach nicht bereit, sich an die gängigen Regeln zu halten. »Vielleicht braucht er eben noch etwas Zeit, um Lance besser kennenzulernen«, sagte sie, womit sie wohl gleichermaßen sich selbst wie Myrtle zu beruhigen suchte. »Für Männer ist es nun mal nicht so einfach wie für uns.«

Sie sah so selbstgefällig und blasiert in ihrer Mutterrolle aus, dass Myrtle ihr am liebsten eine Ohrfeige verpasst hätte. Aber da so etwas nicht ging, schlug sie verbal zurück. »Manchmal glaube ich, Martin ist eifersüchtig auf seinen eigenen Sohn. Ist dir das bei Bill auch schon einmal aufgefallen?«

Frances sah sie schockiert an. »Nein, nie.«

»Er ist eifersüchtig, weil ich Lance so viel Aufmerksamkeit schenke. Er war schon eifersüchtig, als er noch in meinem Bauch war. Einmal hat er mich sogar geschlagen. Während der Schwangerschaft.«

»Ich bin sicher –«

»Er hat es getan. So heftig, dass ich gegen die Wand geflogen bin. Hat dein Mann mit dir auch schon mal so etwas getan?«

»Jesus, Maria und Josef, nein!«

»Dann ist es also nicht normal?«

»Natürlich nicht. Ich sollte jetzt besser gehen.« Frances sammelte ihre Sachen ein. Es war offensichtlich, dass sie das alles nicht hören wollte und Angst hatte, in etwas hineingezogen zu werden.

Danach sah Myrtle sie nicht mehr sehr häufig. Sie erzählte niemandem mehr davon. Die Wunde in ihrer Seele jedoch begann sich zu entzünden und entwickelte sich zu einer eitrigen, schwärenden Geschwulst.

So schlimm war es letzten Endes nicht. Mit zunehmendem Alter wurde Lance immer unabhängiger von Myrtle, was Martin sehr gelegen kam. Er spielte gern mit dem Jungen – derbe Raufereien, kitzeln und in die Luft werfen, was der Junge mit quiekender Begeisterung belohnte. Myrtle war froh für diese Alternative zu ihrem Lesen-Malen-Spazierengehen-Beschäftigungsprogramm. Es stimmte, dass ein Kind beide Elternteile brauchte: eine Mutter und einen Vater. Obwohl Martin niemals von seinem eigenen Vater sprach. Und, wo sie jetzt darüber nachdachte, ihr Bruder Roger ihren gemeinsamen Vater hasste. Sie hoffte nur, dass sich dieser Teufelskreis in ihrem Fall durchbrechen ließ.

Viel wichtiger war jedoch die quälende Frage, ob ihr Sohn ein Geschwisterchen brauchte. Sie hatte nie vorgehabt, ihn als Einzelkind aufwachsen zu lassen, und in Anbetracht der Tatsache, wie lange es gedauert hatte, mit ihm schwanger zu werden, sollte sie wohl nicht allzu lange warten. Sie überlegte hin und her, als Martin eines Tages zu ihr sagte: »Lance braucht ein Brüderchen.«

Damit war die Entscheidung gefallen.

Diesmal dauerte es gerade einmal sechs Monate. Alles lief wunderbar. Martin war guter Dinge, Lance ebenfalls. Vater und Sohn verstanden sich prächtig, und Myrtle war glücklich über ihre wachsende Familie und blickte optimistisch in die Zukunft. Aber diese Phase sollte sich als kurzlebig entpuppen. Denn wieder kamen die Probleme, als ihre Schwangerschaft sichtbar wurde. Sie war nicht sicher, warum, aber es war so. Die ständige Erinnerung an ihren Zustand setzte Martin offensichtlich zu sehr zu. Wieder wurde er übellaunig, beäugte mit Argwohn ihren Bauch, als wäre das Baby ein Eindringling in ihr Leben und nicht das sichtbare Ergebnis seines eigenen Tuns. Außerdem begann er wieder zu trinken und blieb abends lange aus. Sie akzeptierte die Situation, wenn auch nicht ohne Angst. Lance war der Einzige, der in den Genuss eines Lächelns von Martin kam – zumindest bei den wenigen Gelegenheiten, wenn er ihn überhaupt zu Gesicht bekam, denn allzu oft schlief der Junge bei Martins Rückkehr längst. Seine Trinkerei hatte sich verändert. Sie wurde schlimmer. Er wurde schlimmer. Sie war nicht sicher, ob er nur mehr trank oder sich lediglich weniger gut im Griff hatte als früher. Fest stand jedenfalls, dass der Alkohol ihn im Griff hatte.

Sie war im vierten Monat schwanger und redete gern mit dem Kind. Sie legte sich die Hand auf den Bauch und spürte die ersten Bewegungen. Mittlerweile hatte sie sich angewöhnt, früh zu Bett zu gehen und so zu tun, als schlafe sie, wenn Martin nach Hause kam. Die Schwangerschaft lieferte ihr die perfekte Ausrede, abgesehen davon war sie tatsächlich erschöpft. Normalerweise ging ihre Rechnung auf, und er ließ sie zufrieden. Nur an diesem Abend nicht.

Beim Klang seiner Schritte auf der Treppe spannte sie

sich an – sie waren schwer, schwankend, bedrohlich. Normalerweise blieb er unten und trank weiter, bis er besinnungslos auf der Couch einschlief. Sie hielt die Augen geschlossen, als die Tür aufging und er sich schwer auf die Bettkante setzte.

»Bist du wach?«

Reglos wie ein Stein lag sie da.

»Marnie, wach auf.« Er legte ihr eine Hand auf die Schulter und rüttelte.

Sie reagierte nicht.

»Wach auf, blöde Schlampe.« Er schubste sie grob aus dem Bett.

Sie schlug mit der Stirn gegen den Nachttisch und lag benommen auf dem Boden, während sie vage registrierte, wie er um das Bett herum auf ihre Seite kam. In gelähmtem Entsetzen sah sie zu ihm hoch. »Was tust du da, Martin?«

»Ich werde dich lehren, mich zu ignorieren, du englisches Dreckstück.« Er trat ihr mit voller Wucht in den Bauch.

Es war ein Mädchen. Winzig, perfekt. Und tot. Sie hätte sie Rose getauft. Sie würde keine weiteren Kinder bekommen können.

Eine Woche blieb sie im Krankenhaus, das Gesicht zur Wand gekehrt, während Martin auf der Bettkante saß und redete und redete. Er war wieder der zärtliche Martin, den sie einst gekannt hatte. Aufmerksam. Und reumütig. Während er sich das schlechte Gewissen von der Seele redete, wog sie ihre Alternativen ab. Am Ende der Woche gelangte sie zu dem Schluss, dass sie keine hatte. Es waren die Sechziger. Keine Frau in Myrtles Bekanntenkreis lebte getrennt, war geschieden und zog ihr Kind allein auf. Seit ihrer Hochzeit hatte sie kein Wort mit ihren Eltern gewechselt. Sie liebte ihren Bruder Roger, aber er war noch so jung, schwach und ständig pleite. Sie mochte Martins Mutter und seine Familie, aber sie würden sie wohl kaum bei sich aufnehmen, wenn sie ihren Sohn und Bruder verließ. Und die Freundschaften, die sie seit ihrer Ankunft in diesem gottverlassenen Teil der Erde geschlossen hatte, waren sehr oberflächlich. Außerdem hatte Martin fest versprochen, mit dem Trinken aufzuhören und sie nie wieder zu schlagen. Sie glaubte ihm nicht, aber was sollte sie tun? Am siebten Tag brachte Martin Lance mit ins Krankenhaus.

»Wann kommst du heim, Mummy?«

»Jetzt.« Sie stand auf und begann sich anzuziehen, ehe sie Martin in die Augen sah.

»Danke«, formte er lautlos mit den Lippen.

35

Aoife und Seth verbrachten den Vormittag damit, einander aus dem Weg zu gehen. Aoife buddelte Kartoffeln aus, als hänge ihr Leben davon ab, während Seth am Teich herumpusselte. Aoife wäre längst verschwunden, aber sie erwartete zwei Frauen von der *Mothers' Union*. Die Vorstellung, das Erntedankfest – oder die Herbstparty, wie Kathy und Liam es nannten – allein zu organisieren, hatte sie dermaßen in Aufregung versetzt, dass sie Mrs Prendergasts Angebot, zwei erfahrene Frauen um Hilfe zu bitten, nur allzu gern angenommen hatte. Sie hoffte nur, dass sie nicht vorschnell gehandelt hatte. Und sie hoffte, dass Seth bald nach Hause ging. Er bekam ja ohnehin nichts zustande.

»Sie müssen Aoife sein.«

Sie drehte sich um und sah zwei Frauen durch den Gemüsegarten kommen. Auf Zehenspitzen umrundeten sie die Rüben und stießen beim Knoblauch auf Aoife.

»Und Sie sind ...«

»Joyce und Pearl«, erklärte Joyce, die offenbar das Kommando hatte.

»Pearl, Joyce, ich freue mich, Sie kennenzulernen.«

Sie gaben einander förmlich die Hand, während Aoife schlagartig bewusst wurde, dass sie sich auf sicherem Terrain befand. Sie kannte diese Frauen, auch wenn sie ihnen noch nie begegnet war. Die beiden gehörten zu jenem Schlag, der ihr seit ihrer Kindheit vertraut war – Frauen wie sie organisierten Kirchenbasare, saßen in verschiedenen gemeinnützigen Ausschüssen, und Joyce hätte die Zwillingsschwester von Aoifes Grundschullehrerin sein können. Trotz ihres katholischen Glaubens hatte sie eine von der Anglikanischen Kirche betriebene Schule in London besucht, weil sie so praktisch lag und einen erstklassigen Ruf besaß. Und diese Frauen waren unverkennbar Protestantinnen. Sie konnte zwar nicht auf den Punkt genau sagen, weshalb sie sich so sicher war – abgesehen von ihrer Zugehörigkeit zur *Mothers' Union* –, aber es bestand kein Zweifel daran.

»Ich muss sagen, Aoife, ich habe ja schon eine Menge über diesen Garten gehört, aber die Beschreibungen werden ihm nicht einmal annähernd gerecht. Ich kann mich nicht erinnern, wann ich das letzte Mal einen so prächtigen Mangold gesehen habe.«

»Bauen Sie denn selbst auch welchen an?«

»Oh, ja. Schon seit Jahren.«

Offenbar hatte sie noch jemanden vor sich, der mehr vom Gärtnern verstand als sie selbst.

Sie wandten sich um, als hinter ihnen der Kies knirschte. Seth.

»Joyce. Pearl. Das ist Seth.«

»Ladys.« Seth streckte die Hand aus und schenkte den beiden Damen sein strahlendstes Lächeln.

»Joyce und Pearl werden uns bei der Herbstparty helfen.«

»Oh.« Dies war das erste Mal, dass Pearl sich zu Wort meldete. »Ich dachte, es sei ein Erntedankfest.«

»Na ja, Herbstparty, Erntedankfest – im Grunde ist es doch ein und dasselbe.«

»Eigentlich nicht, nein.«

Verlegene Stille machte sich breit. Pearl mochte eine zurückhaltende, stille Frau sein, doch erst jetzt bemerkte Aoife den leicht irren Ausdruck religiösen Fanatismus' in ihren Augen.

»Nun ja«, warf Joyce ein, »vielleicht erzählen Sie uns einfach, was Sie bis jetzt geplant haben. Oder vielleicht sollten wir das ja in Ruhe drinnen besprechen.«

»Oh, ich möchte Mrs Prendergast nicht belästigen. Schließlich ist es noch recht früh.«

»Unsinn. Myrtle ist Frühaufsteherin. Das war sie schon immer. Bestimmt ist sie seit Stunden auf den Beinen.«

»Myrtle!«, rief Seth. »Sie wollen mich wohl auf den Arm nehmen. Kein Wunder, dass sie nie ein Wort gesagt hat.«

Aoife strafte ihn mit einem vernichtenden Blick. »Wie wär's, wenn ich Sie ein bisschen im Garten herumführe, meine Damen?«

Als sie Seth und dem Gemüse den Rücken kehrten, kicherte Joyce auf diese typische Weise, wie man sie bei Damen eines gewissen Alters häufig bemerkt. »O je, ich hoffe, wir haben die arme Myrtle nicht verpetzt.«

»Überhaupt nicht. Ich bin sicher, sie würde es Ihnen nicht übel nehmen.«

»Meinen Sie wirklich nicht, wir sollten zuerst mit ihr reden? Ich möchte keinesfalls unhöflich erscheinen.«

»Ach, wissen Sie, jetzt da Sie es sagen – ich glaube, sie ist im Moment gar nicht zu Hause. Ich habe sie vorhin weggehen sehen. Wahrscheinlich erledigt sie ihren Wocheneinkauf.«

»Oh, was für ein Jammer.«

Die beiden schienen so enttäuscht zu sein, dass Aoife beinahe Mitleid mit ihnen bekam, aber Mrs Prendergast hatte strikte Anweisung erteilt, sie nicht einmal in die Nähe des Hauses zu lassen. »Wenn Sie diese naseweisen alten Schachteln auf zehn Meter an mein Haus heranlassen, hetze ich ihnen Harriet auf den Hals«, waren ihre exakten Worte gewesen.

»Und was soll Harriet tun? Ihnen ins Gesicht furzen, bis sie ohnmächtig zusammenbrechen?«

»Seien Sie nicht so frech, Mädchen. Ich meine es ernst. Wenn Sie zulassen, dass sie mir auf den Pelz rücken, blase ich das Ganze ab. Immerhin gehört der Garten immer noch mir, wenn ich Sie daran erinnern darf.«

Mrs Prendergast hatte Aoife mit dem Finger gedroht, und Aoife hatte ein vergnügtes Funkeln in ihren Augen gesehen, trotzdem bestand kein Zweifel, dass sie es ernst meinte. Als die Frauen aufgetaucht waren, hatte sie eine verräterische Bewegung am Vorhang gesehen und malte sich aus, wie Mrs Prendergast hinter dem Fenster stand, sondierte und beobachtete, während sie den Stimmen lauschte, die bis in den hintersten Winkel des Hauses drangen.

Zu Aoifes Verärgerung bestand Seth darauf, sie zu begleiten. Dabei wusste er ganz genau, dass sie ihn nicht dabeihaben wollte, daran bestand kein Zweifel. Typisch. Sie warf ihm einen Blick zu, den er mit einem breiten Grinsen quittierte.

Plaudernd wanderten die drei Frauen durch den Garten, und Aoife war wenig erstaunt zu erfahren, dass Joyce und Pearl früher als Lehrerinnen gearbeitet hatten.

»Was soll an diesem Tag denn passieren?«, erkundigte sich Joyce.

»Na ja, ich dachte, wir richten Stände ein, an denen wir Obst und Gemüse verkaufen, außerdem wollte ich eine Suppe anbieten.«

»Welche Art von Suppe?«

»Pastinaken. Davon haben wir im Moment in Hülle und Fülle.«

»Ich habe ein wunderbares Rezept für eine Suppe mit in Honig gerösteten Pastinaken, das ich Ihnen gern geben kann.«

»Ich habe schon –«

»Gut. Und Brot.«

»Was ist damit?«

»Möchten Sie selbst gebackenes Brot zur Suppe reichen. Und wenn ja, sollen wir welches backen?«

»Äh. Vielleicht. Ich bin noch nicht sicher. Kann ich es mir noch überlegen und später Bescheid geben?«

»Gut. Was sonst noch?«

»Ich fürchte, ich habe mir noch keine genaueren Gedanken darüber gemacht.«

»Wie wäre ist mit einem Kuchenstand?«, warf Seth ein.

»Eine hervorragende Idee!« Joyce strahlte ihn an. »Wir könnten welchen mit Obst aus dem Garten backen. Gedeckte Kuchen, Obsttorten, Streusel. So etwas.«

»Und Marmeladen«, fügte Seth hinzu.

»O ja, und Konfitüren, Gelees und Chutneys. Ich muss sagen, Sie haben jede Menge wunderbarer Ideen.«

»O ja, jede Menge.«

Wüsste Aoife es nicht besser, hätte sie gesagt, Joyce flirte mit Seth.

»Gut.« Entschlossenen Schrittes steuerte Joyce auf Emilys Garten der Sinne zu. »Dieser Lavendel. Ich weiß, dass er verblüht ist, trotzdem bin ich sicher, dass man noch etwas mit ihm anfangen kann. Wir könnten Seife daraus machen, und Lotionen oder Duftsäckchen.«

»Was ist mit den Rosen?«, fragte Seth. »Im Augenblick fallen die Blätter ab. Lassen die sich nicht auch für irgendetwas verwenden?«

Geradezu ekstatisch verkrallte Joyce die Hände ineinander. »Ja! Ihr Mann hat wirklich hervorragende Ideen«, sagte sie zu Aoife.

»Mein was?« Sie hörte, wie Seth hinter ihr in prustendes Gelächter ausbrach.

»Oh, bitte entschuldigen Sie. Ich dachte, Sie beide wären verheiratet.«

»Äh. Nein.«

»Wo soll der Pfarrer stehen?«, fragte Pearl, die das Gespräch um sie herum kaum wahrzunehmen schien.

»Was meinen Sie damit?«

»Für die Zeremonie.«

»Welche Zeremonie?«

»Den Erntedank.«

»Ach so. Aber ich glaube, hier liegt ein Missverständnis vor. Das Ganze wird keine religiöse Veranstaltung, zumindest keine christliche. Wir hoffen sogar, dass wir viele Menschen unterschiedlicher Glaubensrichtung begrüßen können, und wollen niemanden vergraulen.«

Pearl schien beinahe empört zu sein.

»Es tut mir leid, wenn wir einen falschen Eindruck erweckt haben«, fuhr Aoife fort, »und natürlich ist uns ein

Pfarrer mehr als willkommen. Und ich verstehe es natürlich, wenn Sie unter diesen Umständen nicht teilnehmen möchten.«

»Ach, seien Sie nicht albern«, warf Joyce ein, »natürlich wollen wir.«

Pearl schien sich ihrer Sache nicht ganz so sicher zu sein.

Am Ende des Besuchs begleiteten Seth und Aoife die beiden Damen zum Tor. Seth ging mit Pearl voraus, während Aoife und Joyce ihnen langsam folgten. Joyce blieb immer wieder stehen, um eine Pflanze zu bewundern, die sie ausnahmslos mit ihren lateinischen Bezeichnungen kannte.

»Darf ich Sie etwas fragen?«, platzte Aoife unvermittelt heraus.

»Aber natürlich, meine Liebe.«

»Wie kamen Sie auf die Idee, dass Seth und ich verheiratet wären?«

Joyce kicherte. »Tut mir leid. Ich weiß auch nicht genau. Ich glaube, es liegt an der Art, wie Sie miteinander umgehen. An der Mischung aus Vertrautheit und Geringschätzung, würde ich sagen.«

36

Mittlerweile galt Prendergast Construction dank Martins harter Arbeit und seinem Charme als eine der bedeutendsten Baufirmen in Dublin. Er hatte soeben einen weiteren Regierungsauftrag bekommen, was bedeutete, dass Myrtle ihn nicht allzu oft zu Gesicht bekam. Wogegen Myrtle nichts einzuwenden hatte, da sie und Lance sehr gut ohne ihn zurechtkamen.

Da Martin darauf bestanden hatte, eine Haushälterin und

einen Gärtner einzustellen, um seinen neu gewonnenen Status als Bau-Tycoon zu demonstrieren, hatte Myrtle sehr viel Zeit für Lance. Nur gegen ein Kindermädchen wehrte sie sich – wohingegen ihr die Dienste einer Haushälterin durchaus gelegen kamen. Myrtles Talent bestand darin, schöne Dinge aufzustöbern, nicht jedoch, sie sauber zu halten. Der Garten war etwas anderes. Seit ihrem Einzug hatten sie sich kaum damit beschäftigt, da er viel zu groß war, um ihn allein in den Griff zu bekommen, mit dem Resultat, dass wildes Gestrüpp die Oberhand auf dem von hohen Ziegelmauern umgebenen Grundstück gewonnen hatte. Das einzig Erwähnenswerte waren ein paar alte Apfelbäume.

Also wurde ein Gärtner eingestellt, und die Dinge nahmen ihren Lauf. Fasziniert beobachtete Myrtle tagein, tagaus die Fortschritte, während das Chaos allmählich der Ordnung wich. Das Grundstück wurde in vier Quadranten aufgeteilt, in der Mitte ein Teich angelegt und jeder Teil mit Kieswegen abgegrenzt. Als die Pflanzen kamen, fing der Spaß erst richtig an. Der Gärtner, ein stämmiger Mittfünfziger, erlaubte Myrtle, ihm bei der Bepflanzung zu helfen. Gemeinsam brüteten sie über den Katalogen der Gärtnereien und trafen ihre Auswahl.

Martin beobachtete begeistert die Fortschritte und half an den wenigen Tagen, die er zu Hause verbrachte, beim Ausgraben und Verteilen der Erde. Wahrscheinlich erinnerte ihn die Tätigkeit an seine Kindheit auf der Farm, doch Myrtle fragte ihn nicht danach. Es interessierte sie nicht länger. Wichtig war nur, dass er nüchtern war und sie in Frieden ließ.

Mittlerweile war Winter, so dass es nicht allzu viel zu tun gab. Der Garten lag im Tiefschlaf, während im Haus die Weihnachtsdekoration herausgeholt wurde. Martin sollte bald von einer Reise nach Amsterdam zurückkehren, und wenige Tage darauf erwarteten sie seine Mutter und seinen älteren Bruder Séan, die das erste Mal Weihnachten in Dublin verbringen würden. Das bedeutete zwar einiges an Arbeit für Myrtle, was sie jedoch keineswegs störte. Im Gegenteil.

Lance warf sich seinem Vater in die Arme, sobald er zur Tür hereinkam. »Was hast du mir mitgebracht?«

Natürlich gab es Schokolade.

»Und das hier.«

»Was ist das?«

»Ein Engel. Er gehört auf die Spitze des Weihnachtsbaums.«

Der kleine Engel bestand aus Keramik und war blauweiß lackiert.

Martin und Lance sahen Myrtle an.

»Der ist aber schön«, lobte sie.

Martin hob Lance hoch, so dass er den Engel auf die Spitze ihrer kleinen Tanne setzen konnte. Dann drehten sie die Lichter an und feierten das schönste Weihnachten, das sie je hatten.

Im Frühling schenkte Martin Myrtle eine Fotokamera zum Geburtstag – er legte sich noch immer mächtig ins Zeug und versuchte, sie gnädig zu stimmen. Mit Erfolg.

»Komm, gehen wir raus und probieren sie aus.«

Die drei gingen nach draußen, wo sie auf den Gärtner stießen. »Könnten Sie vielleicht …?«, fragte Martin und zeigte ihm, wie die Kamera ausgelöst wurde. »Ein Familienfoto wäre doch schön.«

Sie standen vor den alten Apfelbäumen, die gesamte Prendergast-Familie, und der Gärtner drückte auf den Auslöser.

»Wunderbar.«

Die Zeitkapsel war Martins Idee, die Lance begeistert aufnahm. In der folgenden Woche vergruben sie die Dose, gleich an dem Tag, als die Abzüge der Fotos kamen. Sie verbrachten einen herrlichen Nachmittag im Garten, die ganze Prendergast-Familie, und diskutierten, was sie hineingeben und wo sie sie vergraben sollten.

An diesem Abend trank Martin einen Johnnie Walker. Nur einen kleinen. Das hatte er sich verdient, nachdem er so lange brav gewesen war.

Es fing wieder an. Das alte Lied. Zuerst der Geruch. Er versuchte ihn vor ihr zu verbergen, doch ihre Sinne waren geschärft. Sie sagte nichts. Dann kamen die Abende, an denen er spät nach Hause kam. Dann beides, immer auffallender, immer extremer. Trotzdem sagte sie nichts. Was hätte es auch bringen sollen? Es war ein Zyklus, der so vorhersehbar war wie die Jahreszeiten. Wie der Winter, der auf den Herbst folgte, folgte die Trunkenheit auf die Tage der Nüchternheit. An manchen Abenden kam er nach Hause und spielte mit seinem Sohn. Die beiden liebten einander abgöttisch, und bislang hatte Lance seinen Vater noch nie betrunken gesehen, ja, er wusste noch nicht einmal, was das Wort bedeutete. Obwohl er einmal fragte: »Wieso riechst du so komisch, Daddy?«

»Das ist Zahnpasta.«

»Nein, es riecht noch nach etwas anderem.«

Martin entschuldigte sich eilig und suchte das Weite.

Dann kamen die Beleidigungen, zuerst unterschwellig, dann immer direkter. Die Schimpfnamen. Die Klapse, die Tritte, die Schubser. Nichts Ernstes, nur Kleinigkeiten, Dinge, von denen sie mittlerweile glaubte, sie habe sie verdient.

Wenigstens ließ er Lance in Ruhe. Gegen ihn hob er kein einziges Mal die Hand, und solange das so war, würde sie alles ertragen.

Aber es wurde schlimmer – das Trinken, die Gewalt. Sie fragte sich, wie er in der Öffentlichkeit damit durchkam, doch ihr war durchaus klar, dass er sich nach außen hin als großer Charmeur zeigte. Die Tatsache, dass nur sie allein die Wahrheit kannte und ihr niemand glauben würde, wenn sie etwas sagen sollte, verstärkte nur ihre Einsamkeit und Verzweiflung.

Eines Abends kam er sehr früh nach Hause. Die Haushälterin war krank, deshalb kümmerte Myrtle sich um die Zubereitung des Abendessens. Der Gärtner hatte Gemüse aus dem Garten für einen Eintopf hereingebracht. Bei dieser Gelegenheit hatten sie eine Weile über die geplante Bepflanzung geplaudert, während Lance auf dem Boden ein Puzzle machte. Sie hatte Martin erst viel später erwartet, und ihr Mut sank, als sie seine Stimme in der Diele hörte.

»Daddy! Daddy!« Lance sprang auf, lief zu seinem Vater und klammerte sich an seinem Bein fest, doch ausnahmsweise ignorierte ihn sein Vater.

Bei seinem Anblick packte Myrtle die kalte Angst. Er starrte den Gärtner finster an, der darauf eilig den Rückzug antrat.

»Was hatte der hier zu suchen?«, stieß Martin hervor. Er war unübersehbar betrunken und auf Streit aus.

»Lance, Schatz, wieso gehst du nicht nach oben und spielst mit deiner Eisenbahn?«

»Ich sagte, was zum Teufel hatte er hier zu suchen?«, wetterte Martin und schlug mit der flachen Hand auf den Küchentresen.

Aus dem Augenwinkel beobachtete Myrtle, wie Lance

zusammenfuhr und seinen Vater mit einer Mischung aus Staunen und Angst ansah. So hatte er ihn noch nie erlebt.

Myrtle hatte Mühe, ihre Stimme ruhig klingen zu lassen. Selbst sie hatte ihn nur selten in einem so üblen Zustand gesehen. »Er hat mir Gemüse aus dem Garten gebracht. Mary ist krank, deshalb kümmere ich mich selbst ums Abendessen.«

»Worüber habt ihr geredet?«

»Über den Garten. Wir —«

»Ihr steckt ständig die Köpfe zusammen. Lässt du dich von ihm ficken?«

»Martin, bitte! Das ist doch völliger Blödsinn. Der Mann könnte mein Vater sein.«

»Wage es ja nicht, mich als blöd zu bezeichnen, du elende Hure!«, blaffte er.

»Lance, geh nach oben. Auf der Stelle!«

»Setzt du mir etwa Hörner auf, Frau?«

Mittlerweile hatte er sie an der Kehle gepackt, gegen den Kühlschrank gedrängt und drückte zu.

»Hör auf, Daddy! Hör auf!«, schrie Lance und trommelte mit seinen Fäustchen auf Martins Schenkel ein. Myrtle wünschte, er möge endlich aufhören, doch kein Wort drang über ihre Lippen. Sie hatte Mühe, Luft zu bekommen, denn Martins Finger lagen wie ein Schraubstock um ihre Kehle. Sie versuchte, sich seinem Griff zu entwinden, doch es war vergeblich. Sie blickte ihm in die Augen, sah den tödlichen Ausdruck darin, den Speichel, der sich auf seiner Unterlippe gebildet hatte. Sollte es ihr gelingen, ihm lebend zu entkommen …

»Mummy!« Inzwischen hatte Lance vollkommen die Fassung verloren und rammte seinen Kopf gegen Martins Bein.

»Lass das!«, schrie Martin, doch Lance hörte erst auf,

als Martin von Myrtle abließ, die zu Boden sank. Martin stürzte sich auf Lance und schlug ihm so heftig ins Gesicht, dass der kleine Junge mehrere Meter rückwärtsgeschleudert wurde. Er packte den Kleinen am Kragen und begann ihn zu schütteln. »Du elendes kleines Stück Scheiße!«
»Nimm die Finger von ihm!«
Mit einem Mal herrschte Stille im Raum. Tödliche Stille. Myrtle hielt Martin ein Küchenmesser an die Kehle.
Und keiner der Anwesenden zweifelte an ihrer Fähigkeit, es auch zu benutzen.

37

Die folgenden Wochen vergingen in verdächtiger Ruhe. Weder Uris noch Mrs Prendergasts Anwälte hatten einen Mucks von Lance gehört. Als sie nachhakten, erfuhren sie auch den Grund dafür: Lance hatte sich in eine Entzugsklinik einweisen lassen.

Wie sollte Mrs Prendergast darauf reagieren? Mit Erleichterung, weil Lance endlich professionelle Hilfe in Anspruch nahm? Oder Scham, weil ihr Sohn so tief gesunken war? Wie auch immer – es war ein sehr heikles und höchst emotionales Thema für sie. Natürlich würde sie ihn besuchen gehen. Auch wenn ein Teil von ihr Mühe hatte, ihm sein Verhalten zu verzeihen, war er immer noch ihr Sohn. Und sie seine Mutter.

Sie hatte noch nie eine Entzugsklinik von innen gesehen, doch es war wesentlich angenehmer, als sie es sich vorgestellt hatte – keine abblätternde Farbe an den Wänden und Junkies mit Spritzen in den Armen, die auf den Gängen herumlungerten. Stattdessen war alles ruhig, und es herrschte eine friedliche, geradezu würdige Atmosphäre. Das Ganze erinnerte sie eher an ein Seniorenzentrum, das sie einmal besucht hatte.

Lance saß mit dem Rücken zu ihr an einem Tisch. Sie spürte förmlich, wie es sie bei seinem Anblick durchfuhr: Die Ähnlichkeit mit seinem Vater war unverkennbar. Ihr wurde bewusst, dass er mittlerweile älter war als Martin zu dem Zeitpunkt, als sie ihn das letzte Mal gesehen hatte. Er besaß genau denselben Haaransatz, dieselben breiten Schultern.

Leise setzte sie sich neben ihn. Er sah sie an und brach in Tränen aus. Sie wusste nicht, wie sie sich verhalten sollte. Mutter und Sohn hatten stets versucht, ihre Schwächen voreinander zu verbergen. Selbstbeherrschung, so lautete die Parole. Seit er ein Teenager war, hatte sie ihn nicht mehr weinen gesehen und war unsicher, wie sie sich verhalten sollte. Ein überwältigendes Gefühl des Mitleids überkam sie, das sie jedoch nicht auszudrücken vermochte. Am Ende entschied sie sich, flüchtig seinen Arm zu tätscheln. Doch dies schien alles nur noch schlimmer zu machen, allerdings wusste sie nicht, weshalb. War ihre Reaktion zu viel oder zu wenig gewesen? Lance stand offenbar an einem Punkt in seiner Behandlung, an dem ihn selbst der geringste Anlass wie ein Baby in Tränen ausbrechen ließ.

»Es tut mir leid«, stammelte er schließlich schniefend.

Was? Dass er ihr etwas vorheulte? Oder dass er ihr das Herz gebrochen hatte?

»Ich war so ein Mistkerl.«

Obwohl sie nicht die Absicht hatte, ihn in seiner Einschätzung zu bestärken, konnte sie sich auch nicht überwinden, ihm zu widersprechen.

»Wie kannst du mich überhaupt noch ansehen? Nach allem, was ich getan und gesagt habe?«

»Oh, Lance.« Sie legte ihre Hand auf seine. »Ich werde dich immer lieben, egal was du tust. Ich bin deine Mutter. Deshalb kann ich sowieso nicht anders.«

Wenigstens das brachte ihn zum Lachen. Sie hatten schon immer denselben Humor gehabt. Düster. Ironisch. Galgenhumor, hatte Martin es stets genannt. Zu ihrer Überraschung stellte sie fest, dass sie bereits das zweite Mal an diesem Tag an ihn dachte, wo es ihr normalerweise recht gut gelang, ihn aus ihren Gedanken zu verbannen. Und im Zusammenleben mit ihm war Galgenhumor unerlässlich gewesen, so viel stand fest.

»Ich schließe daraus, dass du diese alberne Klage gegen mich fallen lässt?«

Er nickte verlegen und rieb sich mit den Daumenknöcheln die Augen. »Tut mir leid.«

»Das sollte es auch. Wenn du Geld brauchtest, Lance, hättest du zu mir kommen und mich fragen müssen, statt zu versuchen, es dir auf eine so miese Art zu beschaffen.«

»Ich weiß, ich weiß. Aber ich habe mich so geschämt.«

»Weswegen genau?«

»Weil ich mein ganzes Geld verloren hatte.«

»Du meinst, beim Spielen?«

»Woher weißt du das?«

»Onkel Roger hat es mir erzählt.«

»Oh.«

»Genau. Oh.«

»Und hat er dir auch alles andere erzählt?«

»Du meinst das Trinken und das Kokain?«

»O Gott.« Lance war zutiefst erschüttert. Und verblüfft. »Woher weißt du von dem Kokain?«, fragte er.

»Weshalb sollte ich nicht davon wissen? Ich bin schließlich nicht von gestern. Auch ich lese Zeitung, sehe die Nachrichten und kenne sogar *Trainspotting*. Ich weiß, dass ich ein sehr zurückgezogenes Leben führe, aber auch ich habe Augen im Kopf.«

»Und du bist nicht ... schockiert?«

»Na ja, ein bisschen schon. Man geht schließlich nicht davon aus, dass sich solche Dinge vor der eigenen Haustür abspielen. Und bei jemandem, der in den Genuss einer erstklassigen Ausbildung gekommen ist. Aber ...« Sie hielt inne. Wie sollte sie es ausdrücken? »Ich glaube, ein Teil von mir hat sich immer gefragt, ob es bei dir auch eines Tages herauskommen wird. Dein Vater war Alkoholiker und, soweit ich weiß, sein Vater ebenfalls. Offenbar hast du ein gewisses Suchtpotenzial, Lance. Ich bin sicher, die beiden hätten sich auch Kokain gespritzt, hätte es dieses Zeug zu ihrer Zeit schon gegeben.«

»Kokain spritzt man nicht, man zieht es sich über die Nase rein, Mutter.«

»Widersprich mir nicht. Du steckst schon tief genug drin. Von mir hast du es jedenfalls nicht. Das stärkste Gift, das meine Eltern je zu sich genommen haben, war Kaffee, und auch ich habe keine suchtgefährdete Persönlichkeit. Manch einer würde sogar sagen, ich habe überhaupt keine Persönlichkeit.«

»Ich nicht.«

Sie lächelten einander an – beide mit enormer Erleichterung.

»Tja.« Sie seufzte. »Wie sieht es nun mit dem Geld aus? Hast du genug?«

»Ja. Onkel Roger hat die Kaution für mich hinterlegt und zahlt auch die Entziehungskur. Aber das weißt du wahrscheinlich sowieso längst.«

»Mag sein, dass er es erwähnt hat.«

»Er war unglaublich nett zu mir.«

»Na ja, er hat sich schon immer in gewisser Weise für dich verantwortlich gefühlt. Schließlich betrachtet er sich als eine Art Ersatzvater.«

Es hatte sich herausgestellt, dass Roger ein gutes Händchen für Geschäfte hatte. Mittlerweile hatte er mehrere Unternehmen aufgebaut, die er für enorme Summen verkauft hatte, und hielt sich die meiste Zeit mit seiner dritten, fünfundzwanzig Jahre jüngeren Ehefrau Anthea in einer Art Vorruhestand in Maida Vale auf.

»Da gibt es noch etwas, was ich dich fragen muss.« Lances Miene verdüsterte sich. »Neulich hatte ich in der Gruppentherapie etwas, was man hier Durchbruch nennt.«

Großer Gott, dachte Myrtle. Das klang alles so schrecklich amerikanisch. »Bitte.«

»Und seitdem habe ich diese Flashbacks. Erinnerungsfetzen. Fast so wie Träume, obwohl ich wach bin.«

»Sprich weiter.« Ein Teil von ihr wusste bereits, was gleich kommen würde.

»Ist …« Seine Stimme brach. »Ist an dem Tag, als Daddy weggegangen ist, etwas passiert?«

Sie seufzte. Ihre Glieder fühlten sich mit einem Mal bleischwer an. »Woran erinnerst du dich?«

»Hat er mich geschlagen?«

Sie nickte.

»Großer Gott. Das muss ich all die Jahre verdrängt haben.«

Einige Momente lang saß er bebend da, dann sah er sie scharf an. »Und dich? Hat er dich auch geschlagen?«

»Ja.«

»Nur dieses eine Mal oder vorher auch?«

»Mehrere Male.«

»Lieber Gott. All die Jahre hatte ich keine Ahnung. Wieso bist du so lange bei ihm geblieben? Schließlich lässt du dir doch sonst auch von keinem etwas gefallen.«

»Genau das taten die Frauen aber in dieser Zeit. Mund halten und bleiben. Ich hatte keine Wahl. Wenn man Pech hatte und mit dem Falschen verheiratet war, musste man eben das Beste daraus machen.«

»Und wieso ausgerechnet an diesem Tag? Was hat endgültig den Ausschlag gegeben?«

»Ich hatte Angst um mein Leben, Lance. So hatte ich mich noch nie gefühlt. Aber in allererster Linie lag es daran, dass er dich geschlagen hat – zum allerersten Mal. Ich hätte nie gedacht, dass er das tun würde. Er war völlig vernarrt in dich.«

»Und die ganze Zeit dachte ich, du bist schuld.«

»Woran?«

»Ich dachte, du hättest ihn aus dem Haus getrieben.«

»Wie hätte ich das tun können?«

»Na ja.« Lance rutschte unbehaglich auf seinem Stuhl herum. »Du bist nicht gerade die Warmherzigkeit in Person.« Er sah sie entschuldigend an. »Tut mir leid.«

»Ich schätze, das ist wohl so. Aber im Umgang mit deinem Vater war ich nicht kaltherzig. Zumindest nicht am Anfang. Ich war völlig verrückt nach ihm.«

»Wirklich?«

»Wirklich.«

Schweigend hing jeder seinen eigenen Gedanken nach, die sich an der einen oder anderen Stelle überschnitten.

»Mum?«

»Ja.«

»Da ist noch etwas anderes an diesem Tag, woran ich mich erinnere.«

»Was denn?«

Er lachte etwas nervös. »Aber eigentlich kann es gar nicht sein. Es ist so abstrus – mein Gedächtnis muss mir einen Streich spielen.«

»Was denn?«

»Irgendwie habe ich in Erinnerung, dass du ihm ein Messer an die Kehle hältst.«

»Ja, Lance, genau das habe ich getan.«

38

Die Zusammenarbeit zwischen Uri und Aoife verlief sehr harmonisch. Wieder einmal half er ihr, und sie konnte ein weiteres Mal nur über seine endlose Geduld und Großherzigkeit staunen.

»Sie müssen meine ständige Fragerei doch allmählich leid sein«, meinte sie.

»Eigentlich nicht, nein.«

»Aber ich löchere Sie pausenlos.«

»Ich soll mein Wissen nicht für mich behalten, sondern es muss an die nächste Generation weitergegeben werden. Und das sind Sie. Irgendwann werden Sie an der Reihe sein.«

Sie dachte eine Weile darüber nach und fragte sich, wie weit sie wohl gehen konnte. Es gab ein unausgesprochenes Gesetz in ihrem Garten: der Respekt vor der Privatsphäre jedes Einzelnen. Doch er schien in der Stimmung zu sein, sich zu öffnen … »Seth hat mir erzählt, Sie stammen aus Deutschland.«

Sie bemerkte einen Ausdruck in seinen Augen, den sie nicht einordnen konnte, als er kurz aufsah und sich dann wieder seinem Setzling widmete. »Das stimmt.«

»Aus welchem Teil?«

»Ich bin am Rand von Berlin aufgewachsen.«
»Besuchen Sie Ihre Heimat regelmäßig?«
»Dublin ist jetzt meine Heimat.«
»Aber Sie müssen doch Familie dort haben.«
»Nicht mehr.«
Die Art und Weise, wie er es sagte, hatte etwas Bestimmtes, etwas Endgültiges, das ihr verriet, dass ihre Unterhaltung – sofern man es überhaupt als solche bezeichnen wollte – damit beendet war.

Uri arbeitete weiter, wobei er den Abstand zu Aoife Stück für Stück vergrößerte. Mittlerweile lag eine leichte Anspannung in der Luft. Er zog es ohnehin vor, allein zu arbeiten, weil dies bedeutete, dass er seine Tätigkeit ungestört verrichten und niemand in seine Tagträumereien eindringen konnte. Unglücklicherweise bestand stets die Gefahr, dass seine Gedanken auf verbotenes Terrain abschweiften.

Liebevoll berührte er die Blätter des Feigenbaums und rieb eine der Früchte zwischen den Fingern – Früchte, nach denen sich die Frauen der *Mothers' Union* schon bald die Finger lecken würden. Seine Mutter hatte doch auch immer etwas aus Feigen gemacht. Was war es noch mal gewesen? Er schloss die Augen und versuchte sich zu erinnern.

Er hatte seiner Mutter immer so gern beim Backen zugesehen. Er und seine Schwester hatten sich auf Stühle gestellt, um auf die Arbeitsplatte spähen zu können, wo Uris Mutter ihre Köstlichkeiten zubereitete: ausrollen, kneten, mischen, Sahne unterheben, hacken, schälen, füllen, schnippeln. Manchmal erlaubte sie ihnen auch zu helfen. Und immer durften sie am Ende die Schüssel auslecken. Besser gesagt, Uri bekam die Teigschüssel, weil er der größere war, und Hannah die Löffel. Das Einzige, was noch besser war, als die Utensilien abzulecken, war, die Köstlichkeiten später essen zu dürfen: Challah-Zopf, Bagels, Blintzes, Honigkuchen, Rugelach und Tzimmes.

Manchmal nahm Uri etwas davon mit in die Schule für die Pause. Natürlich taten die anderen Jungen dasselbe, aber Uri war sich ganz sicher, dass das, was seine Mama kochte, am allerbesten schmeckte.

Eines Tages wurde die Schule geschlossen. Er wusste nicht genau, warum das so war, aber es musste etwas mit den Soldaten zu tun haben – was sie jedoch dagegen einzuwenden hatten, dass er Lesen, Schreiben und Rechnen lernte und in der Pause auf dem Schulhof Fangen spielte, leuchtete ihm nicht ganz ein. Anfangs war es sehr spannend, Ferien zu haben, aber nach einer Weile vermisste Uri die anderen Jungs und sogar das Lernen. Um diese Zeit passierte noch etwas anderes Seltsames: Er durfte nicht länger auf den Spielplatz gehen. Seine Mama meinte, auch er sei geschlossen worden, aber Uri wusste, dass das nicht stimmte, weil er die anderen Kinder dort spielen gesehen hatte. Vielleicht hatte es ja etwas mit dem gelben Stern auf seinen Kleidern zu tun, denn die anderen Kinder trugen ihn nicht. Er fragte seine Mama, ob er ihn abmachen dürfe, damit er wieder auf den Spielplatz gehen könne, doch sie meinte, er müsse ihn weiterhin tragen. Er fand das ziemlich gemein und zog sich schmollend in sein Zimmer zurück. Keine Schule, kein Spielplatz. Wie langweilig. Uri spielte gern mit den anderen Kindern auf der Straße, aber manchmal beschimpften ihn diejenigen ohne Sterne auf dem Ärmel und sagten gemeine Sachen zu ihm. Das war nicht schön, aber noch schlimmer war es, wenn seine Mama oder sein Papa dabei waren. Dann hielten sie ihn noch fester bei der Hand, starrten stumm geradeaus und taten so, als hätten sie es nicht gehört.

Als Folge verbrachte Uri viel Zeit im Haus, und meistens blieb ihm kein anderer Spielkamerad als seine Schwester Hannah – die zu nichts zu gebrauchen war. Das Einzige, was sie gut konnte, war, seine Spielsachen durcheinander zu bringen. Mit einem Wort: Das Leben war eine üble Sache. Eines Tages verkündeten seine Eltern, dass sie umziehen würden. An einen Ort namens Ghetto. Uri hatte nie davon gehört, hoffte aber, dass es dort einen Spielplatz gab.

Seine Eltern schienen nicht sonderlich erfreut über die Aussicht zu sein, was vielleicht daran lag, dass der Umzug so schnell über die Bühne ging, dass sie nicht einmal Zeit hatten, all ihre Sachen mitzunehmen. Die großen Gegenstände wie Tische und Betten mussten sie sogar zurücklassen, wohingegen Uri zumindest die meisten seiner Spielsachen mitnehmen durfte, was prima war. Außerdem konnten seine Eltern ja später immer noch einmal herkommen und den Rest holen.

Das neue Zuhause war nicht so, wie er es erwartet hatte. Es war viel kleiner, denn bisher hatten sie ein Haus mit einem Garten für sich allein gehabt. Nun aber mussten sie es sich mit anderen Familien teilen und hatten noch nicht einmal einen richtigen Garten, sondern nur einen Innenhof. Uri hatte auch kein eigenes Zimmer mehr, sondern ein gemeinsames mit seinen Eltern und seiner Schwester, in dem sie nicht nur schliefen, sondern auch kochten, aßen, spielten. Anfangs bat er seine Mutter noch, Honigkuchen zu backen, worauf sie meinte, das ginge nicht, und sich nervös und besorgt auf die Lippe biss. Also fragte er nicht länger.

Aber es gab auch schöne Zeiten. Das Beste war, dass es jede Menge Jungs zum Spielen gab. Zwar war weit und breit kein Spielplatz zu finden, wie Uri gehofft hatte, dafür ließen sie sich jede Menge Spiele einfallen und konnten sich jederzeit auf der Straße treffen, da es keine Kinder ohne Stern mehr gab, die ihnen Schimpfworte nachriefen.

Ein weiterer Vorteil war, dass Uris Vater die ganze Zeit zu Hause war. Früher hatte er im Schlossgarten gearbeitet, wo er der wichtigste Gärtner von allen gewesen war und den anderen Männern gesagt hatte, was sie zu tun hatten. Einige Male hatte er Uri sogar auf dem Fahrrad mit zur Arbeit genommen. Uri gefiel es, dass sein Vater zu Hause war, nicht zuletzt, weil er so viele tolle Geschichten zu erzählen hatte. Er mochte ein eher ruhiger Mann sein, aber seine Geschichten waren fantastisch. Es war schon lustig: Seine Mutter redete die ganze Zeit, ihre Geschichten gaben jedoch nicht allzu viel her, wohingegen sich Papas Geschichten meist um Drachen drehten, was Uri am meisten liebte. Blöd war nur, wenn Hannah ebenfalls zuhörte und Papa Prinzessinnen und solches Mädchenzeug einflechten musste, aber dann zwinkerte Papa ihm zu, damit Uri wusste, dass er es nur erzählte, um Hannah eine Freude zu machen.

Wenn er nicht gerade Geschichten erzählte, wirkte Uris Vater allerdings sehr traurig. Stundenlang saß er am Fenster und starrte hinaus. Wahrscheinlich dachte er über seine Blumen und Pflanzen im Schlossgarten nach, vermutete Uri. Normalerweise ließ er sie nur ungern unbeaufsichtigt, nicht einmal für wenige Tage, deshalb fragte er sich bestimmt, wie sie ohne ihn zurechtkamen und ob jemand anderes sie goss und pflegte, bis er zurückkehrte. Uri versuchte ihn mit Kitzeln und kleinen Späßen aufzumuntern, wenn er in dieser trüben Stimmung war.

Eines Tages mussten sie auch ihr neues Zuhause verlassen – noch überstürzter als beim letzten Mal. Diesmal durfte er nur ein paar kleine Spielsachen mitnehmen. Es war kein schöner Tag. Draußen waren viele Soldaten mit Gewehren, die brüllten und die Leute vor sich hertrieben. Am Ende saßen sie alle auf dem Dorfplatz – Hunderte oder sogar Tausende. Alle trugen den gelben Stern. Dann wurden sie in große Gruppen eingeteilt. Uri und seine Familie kamen in die zweite Gruppe. Nach einer Weile hieß es, dass sie zum Bahnhof gehen würden.

39

Uri hatte Mühe, Atem zu schöpfen. Er stand im Zug, dicht gegen seine Mutter gedrängt, die Wange an ihrem Hüftknochen. Sie mussten stehen, weil es keinen Platz zum Hinsetzen gab. Sein Vater hatte Hannah auf dem Arm, die irgendwann eingeschlafen war und sich eng an ihn schmiegte. Noch heute, als alter Mann, sah Uri den gequälten Ausdruck auf dem Gesicht seiner Mutter, wann immer er an diesen Tag zurückdachte. Doch wenn er zu ihr hochsah, lächelte sie ihn an und strich ihm über die Wange oder übers Haar. Unter normalen Umständen wäre ihm die Geste schrecklich peinlich gewesen, immerhin war er schon zehn. Aber all das schien mit einem Mal keine Rolle mehr zu spielen. Vorhin hatte er einen Jungen aus seiner Schule gesehen, der viel älter war als er und wie ein Baby geweint hatte. So etwas würde er nicht tun. Er blickte wieder zu seiner Mutter hoch und erwiderte ihr Lächeln, worauf sie sich den Finger auf den Mund legte und dann seine Lippen damit berührte. Er schlang ihr die Arme um die Hüften und wünschte, er wäre groß genug, um sie richtig umarmen zu können. Durch die Schlitze in den Holzdielen des Waggons sah er, dass es draußen dunkel wurde.

Überall sangen Eltern ihren Kindern Schlaflieder vor. Gebete wurden gemurmelt. Uri hatte nicht gewusst, dass man auch im Stehen einschlafen konnte, doch genau das tat er.

Irgendwann kam der Zug ruckelnd zum Stehen, so dass sie alle übereinander purzelten. Uris Augen brannten, und er fühlte sich, als hätte er keine Sekunde geschlafen. Die Türen wurden aufgerissen, so dass die Leute aus den Waggons quollen und gierig die frische Luft in ihre Lungen sogen. Ein Mann stand überhaupt nicht auf, so dass Uri und seine Familie über ihn hinwegsteigen mussten. Uri fragte sich, wie er bei all dem Lärm und dem Trubel um sich herum schlafen konnte.

Die Luft war eisig kalt und prickelte auf Uris Haut. Seine Mutter schlang ihm den Arm um den Hals, um ihn zu wärmen, als sie sich dem Strom der Menschen anschlossen. Die Aufseher bellten Befehle. Mittlerweile hatte er jede Menge Erfahrung mit Männern wie ihnen. Sie schienen ständig wütend auf etwas zu sein. Einer brüllte die Leute an, ihre Sachen gefälligst im Waggon liegen zu lassen. Uri wünschte, er möge endlich aufhören, weil ihm seine Stimme bereits in den Ohren wehtat. Ein alter Mann wollte seine Aktentasche nicht loslassen, worauf ihn drei Wachmänner auf die Seite zerrten. Wieder folgten Schreie, dann ertönte ein noch lauteres Geräusch, das sich wie ein Gewehrschuss anhörte. Uri hörte, wie seine Mutter erschrocken nach Luft schnappte, dann hielt sie ihm die Ohren zu. Er sah den alten Mann nicht wieder.

Im Lager wurden Männer und Jungen auf die eine Seite, Frauen und Mädchen auf die andere Seite getrieben. Uris Mutter wollte ihn nicht loslassen, sondern bedeckte sein Gesicht mit Küssen und hielt ihn so dicht an sich gepresst, dass er kaum noch Luft bekam. Ein Aufseher brüllte sie an und schlug ihr mit dem Knauf seines Gewehrs gegen die Schläfe, worauf sie in sich zusammensank. Mühsam kam sie mit blutüberströmtem Gesicht wieder auf die Beine – dies war das Letzte, was er von ihr sah.

»Sei ein braver Junge«, sagte sie zu ihm. »Tu alles, was dein Papa dir sagt.« Dann nahm sie Hannah, die sich weinend an ihr Bein klammerte. Als sie davongingen, streckte Hannah ihre Arme nach Uris Vater aus, so wie sie es immer tat, wenn sie auf den Arm genommen werden wollte. Doch er durfte nicht zu ihr gehen. Die Aufseher erlaubten es nicht. Stattdessen ergriff er Uris Hand, und die beiden reihten sich in die Schlange ein.

Die Aufseher befahlen allen, sich auszuziehen, was Uri nicht verstand, schließlich war es bitterkalt. Im Sommer wäre es ja nicht so schlimm gewesen. Im Sommer war er immer zum Fluss hinter ihrem Haus bei Berlin hinuntergegangen, hatte sich ausgezogen und war hineingesprungen. Manchmal waren auch andere Jungen dabei gewesen; dann waren sie abwechselnd von Felsen gesprungen und hatten einen Wettbewerb daraus gemacht, bei wem es am meisten platschte. Einmal hatte ein Fisch an Uris Zehen geknabbert, was ein bisschen gekitzelt hatte.

Mittlerweile stand er ganz vorn in der Reihe, direkt vor zwei Männern, die hinter einem Schreibtisch saßen und ihn in Augenschein nahmen. Sie schrieben sich seinen Namen und sein Alter auf, dann musste er sich umdrehen. Einer von ihnen sah ihm in den Mund. Es war, als wäre man gleichzeitig beim Zahnarzt und beim Hausarzt. Eigentlich war es auch nicht so schlimm, denn er konnte seinen Vater die ganze Zeit in der Reihe neben ihm sehen. Als Nächstes gaben sie Uri neue Kleider zum Anziehen. Sie waren blau und sahen überhaupt nicht aus wie die Sachen, die man sonst normalerweise trug. Uri konnte sich nicht vorstellen, dass sie ihn warm halten würden. Er folgte dem Jungen vor ihm in der Schlange in eine große Baracke. Am besten war es wohl, alles genauso zu machen wie alle anderen und sich still zu verhalten. Dann schrien einen die Männer wenigstens nicht an. Nur der Gedanke an seine Mutter setzte ihm zu. Er versuchte, nicht an sie zu denken, an diesen letzten Moment, als er sie gesehen hatte, mit all dem Blut, das ihr übers Gesicht lief. Aber vielleicht hatte jemand die Wunde auch verbunden. So beängstigend der Anblick des Blutes gewesen war – viel beängstigender waren ihre Tränen gewesen. Er hatte sie nur selten weinen gesehen, damals, als sie ein Baby bekommen hatte, das gestorben war. Dreimal war das passiert. Einmal zwischen ihm und Hannah – Esther hatte das Mädchen geheißen. Dann noch zweimal nach Hannahs Geburt – Oskar und Jakob. Beide waren bei der Geburt bereits tot gewesen. Was Uri ganz besonders traurig machte, weil er so gern einen Bruder zum Spielen gehabt hätte. Sie gedachten ihrer jeden Tag in ihren Gebeten.

Am Ende der Schlange in der Baracke musste man sich auf einen großen Stuhl setzen, wo ein Mann einem die Haare schor. Er war sehr grob, nicht wie Mr Rothschild in ihrem Salon zu Hause. Mr Rothschild plauderte mit einem, fragte, wie es in der Schule laufe und welchen Sport man am liebsten möge, und wenn er fertig war, gab es immer etwas zum Naschen. Der Mann in der Baracke hingegen schwieg beharrlich.

Dann kam der allerschlimmste Teil. Die Jungen wurden zusammen fortgeführt, so dass Uri seinen Vater aus den Augen verlor. Die Aufseher trieben sie im Laufschritt zu einer anderen Baracke. Überall auf dem Gelände befanden sich Baracken, die allesamt gleich aussahen. In der Baracke, in die man sie führte, standen Betten, nur dass es keine richtigen Betten waren, sondern eher Holzkojen, die sich mehrere

Jungen teilten. Es war nicht einfach, dort zu schlafen. Alle waren still, bis die Aufseher verschwunden waren, dann hörte Uri vereinzeltes Geflüster. Am schlimmsten aber war das Weinen. Uri kniff die Augen zu und rollte sich so eng zusammen, wie er nur konnte.

In dieser Nacht träumte er, wie er mit seinem Vater und seinem Großvater in der Nähe von dessen Haus in Heidelberg zum Angeln ging. Uri fing einen kleinen bläulichen Fisch, der im Sonnenlicht zappelte und hüpfte. In diesem Augenblick stieß ein Eisvogel blitzartig herab, packte den Fisch und flog mit ihm davon. Die lebhaften Farben seines Gefieders tanzten noch vor Uris Augen, als er aufwachte. Ein Gefühl der Wärme durchströmte ihn, obwohl er fürchterlich fror. Das Seltsame daran war, dass sein Großvater vor zwei Jahren gestorben war; im Traum aber war er quicklebendig, lächelte und sah genauso aus, wie Uri ihn in Erinnerung hatte.

Alle Jungen in Uris Baracke waren entweder so alt wie er oder älter; kleinere Jungen gab es nicht. Uri hatte nicht die leiseste Ahnung, was mit ihnen geschehen war. Allem Anschein nach waren sie in einem anderen Teil des Lagers untergebracht. In den folgenden Tagen hielt Uri ständig Ausschau nach seinem Vater, seiner Mutter und Hannah, doch dann wurden die Jungen in ein anderes Lager verlegt. Uri war am Boden zerstört, denn er wünschte sich nichts sehnlicher, als bei seiner Familie zu sein, selbst wenn er sie nicht sehen konnte. Es sei denn, natürlich, sie waren alle verlegt worden. Aber es war ausgeschlossen, das in Erfahrung zu bringen. Die ganze Zeit hielt er nach ihnen Ausschau, während sie zum Zug gebracht wurden und einstiegen, konnte sie aber nirgendwo entdecken. Das Einzige, was er sah, war der orange verfärbte Himmel über dem Lager, als der

Zug davonfuhr. Ein widerwärtiger Gestank stieg ihm in die Nase; ein Geruch, der ihm bereits seit seiner Ankunft immer wieder aufgefallen war. Jahre später, als er als junger Mann durch die Dubliner Straßen ging, glaubte er diesen Geruch manchmal immer noch wahrzunehmen.

Am ersten Tag im neuen Lager zwang man sie, harte graue Steine zu klopfen, möglicherweise damit diese später zwischen die Eisenbahngleise gelegt werden konnten. So sah es zumindest aus. Abgesehen von den Jungen arbeiteten auch jede Menge Männer dort, unter denen Uri zu seiner grenzenlosen Freude seinen Vater ausmachte. Einen Moment lang fürchtete er sogar, in Tränen auszubrechen. Er und sein Vater erblickten einander im selben Moment. Sie hielten inne und lächelten einander zu, aber nur ganz kurz, denn überall um sie herum standen Aufseher. Trotzdem gelang es ihnen von Zeit zu Zeit, die Köpfe zu heben und einander anzulächeln, wenn sie gerade unbeobachtet waren. Am liebsten wäre Uri zu seinem Vater gelaufen und hätte sich in seine Arme geworfen. Was seltsam war, weil er so etwas früher nie getan hatte, denn sein Vater war zwar ein freundlicher, aber distanzierter Mann. Stattdessen war er stets zu seiner Mutter gegangen, wenn er umarmt werden wollte. Aber inzwischen war alles anders als früher.

Die Arbeit war schwer, doch Uri erwies sich als kräftig und geschickt. Was gut war, denn zu langsame Arbeiter bekamen die Peitsche der Aufseher zu spüren. Manchen der Jungen fiel die Arbeit schwerer als Uri, aber sie hatten schließlich auch keinen Vater, der in ihrer Nähe war und ihnen gelegentlich aufmunternd zunicken konnte.

Mädchen oder Frauen sah Uri nirgendwo im Lager.

Später, als man ihnen Brot austeilte, hatte er Gelegenheit, kurz mit seinem Vater zu sprechen.

»Hast du deine Mutter und deine Schwester gesehen?«
»Nein.«

Uris Vater gab ihm die Hälfte seines Brots ab, was nicht fair war, denn auch er musste großen Hunger haben. Trotzdem zwang er Uri, es zu nehmen. Und Uri aß es, weil er schrecklichen Hunger litt. In seinem ganzen Leben war er noch nie so hungrig gewesen.

In dieser Nacht träumte er, wieder zu Hause zu sein, wo seine Mama das Abendessen zubereitete. Es musste ein besonderer Anlass sein, denn sie kochte all seine Lieblingsgerichte: Matzeknödelsuppe, gefüllte Fischklöße und Blintzes.

Er aß, bis er schier platzte. Seine Mutter sah ganz anders aus, als er sie von ihrer letzten Begegnung in Erinnerung hatte. Sie lächelte, war glücklich, lachte. Der Traum fühlte sich sehr real an, und als er aufwachte, hatte er das Gefühl, als sei sie noch immer bei ihm. Diesen Traum sollte er noch mehrere Male haben. Es war sein Lieblingstraum.

Irgendwann tauchte ein neuer Mann im Lager auf, ein Gefangener namens Viktor, den einige Leute jedoch Dr. Frankl nannten. Er war sehr freundlich zu Uris Vater. Dr. Frankl war kein normaler Arzt, wusste aber sehr viel und konnte einem helfen, wenn man sich verletzt hatte oder krank war. Viele Jungen hatten offene Wunden. Eines Tages untersuchte Dr. Frankl auch Uris Wunde am Kopf. Er mochte den Mann, weil er wusste, dass sein Vater das ebenfalls tat.

»Halt still«, sagte er zu Uri. Er stammte aus Österreich, worauf man jedoch niemals gekommen wäre, weil er hervorragendes Hochdeutsch sprach.

»Träumst du oft, seit du ins Lager gekommen bist, Uri?«

Genau so ein Arzt war Dr. Frankl. Ihn interessierte mehr, was in den Köpfen der Leute vorging, als ihre Wunden. Uri, der nicht mit der Frage gerechnet hatte, fragte sich, ob er im Schlaf gesprochen hatte oder ob die anderen Jungen etwas gesagt hatten. »Wieso fragen Sie?«

»Weil viele Männer seit ihrer Ankunft sehr lebhafte Träume haben und ich mich gefragt habe, ob es bei Jungen auch so ist.«

Uri erzählte Dr. Frankl von seinen Träumen.

»Und hast du früher auch immer viel geträumt?«

»Nicht so viel. Und die Träume ... waren nicht so bunt wie jetzt.«

Dr. Frankl nickte. »Halt deine Träume gut fest, Uri. Lass sie auf keinen Fall los. Auch in Zukunft nicht. Sie sind sehr wichtig. Du bist ein starker Junge. Du hast deinen Vater hier, der ein anständiger Mann ist.«

»Dr. Frankl?«

»Ja?«

»Glauben Sie, dass meine Mutter nachts tatsächlich zu mir kommt?«

Dr. Frankl musterte ihn lange Zeit. »Ja, ich glaube, das tut sie. Ich glaube, deine Mutter ist immer bei dir. Sie wird dich immer lieben, selbst wenn du sie nicht sehen kannst. Ihre Liebe ist real, Uri. Etwas Realeres gibt es nicht.«

Dieser Gedanke half Uri, die langen, harten Wintermonate zu überstehen. Denn hart waren sie. Manchmal stand ein Junge nicht auf, wenn er aufgerufen wurde, und es gelang ihnen nicht, ihn zu wecken. Dann gingen sie ohne ihn zur Arbeit, und wenn sie zurückkamen, war der Junge verschwunden und tauchte nie wieder auf. Aber wenigstens wurde einem bei der Arbeit warm.

Uri machte sich große Sorgen um seinen Vater. Er litt an einem schlimmen Husten, der einfach nicht weggehen wollte. Deswegen konnte er nicht so schnell arbeiten und wurde manchmal mit der Peitsche bestraft, was Uri jedes Mal sehr traurig und wütend machte. Er richtete es so ein, dass er neben seinem Vater stehen und ihm helfen konnte, wenn er seine Arbeit nicht schaffte. Und er gab ihm sein eigenes Brot zu essen. Aus diesem Grund war Uri abends todmüde, wenn er in die Baracke zurückkam, aber das war gut so, denn dann schlief er gleich ein.

Eines Nachts träumte er, seine Brüder seien bei ihm. Obwohl sie bereits bei der Geburt gestorben waren, sah er sie vor sich, lebendig und erstaunlich groß. Zwar immer noch etwas kleiner als er selbst, aber immerhin groß genug, um mit ihm zu spielen. Seine beiden Brüder waren sehr verschieden. Jakob war eher ruhig und schüchtern, Oskar hingegen war laut und lachte viel. Uri brachte ihnen bei, wie man von dem großen Felsbrocken in den Fluss hinter ihrem Haus sprang – schließlich war es auch ihr Zuhause und ihr Fluss. Die beiden hatten nie in einem Ghetto leben müssen. In gewisser Weise hatten sie sogar Glück, vorher gestorben zu sein – allerdings gestattete er sich diesen Gedanken nicht allzu oft.

Aber bestimmt war der Winter bald vorbei. Es waren nicht mehr viele Jungen übrig, die meisten in seinem Alter waren verschwunden.

Uris Vater verfolgte beharrlich ein Ziel: Er wollte seine Familie wiedervereinen, dafür sorgen, dass die vier wieder zusammen waren. Und dafür würde er auch seinen Husten bekämpfen. Und die Nazis.

Eines Abends, nach einem mörderisch harten Arbeitstag, betrat ein Aufseher die Baracke und rief die Nummer von Uris Vater auf. Er wurde nach draußen geführt, während er sich beklommen fragte, was passiert sein mochte. Was aus seinem Jungen werden würde. Der Aufseher, der ihn herausgeholt hatte, war zwar nicht der schlimmste von allen, trotzdem folgte auch er denselben abscheulichen Befehlen.

»Hier entlang«, sagte er.

»Wohin gehen wir?«

»Der Kommandant will mit dir reden.«

Weshalb sollte der Kommandant mit ihm reden wollen? Keiner der Gründe, die ihm in den Sinn kamen, war ermutigend.

Er wurde zu einem Haus am anderen Ende des Lagers geführt, wo er noch nie zuvor gewesen war. Die Fremdheit der Umgebung machte ihn noch nervöser. Das Haus mit den Vorhängen an den Fenstern hätte in jeder x-beliebigen deutschen Vorstadt stehen können. Samuel hätte nie gedacht, dass gewöhnliche Fenster so außergewöhnlich aussehen konnten. Das Haus wirkte völlig deplatziert, wie ein Juwel in einer Jauchegrube.

Der Aufseher klopfte an die Tür, worauf sie hereingerufen wurden. An der zweiten Tür im Innern des Hauses klopfte er erneut.

»Herein.«

Der Aufseher führte Samuel in einen Raum zu einem feisten Mann hinter einem riesigen Schreibtisch.

»Du bist Gärtner, ist das korrekt?«

»Ja, Herr Kommandant.« Samuel starrte auf einen Punkt an der Wand hinter dem Kommandanten, aus Angst, er könnte ihn für unverschämt halten, wenn er Blickkontakt herstellte.

»Und du warst für den Berliner Schlossgarten verantwortlich?«

»Ja.«

»Hervorragend. Ab sofort kümmerst du dich um den Garten dieses Hauses. Du fängst gleich morgen an. Hinter dem Haus gibt es einen Schuppen, wo alle Sachen stehen, die du benötigst. Wenn du Samen und solche Dinge brauchst, informierst du das Hauspersonal, damit alles in die Wege geleitet wird. Verstanden?«

»Ja.«

»Und jetzt raus hier.«

Samuel konnte sich die Gelegenheit nicht entgehen lassen. »Ich bitte um Verzeihung, Herr Kommandant, aber darf ich eine Frage stellen?«

Der Kommandant musterte ihn mit einer Mischung aus Verblüffung und Verärgerung. Aus dem Augenwinkel bemerkte Samuel, dass der Aufseher sich bereit machte, ihn notfalls niederzuschlagen. Er hörte das Blut in seinen Ohren rauschen, während er sich innerlich gegen den Schlag und das Nein des Kommandanten wappnete. »Was?«, knurrte der Kommandant jedoch.

»Der Garten ist sehr groß. Für ein solches Areal bräuchte ich mindestens einen Assistenten. Mein Sohn, der auch hier im Lager ist, arbeitet als mein Lehrling. Zu zweit kämen wir wesentlich schneller voran.«

Er spürte den Blick des Kommandanten auf sich. »Wieso nicht?«, meinte er schließlich.

»Danke, Herr Kommandant.«

»Und jetzt raus mit ihm«, wies der Kommandant den Aufseher an und wandte sich wieder seinen Unterlagen zu.

»Heil Hitler.«

»Heil Hitler.«

Samuel senkte den Kopf, damit keiner der Männer seine unbändige Freude bemerkte. Lächeln wurde unter den Gefangenen nicht toleriert, ganz davon abgesehen, dass keiner der Insassen Grund dazu hatte. Nun würde er mehrere Stunden mit seinem Sohn verbringen, mit ihm reden, ihn beschützen und ihm vieles beibringen können. Und er konnte ihn in den Armen halten. Allein beim Gedanken an seinen Jungen schwoll ihm das Herz in der Brust. Er war so stolz darauf, wie Uri sich gemacht hatte, wie er an seiner Seite geschuftet und härter gearbeitet hatte als so mancher Mann, der doppelt so kräftig war wie er. Wie Samuel war auch Uri zwar nicht groß, aber stämmig gebaut. In gewisser Weise war er schon jetzt ein Mann. Wie seine Mutter wohl –

Doch es schmerzte ihn zu sehen, wie dünn Uri geworden war. Erst kürzlich hatte Viktor sich besorgt über seinen Zustand geäußert. Samuel fürchtete, ihn könnte dasselbe Schicksal ereilen wie so viele andere Jungen in seiner Gruppe – dass er sich eines Abends ins Bett legen und nicht wieder aufwachen könnte. Samuel beschleunigte seine Schritte. Aber das würde nicht passieren, denn jeder wusste, dass Hausangestellte leichter an besseres Essen herankamen. Und er konnte ohne weiteres zusätzliches Gemüse anbauen und es ins Lager schmuggeln. Zum ersten Mal seit Monaten zeichnete sich ein leiser Hoffnungsschimmer in Samuels grauer Welt ab. Sie gelangten zu einem Schuppen, wo der Aufseher abrupt stehen blieb. »Du bleibst hier«, befahl er.

»Und mein Sohn?«

»Wird gleich hergebracht.«

Das gewohnt mulmige Gefühl erfasste Uri, als seine Nummer aufgerufen wurde. Er lief zu dem Aufseher und salutierte knapp.

»Hier entlang.«

Diesen Teil des Lagers hatte er noch nie betreten. Unablässig sah er sich um und hielt Ausschau nach seiner Mutter, in der tiefen Gewissheit, dass sie irgendwo da draußen sein musste, ihn liebte. Sie führten ihn zu einem merkwürdigen Haus, das eigentlich gar nicht so merkwürdig war. Er hatte nur nicht mit einem Haus wie diesem im Lager gerechnet. Man führte ihn um das Gebäude herum und durch einen großen Garten. Inzwischen siegte seine Neugier über seine Angst. Dann sah er seinen Vater, bemerkte den glücklichen, entspannten Ausdruck auf dessen Gesicht. Er lächelte nicht, doch es war dieser ganz besondere Ausdruck, den Uri kannte und der ihm verriet, dass er innerlich lächelte.

»Hier arbeitest du von jetzt an«, erklärte der Aufseher, trat einige Schritte beiseite und zündete sich eine Zigarette an.

»Ist das wahr?«, fragte Uri.

»Ja, ist es.«

»Wir beide zusammen?«

»Ja.«

Der Aufseher wandte sich ab, und Uri und sein Vater fielen einander in die Arme.

Ernte

Zu vergessen, wie man die Erde umgräbt und das Land bestellt, heißt, sich selbst zu vergessen.

Mohandas K. Gandhi

40

Auf den Sommer folgte der Herbst. Zwar machte er sich zu Beginn im Garten kaum bemerkbar, doch nach und nach färbten sich die Blätter an den Rändern orange. Das Wachstum des Rasens verlangsamte sich. Alles hatte geblüht. Nun war es Zeit für die Ernte.

Es war auch Zeit für die Schule. Für Liam und für Kathy. Aoife sah den schrecklichen Tag unausweichlich auf sich zukommen. Der Tag des Loslassens. Sie zwang sich zu einem Lächeln, während sie ihm beim Anziehen seiner nagelneuen Schuluniform half. Schließlich stand er vor ihr, fertig angezogen und strahlend. »Du siehst sehr gut aus.« Sie bemühte sich, nicht in Tränen auszubrechen. Insgeheim dachte sie, dass er wie ein kleiner Junge aussah, der Erwachsensein spielte. Unnatürlich. Und von geradezu überirdischer Schönheit. Sie musste ihm die Pulloverärmel mehrmals umkrempeln, damit sie ihm nicht über die Hände hingen.

Liam war viel zu aufgeregt, um zu frühstücken. Er war bereit zum Aufbruch – bewaffnet bis an die Zähne mit seinem Schulranzen mit »Thomas, die kleine Lokomotive«-Aufdruck und »Bob, der Baumeister«-Lunchbox. Auf dem kurzen Weg zur Schule hielt sie ihn an der Hand und fragte sich, wie lange er es wohl noch erlauben würde.

Vor der Schule herrschte nach den zweimonatigen Ferien reges Treiben – überall Mütter mit ihren Sprösslingen in dunkelbraunen Schulpullovern. Es war ein herrlicher Morgen, der ein glühend heißer Nachmittag zu werden versprach – das übliche Wetter zu Schulbeginn. Aber zum Glück würde der erste Schultag um die Mittagszeit bereits enden, und Aoife hatte sich vorgenommen, Liam am Nachmittag nach Strich und Faden zu verwöhnen. Vorausgesetzt natürlich, dass er nicht zu viele Hausaufgaben zu machen hatte. Allein bei dem Gedanken wurde ihr flau im Magen. Fünf Jahre, das war viel zu klein, um schon in die Schule zu gehen, viel zu früh, um diese kleinen, kostbaren Köpfe zu institutionalisieren.

Als sie an diesem Morgen also Hand in Hand auf die Schultore zutraten, war ihr das Herz schwer, trotzdem lag ein Lächeln auf ihrem Gesicht. Das ihr jedoch schlagartig beim Anblick der drei Gestalten verging, die ihnen entgegenkamen – Kathy, die fantastisch in ihrer Uniform aussah, flankiert von Seth zu ihrer Rechten und einer Frau zur Linken, bei der es sich höchstwahrscheinlich um ihre Mutter handelte. Kathy blickte lächelnd abwechselnd zu ihren Eltern auf – der Inbegriff der perfekten glücklichen Familie. Aoife spürte einen unvermittelten Stich, der sich, wenn sie ehrlich zu sich selbst war, nur als Eifersucht bezeichnen ließ. Völlig lächerlich, denn Megan war nicht nur Seths Ex, sondern auch noch lesbisch. Was bedeutete, dass sie in absehbarer Zeit wohl kaum Versöhnung feiern würden. Es sei denn, Megan überlegte es sich anders. Scheiße. Es sah ganz so aus, als erreichten sie zur selben Zeit das Schultor.

»Da sind Liam und Aoife«, rief Kathy begeistert, riss sich los und kam auf Liam zugestürmt. Die beiden kicherten ununterbrochen, viel zu aufgeregt, um auch nur ein Wort herauszubekommen, wohingegen ihre Eltern sichtlich zurückhaltender waren.

»Hallo.«

»Hallo.«

»Aoife, das ist Megan. Megan, Aoife.«

»Ja, natürlich, wie schön, endlich Liams Mama kennenzulernen. Ich habe schon viel von Ihnen gehört.«

Von Kathy oder von Seth?

Die beiden Frauen lächelten und maßen einander verstohlen. Megan war zierlich, schlank und sehr hübsch. Genau die Art Frau, in deren Gegenwart Aoife sich grobschlächtig und ungelenk vorkam. »Freut mich sehr, Sie kennenzulernen.« Eine glatte Lüge.

Gemeinsam gingen sie in Richtung Schultor, von wo ihnen das Geplapper der Kinder bereits entgegenwehte, so laut, dass Aoife sich fühlte, als sei sie in einem Bienenkorb gefangen.

Liam und Kathy liefen sofort in ihre Klassenzimmer und stürzten sich auf einen Berg Lego-Steine. Innerhalb weniger Sekunden war Liam in eine lebhafte Diskussion mit einem Jungen verstrickt, der Aoife aus dem Kindergarten bekannt vorkam.

»Am besten gehen die Eltern ganz schnell, solange die Kleinen gerade guter Dinge sind«, erklärte die Lehrerin mit freundlicher, aber fester Stimme den besorgten Eltern, die sich neben der Tür zum Klassenzimmer versammelt hatten.

O Gott. So schnell. Aoife trat zu Liam und ging neben ihm in die Hocke. »Ich gehe jetzt, Liamy, aber ich hole dich schon bald wieder ab.«

»Okay, Mummy.«

»Amüsier dich gut, und sei ein braver Junge. Und denk daran, immer schön danke und bitte zu sagen.«

»Mach ich.« Er gestattete ihr, ihm einen Kuss auf die Wange zu geben.

»Bis dann.«

»Bis dann.« Seine Aufmerksamkeit wurde von einem Lego-Turm angezogen, den der Junge neben ihm baute. Sie erhob sich und ging. Aus dem Augenwinkel sah sie Seth und Megan mit ernsten Gesichtern mit der Lehrerin reden. Vielleicht erklärten sie ihr gerade Kathys ungewöhnliche Lebenssituation.

Sie fühlte sich, als hätte ihr jemand die Eingeweide herausgerissen, als sie den Gang hinunterging, und musste ununterbrochen daran denken, wie der heutige Tag eigentlich hätte verlaufen sollen. Mit Michael an ihrer Seite und Katies Hand in ihrer. Mit einem Mal war sie sich ihres Status als alleinerziehende Mutter noch bewusster als sonst. Es war so schwierig gewesen, sich zu entscheiden, welche Schule Liam besuchen sollte. Kein Michael, der ihr mit seinem gewohnt praktischen Naturell zur Seite stand. Sie hoffte nur, dass sie die richtige Entscheidung getroffen hatte. Betete darum. Habe ich, Michael? Bist du einverstanden mit meiner Wahl?

Sie beschleunigte ihre Schritte, getrieben vom Wunsch, möglichst schnell von hier zu verschwinden, bevor die Tränenflut einsetzte. Wie peinlich. Liam war fünf Jahre alt. Er war glücklich, hatte einen Meilenstein erreicht – es war ein Grund zum Feiern. Weshalb fühlte sie sich nur so elend? Sie dachte nur an sich, nicht an ihren Sohn, was ein Fehler war. Sie war so mit dem Kampf gegen die Tränen beschäftigt, dass sie die Schritte hinter sich nicht hörte.

»Aoife?«

Sie wirbelte herum und hätte um ein Haar Seth angerempelt, der unmittelbar hinter ihr stand. »Bei Gott, du hast ja einen anständigen Zahn drauf.« Er sah sie an. »Alles in Ordnung?«

Sie nickte, als ihr die ersten Tränen kamen.

»Liam?«

Wieder nickte sie, diesmal heftig.

»Komm her.« Er legte die Arme um sie und zog sie an sich. Sekundenlang blieb sie stocksteif stehen.

»Das ist aber nicht sehr englisch. Nicht gerade die Selbstbeherrschung in Person.«

Sie lachte, und ihr Körper entspannte sich. Und dann kam die Flut. Seth hielt sie fest, als sie von Schluchzern geschüttelt wurde und den Stoff seines T-Shirts durchnässte. Geschlagene fünf Minuten standen sie da, unter den neugierigen Blicken der Passanten, auch dann noch, als Aoife längst aufgehört hatte zu weinen. Sie hatte Angst davor, sich von ihm zu lösen und den Kopf zu heben. Was jetzt?

»Aoife?«

Sie vergrub das Gesicht an seiner Schulter.

»Aoife?« Seine Stimme war sanft, als er sich von ihr löste und ihr Gesicht anhob. Es war ihr peinlich, wie verquollen und gerötet ihr Gesicht aussah, außerdem musste sie sich dringend die Nase putzen.

»Es ist okay. Alles wird gut.« Er küsste sie. Und sie ließ es nicht nur zu, sondern erwiderte den Kuss. Doch nur für einige Sekunden, ehe sie sich löste.

»Ich kann nicht.«

»Wieso nicht? Was hast du denn zu verlieren?«

»Alles. Wenn dir etwas zustößt ...«

»Also willst du dein ganzes Leben damit zubringen, bloß niemandem zu nahezukommen, weil die Gefahr besteht, dass du ihn verlieren könntest?«

»Klingt nach einem guten Plan.«

»Früher oder später wirst du dein Herz verlieren. Wieso nicht früher? An mich?«

Sie erwiderte nichts.

»Du könntest es erheblich schlechter erwischen«, fügte er hinzu.

»Das glaubst du.« Sie konnte sich ein Lächeln nicht verkneifen.

»Aoife, ich biete mich hier selbst auf dem Silbertablett an. Bitte lass mich nicht kalt werden.« Er hob die Arme und blickte zu den Wolken hinauf, als wolle er an den Himmel appellieren. Dann stemmte er die Hände in die Hüften. »Ich werde nicht ewig auf dem Markt sein. Da draußen laufen massenweise heiße Lesben herum, die sich die Finger nach einem Kerl wie mir lecken.«

Diesmal lachte sie lauthals, ehe sie sich mit dem Ärmel übers Gesicht fuhr und sich die Nase lautstark putzte. »Okay. Du darfst mich nach Hause begleiten.«

»Ehrlich? Du meinst, den ganzen Weg die Straße entlang? Am helllichten Tag? Bist du ganz sicher?«

»Willst du nun oder nicht?«

»Also gut. Hand, bitte.«

Sie gehorchte, und sie machten sich auf den Weg, beide schüchtern, aber lächelnd. Schließlich standen sie vor ihrer Tür. Sie öffnete sie, während er sich erwartungsvoll gegen den Rahmen lehnte.

»Willst du auf einen Kaffee reinkommen?«

»Ich will keinen Kaffee.«

»Ich habe auch gar keinen.«

»Dann komme ich rein.«

Auf einen Schlag verbessert sich das Leben für Uri deutlich. Ja, noch immer war er im Lager, und, ja, noch immer war er nichts als Haut und Knochen. Aber er war wenigstens bei seinem Vater.

Der härteste Teil des Winters lag hinter ihnen, und Samuels Husten hatte nachgelassen. Noch immer herrschte Kälte, aber wenn alles im Haus still war, brachte ihnen die Haushälterin ab und zu eine Tasse heiße Suppe heraus. Wann immer Uri später darüber nachdachte, war er sicher, dass die Haushälterin und ihre Suppen ihm wahrscheinlich das Leben gerettet hatten.

Wenn Uri seinem Vater bei der Arbeit im Garten zusah, war es, als werde er Zeuge, wie er erneut zum Leben erwachte. Seine Wangen bekamen Farbe, und wenn er Uri angrinste, reichte sein Lächeln gelegentlich sogar bis zu den Augen. Uri war heilfroh, dem tristen, freudlosen Grau des Steinbruchs entkommen zu sein. Manchmal, wenn offensichtlich war, dass sie die Arbeit mit dem Garten nicht auslastete, mussten sie immer noch Steine klopfen, aber sie gruben und werkelten so unermüdlich und entwickelten ehrgeizige Pläne für neue Beete und Rabatten, dass ihnen die Arbeit nicht so schnell ausgehen würde. Im Lauf der Zeit wurden sie immer seltener zum Steineklopfen abkommandiert. In unregelmäßigen Abständen kam der Kommandant vorbei, um ihre Fortschritte in Augenschein zu nehmen und Samuel mit Fragen zu bombardieren. Samuel und Uri unterbrachen ihre Tätigkeit und beantworteten sie, die Augen stur geradeaus gerichtet, ehe der Kommandant, offenbar hochzufrieden, wieder verschwand. Am liebsten hätte Uri ihm an den Kopf geworfen, dass er auch allen Grund dazu hätte, und ob ihm überhaupt klar wäre, dass einer der talentiertesten Gärtner für ihn arbeitete.

Gelegentlich dachte Uri darüber nach, wer sich wohl vor ihnen um den Garten gekümmert haben mochte und was aus demjenigen geworden war. Am liebsten hätte er die Haushälterin gefragt, verkniff es sich aber. Trotzdem kam er nicht umhin, sich zu fragen, wer die Werkzeuge vor ihm in der Hand gehalten haben mochte, und dankte seinen Vorgängern im Stillen.

Und er war ein weiteres Mal zutiefst beeindruckt von seinem Vater. Natürlich hatte er stets großen Respekt vor ihm gehabt, doch ihm war nicht bewusst gewesen, wie breit gefächert sein Wissen tatsächlich war. Das Band zwischen Vater und Sohn festigte sich, während Samuel Uri mit großer Sorgfalt in die Geheimnisse der Pflanzenwelt einweihte.

Bei Sonnenuntergang kehrten sie in ihre Baracken zurück. Uri hatte ein schlechtes Gewissen, wenn er sah, wie die anderen Jungen vor Hunger und Erschöpfung ohnmächtig wurden. Er wusste, was sie durchgemacht hatten und dass ihr Tag um so vieles schlimmer gewesen war als seiner. Aber er war auch froh darüber; möglicherweise ein klein wenig zu froh.

Uri litt ununterbrochen Hunger. Natürlich war er auch schon vor seiner Internierung hungrig gewesen, doch der Hunger, der ihn hier quälte, fühlte sich vollkommen anders an. Er war unstillbar. Sein Vater meinte, das liege daran, dass sein Körper im Wachstum mehr Nahrung brauche. Uri sah selbst, dass er mindestens fünf Zentimeter gewachsen war, denn seine Hose endete mittlerweile irgendwo auf Knöchelhöhe. Nachts litt er an merkwürdigen Schmerzen in den Beinen. Dr. Frankl meinte, das rühre vom Wachsen her. Aber dann wurde Dr. Frankl in ein anderes Lager verlegt, und sie sahen ihn nie wieder – zumindest hofften sie, dass er nur verlegt worden war.

Die köstlichen Gerüche, die der Küche im Haus des Kommandanten entströmten, waren eine stete Herausforderung für Uri. Es gab Zeiten, in denen ihn die Düfte schier um den Verstand brachten. Eines Tages, als er die Schubkarre vor dem Fenster vorbeischob, erhaschte er einen Blick durchs Fenster. Auf der Arbeitsplatte stand, völlig unbeobachtet, ein Teller voll dicker Knödel. Uri spürte, wie ihn ein unkontrollierbarer Appetit überkam. Tapfer ging er weiter, holte einen Spaten und begann zu graben. Er grub und grub, sorgsam darauf bedacht, sich auf seine Tätigkeit zu konzentrieren. Doch nach einer Weile schnappte er die Schubkarre und ging noch einmal am Haus vorbei. Ein Blick konnte wohl nicht schaden. Sie standen immer noch da. Und immer noch war weit und breit niemand zu sehen. Dampf stieg von den Knödeln auf. Er blickte zum anderen Ende des Gartens hinüber, wo sein Vater die Zwiebeln ausdünnte. Im Haus war es totenstill. Eilig schob Uri die Schubkarre den Weg zum Haus hinauf, wobei er sich unablässig umsah. Das Herz schlug ihm bis zum Hals, als er die Hintertür Zentimeter um Zentimeter öffnete, die wie üblich nicht abgeschlossen war. Nichts. Keiner da. Er betrat die Küche, das Tablett mit den Knödeln fest im Blick, nur wenige köstliche Zentimeter von ihm entfernt. Ein letzter Blick, dann stand er davor. Es waren so viele, dass sowieso keiner etwas merken würde. Er stopfte sich einen in den Mund und schloss die Augen. Der Knödel schmeckte köstlicher, als er es sich in seinen kühnsten Träumen ausgemalt hatte – weich, warm, köstlich-würzig nach Apfel. Er schob sich einen zweiten in die

Tasche, wandte sich um. Und erstarrte. Im Türrahmen stand die Frau des Kommandanten. Im ersten Augenblick starrten sie einander nur stumm an. Die Sekunden vergingen – eins, zwei, drei –, dann begann sie zu schreien.

»Was hast du hier zu suchen? Ein schmutziger Judenbengel mitten in meiner Küche! Der mein Essen stiehlt. Raus! Los, raus hier!«

Sie packte einen Besen und holte aus. Uri duckte sich und legte sich schützend die Arme über den Kopf. Er hörte Schritte – schnelle Schritte – näher kommen. Dann sah er schwarze Stiefel.

»Was ist hier los?«

»Der Junge. Diese jüdische Ratte. Er hat mein Essen angefasst. Hat es gestohlen.«

Der Aufseher zog ihn auf die Füße und zerrte ihn nach draußen, wo er Uri auf den Rasen schleuderte. Dann riss er ihm das Hemd vom Leib und zückte die Peitsche. Einmal. Zweimal. Und noch einmal. Vage registrierte Uri die Stimme seines Vaters. Rufe. Wieder schnelle Schritte. Dann hörten die Peitschenhiebe auf. Einige Sekunden lang lag Uri da, in der Erwartung des nächsten Hiebs. Als er nicht kam, sah er auf. Der Aufseher lag am Boden, Samuel auf ihm, die Hände um seine Kehle gelegt. Das Gesicht des Aufsehers war puterrot, während sich Samuels Hände fester um seinen Hals schlossen. Ein Schuss ertönte. Die Krähen auf dem Dach des Hauses des Kommandanten stoben in einer schwarzen, kreischenden Kakophonie auf. Samuels Hände lösten sich, und er kippte zur Seite. In seiner linken Schläfe klaffte ein rotes Loch.

»Nein!« Uri stürzte sich auf seinen Vater, schüttelte ihn, wiegte ihn. Der Aufseher rollte sich zur Seite, hustend und keuchend. Der Soldat, der den Schuss abgefeuert hatte, kam herbeigelaufen und kauerte sich neben seinen Kameraden, der japsend seine Kehle umklammerte.

»Was ist hier los?«

Der Kommandant kam über den Rasen marschiert und baute sich über Uri und seinem Vater auf. »Wer war das?«

Der zweite Soldat erhob sich und salutierte.

Der Kommandant schlug ihm ins Gesicht. »Das war der beste Gärtner, den ich je hatte. Was ist vorgefallen?«

»Herr Kommandant«, stammelte der noch immer hustende Aufseher, »ich habe den Jungen erwischt, wie er Essen aus Ihrer Küche gestohlen hat.«

»Steh auf, Junge.«

Uri erhob sich und stand schwankend mit tränenüberströmtem Gesicht vor dem Kommandanten, während ihn der Kummer zu übermannen drohte. Durch den Tränenschleier sah er die wutverzerrten Züge der Frau des Kommandanten hinter dem Küchenfenster, dann hörte er das Klicken der Pistole, die der Kommandant auf ihn richtete.

Uri schloss die Augen und wartete. Wartete auf die Leere des Todes. Nichts geschah. Stattdessen hörte er erneut das Klicken der Waffe und schlug die Augen auf.

»Lieber nicht«, sagte der Kommandant. »Ich habe heute schon einen Gärtner verloren.« Dann holte er aus und schlug Uri mit der Waffe mitten ins Gesicht. Uri fiel ins Gras, doch es kümmerte ihn nicht. Jemand mit dicken schweren Stiefeln trat ihn in den Rücken.

Heftig blutend lag er am Boden, lange Zeit, bis er in der Lage war aufzustehen. Die Leiche seines Vaters war verschwunden. Auf unsicheren Beinen ging er zu den Zwiebeln, die Samuel auszudünnen begonnen hatte, und kniete sich hin. Dann brachte er die Arbeit zu Ende, die sein Vater begonnen hatte, während sich sein Blut mit der dunklen Erde mischte.

Die Männer aus Samuels Baracke warteten auf dessen Rückkehr. Bis es zu spät war, um noch mit seinem Auftauchen zu rechnen. Einige von ihnen trauerten. Für andere war es längst zu spät.

42

Uri wusste nicht, ob es ihm gelingen würde, in die Fußstapfen seines Vaters zu treten. Hatte Samuel ihm genug beigebracht, dass er als Gärtner arbeiten konnte? Doch Uri kümmerte die Frage immer weniger. Und schließlich kam der Tag, an dem sie vollends an Bedeutung verlor.

Es war April. Die roten Köpfe der Tulpen wippten in der Brise. Ansonsten regte sich nichts im Garten. Die Stille war beinahe unheimlich. Wo waren die Aufseher? Es schien, als seien sie über Nacht verschwunden. Selbst der Wachturm war verwaist. Die Gefangenen traten aus ihren Baracken und standen in verstreuten Grüppchen herum, flüsternd und kopfschüttelnd, als fürchteten sie, es sei nur ein raffinierter Trick und jeden Moment kämen die Aufseher mit gezückten Gewehren und Peitschen und ihren bösartig bellenden Hunden an der Leine.

Die Stille wurde von eigentümlichen Geräuschen auf der anderen Seite des Lagers durchbrochen – eigentümlich, weil die Gefangenen sie im Lager noch nie gehört hatten. Jubelrufe, fröhliche Gesänge. Sie sahen einander an und begannen auf die Quelle des Lärms zuzugehen, zuerst langsam, dann immer schneller.

Uri traute seinen Augen kaum. Sieben Riesen, umgeben von Gefangenen, die jubelten, sie küssten und umarmten. Die Riesen waren wie Soldaten angezogen, aber es waren keine Deutschen. Als Uri näher kam, erkannte er die Uniformen als amerikanische. Es waren junge Männer, älter als er selbst, aber höchstens siebzehn oder achtzehn. Allem Anschein nach hatten sie den Zaun durchgeschnitten und waren gekommen, um sie zu befreien.

Uri ließ sich von der allgemeinen Fröhlichkeit erfassen und sprang vor Freude umher, doch tief in seinem Innern fühlte er sich, als wäre er nicht Teil von alldem. Befreiung. Was bedeutete das? Was würde jetzt aus ihm werden?

Vor dem Lager warteten noch weitere Amerikaner. Sie hatten Zelte für die Kranken aufgeschlagen, was so ziemlich für jeden galt, doch die schwersten Fälle wurden als erste behandelt. Uri sah zu, wie sie die Halbtoten in ihr Lazarett verfrachteten. Drei Mann waren notwendig, um sie zu tragen; einer hielt den Kopf, ein zweiter den Rumpf, und ein weiterer Soldat nahm die Beine. Sie mussten sich ganz langsam bewegen, damit die Haut der Verletzten nicht zerriss. Uri folgte ihnen und verließ zum allerersten Mal die Grenzen des Lagers. Offen gestanden fühlte er sich nicht sehr anders, und ein Teil von ihm fragte sich, ob er überhaupt jemals wieder etwas fühlen würde.

Einer der Amerikaner reichte ihm ein Päckchen. Uri setzte sich auf den Boden und öffnete es. Darin befand sich eine Dose Wurst. Der Soldat ging vor ihm in die Hocke. »Frühstücksfleisch«, erklärte er und machte eine Essbewegung. »Iss. Schmeckt gut.« Der Amerikaner versuchte Uri anzulächeln, doch es gelang ihm nicht recht. Stattdessen trat ein seltsamer Ausdruck in seine Augen.

Das Päckchen enthielt auch Schokolade und ein wenig Milchpulver. Uri riss das Schokoladenpapier ab und schob sich ein großes Stück in den Mund.

»Nein!« Jemand riss ihm das restliche Stück aus der Hand.

Instinktiv kauerte Uri sich zusammen und barg schützend den Kopf in den Armen. Ein zweiter Mann hockte sich neben ihn. Er war älter und redete mit sanfter Stimme in einer Sprache auf Uri ein, die er nicht verstand. »Es tut mir leid«, sagte er schließlich auf Deutsch, als Uri nicht reagierte, »aber du darfst das nicht essen. Dein Magen ist nicht an solche Dinge gewöhnt, deshalb würdest du nur krank werden. Bitte spuck es wieder aus.«

Zögernd gehorchte Uri und wischte sich mit dem Handrücken den Mund ab. Der Mann wandte sich an den Soldaten und sagte in dieser fremden Sprache mit strenger Stimme etwas zu ihm, dann streckte er Uri die Hand hin und half ihm auf. »Komm mit«, sagte er auf Deutsch.

Uri folgte ihm in eines der Lazarettzelte, wo der Mann etwas zu einer Krankenschwester sagte und sich dann ihm zuwandte. »Diese Frau wird sich um dich kümmern.«

Die Schwester bat Uri, sich auf ein behelfsmäßiges Bett zu setzen, ehe sie ihm bedeutete, sein Hemd auszuziehen. Uri gehorchte. Lange Zeit saß er da und wartete darauf, dass sie etwas tat, doch die Frau stand nur da und starrte ihn an. Ein seltsames Geräusch entrang sich ihrer Kehle, doch noch immer sagte sie kein Wort. Schließlich trat sie vor ihn, zog eine Spritze auf und gab Uri zu verstehen, dass sie gleich in seine Schulter stechen würde. Er ließ es über sich ergehen. Es piekste nur ein ganz klein wenig. Dann trat sie um ihn herum und schnappte beim Anblick seines Rückens entsetzt nach Luft, was ihm verriet, dass sie die roten Striemen gesehen haben musste. Beschämt beobachtete er, wie sie nach einer Tube Salbe griff. Sie hielt sie ihm vors Gesicht, dann deutete sie auf seinen Rücken. Uri nickte. Im ersten Moment fühlte sich die Salbe kühl an, und er zuckte zusammen, doch dann spürte er, wie der Schmerz nachließ. Er nahm heiße Tränen auf seinem Kopf wahr, als die Schwester sich über ihn beugte, doch noch immer sagte sie kein Wort. Sie erinnerte ihn an seine Mutter, worauf auch er zu weinen begann, ganz leise, doch seine Schultern bebten. Die Schwester schlang die Arme um ihn – ganz behutsam, um ihm nicht wehzutun. Er schmiegte das Gesicht an ihren Hals und weinte. Lange Zeit verharrten sie in dieser Haltung. Lange genug, um ein Gefühl der Menschlichkeit in ihm aufkeimen zu lassen.

Später erschien der Mann im Zelt, von dem Uri mittlerweile wusste, dass er Arzt war. Er erklärte Uri, dass er ihn untersuchen werde.

»Kann ich vorher etwas zu essen haben?«

»Du bekommst eine Tasse Tee.«

»Aber ich habe solchen Hunger.«

»Ich weiß, Uri, aber wir müssen langsam vorgehen.«

Tee! Wollten ihn diese Leute ebenfalls Hungers sterben lassen?

Der Arzt und die Schwester wechselten einen Blick, dann sah der Doktor Uri an. Direkt in die Augen. »Ich weiß«, sagte er. »Wer konnte einem Kind nur so etwas antun?«

Am liebsten hätte Uri erwidert, dass er längst kein Kind mehr war. Und wahrscheinlich auch nie wieder eines sein würde.

Nach zwei Stunden verabreichten sie ihm eine dünne, milchige Flüssigkeit. Er bedeutete der Schwester, dass er noch mehr wolle, doch sie lächelte nur mitfühlend und schüttelte den Kopf. Uri lag auf dem Bett, frustriert und hungrig, und zog sich die Decke über den Kopf. Er glaubte nicht, dass er bei all dem Lärm würde schlafen können, doch er tat es. Aber er träumte nicht. Nie wieder sollte er träumen, für den Rest seines Lebens.

Beim Aufwachen erlaubte man ihm, eine Art Brühe zu sich zu nehmen, dann, alle paar Stunden, noch etwas mehr. Allmählich gingen sie zu fester Nahrung über, die immer besser schmeckte. Am nächsten Tag gab es Kartoffeln, am Tag danach Fleisch. Die Ärzte und Schwestern sahen zu, wie er alles in sich hineinschlang, und gaben ihm noch mehr.

Es dauerte vier Tage, bis er satt war. Der Arzt lächelte, als er den letzten Rest seines Eintopfs verputzte. »Sonst noch etwas, was ich dir holen könnte, Uri?«

»Ja. Meine Mutter und meine Schwester.«

43

Seth und Aoife holten die Kinder gemeinsam von ihrem ersten Schultag ab. Sie hatten Glück, dass sie es überhaupt rechtzeitig schafften. Liam und Kathy nahmen ihr gemeinsames Auftauchen als völlig natürlich hin, was es in Wahrheit ja auch war, und erzählten aufgeregt von ihren vormittäglichen Erlebnissen.

»Wir haben gemalt und dann mit Knete gespielt.«

»Und was habt ihr noch gemacht?«

»Danach sind wir raus auf den Spielplatz gegangen und herumgelaufen«, antwortete Kathy.

»Ganz schnell«, bestätigte Liam.

»Daddy?«

»Ja.«

»Wieso hast du dein T-Shirt verkehrt herum an?«

»Habe ich doch gar nicht.«

»Doch, hast du. Ich kann das Schildchen sehen. Und diese knubbligen Fäden, wo es zusammengenäht ist.«

»Offenbar habe ich es heute Morgen falsch angezogen.«

»Nein, hast du nicht. Als wir hergekommen sind, war es noch richtig.«

»Oh, jetzt weiß ich, woran es liegt. Ich habe im Freien gearbeitet und es ausgezogen, weil mir so heiß war. Und dann habe ich es wohl verkehrt herum wieder angezogen.«

»Oh.« Schlagartig verflog ihr Interesse.

Seth drückte Aoifes Hand. »Okay, Kinder. Was wollt ihr heute Nachmittag unternehmen? Wir haben den Tag über frei, deshalb können wir alles machen, worauf ihr Lust habt.«

»Ich will im Garten spielen.«

»Ich auch.«

»Seid ihr sicher? Wir können überall hingehen, wohin ihr wollt.«

»In den Garten!«, riefen sie im Chor, nahmen einander bei den Händen und liefen lachend und plappernd voraus.

Sie gingen im *Good Food Store* vorbei, um ein paar Leckereien für ein Picknick zu kaufen – etwas besonders Luxuriöses zur Feier des Tages. »Würden Sie Mrs Prendergast bitte ausrichten, sie soll unbedingt noch ein paar Pasteten vorbeibringen? Sie verkaufen sich wie warme Semmeln.«

»Das werde ich, Mrs Harte.«

Als sie in der Mittagshitze durch die Straßen schlenderten, verspürte Aoife eine eigentümliche Leichtigkeit – ein einst so vertrautes, doch längst vergessenes Gefühl. Und mit einem Mal wurde ihr bewusst, dass sie glücklich war. Für den Bruchteil einer Sekunde schoss ihr durch den Kopf, dass sie ein schlechtes Gewissen haben sollte, ehe die Vernunft siegte. Sie wusste, dass Michael sich für sie freuen würde. Sie lächelte zum wolkenfreien Himmel hinauf und spürte zum ersten Mal, dass ihr vergeben worden war – von Michael und, was noch viel wichtiger war, von ihr selbst.

Uri werkelte ganz allein im Garten vor sich hin. Trotz der

sengenden Hitze war er wie gewohnt korrekt gekleidet, obwohl er sich immerhin gestattet hatte, den obersten Hemdknopf zu öffnen.

»Opa, Opa!« Die beiden Kinder stürmten zu ihm hinüber, und er umarmte sie und drückte sie voller Wärme an sich.

»Wie war's in der Schule?«

Sie plapperten auf ihn ein, als hätten sie ihn seit Jahren nicht mehr gesehen. Bis die obligatorische Frage kam: »Erzählst du uns eine Geschichte?«

»Ja, eine mit vielen Drachen.«

»Nach dem Essen, ihr zwei. Hier, Dad, trink einen Schluck, solange es noch kalt ist. Du siehst aus, als könntest du es gebrauchen.«

Lachend und plaudernd packten sie das Picknick aus.

»Wo ist Mrs P.?«

»Sie ist Lance abholen gefahren. Heute wird er doch aus der Entziehungskur entlassen. Sie werden bald hier sein.«

»Was meinst du mit ›sie werden‹?«

»Er wird hier wohnen.«

»Damit sie ihn im Auge behalten kann?«

»Nein. Sein Haus wurde zwangsversteigert.«

»Das hört sich übel an. Das heißt, wir müssen ihn eine Weile hier ertragen?«

»Er ist ihr Sohn, Seth«, mahnte Uri.

Seth schwieg.

Die Sonne brannte heißer vom Himmel denn je. Die Kinder zogen Hemd und Bluse aus, maulten jedoch, als Aoife sie mit Sonnencreme einschmierte, und zappelten wie Fische. Seth ließ sich ins Gras sinken und schirmte mit der Hand die Augen ab.

»Daddy, wieso ziehst du nicht dein T-Shirt aus. Es ist so heiß«, meinte Kathy.

»Ach, ich glaube, das mache ich tatsächlich.«

»Aber vergiss nicht, es diesmal wieder richtig anzuziehen.«

»Das werde ich.«

»Mummy, wieso ziehst du deines nicht auch aus?«

»Oh, schon gut, Liam. Mir ist nicht so heiß.«

»Darf ich mein Unterhemd ausziehen, Mummy?«

»Wenn du willst, aber dann brauchst du noch mehr Sonnencreme.«

»Nein, lieber nicht. Wieso ziehst du dich nicht aus, Uri?«

»Ich bin zu alt. Außerdem bekommt ihr vielleicht Angst, wenn ihr all die Haare auf meiner Brust seht. Am Ende glaubt ihr noch, ich wäre ein Bär. Grrrr!« Er hob die Hände wie Klauen und zog ein grimmiges Gesicht, worauf die beiden in quiekendes Gelächter ausbrachen.

Seth zog sein T-Shirt aus, so dass Aoife das zweite Mal an diesem Tag seine Tätowierungen zu sehen bekam.

»Was sind das für Bilder auf deiner Haut?«

»Das nennt man Tattoos, Liam.«

»Woher hast du die?«

»Die hat mir ein Mann gemacht. Mit Nadeln.«

»Hat das wehgetan?«

»Nur ein kleines bisschen.«

»Mein Daddy hat den Namen von meiner Mammy auf dem Arm. Sieh mal.« Kathy hob Seths Arm hoch, so dass alle es sehen konnten.

»Das lasse ich wegmachen«, flüsterte Seth Aoife zu.

»Und was ist das für ein Stern auf deinem anderen Arm?«, wollte Liam wissen.

»Das ist der Davidstern.«

»Aber du heißt doch gar nicht David.«

»Ich weiß.«

»Wieso hast du ihn dann?«

»Um zu zeigen, dass ich stolz auf das bin, was ich bin und woher ich komme.«

»Aus Stoneybatter?«

Alle lachten, bis auf Liam, der verwirrt dreinsah.

»Opa, wieso zeigst du Liam nicht mal dein Tattoo?«

Mit einem Mal schlug die Atmosphäre um. Kaum merklich, aber nichtsdestotrotz. Einen Moment lang saß Uri reglos da, dann knöpfte er seine Manschette auf und zog den makellos weißen Stoff seines Hemdsärmels bis zum Ellbogen hinauf. Aoife erstarrte. Natürlich hatte sie damit gerechnet, doch den Beweis so unmittelbar vor Augen zu haben, war etwas ganz anderes.

»Es sind nur Zahlen«, stellte Liam, sichtlich wenig beeindruckt, fest. »Wieso wolltest du lauter Zahlen auf deinem Arm haben?«

»Das wollte ich gar nicht.«

Liam zog die Nase kraus. »Wieso hast du es dann da hinmachen lassen?«

»Ein paar böse Männer haben das getan.«

»Gemeine Kerle?«

»Ja, so etwas in der Art.«

»Und wo sind sie jetzt?« Liam hob die Brauen und blickte sich besorgt um.

»Sie haben vor langer, langer Zeit gelebt. Ganz weit weg von hier.«

»Und jetzt sind sie fort?«

»Ja.«

»Na gut. Los, Kathy, wir gehen Fußball spielen.«

»Okay.«

Die beiden rannten davon, um den Ball zu suchen, dicht gefolgt von der arthritischen Harriet.

Der Tag war noch immer derselbe – die Sonne schien, und der Himmel war wolkenlos –, trotzdem war alles anders. Die Party war vorbei, und Aoife fühlte sich elend. »Das wusste ich nicht«, sagte sie zu Uri. »Es tut mir schrecklich leid.«

Nickend rollte Uri seinen Hemdsärmel wieder nach unten. »Sie müssen noch ein Kind gewesen sein.«

»Ich war zehn.«

Sie schloss die Augen und schluckte.

»Machen wir uns wieder an die Arbeit.« Uri stand auf und ging davon, ohne sich noch einmal umzudrehen.

Aoife sah ihm nach, dann wandte sie sich Seth zu, der noch immer mit entblößtem Oberkörper und den Händen auf den Knien dasaß. Seine Stirn lag in tiefen Falten. »Er redet nicht gern darüber, nicht?«, sagte sie.

»Nein.«

»Was ist mit seiner Familie passiert? Seinen Eltern?«

»Alle im Konzentrationslager umgekommen.«

»O Gott. Wo denn?«

»Würde es dir etwas ausmachen, wenn ich dir ein andermal davon erzähle? Ich will nicht, dass er glaubt, wir würden über ihn reden.«

»Okay. Klar. Du hast recht.«

»Und jetzt komm her.«

»Aber jemand könnte uns sehen.«

»Das ist mir egal.«

Eine Stunde später betrat Mrs Prendergast mit Lance den Garten. Lance wirkte entspannt, wenn auch eine Spur zu einstudiert. Er trat vor die Beete und sah sich alles ganz genau an, was es zu sehen gab – alles bis auf die Menschen. Sie – Uri, Seth und Aoife – standen beisammen und plauderten, doch das Gespräch erstarb, als sie Lance bemerkten.

Er und seine Mutter kamen näher. Man begrüßte sich. Lance sah recht gut aus, fand Aoife. Er hatte etwas zugenommen, seine Wangen waren nicht mehr ganz so hohl, was seinem Gesicht das hagere, wächserne Aussehen nahm. Und er wirkte deutlich weniger hektisch und angespannt. Obwohl er unübersehbar nervös war und Mühe hatte, Uri in die Augen zu sehen. Schließlich streckte er die Hand aus. Mit angehaltenem Atem warteten die anderen auf Uris Reaktion.

Der alte Mann ergriff Lances Hand und schüttelte sie.

»Es tut mir leid«, sagte Lance. »Was ich zu Ihnen gesagt habe, meine ich. Es war falsch. Unverzeihlich. Und es wird nie wieder vorkommen.«

Uri nickte. »Entschuldigung angenommen.«

Ein erleichtertes Lächeln trat auf Lances Züge. »Danke«, sagte er. »Vielen Dank. Das bedeutet mir sehr viel.« Er wandte sich an seine Mutter. »Ich bin in meinem Zimmer, wenn du mich brauchst.« Er schob die Hände in die Taschen und kehrte ins Haus zurück.

»Danke, Uri«, sagte Mrs Prendergast.

Uri lächelte.

»Ich glaube, er kommt wieder in Ordnung«, fügte sie hinzu.

Gemeinsam mit Tausenden weiteren ehemaligen Gefangenen wurde Uri in ein Flüchtlingslager in Deutschland gebracht, wo die Lebensbedingungen zwar besser waren als im Konzentrationslager, aber leider nur minimal. Zwar musste er nicht ständig um sein Leben bangen oder sich auf brutale Schläge gefasst machen, aber auch hier gab es nie genug zu essen, und es war viel zu überfüllt.

Systematisch nahm er die Insassen in Augenschein – jede Frau, jedes Mädchen. Manchmal erspähte er eine Gestalt von hinten und lief zu ihr, wurde jedoch jedes Mal aufs Neue enttäuscht. Wochenlang ging es so. Dann, eines Tages, kam ihm ein Gedanke. Was, wenn seine Mutter und seine Schwester nach Berlin zurückgekehrt waren und dort längst auf ihn warteten? Es gab nur eine Möglichkeit, das herauszufinden. Klammheimlich sparte er sich drei oder vier Tagesrationen auf, packte einen Rucksack mit den wenigen Habseligkeiten, die ihm geblieben waren, und machte sich auf den Weg. Es war kinderleicht, sich aus dem Lager zu schleichen. Niemand beachtete einen Elfjährigen. Er wusste, dass er nicht allzu weit von Berlin entfernt war – bereits im Vorfeld hatte er sich möglichst unauffällig erkundigt – und die Vorstellung, dass seine Mutter auf ihn wartete, dass sie möglicherweise nur wenige Kilometer voneinander getrennt waren, war zu verlockend, um zu widerstehen.

Er brauchte eine ganze Woche. Es war Sommer, deshalb konnte er problemlos im Freien übernachten, und wenn es zu kühl wurde, suchte er sich einen gemütlichen Stall und schlief ein, während die Tiere um ihn herum schnaubten. Morgens wusch er sich an irgendeinem Fluss und spritzte sich lachend das eisige Wasser ins Gesicht. Er hatte keinerlei Mühe, den Weg zu finden. Schließlich hatte er vor dem Krieg jede Menge Campingausflüge mit seinem Vater und seinem Großvater unternommen und mehr gelernt, als ihm bewusst gewesen war. Die Felder und Wälder waren vertrautes Terrain für ihn.

Eigentlich hätte er keine ganze Woche brauchen dürfen, was bedeutete, dass er sich irgendwo verlaufen haben musste. Am Ende schaffte er es trotzdem, auch wenn er es im ersten Moment nicht bemerkte. Alles sah ganz anders aus als früher. Ihr Haus war nichts als ein Schutthaufen – ebenso wie die Nachbarhäuser. Weit und breit war keine Menschenseele zu sehen, nur ein paar Vögel zwitscherten zwischen den Ruinen. Uri setzte sich auf das Mauerstück, das von der Küchenwand übrig geblieben war, und weinte sich die Seele aus dem Leib. Bis zu diesem Augenblick war ihm nicht bewusst gewesen, wie sehr er sich an die Hoffnung geklammert hatte, ihr Haus stehe noch am selben Fleck, und seine Mutter koche etwas Leckeres, während seine Schwester im Garten spielte – die ganze Zeit hindurch, während all der Qualen, die er erduldet hatte. Noch nie hatte er sich so allein gefühlt. Doch in diesem Moment musste er der Möglichkeit ins Auge blicken, dass er seine Familie niemals wiedersehen würde – eine Erkenntnis, die beinahe zu viel für sein Jungenherz war.

Als er keine Tränen mehr hatte, rappelte er sich auf und sah sich um. Augenblicklich kehrte die Erinnerung daran zurück, wo alles gestanden, wie alles ausgesehen hatte. Ein Teil der Möbel war erstaunlicherweise noch intakt. Es gab noch den Küchentisch, und das Bett seiner Eltern war offenbar durch die Zimmerdecke gefallen und stand nun mitten im einstigen Esszimmer. Unzählige Erinnerungen an seine Familie, alle vereint, kehrten zurück. Wieder kamen ihm die Tränen, als er die zerfetzten Überreste eines Plakats fand, das an der Wand seines Zimmers gehangen hatte. Er suchte nach Hinweisen darauf, dass seine Mutter und seine Schwester hier gewesen waren und vielleicht nach ihm gesucht hatten. Nichts. Stattdessen fand er einen Teddybären, den Hannah bei ihrem überstürzten Umzug ins Ghetto vergessen hatte, und erinnerte sich, wie bitter sie deswegen geweint hatte. Seine Eltern hatten damals nichts tun können. Man hatte ihnen nicht erlaubt zurückzukommen, aber das hatte Uri nicht verstanden. Nun jedoch begriff er, wie sehr sie sich bemüht hatten, all das von ihm fernzuhalten. Heute, nicht einmal ein Jahr später, wusste er so vieles. So viel, dass er wünschte, er täte es nicht.

Er stopfte den Teddy in seinen Rucksack und ging zum Fluss hinter dem Haus hinunter. Auch dort war es sehr still, und es schien sich kaum etwas verändert zu haben. Immer noch dasselbe Wasser, dieselben Steine. Genau so wie er es in seinen Träumen gesehen hatte. Er zog sich aus und tauchte ins Wasser ein, malte sich aus, er wäre ein Fisch, silbrig, wendig und pfeilschnell. Fische brauchten sich keine Sorgen zu machen, weil sie Juden waren. Fische waren einfach nur Fische. Oder er könnte auch ein Otter sein. Er rollte sich herum, planschte, spielte. Er fühlte sich, als wäre er wieder neun Jahre alt. Aber kaum stieg er aus dem Wasser, kehrte die vertraute Bedrücktheit zurück, und er war wieder der elfjährige Uri, der so vieles wusste.

Er legte sich auf einen Felsen, bis er trocken war, dann zog er sich an und ging nach Hause zurück. Sein Magen begann wie gewohnt zu knurren, als ihm eine Idee kam. Er ging an die Stelle, wo sich früher der Küchengarten befunden hatte. Vielleicht ... vielleicht ... ja! Wie er gehofft hatte. Dicke rote Himbeeren hingen an den Sträuchern, und weit und breit kein Mensch, der sie essen wollte. Niemand, nur Uri und die Vögel. Er stopfte sich voll, dann wandte er sich den Stachelbeeren zu. Vor dem Krieg hatte er nie viel für sie übriggehabt, aber jetzt ... Als er satt war, stopfte er so viele Beeren in seinen Rucksack, wie er nur konnte, dann kehrte er ins Lager zurück. Schließlich hatte er keinen anderen Ort, wohin er gehen konnte.

Der Rückweg dauerte vier Tage, während derer er sich von den Vorräten aus dem Küchengarten ernährte. Er dachte sehr viel nach in diesen Tagen, am meisten über seine Familie. Als er ins Lager zurückkehrte, war er zu einem Entschluss gelangt. Am nächsten Tag ging er zu einem der Lehrer in der provisorischen Lagerschule.

»Was ist, Uri?«

»Mein Vater hat Verwandte in Irland. Würden Sie mir helfen, einen Brief an sie zu schreiben?«

Es dauerte mehrere Wochen, bis die Adresse von Samuels Cousin ausfindig gemacht werden konnte. Schließlich stöberten sie ihn über eine der jüdischen Agenturen auf. Dann schrieb Uri mithilfe des Lehrers, der dafür sorgte, dass die Adresse des Lagers leserlich war, einen Brief. Uri hatte das Gefühl, als hätte er eine Botschaft für die Flaschenpost geschrieben.

Zwei geschlagene Monate wartete er. Jeden Tag machte er sich mit wachsender Besorgnis auf den Weg, um nach Post von jenem Mann und seiner Familie zu sehen, denen er noch nie im Leben begegnet war. Interessierten sie sich überhaupt dafür, dass es ihn gab? Wären sie bereit, einen Jungen bei sich aufzunehmen, der praktisch ein Fremder für sie war?

Schließlich kam ein Antwortbrief mit einer Adresse in Dublin. Uri nahm ihn an sich und suchte sich ein ruhiges Plätzchen, um ihn zu lesen. Seine gesamte Zukunft lag in diesem Brief. Er riss ihn auf.

Mein lieber Uri,
ich bin überglücklich zu hören, dass du lebst. Aus deinem
Brief kann ich nur schließen, dass der Rest der Familie

nicht so großes Glück hatte. Nichts wäre mir eine größere Freude, als wenn du nach Irland kommen und bei uns leben würdest. Natürlich musst du kommen. Ich werde sofort alles in die Wege leiten. Schreib recht oft, bis es so weit ist.

Möge Gott mit dir sein.
Jacob Rosenberg

Uri drückte den Brief an seine Brust und schloss die Augen. Mit einem Mal war er nicht länger vollkommen allein auf der Welt.

Doch es sollte weitere drei Jahre dauern, den Plan in die Tat umzusetzen. Erst 1948 erklärte Irland sich bereit, hundertfünfzig jüdische Flüchtlingskinder aufzunehmen. Die Regierung zeigte wenig Begeisterung, doch Premierminister de Valera zwang sie zu diesem Schritt.

Uri kam am Hafen von North Wall an – ein müder, unterernährter Vierzehnjähriger –, wo ihn seine neue Familie abholte. Er erkannte sie von Fotos, die sie ihm geschickt hatten. Sie schlossen ihn in die Arme, als würden sie ihn seit einer Ewigkeit kennen, und brachten ihn in ihr Zuhause, das erste Zuhause seit vielen Jahren für ihn. Anfangs war er völlig überwältigt und wusste nicht, was er sagen oder tun sollte. Doch sie waren so herzlich, so voll bedingungsloser Liebe für einen Jungen, den sie noch nie gesehen hatten, dass es sich anfühlte, als hätten sie ihm das Leben gerettet.

Da war sein Onkel Jacob – er hatte darauf bestanden, dass Uri ihn so nannte –, seine Tante Martha und ihre beiden Kinder, der zehnjährige David und die achtjährige Sarah: vier fröhliche, robuste, kerngesunde Menschen mit rosigen Wangen. Es war lange her, seit er das letzte Mal so wohlgenährte Juden gesehen hatte. Und die Kinder spielten so unbekümmert, als hätten sie niemals Not gelitten oder Schlimmes erlebt. Was natürlich der Fall war. Uri erinnerte sich vage daran, früher genauso gewesen zu sein.

Anfangs trat er ihnen mit großem Argwohn gegenüber. Sein Vertrauen an das Gute im Menschen war nahezu vollständig zerstört, doch Stück für Stück gewannen sie sein Zutrauen und später seine Liebe.

Jacob war Schneider von Beruf, und im Jahr darauf begann Uri seine Lehre bei ihm. Er arbeitete hart, war geschickt und flink und vor allen Dingen dankbar dafür, eine zweite Chance im Leben bekommen zu haben. Er lernte schnell und machte rasch Fortschritte. Es schien, als wäre das Glück mit einem Mal auf seiner Seite. Manchmal fragte er sich, ob die gesamte Portion Pech im Leben eines Menschen auf einmal über ihn hereinbrechen konnte. Falls ja, war es bei ihm zweifellos so gewesen. Doch er war nicht Optimist genug, um ernsthaft daran zu glauben.

Jacobs Geschäftspartner, ein gewisser Mr Stern, hatte eine Tochter namens Deborah, die gelegentlich im Laden vorbeikam, ein Mädchen mit langen glänzenden Locken, die immer herrlich hüpften, wenn es lachte, was ziemlich oft der Fall war. Und erst Deborahs Grübchen! Uri hätte sie stundenlang ansehen können. Sie war das schönste Geschöpf, das ihm je begegnet war, und der lebende Beweis dafür, dass in dieser nicht perfekten Welt durchaus Perfektion existierte.

»Mach den Mund zu, es zieht, Uri.« Die anderen Männer lachten ihn aus. Was ihn schrecklich verlegen machte, weil er seine Gefühle niemals offen zur Schau trug. Uri war ein reservierter, ernster und wohlerzogener junger Mann, der zwar überaus freundlich sein konnte, aber auch zu düsteren Stimmungen neigte. Wäre ihm ein anderes Schicksal widerfahren, hätte er sich möglicherweise zu einem anderen Menschen entwickelt. Aber es war müßig, darüber zu spekulieren.

Erstaunlicherweise mochte Deborah ihn ebenfalls sehr gern, auch wenn sie wie Licht und Schatten waren. Seine Düsternis schien eine geradezu magische Anziehungskraft auf sie auszuüben, doch er konnte von Glück sagen, dass sie ein selbstsicheres und entschlossenes Wesen war, denn er hätte gewiss niemals den Mut aufgebracht, sie anzusprechen.

Gewöhnlich kam sie in den Laden und verwickelte ihn in ein Gespräch. Was nicht immer ganz einfach war: Uris angeborene Zurückhaltung in Verbindung mit seiner tiefen Verehrung für sie, die ihm regelmäßig die Sprache verschlug, verwandelte ihn in einen einsilbigen Stockfisch, doch sie musste gespürt haben, dass zwischen ihnen etwas war, etwas, was sich nicht mit Worten ausdrücken ließ, ebenso wie Uri irgendetwas hinter ihren mädchenhaften Grübchen erkannte. Tiefe. Eine Frau, die tiefgründig und stark genug war, um neben ihm zu bestehen. Sie könnte möglicherweise seine *bashert*, seine Seelenverwandte, sein.

Und so kam es, dass er eines Nachmittags an Mr Sterns Tür klopfte.

»Herein.«

Erstaunt bemerkte Uri, dass ihn die Angst packte, eine Angst, wie er sie seit langer Zeit nicht mehr erlebt hatte – aus dem einfachen Grund, weil ihm schon lange nichts mehr so viel bedeutet hatte. Stattdessen hatte er gedacht, es gäbe nichts – oder niemanden – mehr, was ihm noch genommen werden könnte. Irrtum.

Mr Sterns Gesicht verzog sich zu einem Lächeln. »Uri, was kann ich für dich tun?« Der ältere Mann lehnte sich auf seinem Stuhl zurück und faltete die Hände hinter dem Kopf. Er schien erfreut über die Ablenkung zu sein.

Uri schloss die Tür hinter sich und trat mit der Mütze in der Hand vor ihn. »Mr Stern.«

»Ja?«

»Es geht um Ihre Tochter.«

»Ah.«

»Ich möchte um die Erlaubnis bitten, Deborah zu fragen, ob sie am Samstagabend mit mir tanzen geht.«

Uri wartete und wartete, während Mr Stern ihn scheinbar endlos lange Zeit mit ernster Miene musterte. »Du hast meine Erlaubnis«, sagte er schließlich.

Uri gestattete sich einen Atemzug. »Wirklich?«

Mr Stern lachte, ein tiefes, raues Glucksen. »Wieso überrascht dich das so?«

»Weil ich nichts habe.«

Die Antwort schien beide Männer gleichermaßen zu schockieren, und die Worte hingen im Raum, warteten auf eine Erwiderung. Die einige Zeit dauerte, da Reuben Stern an all die Jahre dachte, seit er diesen Jungen – und nun jungen Mann – kannte. Daran, wie sehr er seinen Respekt vor den Älteren, seine Loyalität, seine Integrität zu schätzen gelernt hatte. Und seine Dankbarkeit.

»Ich denke, du hast alles, was meine Tochter braucht«, sagte er ruhig.

»Danke, Sir.« Uri senkte den Kopf und ging rückwärts zur Tür.

»Außerdem«, fügte Mr Stern hinzu, als Uri sich schließlich abwandte, »bist du doch Jude, oder?«

An diesem Samstagabend stockte Uri der Atem, wann immer er Deborah ansah, sein Arm um ihre Taille lag und ihre

Hand federleicht auf seiner Schulter ruhte. Viele Jahre später konnte Uri, inzwischen verwitwet, sich noch genau daran erinnern, wie sie sich in seinen Armen angefühlt hatte. Er brauchte noch nicht einmal die Augen zu schließen. Deborah war so real, als sei sie noch am Leben und atme neben ihm.

Ein Jahr später verlobten sie sich, doch es sollte ein weiteres Jahr bis zu ihrer Hochzeit vergehen. Ein Jahr, in dem Uri wie ein Besessener arbeitete, um genug Geld für ein gemeinsames Heim mit seiner Braut zu verdienen.

Die Woche vor der Hochzeit, in der es Braut und Bräutigam verboten war, einander zu sehen, brachte Uri beinahe um den Verstand, machte Deborahs Anblick am Hochzeitstag jedoch umso hinreißender, wie sie im Brautkleid mit dem Schleier vor ihm stand, unter dem er ihre vor Tränen glitzernden Augen erkennen konnte. Als sie unter die *Chuppah* traten und die sieben Segnungen entgegennahmen, hatte Uri das eigentümliche Gefühl, als werde ihm etwas zurückgegeben – jenes weibliche Element in seinem Leben, das er seit jenem ersten Tag im Konzentrationslager so schmerzlich vermisst hatte. Und während des ausschweifenden Hochzeitsfests lachte er, wie er es nicht mehr getan hatte, seit er zehn Jahre alt gewesen war.

Er konnte nur staunen, welche Mächte ihn an diesen Punkt in seinem Leben geführt haben mochten. Ein Waisenjunge, aber dennoch mit Familie. In einem fremden Land, aber dennoch mit einer Heimat. Und nun stand er im Begriff, ein Heim zu beziehen und seine eigene Familie zu gründen.

In der Hochzeitsnacht schilderte Uri Deborah, was ihm und seiner Familie während des Krieges widerfahren war. Auch jenen Teil, als sein Vater umgekommen war, und seine

Beteiligung daran. All das hatte er bisher keiner Menschenseele erzählt. Doch sie war nun seine Frau und damit ein Teil von ihm. Sie lauschte den Schilderungen des schweren Lebens, dessen Existenz sie lediglich geahnt hatte, und am Ende lagen sie einander weinend in den Armen. Deborah versprach Uri, sie werde es sich zur Lebensaufgabe machen, seinen Schmerz mit ihrer Liebe zu lindern. Und sie hielt Wort.

Es dauerte lange Zeit, bis sich Nachwuchs ankündigte, so lange, dass sie bereits befürchtet hatten, es passiere überhaupt nicht mehr. Ein Teil von Uri wäre durchaus damit zufrieden gewesen – jener Teil, den er vor Deborah zu verbergen versuchte. Wollte er allen Ernstes Kinder in eine Welt setzen, in der so abscheuliche Dinge geschehen konnten? Er bezweifelte, dass er einen weiteren Verlust verkraften könnte. Doch die Kinder kamen genau dann, als die Zeit reif dafür war. Für Deborah grenzte ihre Geburt an ein Wunder.

Sie bekamen zwei Söhne – Seth und Aaron. Am Tag von Seths Geburt wusste Uri endlich, wie sehr sein Vater ihn geliebt hatte. Er hatte es stets zu wissen geglaubt, doch nun begriff er es auch mit dem Herzen. Und als er Deborah mit ihrem Kind sah, wurde ihm klar, wie sehr auch seine Mutter ihn geliebt hatte.

Die Jungen bereiteten ihm unbeschreiblich große Freude, aber auch unbeschreiblich großen Kummer – weil sie ihre Großeltern niemals kennenlernen würden und ihre Großeltern niemals die beiden Jungen. Er fragte sich, was für eine Tante Hannah geworden wäre, zu welcher Frau sich dieses Mädchen wohl entwickelt hätte, das in so jungen Jahren bereits so reif gewesen war.

Es gab Zeiten, in denen Seths Ähnlichkeit mit seinem Großvater Samuel so frappierend war, dass Uri das Gefühl hatte, Gott reiße ihm bei lebendigem Leib das Herz heraus. Bittersüß und scharf schnitt sich der Schmerz in seine Eingeweide. Und als Seth Interesse am Gärtnern entwickelte, war dies der endgültige Beweis für Uri, dass sein Vater in dessen Enkel weiterlebte. Er brachte Seth alles bei, was er wusste, alles, was er von seinem Vater gelernt hatte, und sah zu, wie das Talent seines Sohnes wuchs und gedieh.

Doch ein Teil von ihm schaffte es nie, eine wirklich enge Bindung zu seinen Kindern herzustellen – derselbe Teil, der es nicht über sich brachte, von seiner Vergangenheit zu erzählen. Sie spürten es, und er ebenfalls. Am schlimmsten war es, als die beiden Teenager waren und ihre Launenhaftigkeit mit seiner eigenen Trübseligkeit kollidierte. Sie alle konnten von Glück sagen, dass Deborah sie umhegte und vermittelte, quasi als warmherziger menschlicher Puffer zwischen ihnen.

Als Deborah starb, hatten Uri und seine Söhne einen Weg gefunden, miteinander umzugehen. Sie hielten zusammen, stützten sich gegenseitig und bestärkten einander darin, dass jeder von ihnen seinen eigenen Weg gehen musste. Insgeheim wusste Uri nicht, ob es ihm gelänge. Deborah war so lange an seiner Seite gewesen, dass er an manchen Tagen zweifelte, ob er ohne sie überhaupt leben wollte. Er überlebte für seine Söhne und im Gedenken an all jene, die keine Wahl hatten, ob sie leben oder sterben wollten.

Dann, eines Tages, etwa ein Jahr nach Deborahs Tod, bemerkte Uri einen Aushang im *Good Food Store*. Oder war es ein Zeichen?

Könnte es sein, dass ihm ein Garten das Leben rettete? Zum zweiten Mal?

Pearl, die stille, aber zutiefst überzeugte Protestantin, hatte Aoife nachdenklich gemacht. Obwohl sie nicht wollte, dass das Fest im Garten als religiöse Veranstaltung im engeren Sinne ablief, könnten sie ihm vielleicht etwas mehr Bedeutung verleihen und mehr daraus machen als eine ganz gewöhnliche Party.

Die Bezeichnung war ein Thema, worüber sie endlos diskutierten. Die Kinder hielten eisern an dem Namen *Herbstparty* fest. Emily, die nahezu täglich an der Strippe war und neue Ideen und Einfälle lieferte, hätte es am liebsten *Cornucopia* genannt – als Hinweis auf das uralte Symbol für Speisen und Überfluss, auch bekannt unter dem Namen Füllhorn.

»So ein Ding besitze ich auch«, meinte Seth.

»Hör auf!«, zischte Aoife – Mrs Prendergast befand sich in Hörweite.

»Ich verstehe dieses ganze Theater nicht«, meinte die alte Dame. »Wieso können wir es nicht einfach Erntedankfest nennen und fertig?«

»Das ist zu traditionell«, wandte Aoife ein.

»Was ist so verkehrt an Tradition?«

»Gar nichts. Nur könnten die Leute einen falschen Eindruck bekommen. Sie könnten es für etwas halten, was es nicht ist. So wie unsere Freundin Pearl.«

»Sie ist keine Freundin von mir, meine Liebe.«

»Na gut, aber Sie verstehen, was ich meine.«

Mrs Prendergast schwieg, was verriet, dass sie Aoifes Argument nachvollziehen konnte, es aber nicht zugeben wollte.

»Erntefest«, sagte Aoife.

»Nein«, widersprach Uri mit fester Stimme, sehr zu Aoifes

Verblüffung, da er sich die ganze Zeit zurückgehalten und ihren Endlosdebatten mit nachsichtiger Belustigung gelauscht hatte. Erst als sie nach Hause kam und »Erntefest« im Internet nachsah, wurde ihr klar, weshalb. Ihr Gesicht brannte vor Scham. »Erntefest« war der Codename für die Massenvernichtung der Juden im Jahr 1943.

Mrs Prendergasts Bemerkung hatte Aoife angeregt, über den Begriff Tradition nachzudenken. Sie erinnerte sich an die aus Ähren gebastelten Figuren aus ihrer Kindheit, die *Corn Dollies*, von denen sie keine Ahnung hatte, was sie eigentlich bedeuteten. Also googelte sie auch diesen Begriff und fand heraus, dass das Flechten von Ähren zu Figuren auf dem Glauben fußte, die Seele des Getreides wohne in der Ähre und flüchte sich bei der Ernte in die verbleibenden Halme. Durch das Flechten könne diese Seele für ein weiteres Jahr und damit die neue Ernte bewahrt werden, wenn im nächsten Frühling die Ährenfigur erneut in die Erde gepflanzt wurde.

Aoife unterhielt sich mit Liams Lehrerin, besorgte Weizenähren beim örtlichen Landwirtschaftsmarkt und sorgte dafür, dass die Jungen und Mädchen der ersten Schulklasse eine wahre Armee von Ährenfiguren bastelten.

Eine weitere Erinnerung an die Erntedankfeste ihrer Kindheit war das Brot. So entsann sie sich lebhaft an einen Brotlaib in der Form einer Ähre aus ihrer Zeit als Schülerin an der anglikanischen Grundschule. Sie ging zu Mrs Prendergast.

»Ja, das stimmt. Der Brotlaib steht als Symbol für die Dankbarkeit für die jeweilige Ernte. Normalerweise arrangiert man eine ganze Reihe an Früchten und Gemüse darum herum.«

»Was für eine wunderbare Idee. Das könnten wir doch auch tun. Einen Brotlaib inmitten von Obst und Gemüse aus unserem Garten, damit die Leute sehen, was wir geschaffen haben. Glauben Sie, die *Mothers' Union* würde einen Brotlaib für uns backen?«

»Na ja, ich könnte helfen, wenn Sie wollen.«

»Ehrlich?«

»Ja. Ich habe schon einige dieser Brote gebacken, als Lance noch klein war.«

»Das wäre wunderbar. Ehrlich gesagt ...«

»Was ist denn jetzt noch?«

Aoife erinnerte sich vage an einen Essay einer ihrer Studenten, der die keltische Feier der Ernte behandelte, das Fest Lammas, zu dessen Anlass alle Frauen des Dorfes zusammenkamen und gemeinsam ein Brot buken, ein Akt, der an sich bereits ein heiliges Ritual darstellte.

»Wir brauchen ohnehin massenweise Brot zur Suppe. Wieso versammeln wir uns nicht alle zu einem großen Backtag?«

»Wer ist *wir*?«

»Sie, ich, Emily, Emilys Mutter, Kathy ... das war's.«

Emily kam einige Tage früher, um zu helfen, und brachte Rose und ihre Mutter mit. Sie übernachteten bei Mrs Prendergast – ihre ersten Gäste seit einer halben Ewigkeit, wie Aoife bemerkte.

»Also nur Frauen, ja?«

»Ja, ich denke, das macht größeren Spaß, nicht?«

»Wir könnten meine Küche benutzen.«

»Danke!«

»Oder hatten Sie sowieso schon darauf spekuliert?«

»In gewisser Weise.«

Mrs Prendergast versuchte finster dreinzusehen, was ihr jedoch misslang. Damit war die Sache geritzt. Noch an diesem Nachmittag besorgte Aoife die ersten Zutaten.

Am nächsten Tag erhielt Aoife eine Nachricht, die sie zwar sehr freute, gleichzeitig jedoch einen Anflug von Sorge heraufbeschwor: Ihre Mutter kündigte an, ebenfalls zu dem Fest kommen. Obwohl sie sich freute, sie dabeizuhaben, und froh über die Gelegenheit war, dass Liam seine geliebte Nana wiedersah, war ihre Freude nicht ungetrübt – was schätzungsweise mit Seth zu tun hatte. Ihre Mutter hatte Michael gut gekannt, was durchaus ein Faktor war, den es zu bedenken galt. Michael war ihr geliebter Schwiegersohn gewesen, der Vater ihrer Enkelkinder. Natürlich musste sie ihr nicht unbedingt von Seth erzählen, schließlich lebten sie nicht zusammen oder so etwas, und bisher wusste niemand etwas von ihnen.

Sie hatten beschlossen, das Ganze vorerst geheim zu halten – vorwiegend wegen Liam und Kathy, für den Fall, dass es in die Hose ging. Damit war die Entscheidung gefallen. Sie würde es ihr nicht sagen. Und damit gab es auch keinen Grund zur Sorge.

Letzten Endes einigten sie sich auf die Bezeichnung »Herbstparty«, unter begeistertem Jubel der Kinder, die sich sofort daranmachten, eine Einladung zu dichten und sie in der Nachbarschaft zu verteilen.

Wir feiern unsere Herbstparty, ein großes Fest,
kommt alle her, genießt und trinkt und esst.
Suppe und Brot für alle Mann,
wir sehen euch – bis dann.

»Und die Musik?«, fragte Emily, nachdem Aoife ihr am Telefon den Einladungstext vorgelesen hatte.

»Moment, ich war noch nicht fertig. *Bitte Musikinstrumente, Tanzschuhe, Geschichten und viel Sonne mitbringen.*«

»Oh.«

»Und was sagst du dazu?«

»Äh, sehr gut, nur ...«

»Was denn?«

»Willst du damit sagen, wir verlassen uns darauf, dass die Leute ihre Instrumente mitbringen und selber musizieren?«

»Ganz genau.«

»Ist das nicht etwas riskant?«

»Inwiefern?«

»Was ist, wenn sie es nicht tun und dann alle herumstehen und darauf warten, unterhalten zu werden?«

»Es wird schon klappen. Die Leute werden sich schon selber unterhalten.«

»Wenn du meinst.«

»Das tue ich.«

Schließlich kam Aoifes Mutter an, und sie fuhren nach Howth – ein Ort, den beide Frauen besonders gern besucht hatten, als Aoife noch klein gewesen war. Es war ein herrlicher, goldener Herbsttag mit einer frischen Brise. Liam hüpfte aufgeregt vor ihnen her. In der Bucht schwammen Seehunde, gleich fünf Stück auf einmal und so dicht am Ufer, dass man sie atmen hören konnte und ihre Nüstern sah, die sich öffneten und schlossen. Pfeilschnell schossen ihre schnittigen, glänzenden Leiber durchs Wasser. Ein Hund stand am Ufer und bellte wie von Sinnen, als sie abwechselnd abtauchten und wieder an die Oberfläche kamen. Aoife kaufte eine Tüte Fischreste, mit denen Liam die Seehunde fütterte und fröhlich lachte, wenn diese die Bissen in der Luft fingen.

Dann kauften sie sich ein Eis am Stiel mit roter Erdbeersauce, wahrscheinlich das letzte in dieser Saison, das sie auf dem Weg zum Leuchtturm verputzten, wo die Wellen mit ohrenbetäubender Lautstärke gegen den Fels brandeten, ehe sie rechts vom Meer den Hügel hinauf nach Howth Head marschierten.

Seit ihrem endgültigen Umzug nach Irland war Aoife nicht mehr in Howth gewesen, da es auf der anderen Seite der Stadt lag und sie keine Lust gehabt hatte, den Ausflug allein zu unternehmen. Ihre Mutter bemerkte, dass Liams Beine vor einem Jahr noch nicht kräftig genug gewesen wären, um den Aufstieg zu bewältigen – ein Umstand, der auch Aoife nicht entgangen war.

»Er sieht gut aus«, sagte sie. »Ihr beide. Mein Gott, Aoife, ich habe mir solche Sorgen wegen eures Umzugs nach Irland gemacht. Damals erschien mir die Entscheidung überstürzt, aber jetzt sehe ich, dass du nur deinem Instinkt gefolgt bist. Es hat euch sehr gut getan, hierherzukommen. Euch beiden. So glücklich habe ich dich nicht mehr gesehen seit ... na ja, seit Michael.«

»Er fehlt mir immer noch.«

»Natürlich tut er das. Das wird auch so bleiben. So etwas ist völlig normal.«

»Und ich werde niemals zulassen, dass Liam ihn vergisst.«

»Das solltest du auch nicht. Aber das bedeutet nicht, dass du dein Leben nicht in die Hand nehmen kannst. Ihr beide. Michael würde gewiss nicht wollen, dass ihr beide ewig trauert.«

An diesem Nachmittag fuhr Aoife mit ihrer Mutter in den Garten. Während sie in den Tiefen ihrer Tasche nach dem Schlüssel kramte, fiel ihr auf, dass das Tor weit offen stand. Wie ungewöhnlich. Vorsichtig ging sie hinein. Im ersten

Moment sah es aus, als wäre niemand da. Doch dann trat Uri breit grinsend aus dem Gebüsch.

»Was ist denn hier los?«, fragte sie.

»Er ist über die Bühne.«

»Wer denn?«

»Der Verkauf. Vor Ihnen steht der stolze Besitzer von ...«, er machte eine schwungvolle Geste, »... dem hier.«

»Oh, Uri.« Sie küsste ihn auf beide Wangen. »Das ist ja wunderbar. Glückwunsch. Oh, wo sind nur meine Manieren? Das ist meine Mutter, Moya.«

Uri küsste Aoifes Mutter herzlich auf beide Wangen – er sah aus, als sei er in der Stimmung, jeden zu küssen, der ihm über den Weg lief.

»Heißt das, Sie lassen das Tor künftig immer offen stehen?«

»Ja. Jeden Tag von Sonnenaufgang bis Sonnenuntergang. Von jetzt an ist der Garten ein richtiger Gemeinschaftsgarten.«

»Und was sagt Mrs Prendergast dazu?«

»Das weiß ich nicht, ich habe es ihr noch nicht erzählt.« Er war zu höflich, um rundheraus zu sagen, dass es nicht länger Mrs Prendergasts Angelegenheit war.

Als Nächste trafen Emily, Rose und Emilys Mutter Bridget ein. Rose konnte mittlerweile krabbeln und zog sich an allem hoch, was sie zu fassen bekam, unabhängig davon, ob es stabil war oder nicht. Mrs Prendergast, die vergessen hatte, wie es war, ein Baby im Haus zu haben, hatte alles genau so gelassen, wie es war – zum Entsetzen von Emily, die die erste Hälfte ihres Besuchs damit zubrachte, alles Zerbrechliche außerhalb von Roses Reichweite zu schaffen.

Mittlerweile hatte sie sich zu einer richtigen Mutter gemausert, und es hatte den Anschein, als wäre Rose schon immer ein Teil von ihr gewesen. Was gewissermaßen auch so war. Eine untrennbare Einheit.

Emily reichte Rose an Uri und Mrs Prendergast, die bereits die Arme nach ihr ausstreckten, und machte sich geradewegs auf den Weg in ihren Garten der Sinne. Aoife fand sie auf ihrer Schaukel unter den verwobenen Jasmin- und Geißblatttrieben, die beide ihre prächtigste Blütezeit hinter sich hatten und dennoch wunderschön waren. »Stört es dich, wenn ich mich zu dir setze?«

»Aber bitte.« Emily tätschelte lächelnd den Platz neben sich und stieß einen Seufzer aus, als Aoife sich setzte. »Es ist so schön, wieder hier zu sein.«

»Bleibst du endgültig?«

»Ja. Mum wollte eine Woche bleiben und uns helfen, die neue Wohnung zu beziehen. Ich habe Rose in der Tagesstätte auf dem College angemeldet. Nur noch zwei Jahre bis zum Abschluss, dann finde ich hoffentlich einen Job und kann anständig für sie sorgen.«

»Klingt, als hättest du alles gut in den Griff bekommen.«

Emily lachte. »Wohl kaum. Meine Güte, ein Kind zu haben ist wirklich harte Arbeit. Wieso hast du mir das nicht vorher gesagt?«

»Ich wollte dich nicht demotivieren.«

»Das ist mir inzwischen auch klar. Aber ... sie ist hinreißend, Aoife.«

»Allerdings.«

»Ich kann immer noch nicht fassen, dass sie meine Tochter ist. Ich bin so glücklich.«

»Sehr gut! Wie wunderbar für dich.«

»Und Mum war einzigartig!«

»Und dein Vater?«

»Er genauso.« Sie lachte. »Ich kann es kaum glauben,

ehrlich, wie gut sich alles entwickelt hat.« Einen Moment lang verdüsterten sich ihre Züge. »Alles, was ich mir selber zugemutet habe. Und Rose. Völlig umsonst.« Ihr Seufzer schien aus ihrem tiefsten Innern zu kommen.

»Komm schon, Emily, genug der mütterlichen Gewissensbisse. Das Wichtigste ist, wie gut sich alles entwickelt hat. Erinnerst du dich noch daran, wie sehr du dich vor der Reaktion deines Vaters gefürchtet hast?«

»Ja. Ich schätze, Rose hat ihn verzaubert. Du solltest sehen, wie er sie anschaut, wenn er sich unbeobachtet glaubt.« Sie lachte. »Ich habe das Gefühl, er glaubt immer noch, er würde streng aussehen, so als sei er ganz und gar nicht mit allem einverstanden, nur für den Fall, dass meine Schwestern glauben, es wäre in Ordnung, wenn sie selbst mit einem Kind nach Hause kommen.«

Eine Zeit lang schaukelten sie sanft hin und her, jede in Gedanken versunken. Aoife war verzaubert vom Anblick der zarten, ineinander verwobenen Jasmin- und Geißblatttriebe.

»Und wie läuft es bei dir?«

»Gut.«

»Und Seth?«

»Dem geht es auch gut.«

»Du weißt, was ich meine.«

»Nein, tue ich nicht.«

»Na gut, auch in Ordnung.«

46

»Überall finde ich Schüsseln mit klebriger Pampe. An Stellen, wo man es nie vermuten würde. Sogar in der Trockenkammer, verflixt noch mal«, beschwerte sich Mrs Prendergast im Flüsterton, doch Aoife las an ihrer Miene ab, dass ein Teil von ihr die unkalkulierbare Spontaneität genoss, die entstand, wenn man die eigenen vier Wände mit anderen Menschen teilte. Nicht nur Lance wohnte seit vielen Jahren das erste Mal wieder unter ihrem Dach, sondern jetzt auch Emily, deren Mutter und die kleine Rose.

»Was meinen Sie mit *Schüsseln voll klebriger Pampe*?«, hakte Aoife nach.

»Es ist irgendein Experiment im Zuge des Brotbackens.«

»Oh, jetzt weiß ich, wovon Sie reden. Sie will ein Sauerteigbrot machen und versucht, Hefepartikel aus der Luft aufzufangen.«

»Du lieber Himmel, kann sie nicht in den Laden gehen und Würfel kaufen wie jeder andere Mensch?«

Jede Frau hatte eine Brotsorte zugewiesen bekommen: Emily war für erwähntes Sauerteigbrot zuständig, ihre Mutter Bridget sollte ihr berühmtes Sodabrot backen, weil sie es seit Jahr und Tag ohnehin jeden Morgen tat. Aoifes Mutter Moya würde sich an einem Mohnbrot versuchen, während Aoife und Mrs Prendergast den Ährenlaib übernahmen sowie eine Reihe besonderer Kreationen, darunter Brot mit sonnengetrockneten Tomaten, mit Käse und Zwiebeln und mit Rosinen. Kathys Aufgabe bestand darin, den frisch aufgegangenen Teig mit den Handflächen plattzudrücken – nachdem sie sich die Hände gewaschen hatte, versteht sich. Außerdem war sie offiziell damit betraut, die Schüsseln und Backutensilien abzulecken. Womit sämtliche Aufgaben verteilt waren. Aoife hoffte nur, dass ihre Pläne nicht zu hochfliegend waren.

Am Abend vor der Party versammelten sie sich – fünf und eine halbe Frauen – in Mrs Prendergasts sagenumwobener Küche. »Hexenzirkel« hatte Seth ihre Zusammenkunft genannt, was durchaus passend war, fand Aoife. Eine Gruppe von Frauen hatte ihrem Empfinden nach immer etwas ganz Besonderes – eine ureigene Dynamik, faszinierend zu beobachten und zu erspüren. Es hatte etwas mit der Vertrautheit zu tun, mit der sie sich nebeneinandersetzten, sich die Schuhe von den Füßen traten, die Köpfe in den Nacken warfen und hemmungslos lachten. Aoife sah sich um. All diese Frauen, die sich hier zusammengefunden hatten, waren ihr ans Herz gewachsen. Zu jeder Einzelnen von ihnen hatte sie ein Gefühl der Liebe entwickelt – ein Gedanke, der ihr ein Lächeln entlockte, während sie zusah, wie Mrs Prendergast das Zepter schwang. Sie hoffte nur, dass sie sich nicht mit Bridget in die Haare geriet, die daran gewöhnt war, das Regiment in der Küche zu führen. Doch bislang schien es ihr nichts auszumachen, ausnahmsweise einmal nicht die Fäden in der Hand zu halten.

Mehrere Flaschen Wein standen auf dem Küchentresen, und Aoife spielte mit dem Gedanken, vorzuschlagen, eine davon zu öffnen. Andererseits wollte sie nicht, dass die Frauen beschwipst wurden. Also beschloss sie, sich zu gedulden und den richtigen Zeitpunkt abzuwarten, sich einen zu genehmigen.

Sie trugen allesamt Schürzen. Aoifes zierte ein Muster mit Blumen und Katzenkindern. Sie kam sich vor, als befände sie sich im Hauswirtschaftsunterricht, mit Mrs Prendergast als strenger Lehrerin.

»Also, Mädels«, verkündete sie und genoss sichtlich die Rolle der Wortführerin, »wahrscheinlich ist es am besten, wenn wir alle in unserem jeweiligen Teil der Küche bleiben.«

Jede bekam ein Arbeitsgebiet zugewiesen. Sie hatten ihre eigenen Schüsseln und Arbeitsgerätschaften mitgebracht, die sie nun auspackten und vorbereiteten. »Okay, Ladys. Möge das große Backen beginnen«, verkündete Aoife, als sie fertig waren. Dann bemerkte sie Mrs Prendergasts säuerliche Miene, und ihr dämmerte, dass der alten Dame genau dieselbe Ankündigung auf der Zunge gelegen hatte. Tja, zu spät.

Also legten sie los. Wiegen, abmessen, vermengen, mixen, kneten, ausrollen, plaudern. So ungeniert plaudern, dass ein Außenstehender glauben könnte, er hätte es mit einer Horde aufgeregter Schulmädchen auf Klassenfahrt zu tun.

Doch es gab auch ruhige Phasen, in denen sich die Frauen auf ihre Aufgaben konzentrierten. Irgendwann, während einer dieser Phasen, hoben Aoife und Emily im selben Moment den Kopf. Sie lächelten einander zu, dann widmeten sie sich wieder ihrem Teig. Aoife hatte das Gefühl, als sei sie Teil eines uralten Rituals. Die Zubereitung von Brot – dem Inbegriff des Lebens – hatte etwas ganz Besonderes. Vielleicht war es das Wissen, dass Generationen von Frauen vor ihr genau dasselbe getan hatten. Es war Jahre her, seit Aoife das letzte Mal Brot gebacken hatte, doch gelegentlich hatte sie ihrer Mutter als Mädchen dabei geholfen. Erstaunt bemerkte sie, wie schnell das Wissen zurückkehrte, als wäre es die ganze Zeit in ihrem Innern verborgen gewesen. Ein geheimes Wissen, verankert in ihr selbst, in ihrer DNA.

Irgendwann kam der Punkt, an dem die meisten aufhören und warten mussten, während ihr Teig ging. Alle bis auf Bridget, deren Sodabrot als Erstes in den Ofen geschoben wurde und die Küche mit seinem köstlichen Duft erfüllte. Sie räumten auf, öffneten eine Flasche Wein und stießen an. Partylaune machte sich breit. Mrs Prendergast zauberte ein Tablett voller Köstlichkeiten auf den Tisch, die sie zuvor klammheimlich zubereitet hatte. Gierig stürzten sie sich darauf – wie Frauen es tun, wenn sie wissen, dass weit und breit kein Mann zu sehen ist und keinerlei Notwendigkeit besteht, Bescheidenheit zu mimen. »Ich dachte, das hier wäre genau das Richtige, damit wir uns nicht über das frische Brot hermachen«, erklärte Mrs Prendergast. »Und es sieht ganz so aus, als hätte ich recht damit.«

»Ich kriege jedenfalls immer Bärenhunger, wenn ich das frische Brot im Ofen rieche«, erklärte Moya. »Besonders wenn ich weiß, dass ich nichts davon essen darf.«

»Nicht unbedingt«, wandte Emily ein. »Ich meine, wir backen so viel Brot, dass niemand etwas einzuwenden haben sollte, wenn wir nur ein winziges bisschen probieren.«

»Aber wenn wir erst angefangen haben, können wir vielleicht nicht mehr aufhören«, warnte Bridget.

»Glaubt ihr, wir haben zu viel gebacken?«, fragte Aoife mit einem Mal besorgt. »Was ist, wenn keiner kommt?«

»Die kommen schon.«

»Aber wenn nicht? Was machen wir dann mit dem ganzen Brot?«

»Dann nehmen wir es mit nach Hause und essen es selber.«

»Oder verfüttern es an die Enten.«

»Keine Sorge, Aoife. Alles wird prima laufen.«

»Ich frage mich, wie die Frauen von der *Mothers' Union* mit der Suppe zurechtkommen.«

Joyce, Pearl und einige andere Mitglieder hatten sich bereit erklärt, ihre berühmte Honig-Pastinaken-Suppe zuzubereiten. Deshalb hatte Aoife ihnen an diesem Tag einen großen Korb Pastinaken vorbeigebracht.

»Oh, ich bin sicher, sie kochen schon den zweiten großen Topf«, beschwichtigte Mrs Prendergast sie. »Ehrlich. Diese Frau. Ihr hättet sie gestern hören sollen. ›Der Honig stammt ausschließlich aus der näheren Umgebung.‹ Ich meine, was hat sie gemacht? Sich die Namen und Adressen der Bienen aufgeschrieben?«

Aoife kicherte beim Gedanken an die erbarmungslose Effizienz, mit der Joyce sich ans Werk machen würde. Trotzdem war sie dankbar. Die Frauen hatten ihr sehr geholfen.

Die Atmosphäre entspannte sich zusehends. Während sie an ihren Gläsern nippten, kam Lance nach Hause, trat in die Küche und blieb blinzelnd stehen, wie ein Reh im Scheinwerferlicht. »Oh, tut mir leid. Ich wusste nicht, dass Sie alle hier sind.« Ein wahres Wort. Er hätte sich nie im Leben in die Küche gewagt, wenn er gewusst hätte, dass sie dort waren. Die Frauen waren sich ihrer Macht bewusst, einem einzelnen Mann gehörigen Respekt einzujagen, nicht zuletzt aufgrund ihrer zahlenmäßigen Überlegenheit. »Hier riecht es aber gut.«

»Hast du Hunger, Lance? Soll ich dir ein Sandwich machen?«

»Das wäre wunderbar.«

»Dann geh ins Esszimmer, ich bringe dir gleich eines.«

Er nickte und trat eilig den Rückzug an.

»Der arme Kerl«, bemerkte Emily.

»Wie kommt er zurecht?«, fragte Aoife, als Mrs Prendergast in die Küche zurückkehrte.

»Sehr gut.« Sie strahlte. »Obwohl er glaubt, es sei nicht so, weil dieses Flittchen von Freundin ihm den Laufpass gegeben hat. Als sie gemerkt hat, dass nichts mehr aus ihm herauszuholen ist, hat sie sofort das Interesse verloren. Aber ihm wird noch früh genug aufgehen, was für ein Glück er hatte. Was«, fuhr sie fort und richtete den Blick auf Aoife, »bedeutet, dass er frei ist. Für den Fall, dass jemand Ambitionen haben sollte.«

»Ich … ich …«, stammelte Aoife.

»Oh, ich habe ganz vergessen, dass Sie ja mit Seth verbandelt sind.« Wieder lächelte Mrs Prendergast, diesmal jedoch mit einer Spur Boshaftigkeit.

Aoife lief dunkelrot an, und alle lachten.

»Wer weiß es sonst noch?«, fragte sie mit erstickter Stimme.

»Aoife«, meinte Emily, »das pfeifen doch die Spatzen von den Dächern. Selbst Harriet hat es mitbekommen.« Sie streichelte mit dem Fuß die träge, feiste Hündin, die unter dem Tisch eingeschlafen war, nachdem sie sich an heruntergefallenen Teigresten und Kürbiskernen satt gefressen hatte. Harriet schnaubte im Schlaf und ließ einen leisen, aber mächtigen Furz fahren, dessen Gestank aufstieg und sich knapp unterhalb der Zimmerdecke mit den Düften des Brotes im Ofen mischte.

Aoife trank einen Schluck Wein, während sie ihr Hirn fieberhaft nach einer kleinen boshaften Rache durchforstete. Sie spürte den Blick ihrer Mutter auf sich ruhen, sah jedoch nicht auf. »Sie und Uri scheinen sich in letzter Zeit aber auch sehr gut zu verstehen, Mrs Prendergast.«

»Ja, das tun wir.«

»Ich würde beinahe sagen, Sie sind unzertrennlich.«

»Ich nehme an, wenn man erst einmal ein gewisses Alter erreicht hat, Mrs Prendergast, geht es eher darum, einen Gefährten an seiner Seite zu haben«, warf Emilys Mutter ein.

Mrs Prendergast sah in die Runde. »Eigentlich nicht, es geht nur um Sex.«

Einen Moment lang herrschte atemlose Stille – dann explodierte die Küche förmlich vor hemmungslosem Gelächter.

»Oje, kleine Menschen haben große Ohren«, bemerkte

Moya, als sich das Gelächter halbwegs gelegt hatte, mit einer Kopfbewegung in Kathys Richtung, die mit großen Augen in ihrer Ecke saß. Sie befand sich in der privilegierten Position des einzigen Kindes inmitten einer Gruppe Erwachsener, die ihre Gegenwart völlig vergessen hatten.

»Kathy«, sagte Emily in dem Versuch, sie von dem Gehörten abzulenken, »ich glaube, es ist Zeit, dass du den Teig mal wieder durchknetest. Das ist deine Spezialaufgabe, wie du weißt. Und jetzt sollte er so weit sein.«

Die Strategie schien aufzugehen. Die Frauen spähten in ihre mit einem Geschirrtuch abgedeckten Schüsseln, in denen der Teig wie durch Zauberhand aufgegangen war. Zu Kathys Unmut zwangen sie sie, sich noch einmal die Hände zu waschen. »Aber ich habe sie doch schon gewaschen.«

»Aber du hast dir vorhin die Finger abgeleckt.«

»Nein, hab ich nicht.«

»Doch, hast du«, ertönte es im Chor.

»Oh.«

Am Ende gehorchte sie, worauf man ihr die erste Schüssel hinstellte.

»Bereit?«, fragte Aoife.

»Bereit!«, rief Kathy.

»Eins, zwei, drei – los!«

Platschend ließ Kathy ihre Hand auf den Teig herabsausen und lachte vor Vergnügen, als die Luft entwich und der Teig in sich zusammensackte. »Das hat sich lustig angefühlt. Ich will nochmal.«

Sie tat dasselbe mit den anderen Teigen und schlug mit ihren kleinen Fäusten darauf ein. »Pam, pam!«

Abschließend kneteten die Frauen ihn noch einmal durch und schoben dann die geformten Brotlaibe in den heißen Ofen.

»Ich hoffe nur, eine von uns bleibt nüchtern genug, um den Küchenwecker zu stellen«, sagte Aoife.

Während sie warteten, tranken sie ihren Wein aus.

Es war bereits nach elf, bis alle Laibe gebacken waren, einschließlich des Meisterwerks – dem Brot in Form einer Weizenähre.

»Komm jetzt, Fräulein«, sagte Aoife zu Kathy. »Dir fallen ja schon die Augen zu. Gehen wir nach Hause ins Bett. Du hast morgen einen großen Tag vor dir.«

Ebenso wie sie alle. Hoffentlich waren sie nicht zu verkatert.

»Vor dem Zubettgehen viel, viel Wasser trinken, Ladys«, wies Aoife die anderen an, als sie aufbrachen.

»Wer kümmert sich eigentlich um Liam?«, fragte Emily, die sie zur Tür begleitete.

»Seth.«

»Oh. Das ist ja süß. Bleibt er auch über Nacht?«

»Nein, tut er nicht. Er bringt Kathy auf direktem Weg nach Hause.«

»Dann gute Nacht. Bis morgen.« Emily drückte Aoife einen Kuss auf die Wange.

»Gute Nacht, Süße.« Sie lächelte.

Aoife, Kathy und Moya traten ins Freie und zogen ihre Jacken enger um sich. Aoife wusste, dass ihre Mutter darauf brannte, sie nach Seth zu fragen, deshalb plauderte und schwatzte sie, um ihr keine Gelegenheit dazu zu geben. Außerdem war sie dankbar für Kathys Anwesenheit, weil das bedeutete, dass Moya sie nicht wegen irgendwelcher Details löchern konnte.

Sie waren fast zu Hause, als es Moya endlich gelang, das Wort zu ergreifen. »Aoife, hör bitte für eine Sekunde auf zu reden, ja? Ich will dir nämlich sagen, dass ich mich kaum mehr für dich freuen könnte. Ich finde die Nachricht wunderbar. Ich mag ihn sehr.«

»Wirklich?«

»Ja, wirklich.«

Sie waren zu Hause. Seth öffnete die Tür und ließ sie herein.

»Wie lief es?«, fragte Aoife.

»Prima.«

»War Liam brav?«

»Ja. Nur eine halbe Stunde nach seiner offiziellen Schlafenszeit lag er in den Federn.«

»Nicht übel. Das ist ein besserer Schnitt, als ich es normalerweise schaffe.«

»Habt ihr euch gut amüsiert?«

Kathy hüpfte aufgeregt auf und ab. »Ich durfte auf den Teig klatschen.«

»Ehrlich?«

»Ja, und es war ganz toll.«

»Das ist schön. Du kannst deine Jacke anbehalten, wir fahren gleich nach Hause.«

»Gute Nacht, Seth. Ich gehe schon mal rein.«

»Gute Nacht, Mrs Madigan.«

Zu seiner Überraschung schlang Moya die Arme um ihn und drückte ihn voller Wärme an sich, wie eine Frau es mit ihrem zukünftigen Schwiegersohn tun würde.

Seth und Aoife lächelten einander an.

»Dann gute Nacht«, sagte er. »Wir sehen uns morgen früh.«

»Danke, dass du auf Liam aufgepasst hast.«

»Kein Problem.«

»Du darfst ihr auch einen Kuss geben, Daddy. Ich hab nichts dagegen.«

Verblüfft musterte Seth seine Tochter, dann Aoife, die die Achseln zuckte. Er drückte ihr einen flüchtigen Kuss auf die Wange, ehe Kathy zu Aoifes Entzücken vor sie trat und dasselbe tat. Das kleine Mädchen presste sich voller Inbrunst an sie.

Aoife blieb im Türrahmen stehen und sah zu, wie die beiden in den Jeep stiegen, als Kathys Stimme durch die klare Nachtluft hallte. »Daddy?«

»Ja, Kathy?«

»Was ist Sex?«

27

Der nächste Morgen war das reinste Wunder. Nebelschwaden waberten über dem Boden, und die Landschaft war von geradezu überirdischer Schönheit. Ätherisch. Wie riesige arthritische Arme ragten die Apfelbäume aus dem Dunst, während sich die Süße des Fallobsts mit der Erde verband. Der Nebel lichtete sich und gab den Blick auf einen Hexenring frei, der über Nacht erschienen war. Aoife lachte – ein ungewohntes Geräusch.

Sie war die Erste. Nach einer Weile lösten sich weitere Gestalten aus dem Dunst, eine nach der anderen. Seth. Uri. Emily. Mrs Prendergast. Treuhänder des Gartens. Allesamt gekommen, um ihn für seinen großen Tag zu schmücken.

Seth und Uri trafen als Erste ein und errichteten eine kleine Holzhütte mit einem Dach aus Tannenzweigen.

»Was ist das?«

»Eine *Sukkoh*. Sie ist Teil der Feierlichkeiten des jüdischen Erntedanks. Früher mussten die jüdischen Bauern jeden Tag ihr Dorf verlassen, um ihre Felder zu bestellen.

Zur Erntezeit errichteten sie Laubhütten in der Nähe ihrer Felder, um nicht so viel Zeit für den Hin- und Rückweg zu verlieren. Daher kommen diese Hütten. Familien stellen sie heute noch während der Erntedankzeit in ihren Gärten auf und nehmen ihre Mahlzeiten dort ein. Ich habe mir überlegt, wir stellen einen Tisch und Stühle auf, wo die Leute eine Kleinigkeit essen können.«

»Was für eine wunderbare Idee.«

Dann kamen die Frauen, eine nach der anderen. Tische wurden herausgetragen und Tischdecken ausgebreitet – gelb, orange, braun und gold – herbstliche Farben. Als Nächstes machten sie sich an das Herrichten der Speisen. Auf den ersten Tisch kam der Ährenlaib, der ein klein wenig krumm geraten war. Aoife glaubte bei den Mitgliedern der *Mothers' Union* schiefe Blicke bemerkt zu haben, aber vielleicht bildete sie es sich auch nur ein, weil sie unsicher war. Sie schmückten den Laib mit den schönsten Obst- und Gemüsestücken, die sie finden konnten, und schufen ein wahres Prachtwerk an Farben und Formen. Wie stolz sie auf sich sein konnten, dachte Aoife. Danach bereiteten sie die Tische mit dem Obst und Gemüse vor, das zum Verkauf gedacht war. »Sämtliche Gewinne werden in den Garten gesteckt«, stand auf dem Schild, das sie daneben aufstellten, was einige der Anwesenden höchst amüsant fanden.

Als Nächstes kamen die Tische für die nicht essbaren Spezialitäten.

»Seht nur, was sie aus meinem Lavendel gemacht haben«, rief Emily aufgeregt und rannte los, um Rose zu holen, die unter den Gemüsetisch gekrabbelt war und mit aller Kraft an der Tischdecke zog, was befürchten ließ, dass sie im nächsten Moment alles herunterreißen würde.

Eau de Toilette und Raumspray mit Lavendelduft, Duftsäckchen mit getrocknetem Lavendel für die Unterwäscheschublade und flüssige Lavendelseife.

»Wir haben versucht, Seifenstücke herzustellen, aber sie wollte einfach nicht fest werden«, meinte Joyce entschuldigend.

»Bei mir brauchen Sie sich deswegen nicht zu entschuldigen, Joyce. Was mich betrifft, haben Sie ein wahres Wunder vollbracht. Und die Verpackung ist einfach wunderschön. Was für reizende Fläschchen.«

Joyce lächelte, als wäre gerade die Sonne aufgegangen. »Es hat überhaupt keine Arbeit gemacht.«

»Also, für mich sieht es so aus, als hätten Sie sich unglaublich viel Arbeit gemacht.«

»Mir hat es Freude bereitet. Uns allen. Und wir haben uns so darüber gefreut, an Ihrem Fest teilhaben zu dürfen.«

Die anderen Frauen der *Mothers' Union* hatten dieselben Produkte auf der Basis von Rosenblättern hergestellt. Aoife spürte, wie ihre Aufregung wuchs. Am liebsten hätte sie die Frauen an sich gedrückt und geküsst. Vielleicht würde sie auch genau das tun, noch bevor dieser Tag zu Ende ging.

Als Nächstes wurden die Ährenfiguren gebracht, die die Erstklässler der St. Mary's Schule gebastelt hatten und die einen bemerkenswerten Anblick boten – bei einigen war ein Bein länger als das zweite, anderen wiederum fehlten ganze Gliedmaßen, oder sie hatten keine Köpfe. Trotzdem wurden alle voller Stolz in Mrs Prendergasts Küche, dem Sonnenzimmer, über den Ständen und auf dem Dach der *sukkoh* ausgestellt, flankiert von einem großen bunten Schild mit den Worten »*Bruchim Habaim*« und »Willkommen«. Die weniger ansehnlichen Äpfel dienten zudem gemeinsam mit kunstvoll drapierten Feigenblättern als Dekoration für das Dach.

Doch der Tisch, an den Aoife wieder und wieder zurückkehrte, war derjenige mit den Kuchen, der auch alle anderen geradezu magisch anzog und der jeden Moment unter der Last der Köstlichkeiten zusammenzubrechen drohte – Feigentarte mit Filoteig, Joghurttorte mit frischen Feigen, Rhabarberkuchen mit und ohne Streusel, Käsekuchen mit Granatapfel, Tarte Brûlée mit Beeren, Blaubeermuffins, Rührkuchen mit schwarzen Johannisbeeren, Shortbread mit Erdbeeren und Rosenblüten, frische Beeren-Pavlova, Marzipan-Pflaumen-Teilchen, Kirsch- und Nussstrudel, Zwetschgenkuchen mit und ohne Streusel, Birnen-Polenta-Kuchen, gedeckter Apfelkuchen, französische Apfeltarte, Birnen-Pekannuss-Kuchen, Apfeltarte mit Filoteig und Apfelgewürzkuchen.

Aoife wünschte insgeheim, alle würden verschwinden, damit sie sich ungeniert auf die Köstlichkeiten stürzen konnte. Auch hier hatten sich die Damen der *Mothers' Union* selbst übertroffen. Ganz zu schweigen vom Marmeladenstand: Pflaumenmus, Erdbeermarmelade, Brombeermarmelade, Brombeer-Apfel-Gelee, Brombeergelee, Quittengelee, Gelee aus roten Johannisbeeren, Holzapfelgelee, Pflaumenchutney, eingelegte Pfirsiche mit Chili sowie Feigen- und Dattelchutney.

Es grenzte an ein Wunder, dass der Garten nicht völlig leergefegt war, aber er sah aus, als fehlte keine einzige Frucht und die Ernte könnte noch endlos fortgesetzt werden – als wäre alles in Hülle und Fülle vorhanden.

Um zwölf Uhr sollten die Tore geöffnet werden, was bedeutete, dass es Zeit wurde, Tee und Kaffee zu kochen und Suppe und Brot herauszubringen. Dies war der Augenblick, auf den die Frauen von der *Mothers' Union* so lange gewartet hatten – der Moment, in dem sie endlich Mrs Prendergasts Küche betreten durften. Sie stießen einander an und kicherten wie Schulmädchen. Mrs Prendergast, die die halbe Nacht auf den Beinen gewesen war und alles geschrubbt und geputzt hatte, musterte sie streng. »Ich möchte Sie nur daran erinnern«, erklärte sie, »dass der Rest des Hauses tabu ist. Sollten Sie die Toilette benutzen müssen, gibt es ein Häuschen im hinteren Teil des Gartens.«

»Ach, reg dich ab, Myrtle.«

»Bitte?«

»Das sagt mein Enkel immer zu mir. Also, jetzt lasst uns endlich in die Gänge kommen.«

Und genau das taten sie. Um fünf vor zwölf war alles bereit. Die Suppe war heiß, die Schöpfkelle glänzte. Die Sonne hatte den letzten Nebel aufgelöst. Die Tore standen offen. Sie waren bereit.

48

Anfangs trudelten nur vereinzelte Gäste ein, doch nach und nach füllte ein regelrechter Strom an Besuchern die Wege und Pfade. Aoife hatte kaum Zeit, sich über die rege Beteiligung zu freuen, weil sie viel zu beschäftigt war, Lauch zu verkaufen, Tee auszuschenken und ihren Sohn im Auge zu behalten.

»Hat jemand Liam gesehen?«

»Er ist da drüben.«

»Liam!«

Gehorsam kam er herübergelaufen und blieb mit strahlendem Gesicht vor ihr stehen. »Ja, Mammy?«

»Hast du mich gerade ›Mammy‹ genannt?«

»Nein.«

»Wenn doch, ist es völlig in Ordnung.«

»Wirklich?«

»Natürlich.«

»Es ist nur ... all die anderen Jungs in meiner Klasse nennen ihre Mutter Mammy.«

»Das ist prima, Liam. Dann kannst du mich auch Mammy nennen.«

»Vielleicht nenne ich dich zuhause Mummy und wenn wir weg sind Mammy. Okay?« Er grinste und rannte davon, um wieder zu spielen.

»Bleib in der Nähe, wo ich dich sehen kann.«

Ein junger Mann mit einer Gitarre über der Schulter, den sie aus dem College zu kennen glaubte, trat zu ihr, räusperte sich und starrte auf den Berg Zwiebeln hinter ihr, während er mit ihr redete. »Ich suche die Band.«

Sie strahlte ihn an. »Sie *sind* die Band.«

»Was?«

Ehe er die Flucht ergreifen konnte, trat sie um den Tisch herum und legte ihm den Arm um die Schultern. »Ich sehe überall Leute mit ihren Instrumenten. Es wird allmählich Zeit, alle zusammenzubringen.«

»Was meinen Sie damit, dass ich die Band bin?«

»Na ja, wir hatten gehofft, dass sich quasi von allein eine Band zusammenfindet. Sehen Sie, da drüben steht ein Mann mit einer Geige. Kommen Sie mit.«

Aoife sammelte die Musiker ein und organisierte ein paar Stühle, die sie im Halbkreis auf dem Rasen aufstellten. Es gab zwei Gitarristen, einen Flötisten, einen Dudelsackspieler, einen Geiger und eine Finnin mit einer Bodhrán-Trommel. Nachdem die Musiker ihren anfänglichen Schock überwunden hatten, begannen sie sich für die Idee zu erwärmen und fingen an zu spielen, während Aoife mit federnden Schritten zu ihrem Stand zurückkehrte. Sie hatte es keinem verraten, aber sie hatte ihre Tin Whistle eingesteckt, und es juckte sie in den Fingern sie herauszuholen und darauf zu spielen, doch sie wollte nicht als Pseudo-Irin dastehen. Trotzdem. Immerhin hatten sie eine Finnin, die Bodhrán spielte. Vielleicht später. Im Augenblick war sie zu beschäftigt.

Sie ging zum Suppenstand, der von Joyce und Emily betreut wurde. Joyce war voll in ihrem Element. »Die Suppe findet großen Anklang«, freute sie sich.

»Das wundert mich nicht. Sie schmeckt köstlich und sieht herrlich aus. Sie hatten völlig recht damit, die Pastinaken vorher anzurösten. Das gibt der Suppe ein viel köstlicheres Aroma.«

Joyce bemühte sich um eine bescheidene Miene. »Oh, wenn Sie erst mal in mein Alter kommen, kennen Sie auch den einen oder anderen Kniff, meine Liebe.«

Aoife wandte sich Emily zu. »Es hat funktioniert.«

»Was?«

»Das mit den Musikanten.«

»Oh. Ja.«

»Was ist denn mit dir?«

»Nichts.«

»Wieso machst du dann so ein finsteres Gesicht?«

»Es ist idiotisch, ehrlich. Es ist nur ... keiner will mein Sauerteigbrot haben.«

Aoife blickte auf die Brotkörbe hinunter, die allem Anschein nach einen überproportionalen Anteil an Sauerteigbrot enthielten. »Das liegt nur daran, dass Sauerteig nicht so aufgeht wie die anderen Brote und sie es nicht kennen. Wahrscheinlich glauben die Leute, es sei misslungen. Was wir brauchen, ist etwas Werbung.«

Sie zückte einen dicken Filzstift und schrieb »Sauerteigbrot – sichern Sie sich die letzten Scheiben« auf ein Schild.

»Schreib drauf, dass es mit reinem Regenwasser hergestellt wurde«, erinnerte Emily sie.

»Was?«

»Aoife.« Beim Klang ihres Namens fuhr sie herum. Seth stand da. Ein erleichtertes Lächeln trat auf ihre Züge.

»Ich habe dich seit einer Ewigkeit nicht mehr gesehen.«

»Das stimmt. Es läuft gut, was?«

»Brillant.«

»Hallo, Aoife.« Megan trat hinter Seth vor. »Wie nett, Sie wiederzusehen. Kathy redet ununterbrochen von Ihnen und Liam. Wir müssen uns demnächst einmal in Ruhe unterhalten.«

»Das würde ich sehr gern tun.« Was ihr nicht gefiel, war der wissende Blick, mit dem Megan sie musterte.

»Das hier ist übrigens Siobhan.«

Aha. Die andere Frau.

Eine üppige Brünette trat aus Megans Schatten und nickte Aoife zu.

»Aber«, fuhr Megan fort, »wir wollen Sie nicht unnötig aufhalten. Wie ich sehe, haben Sie alle Hände voll zu tun. Komm, Kathleen.«

Aoife zuckte zusammen, als sie den Namen hörte, und beobachtete verblüfft, wie Kathy, die sie erst jetzt wahrnahm, zu ihrer Mutter lief und deren Hand nahm. »Kathy heißt in Wahrheit Kathleen?«, fragte sie.

»Ja«, erwiderte Megan mit einem eigentümlichen Blick.

»Ich dachte die ganze Zeit, Kathy sei die Kurzform für Katherine. Keine Ahnung, weshalb.«

»Das liegt wohl daran, dass Katherine gebräuchlicher ist. Aber, nein, ich habe sie nach meiner Großmutter Kathleen benannt.«

»Verstehe.«

»Jedenfalls hoffe ich, wir sehen uns bald wieder.« Megan sah sich flüchtig nach Seth und Siobhan um, die einige Meter von ihnen entfernt vor einem der Beete standen, wo Seth der interessiert lauschenden Siobhan die Kräuter erklärte, die als Begrenzung dienten. Megan beugte sich vor. »Sie haben es hier mit einem wunderbaren Mann zu tun. Halten Sie ihn fest. Leider hatte er ein Körperteil zu viel für mich. Komm, Kathy, lass uns mal sehen, was es in dieser Hütte dort drüben gibt.«

Und damit verschwanden sie. Aoifes Blick wanderte über den Pfad zur *sukkoh*, die bis auf den letzten Platz besetzt war. Die Leute saßen an den Tischen und lachten, unterhielten sich und aßen – offenbar folgten sie der Aufforderung ihres Einladungstextes. Ihr Blick schweifte weiter über den Rasen zu den Musikern, die in ihre Tätigkeit versunken waren. Eine Frau, die sie noch nie gesehen hatte, zeigte den Kindern einen irischen Tanz, doch Liam war der Einzige, der sich an ihre Anweisungen hielt. Eins, zwei, drei und zurück. Sie gestattete sich ein Lächeln und entspannte sich. Hätte ihr jemand gesagt, dies sei der Himmel, wäre sie nicht enttäuscht gewesen.

»Aoife.«

»Ja?«

»Das Klo ist schon wieder verstopft.«

Mrs Prendergast amüsierte sich prächtig. Natürlich hatte sie nicht die Absicht, es vor irgendjemandem zuzugeben. Sie stand in ihrer Küche und wischte Brotkrumen von der Arbeitsplatte.

Lance kam herein. »Kann ich irgendwie helfen?«

»Nein, danke, ich habe alles im Griff.«

»Soll ich dir vielleicht einen Teller Suppe holen? Sie ist beinahe aus.«

»Nein, lass nur, Schatz. Ich habe noch keinen Hunger.«

»Es läuft doch alles gut, oder nicht?«

»Oh, ja, das tut es.«

»Ich bin froh, dass du den Garten nicht den Immobilienhaien verkauft hast, Mum. Du hast das Richtige getan.«

Sie hielt inne und sah zu ihrem Sohn auf. »Danke, dass du das sagst, Lance.«

Sie lächelten einander zu, dann trat er zu ihr, legte ihr den Arm um die Schultern und zog sie an sich. »Wir sehen uns gleich draußen.«

»Bis gleich, Lance.«

Wieder allein, spürte sie zu ihrem Erstaunen ein leises Brennen in den Augen. »Du dummes altes Weib«, schalt sie sich und machte sich wieder an die Arbeit.

Als die Küche makellos sauber war, ging sie in die Diele, wo sie zu ihrem Erstaunen auf Pearl stieß, die gerade die Treppe herunterkam und sich neugierig umsah. Sie hatte Mrs Prendergast noch nicht bemerkt.

»Was treiben Sie da?«

Pearl stolperte und wäre um ein Haar die letzten Stufen heruntergefallen. »O Gott, ich habe Sie gar nicht bemerkt, Myrtle.«

»Das sehe ich.«

»Ich habe nur eine Toilette gesucht.«

»Stimmt etwas mit dem Toilettenhäuschen im Garten nicht?«

»Ja, es ist verstopft.«

»Oh. Nun ja, am Ende des Flurs ist eine Toilette. Unten«, erklärte sie mit Nachdruck.

»Ah, herzlichen Dank.«

Mrs Prendergast behielt sie im Auge, um sicher zu sein, dass sie ohne weitere Umwege die Toilette aufsuchte. Also wirklich! Diese inkontinenten, neugierigen, alten Schachteln! Sie musste den Verstand verloren haben, als sie sich auf die Idee mit dem Fest eingelassen hatte.

Doch dann ging sie nach draußen, und ihre Laune hob sich augenblicklich. Nie im Leben hätte sie mit so etwas gerechnet. In *ihrem* Garten. Na ja, rein rechtlich gesehen war sie nicht länger seine Besitzerin, trotzdem war es *ihr* Garten. *Ihr* Zuhause. Und sie war ein Teil davon. Ein Teil von etwas wirklich Schönem, etwas Gutem. Wieder spürte sie das verräterische Brennen in den Augen. Sie musste dringend zum Augenarzt. Wahrscheinlich Grüner Star oder so etwas.

Sie trat in die Sonne und ließ den Blick über die Menschenmenge schweifen. Es fühlte sich gut an, anonym zu sein. Mit auf dem Rücken verschränkten Händen schlenderte sie leise summend den Pfand entlang.

»Hallo, Marnie.«

Sie blieb stehen, in der inbrünstigen Hoffnung, dass die Stimme Einbildung war, doch sie war es nicht. Sie drehte sich um und sah ihn an. »Hallo, Martin.«

»Lange nicht gesehen.«

»Allerdings.«

»Siehst gut aus.«

Sie erwiderte nichts. Sie war viel zu beschäftigt damit, ihn anzustarren: dieselbe Gestalt, vielleicht eine Spur weniger stämmig. Dieselben Gesichtszüge, vielleicht eine Spur eingefallener. Dieselben blauen Augen, eine Spur weniger intensiv, aber immer noch eindeutig Martin. Und allem Anschein nach litt er weder an Haarausfall, noch hatte er Zähne verloren.

»Es müssen ...«

»Vierzig Jahre.«

»So lange?«

»Ich habe die ganze Zeit mitgezählt.«

Er lächelte, und mit einem Mal stand sie wieder in diesem Jazzkeller in Soho, gerade einmal zwanzig Jahre alt, in ihrem dunkelblauen Wollrock und drauf und dran, seinem Charme zu erliegen.

Das Einzige, was sie seit ihrer Trennung von Martin wusste, war, dass er noch lebte. Lance sah ihn von Zeit zu Zeit, doch sie fragte ihn nie danach, weil es sie nicht interessierte. Eine Erinnerung nach der anderen kam hoch, wie eine Diashow. Ein eisiger Ausdruck trat in ihre Augen.

Myrtle hielt die Klinge an Martins Kehle. Keiner rührte sich. Es war wie ein abscheuliches Stillleben – sie, in dramatischer Pose über ihm, er auf einem Knie, den Kopf auf ungesunde Weise nach hinten gebogen. Die Uhr an der Wand tickte. Im Nachbargarten bellte ein Hund.

»Mach keine Dummheiten, Marnie.« Martins Stimme war ruhig und beschwichtigend.

»Das habe ich bereits getan«, erwiderte sie. »Indem ich dich geheiratet habe.« Sie packte ihn beim Schopf. »Und. Du. Sagst. Mir. Nicht. Was. Ich. Zu. Tun. Habe.« Sie zerrte ihn grob an den Haaren, um ihren Worten Nachdruck zu verleihen. Ein Blutstropfen rann an seinem Hals entlang und benetzte den Kragen seines weißen Hemdes, das sie erst am Abend zuvor gebügelt hatte. Er spürte die Feuchtigkeit.

»Großer Gott, Marnie. Bitte nicht. Es tut mir leid. Aufrichtig leid.«

Erstaunt registrierte sie, wie ruhig sie war. Wie stark. Sie, Myrtle. Die einen Mann im Griff hatte, der doppelt so breit war wie sie und sie um Gnade anwinselte. Sie wusste, dass es reines Glück war, ihn in dieser Position vor sich zu haben, in der sie ihm bei der geringsten Bewegung jederzeit die Kehle aufschlitzen konnte. Wie ein gruseliges, breites, rotes, klaffendes Grinsen.

Es war, als hätte sie ihren Körper verlassen und blicke auf sich selbst hinunter. Sie konnte über die Blutrünstigkeit dieser Frau nur staunen, über das Ausmaß an Hass, das sie für ihren eigenen Ehemann empfand. Doch es machte sie nicht betroffen. Keineswegs. Es war schlicht und ergreifend, wie es war. Es war Gerechtigkeit. Sie sah zu Lance hinüber, der sich unter den Tisch verkrochen und die Hände vors Gesicht geschlagen hatte. Er konnte sie nicht sehen. Auch gut.

»Du hörst mir jetzt zu und zwar ganz genau, Martin Prendergast. Nenne mir nur einen guten Grund, weshalb ich dir nicht die Kehle aufschlitzen sollte.«

»Weil ich dein Ehemann bin.«

»Ha! Dieser Grund ist nicht gut genug.« Sie zerrte erneut an seinem Haar, und Martin gab ein Winseln von sich, als sich die Klinge tiefer in seine Haut grub. Am liebsten hätte sie laut aufgelacht. Was für ein Feigling. Und all die Jahre hatte sie das nicht gewusst.

»Bitte tu's nicht, Marnie.«

»Mag sein, dass ich dir dein Leben schenke, aber ich stelle ein paar Bedingungen.«

»Was für Bedingungen? Alles, was du willst.«

»Alles?«

»Das sage ich doch.«

»Du verlässt auf der Stelle dieses Haus. Du gehst auf direktem Weg zu deinem Anwalt und sagst ihm, dass du dieses Haus einschließlich Garten, wie sie hier sind, auf mich überschreibst. Dann sagst du ihm, dass du einer Scheidung zustimmst, und zwar wegen *deines* unzumutbaren Verhaltens. Falls du mit meinen Bedingungen nicht einverstanden bist – ich habe etliche frische Blutergüsse, für die die Polizei sich garantiert interessiert. Ganz zu schweigen von einem Arzt, der mir mit dem größten Vergnügen eine detaillierte Krankenakte der letzten Jahre aushändigen wird. Also. Habe ich mich klar ausgedrückt?«

»Ja.«

»Ist alles in Ordnung?« Es war der Gärtner, der mit einer Rübe in jeder Hand in der Hintertür stand und das Szenario ungläubig betrachtete.

»Ja, danke, Paddy. Mr Prendergast wollte gerade gehen.«

Sie ließ ihn los. Martin kam auf die Füße und massierte sich den schmerzenden Rücken, während er mit entsetzter Miene zurückwich.

»Verrücktes Miststück«, murmelte er.

Sie kreuzte die Arme wie ein Fischweib. »Und die Schlüssel legst du bitte auf die Arbeitsplatte. Du wirst sie nicht mehr brauchen. Und ich sage dir gleich, dass ich noch heute Abend die Schlösser austauschen lassen werde, nur für den Fall, dass du auf dumme Ideen kommst.«

Wie ein Mann, der ein Gespenst gesehen hat, legte Martin die Schlüssel auf den Küchentresen und näherte sich mit dem Rücken voran der Tür. Er sah den Gärtner an, dann ein letztes Mal zu Myrtle, ehe er sich umwandte und verschwand. Erst als er außer Sichtweite war, sank Myrtle in sich zusammen, ließ das Messer auf die Fliesen neben sich fallen und begann unkontrolliert zu zittern.

»Großer Gott, ich rufe die Polizei«, sagte Paddy.

»Nein, nicht. Bitte. Er kommt nicht wieder. Lance, komm her, Schatz.«

Lance rührte sich nicht vom Fleck, also kroch Myrtle zu ihm unter den Tisch. »Lance, es ist alles in Ordnung. Es ist vorbei. Er ist weg.«

Lance hob den Kopf und sah sich um, dann warf er sich seiner Mutter in die Arme, worauf sich die beiden rhythmisch zu wiegen begannen, bis sie sich ein wenig beruhigt hatten.

»Du wirfst mich doch nicht raus, oder?«
»Ich könnte, wenn ich wollte. Aber das Grundstück gehört mir nicht mehr.«
»Hast du das Haus verkauft?«
»Nein, nur den Garten.«
Er nickte. »Es sieht alles wunderbar aus. Und es freut mich sehr zu sehen, dass er einem so guten Zweck dient.«
»Ach, ist das so?«
Er musterte sie scharf. »Ja, das ist so. Du weißt ja, wie sehr ich den Garten immer gemocht habe.«
»Ja, ich erinnere mich. Du mochtest ihn sogar lieber als mich.«
»Das ist nicht fair.«
»Du kannst nicht nach all den Jahren einfach hier auftauchen, Martin Prendergast, und mir sagen, was fair ist und was nicht.«
»Du hast recht. Bitte entschuldige.«
Sie legte den Kopf schief.
Sie gingen einige Schritte.
»In den letzten vierzig Jahren habe ich ihn streng unter Verschluss gehalten.«
»Wen? Den Garten?«
»Ja.«
»Aber warum denn?«
»Um nicht an dich erinnert zu werden.«
»Natürlich.«
»Woher hast du von der Party erfahren?«

»Der Flyer fiel mir in die Hände. Ich bin vor einer Weile umgezogen und lebe ganz in der Nähe.«

»Ich weiß. Lance hat mich vorgewarnt. Für den Fall, dass ich dir durch einen unglücklichen Zufall in die Arme laufe. Du wirst mir verzeihen, wenn ich dich nicht zum Abendessen einlade.«

Er lachte. Ein so vertrautes Geräusch. »Du hast dich nicht im Geringsten verändert, Marnie.«

»Oh, doch, das habe ich.«

»Ich auch, musst du wissen.«

»Die Katze lässt das Mausen nicht.«

»Mag sein, aber Menschen können sich ändern.«

»Das bezweifle ich. Nicht was dich betrifft.«

»Nun ja.« Er blieb stehen und sah ihr ins Gesicht. »Hat Lance dir erzählt, dass ich einen Herzinfarkt hatte?«

»Kann sein, dass er es erwähnt hat.« Was wollte dieser Mann von ihr? Mitleid?

»Wenn so etwas passiert, wird man nachdenklich. Ich weiß, das klingt abgedroschen, aber es führt einem vor Augen, was wirklich wichtig ist im Leben.«

Er starrte in die Ferne, während sie die Gelegenheit nutzte und seine Züge auf Anzeichen einer schweren Erkrankung absuchte.

»Es gab zwei Gründe für mich, heute hierherzukommen«, fuhr er fort. »Der erste war – nun ja – ich konnte nicht widerstehen, dich noch einmal hier zu sehen. Und ich bin froh, dass ich es getan habe. Und ich bin auch froh, dass ich dich wiedergesehen habe, Marnie.«

»Niemand nennt mich noch so.«

»Es tut mir leid, Myrtle. Denn der zweite Grund für mein Kommen ist, um mich bei dir zu entschuldigen.«

Sie schwieg.

»Für alles, was ich dir je angetan habe. Alles Leid, das du wegen mir erdulden musstest. Die Schläge.« Er senkte den Kopf. »Unser Baby. All die Babys, die du nie bekommen konntest. Es tut mir so leid, Marnie – Myrtle. Ich kann dir nicht begreiflich machen, wie schuldig ich mich wegen alldem fühle. Glaubst du, du könntest dich überwinden, einem alten Mann zu verzeihen?«

Sie sah ihn eine Weile an.

Und dachte an die alten Zeiten.

An die Verletzungen, die blauen Flecke.

Die Verletzungen.

Die körperlichen Wunden, die noch heute zu sehen waren. Die Wunde in ihrer Seele, die manchmal geradezu tödlich schmerzte.

Immer wieder hatte Myrtle sich über die Jahre ausgemalt, ihm eines Tages gegenüberzustehen. Hatte sich überlegt, was sie sagen würde. Wie sie ihn für alles, was er ihr angetan hatte, bezahlen lassen würde. Wie sie ihn mit messerscharfen Worten quälen würde. Doch als er nun vor ihr stand, seine einst eindrucksvolle Gestalt, die unter der Last des Alters geschrumpft war, den aufrichtigen Ausdruck in seinen Augen, fiel all die Wut, auf die sie gezählt und die sie zu brauchen geglaubt hatte, mit einem Mal von ihr ab. Es war, als streife sie eine Haut ab; die Haut einer riesigen Schlange, die sich mitten auf dem Gartenweg aufbaute. Die alte Myrtle verschwand, und sie fühlte sich leichter als seit vielen, vielen Jahren.

»Suppe?«, fragte sie.

»Was?«

»Möchtest du eine Suppe?«

Er runzelte die Stirn. »Ja, gern.«

»Hier entlang.«

Sie schoben sich durch die Besucher zum Suppenstand.

»Joyce, ist noch Suppe übrig?«

»Ihr kommt gerade noch rechtzeitig. Es gibt noch genau zwei Tassen.«

»Mehr brauchen wir nicht.«

»Ich persönlich finde ja, dass der Rest das Allerbeste ist, weil sich die Stücke auf dem Boden der Schüssel sammeln. Hier, bitte sehr.« Sie reichte Martin und Myrtle ihre Suppentassen. »Ich glaube nicht, dass wir uns schon kennengelernt haben.« Sie musterte Martin neugierig.

»Oh, wie unhöflich von mir. Joyce, das ist mein Ex-Mann, Martin Prendergast.«

Joyce riss Augen und Mund auf, und die Suppenkelle fiel ihr aus der Hand. Alle um sie herum erstarrten und sahen herüber, während Mrs Prendergast mit ihrer Suppentasse gegen Martins stieß. »Prost«, sagte sie.

Das Gerücht, Mrs Prendergasts Ehemann sei von den Toten auferstanden und habe sich unter die Gäste gemischt, verbreitete sich wie ein Lauffeuer. Doch ehe es ganz die Runde gemacht hatte, war er bereits wieder verschwunden. Mrs Prendergast schien hochzufrieden zu sein. Aoife sah ihr an, dass sie sich prächtig über den Skandal amüsierte.

»Tja, der *Mothers' Union* haben Sie jedenfalls einen gewaltigen Schock versetzt. Und mir auch.«

»Tatsächlich?«

»Das wissen Sie ganz genau.«

»Tja, das kommt eben davon, wenn man skurrilen Gerüchten glaubt. Obwohl ich zugeben muss, dass es mir leidtut, damit meinen Status als Schwarze Witwe des Viertels zu verlieren. Jetzt muss ich mir wohl etwas anderes überlegen, wie ich die Leute vergraulen kann.«

»Wo hat er die ganzen Jahre gesteckt?«

»Die meiste Zeit in Spanien, wo er irgendwelche windigen Apartments gebaut hat. Zumindest ist er dort hingezogen, nachdem ich ihn vor die Tür gesetzt habe.«

»Und wieso haben Sie ihn vor die Tür gesetzt?«

»Weil er ein gewalttätiger Alkoholiker war.«

»Oh. Das tut mir leid.« Aoife war ehrlich entsetzt. Sie hätte nie gedacht, dass Mrs Prendergast eine Frau war, die von ihrem Mann verprügelt worden war. Diese Frau erstaunte sie immer wieder. »Aber jetzt sind Sie recht freundlich mit ihm umgegangen. Das war er doch, oder? Dieser große, distinguiert aussehende Mann, mit dem Sie vorhin geredet haben.«

»Distinguiert.« Sie lachte. »Ja, das ist er wohl. Ja. Das war Martin.«

»Dann haben Sie ihm also verziehen?«

Sie schien eine Weile über die Frage nachzudenken. »Das Ganze ist lange her. Nach mir hat es zwei weitere Ehefrauen gegeben. Er hat eine Entziehungskur gemacht. Ich glaube nicht, dass er noch trinkt, und ich weiß, dass er bereut, was er getan hat. Deshalb, ja, habe ich ihm wohl verziehen. Schließlich gäbe es ohne ihn Lance nicht.«

»Er sieht ihm sehr ähnlich.«

»Ja, das stimmt. Und wäre Martin nicht, würde ich nicht in diesem Haus leben, mit diesem Garten. Wir könnten diesen Tag nicht feiern, mit all den Menschen, die sich so gut amüsieren.« Sie lächelte. »In gewisser Weise müssen wir Martin für all das hier danken. Er hat das Haus damals gekauft.«

»So kann man es natürlich auch sehen.«

»Ich habe für mich entschieden, dass es die einzige Art ist, wie man es sehen sollte. Vor kurzem habe ich ein Sprichwort gehört, das sehr wahr ist: Jemandem nicht zu verzeihen, ist, als würde man sich selbst vergiften und dann darauf warten, dass der andere stirbt. Ich habe beschlossen, mich nicht länger zu vergiften.«

»Das heißt, Sie verzeihen auch Pearl, dass sie Ihre Toilette benutzt hat?«

»Das soll wohl ein Witz sein. Komm, Harriet, das Ganze hier ist viel zu aufregend für dich.«

Aoife sah zu, wie Mrs Prendergast ihre Retrieverhündin ins Haus zurückbrachte, während ihr bewusst wurde, dass sie soeben die wahre Mrs Prendergast zu sehen bekommen hatte. Das passierte nur sehr selten, bevor sie ihre Schutzwälle wieder um sich herum errichtete. Aber es war es wert, darauf zu warten. Es war etwas ganz Besonderes.

49

Am Ende waren die Suppe und das Brot verputzt, die Kuchen und Obst und Gemüse verkauft. Die Band wollte nicht aufhören zu spielen. Zum ersten Mal an diesem Tag hatten Aoife, Seth, Uri, Emily und Mrs Prendergast Gelegenheit, sich zusammenzusetzen, und keiner von ihnen schaffte es, das Grinsen aus dem Gesicht zu bekommen. Die Herbstparty hatte ihre Erwartungen um Längen übertroffen.

»Ist es Zeit für …«

»Ich denke schon. Ich gehe es holen.«

»Oh, Moment. Vorher müssen wir noch etwas tun. Lance!«

»Ja?«

»Könntest du das Foto machen?«

»Klar.«

»Drüben beim Apfelbaum?«

»Perfekt.«

Sie sammelten Liam und Kathy ein, dann stellten sie sich vor dem Baum auf. Emily setzte sich auf den Boden, mit den Kindern links und rechts neben sich.

»Rose muss auch aufs Bild.«

Emilys Mutter reichte ihr das Baby, das brav auf dem Schoß seiner Mutter saß und wahrscheinlich zum ersten Mal an diesem Tag Ruhe gab. Uri und Mrs Prendergast standen links hinter ihr, und Uri hatte der alten Dame einen Arm um die Schultern gelegt.

»Oh, Harriet muss auch mit aufs Bild. Harriet!«

Harriet ließ sich geräuschvoll neben Emily sinken, noch immer mit Blumen im Halsband, die die Kinder eingeflochten hatten. Rechts dahinter standen Seth und Aoife. Seth hatte den Arm eng um ihre Taille geschlungen und den Kopf an ihre Wange geschmiegt.

»Okay. Alle bereit?«, fragte Lance. »Und jetzt alle bitte schön lächeln.«

»Cheese.«

Er machte mehrere Aufnahmen, nur um ganz sicherzugehen.

»Prima. Ich fahre gleich in den Drogeriemarkt und lasse Abzüge machen. Mal sehen, ob es dort einen dieser Selbstbedienungsapparate gibt.« Er sah auf die Uhr. »Das sollte ich gerade noch vor Ladenschluss schaffen.«

»Oh, Lance, und wenn Sie schon dort sind, bringen Sie bitte eine Zeitung mit«, rief Aoife.

Seit sie die Zeitkapsel ausgegraben hatten, lag Liam seiner Mutter in den Ohren, eine weitere zu vergraben. Und welcher Zeitpunkt wäre wohl besser dafür geeignet als dieser?

Die anderen versammelten sich um Seth, als er das Loch zu graben begann.

»Also. Wer als Erster?«

»Ich, ich!« Kathy hüpfte aufgeregt von einem Bein aufs andere.

»Gut. Und was willst du reinlegen?«

»Mein Little Pony. Ich bin zu groß, um damit zu spielen, deshalb kann es vielleicht ein anderes Mädchen machen, wenn es es in der Zukunft findet.«

»Sehr gut. Und was ist mit dir, Liam?«

»Meinen gelben Bagger.«

»Bist du sicher?«, fragte Aoife. »Das ist dein Lieblingsbagger.«

»Ich will ihn aber reintun.« Liam schürzte die Lippen.

»Okay, also dann.«

»Emily?«

»Mein Beitrag ist ein Strampelanzug, aus dem Rose inzwischen herausgewachsen ist. Und meine Ausgabe von *Beowulf*. Dieses Buch hat mich fast mein ganzes erstes Jahr auf dem College beschäftigt, und ich will es nie wiedersehen. Begraben ist wahrscheinlich noch zu gnädig dafür, aber trotzdem.«

»Danke, Emily. Und wo wir schon dabei sind – ich lege diese Gartenschere hinein. Sie war das erste Werkzeug, das ich gekauft habe, als ich meinen Betrieb eröffnet habe. Ich habe sie kürzlich gefunden, als ich meinen Schuppen aufgeräumt habe. Für die Arbeit kann ich sie nicht mehr gebrauchen, aber ich dachte, vielleicht könnte sie ... ein Symbol sein oder so etwas«, sagte Seth.

Die Anwesenden murmelten zustimmend.

»Gut. Wer als Nächstes? Mrs P.?«

»Ich habe beschlossen, den hier wieder hineinzulegen.« Mrs Prendergast reichte Seth den blau-weißen Keramikengel aus der ersten Zeitkapsel. »Aus dem Grund, weil die Idee ja offenbar funktioniert.«

»Okay. Aoife?«

Aoife holte tief Luft und reichte Seth eine kleine verzierte Pillendose. »Da ist eine Locke meiner Tochter Katie drin.«

Einige Sekunden lang sagte niemand etwas.

»Bist du sicher?«, fragte Emily dann. »Das ist etwas ziemlich Kostbares.«

»Keine Sorge, ich habe Dutzende von ihren Locken zu Hause. Und die Vorstellung, dass jemand in ein paar Jahren etwas von ihr findet, finde ich wunderschön.«

»Darf ich mal sehen?«

Aoife nickte, worauf Seth die Dose Emily reichte, die beim Anblick der rotgoldenen Haarsträhne mit dem rosa Band einen leisen Schrei ausstieß. »Was für eine herrliche Haarfarbe. Sie muss eine kleine Schönheit gewesen sein.«

»Ja, das war sie.«

»Darf ich auch mal?«, fragte Mrs Prendergast.

Die Dose wurde herumgereicht, während Aoife voller Rührung und Stolz zusah, wie die Anwesenden das Haar ihrer Tochter bewunderten. Schließlich reichten sie die Dose an Seth zurück. »Dad, du bist der Einzige, der noch übrig ist. Was hast du für uns?«

Uri reichte Seth einen kleinen, fadenscheinigen Teddybären.

»Dad, bist du ...«

Uri nickte. »Der gehörte meiner kleinen Schwester Hannah. Ich habe ihn nach dem Krieg in der Ruine unseres Hauses gefunden und jahrelang in der Hoffnung aufbewahrt, ihn ihr eines Tages wiedergeben zu können. Aber heute begrabe ich diese Hoffnung.«

Es brauchte einige Zeit, bis Seth etwas sagen konnte. »Danke, Dad. Wenn ich jetzt noch die Zeitung und das Foto haben könnte, Lance. Danke. Ich glaube, das war's dann.«

Seth gab alle Gegenstände in die Dose und schloss den Deckel, dann legte er sie vorsichtig in die Grube und verteilte Erde darüber.

Liam brach in lautes Schluchzen aus.

»Was ist denn?«

»Mein gelber Bagger.«

»Moment, Seth.«

Die Dose wurde exhumiert und der Bagger gerettet, den Liam durch ein weniger wertvolles Modellauto ersetzte, das er in der Hosentasche hatte. Dann wurde die Zeitkapsel erneut in die Grube gelegt. Diesmal endgültig.

Es war Zeit für die feierliche Prozession.

Uri übernahm die Funktion des Zeremonienmeisters und kommentierte das Geschehen, während die Kinder hintereinander den Weg vom Gartentor zur *sukkoh* schritten.

»Dies sind die Kinder von St. Mary's. Wir sind sehr dankbar für ihre Hilfe bei unserer Herbstparty. Ihr werdet bemerken, dass einige von ihnen Laternen bei sich tragen, die sie selbst gebastelt haben.« Die Laternen bestanden aus Marmeladengläsern in verschiedenen Formen und Größen, die mit buntem Serviettenpapier beklebt waren. In jeder Laterne befand sich eine kleine Kerze, die farbig im Zwielicht schimmerte.

»Die anderen Kinder halten eine Etrog in der Hand.« Die Früchte, die aussahen wie riesige Zitronen, hatte Uri mit viel Liebe im hinteren Teil des Gartens angebaut. Nun wusste Aoife, weshalb. »In der anderen Hand halten die Kinder mehrere Zweige, die als *Lulaw* bezeichnet werden. Sie bestehen aus Palmwedeln, dem Symbol für Anständigkeit, aus Weidenzweigen, die für Demut stehen, und Myrtenzweigen, die den Glauben darstellen. Gemeinsam symbolisieren sie Bruderschaft und Frieden. Diese Prozession ist ein Teil des jüdischen Erntefestes, das Laubhüttenfest genannt wird und als Erinnerung an die Schönheit des Lebens dient. Wo wir gerade von Schönheit sprechen – meine Enkelin Kathy ist das Mädchen mit der Krone. In Deutschland kennt man sie unter dem Namen ›Erntekrone‹. Sie besteht aus Getreide, Blumen und Obst.«

Die Kinder erreichten eines nach dem anderen die *sukkoh*. Die *Lulaw*-Zweige wurden auf das Dach der Laubhütte gelegt und die Laternen an den Ästen befestigt. Kathy behielt ihre Krone auf. Möglicherweise war dies in der Zeremonie anders vorgesehen, aber ihre Miene ließ keinen Zweifel daran, dass man sie ihr nur mit Gewalt abnehmen könnte.

Es herrschte Stille, als die Kinder zu ihren Eltern und Freunden zurückkehrten.

»Und nun möchten wir Sie an einer weiteren Zeremonie teilhaben lassen«, erklärte Uri.

Das war neu für Aoife, und sie fragte sich, was wohl als Nächstes passieren würde.

Die Menge teilte sich, um Seth und Lance Platz zu machen, die eine rustikal aussehende, offenbar handgefertigte Bank herbeitrugen. Die Sitzfläche bestand aus einem in der Mitte zersägten Baumstamm – einem riesigen –, während die Lehne aus einem dichten Geflecht aus Zweigen gefertigt war. Außerdem war eine Metallplakette mit einer Inschrift darauf angebracht, die Aoife jedoch nicht entziffern konnte.

»Aoife? Wo ist Aoife? Könntest du herkommen?«

Aoife erstarrte vor Schreck, während die Umstehenden sie aufmunternd anstießen. Als sie vortrat, begannen alle zu applaudieren. Wie peinlich. Sie trat neben Uri, der ihr den Arm um die Schultern legte und sie zu der Menge umdrehte.

»Und hier seht ihr die Frau, die all das möglich gemacht

hat. Diesen Garten. Diesen wunderbaren Tag. Durch ihre Vision. Ihre harte Arbeit. Ihre Herumkommandiererei.«

Anerkennendes Lachen wurde laut.

»Dafür, meine liebe Aoife, danken wir dir aus tiefstem Herzen. Und als Zeichen unserer Anerkennung möchten wir dir diese Bank widmen – und du sollst bestimmen, wo sie künftig stehen soll.«

Wieder applaudierten alle.

»Seth hat sie selbst gemacht«, fuhr Uri fort, »deshalb ist es eine echte Liebesgabe.« Er drückte ihre Schulter. »Würdest du bitte die Inschrift vorlesen, Aoife?«

Sie räusperte sich. »*Für all jene, die wir geliebt und verloren haben – mögen sie immer bei uns sein.*« Sie hielt inne. »Wie wunderschön. Ich danke euch allen von Herzen.« Sie hielt inne und nickte, weil sie ihrer eigenen Stimme nicht zu trauen wagte.

»Die Idee dahinter ist«, fuhr Uri fort, »dass wir alle damit einen Platz haben, an den wir gehen können, wenn wir an jene denken wollen, die nicht länger bei uns sind. Also«, sagte er und drückte erneut ihre Schulter. »Wo willst du sie stehen haben?«

Sie streckte den Finger aus. »Da drüben, am Teich.«

»Gentlemen?«

Seth und Lance trugen die Bank an die Stelle, und Aoife war erlöst – woraufhin sie augenblicklich in der Menge untertauchte.

Aber Uri war noch nicht fertig. »Wenn ich Ihre Aufmerksamkeit noch für einen weiteren Moment in Anspruch nehmen dürfte.« Er senkte den Kopf und schwieg einen Moment lang, ehe er fortfuhr. »Meine Freunde, dieser Tag erfüllt mich mit großer Freude. Er ist der Höhepunkt von neun Monaten harter Arbeit. Man könnte sagen, dass der heutige Tag für den Geburtstag dieses Gartens steht. Dieser Schöpfung. Denn man könnte sagen, dass er noch immer in den Kinderschuhen steckt und noch so viele Jahre der Entwicklung vor sich hat. Und es ist an uns, dafür zu sorgen, dass er dieser Aufgabe gerecht wird. Die Aufgabe dieser Generation und jener, die nachkommt. Wir wollen ihn hegen und pflegen und nähren, so wie er uns nährt.« Wieder senkte er den Kopf und stand lange Zeit reglos da, so dass die Leute sich fragten, ob er geendet hatte oder nicht. Unsicherer Applaus brandete vereinzelt auf, erstarb jedoch, als er erneut die Stimme erhob.

»Gärten haben immer eine große Rolle in meinem Leben gespielt, was ich meinem Vater und dessen Vater und wer weiß wie vielen Generationen davor zu verdanken habe. Männern – und Frauen –, die ihr Land bestellt und das Geschenk der Erde angenommen haben. Und wenn ich heute meinen Sohn arbeiten sehe, ähnelt er meinem Vater so sehr, dass es mich schmerzt.« Er legte sich die Hand auf die Brust. »Genau hier. Wie stolz er gewesen wäre. Auch auf Kathy. Die an ihrem eigenen kleinen Blumenbeet arbeitet.« Uri lächelte und kämpfte mit den Tränen. »Was ich zu sagen versuche, ist, dass Gärten, die Natur und auch dieser besondere Garten hier mir so vieles gegeben haben. Wahrscheinlich haben sie mir sogar das Leben gerettet. Deshalb bete ich, dass ihr unserem Garten erlaubt, euch das eure zu retten.«

Er machte kehrt und ging davon, was den Umstehenden verriet, dass er geendet hatte. Wieder spendeten sie Beifall, ehe sich die Menge zerstreute.

Danach traten viele Gäste den Heimweg an, einige jedoch blieben noch – offenbar zögerten sie, diesen magischen Tag enden zu lassen.

Seth fand Uri allein auf der Bank. »Stört es dich, wenn ich mich zu dir setze?«

»Überhaupt nicht.«

»Nette Ansprache.«

»Danke.«

Einige Momente lang herrschte Stille.

»Geht es dir gut?«

»Es ging mir nie besser. Es gibt da etwas, was ich dich die ganze Zeit schon fragen wollte.«

»Was denn?«

»Würdest du mit mir nach Deutschland kommen? Du und dein Bruder?«

Darauf war Seth nicht gefasst gewesen.

»Na ja ... natürlich würde ich das tun. Und Aaron bestimmt auch. Wie kommst du darauf? Du wolltest doch bisher nie hinfahren.«

»Ich weiß. Vielleicht verstehst du es, wenn du in mein Alter kommst. Man muss sich verabschieden.«

»Sag doch nicht so etwas, Dad. Du hast noch viele Jahre vor dir.«

»Kann sein, aber wer weiß das schon? Ich würde dir und Aaron gern zeigen, wo ich aufgewachsen bin. Den Fluss, in dem ich geangelt habe und geschwommen bin. Vielleicht zum Haus meiner Großeltern in Süddeutschland fahren.«

»Ich würde sehr gern mitkommen.«

»Und ich möchte zu den Lagern fahren. In das, in dem dein Großvater erschossen wurde. Und in das, in dem deine Großmutter und deine Tante umgekommen sind.«

»Mir war nicht klar, dass du sicher weißt, dass das so war.«

»Es ist die einzige plausible Erklärung. Es gibt keinerlei Unterlagen über ihren Verbleib. Man muss sie auf direktem

Weg in die Gaskammer geschickt haben, als wir angekommen sind. Diese Leute wurden nicht einmal registriert.«

Seth nickte schweigend.

»Du musst nicht mitkommen, wenn du das zu morbid findest.«

»Nein. Überhaupt nicht. Es ist wichtig für dich. Für uns alle. Damit ich all das Kathy zeigen kann, wenn sie einmal größer ist.«

»Ja.«

Wieder schwiegen sie eine Zeit lang.

»Man weiß nie«, sagte Uri, »vielleicht stoßen wir ja auf lange verloren geglaubte Verwandte. Direkt nach dem Krieg konnte ich keinen finden, aber damals wurden so viele Leute zwangsumgesiedelt. Es wäre den Aufwand wert, nach ihnen zu suchen, finde ich.«

»Das ist eine tolle Idee. Ich mache mich gleich morgen an die Buchung der Flüge.«

»Danke, Seth. Und jetzt würde ich gern etwas von deinem schwarzgebrannten Whiskey probieren.«

»Nur wenn ich ein Glas von deinem Holunderwein bekomme.«

»Okay.«

Der Alkohol wurde hervorgeholt, unter dessen Einfluss sich die Band noch mehr ins Zeug legte. Und nachdem die meisten Kinder nach Hause gegangen waren, begannen die Erwachsenen zu reichlich improvisierten Versionen von »The Siege of Ennis« und »The Walls of Limerick« zu tanzen. Ein junger Mann legte zwei Besenstiele über Kreuz auf den Boden und begann eindrucksvoll um sie herumzutanzen, die Arme locker an den Seiten schwingend, während die anwesenden Damen kollektiv die eindrucksvollen Muskeln seiner Oberschenkel bewunderten. Ein steinalter

Mann zog zwei Küchenstühle heran, stemmte sich an den Lehnen hoch und legte den tollsten Jig hin, den sie je gesehen hatten und der sogar Aoife inspirierte, ihre Tin Whistle zu zücken und darauf zu spielen.

Viele Lieder wurden an diesem Abend gesungen. Emigrantenlieder von Menschen, die noch nie den heiligen Boden ihrer Heimat verlassen hatten, Rebellenlieder, obwohl so mancher nicht ein Fünkchen Rebellion in sich trug. Liebeslieder.

»Das war eine brillante Idee«, meinte Emily, »wir sollten zu jedem Jahreszeitenwechsel ein Fest feiern.«

»Das nächste Mal kannst du es ja organisieren«, schlug Aoife vor.

»Wir könnten die Wintersonnenwende feiern. Und den 1. Mai – mit einem Maibaum.«

»Und woher bekommen wir die Moriskentänzer?«

»Wir könnten das selber übernehmen.«

»Aber sollen das nicht Männer sein?«

»Wir könnten die Morrissettes sein.«

»Hey, Mrs P., das sind ja große Töne«, meinte Seth.

»Hören Sie endlich auf, mich so zu nennen. Sagen Sie von mir aus Myrtle zu mir. Alles ist besser als Mrs P.«

»Myrtle! Wenn Sie Ihren Mann also nicht ermordet und im Garten vergraben haben, wie kommt es dann, dass Sie uns nie erlaubt haben, hinten an der Mauer zu graben?«

»Weil dort Harriets Mutter begraben ist, Sie Narr!«

»Danke, Myrtle, das ist alles, was ich wissen wollte.«

Die Party dauerte bis in die frühen Morgenstunden an. Keiner der Nachbarn beschwerte sich – weil sie alle Gäste waren.

Nachwort

Liam schläft jetzt in seinem eigenen Bett.

Ich schlafe neben Seth, dessen Konturen sich an meine eigenen Körperformen anpassen. Natürlich kommt Liam von Zeit zu Zeit zu uns ins Bett, wenn er schlecht geträumt hat. Genauso wie Kathy. Dann liegen wir Erwachsenen an der Bettkante und spüren die Kinderellbogen und -knie, die sich in unseren Rücken bohren.

Meine Familie hat sich verdoppelt. Einfach so. Anfangs war mir nicht recht wohl dabei. Ich hatte das Gefühl, es nicht zu verdienen, diese wundersame zweite Chance. Aber im Lauf der Zeit habe ich gelernt, dankbar dafür zu sein. Und genau diese Dankbarkeit ist erblüht und hat mein Leben von Grund auf verändert.

Danksagung

Es gibt so viele Menschen, denen ich danken möchte:

Patricia Deevy, meiner Lektorin bei Penguin. Danke, dass du mich überhaupt ins Programm genommen hast. Dein Wissen, deine Geradlinigkeit, deine Liebe zu den Worten und deine unerschütterliche Hingabe für alles Grammatikalische haben mir große Freude bereitet.

Sehr dankbar bin ich auch Michael McLoughlin, Brian Walker, Cliona Lewis und Patricia McVeigh bei Penguin Ireland. Und all den anderen Menschen bei Penguin und anderen Unternehmen, die ich noch nicht kenne und die zum Gelingen dieses Buches beitragen werden. Ganz besonders danke ich Keith Taylor und Ellie Smith im Londoner Büro.

Ich danke meiner Agentin Faith O'Grady für so vieles. Erstens dafür, dass du mir geholfen hast, die Idee für dieses Buch überhaupt zu entwickeln, und für die Ermunterungen, es anschließend auch zu schreiben. Ohne dich wäre der Garten nichts als ein schäbiges Eckgrundstück und das Delikatessengeschäft ein heruntergekommener Tante-Emma-Laden. Und vielen Dank, dass du mir diesen Buchvertrag beschafft hast.

Hazel Orme – Redakteurin extraordinaire. Deine Liebe fürs Detail ist ein wahres Phänomen.

Vor vielen Monaten war Lenny Abrahamson so freundlich, sich mit mir zu treffen und mir Wertvolles darüber zu erzählen, wie es ist, als Jude in Dublin aufzuwachsen – Wissen, das ich in dieses Buch einfließen lassen konnte. Vielen Dank dafür.

Ich danke von Herzen Emmy Delahunt, die mir Einblick gegeben hat, was »junge Leute« heutzutage tragen, trinken und rauchen. Emos und Dubes. Wer hätte das gedacht?

Mein Dank gilt auch Emer O'Carroll, die mir vor langer Zeit wertvolle Informationen über das Adoptionsverfahren in Irland gegeben hat.

Ich danke Eithne Hegarty BL für die hervorragenden juristischen Ratschläge.

Weiterhin gilt mein Dank John und Dorothy Allen, die mich über das Küsteramt aufklärten, und Neal McCormack, der mir eine Menge über Tin Pan Alley erzählen konnte; Kay aus der Thomastown Library, die mir Bücher über die Fünfzigerjahre beschafft hat; den Mitarbeitern der Lisa Richards Agency, von denen ich den Tipp für ein passendes Buch bekam, mit dem Emily sich auf dem College beschäftigt; und der wilden Truppe, die sich das Hirn über einen guten Titel für dieses Buch zermartert hat – ich danke euch allen.

Ich danke auch meiner Familie, Freunden und Nachbarn, meinem engsten Kreis. Danke, dass ihr Teil meiner Welt seid. Besonders danke ich meinen Eltern, die mir so viele Geschichten über ihre Jugend im Irland der Fünfzigerjahre erzählen konnten.

Ich möchte Leo und Marianne danken – ich liebe euch, ihr kleinen Strolche.

Und Rory, dem Menschen, der das Manuskript als Erstes gelesen und redigiert hat. Danke für deinen Enthusiasmus, deine Ermutigung und deine Geduld.

Schließlich möchte ich drei wunderschönen Gärten Tribut zollen, die mich allesamt inspiriert haben: dem Garten von Woodstock, Inistiogue, dem Wassergarten in Thomastown und dem umfriedeten Garten am Mount Juliet, Thomastown, allesamt im South County Kilkenny gelegen. Und jenen, die sie erdacht, angelegt und gepflegt haben. Danke euch allen, besonders Paddy Daly vom Mount Juliet.

Die ganze Welt des Taschenbuchs
unter
www.goldmann-verlag.de

Literatur deutschsprachiger und internationaler Autoren, **Unterhaltung, Kriminalromane, Thriller, Historische Romane** und **Fantasy-Literatur**

Aktuelle **Sachbücher** und **Ratgeber**

Bücher zu **Politik, Gesellschaft, Naturwissenschaft** und **Umwelt**

Alles aus den Bereichen **Body, Mind + Spirit** und **Psychologie**

Überall, wo es Bücher gibt und unter www.goldmann-verlag.de

Goldmann Verlag • Neumarkter Straße 28 • 81673 München